라비니아

LAVINIA
by Ursula K. Le Guin

Copyright © 2008 by Ursula K. Le Guin
All rights reserved.

Korean Translation Copyright © Minumin 2011, 2015, 2021

Korean translation edition is published by arrangement with
Ursula K. Le Guin c/o Curtis Brown Ltd., New York through KCC.

이 책의 한국어판 저작권은 KCC를 통해
Curtis Brown Ltd.와 독점 계약한 ㈜민음인에 있습니다.
저작권법에 의해 한국 내에서 보호를 받는 저작물이므로 무단 전재와 무단 복제를 금합니다.

라비니아

어슐러 K. 르 귄 지음 | 최준영 옮김

황금가지

| 차례 |

라비니아 ……7

후기 ……433

감사의 말 ……443

열아홉 살이던 해 5월, 나는 신성한 음식에 쓸 소금을 얻기 위해 강어귀의 염밭에 갔다. 티타와 마루나가 같이 갔고, 아버지는 소금을 싣고 올 당나귀 한 마리에 집안일을 하는 늙은 노예와 시동을 딸려 보내셨다. 해안 쪽으로 몇 킬로미터만 가면 되었지만, 우리는 이 여행을 하룻밤 묵어가는 소풍으로 바꿨다. 그 불쌍하고 작은 당나귀에 식량을 싣고는 온종일 걸려 그곳에 이르렀고, 강이자 바다의 모래밭 위 풀숲 우거진 모래언덕에 천막을 쳤다. 우리 다섯 명은 모닥불 주위에 둘러앉아 저녁을 들었고, 이야기를 나누고 노래를 불렀다. 그러는 사이에 바다에서 해가 졌고 5월의 어스레한 빛은 검푸른 빛으로, 더욱 검푸른 빛으로 바뀌었다. 그리고 나서 우리는 바닷바람 아래 잠들었다.

나는 빛이 처음 비추자마자 잠에서 깼다. 다른 이들은 깊이 잠들어 있었다. 새들이 막 새벽 합창을 시작했다. 나는 일어나서 강어귀로 내려갔다. 물을 조금 떠서, 마시기 전에 신에게 바치는 헌물로서 다시 흘려보내며 강의 이름을 불렀다. 티베르*, 아버지 티베르, 그리고 강의 오래되고 비밀스러운 이름들인 알부, 루몬도 말했다. 그러고 나서 물에서 꽤 느껴지는 소금 맛을 즐기며 들이마셨다. 하늘은 이제 충분히 밝아져서 강물이 밀물과 만나는 모래톱에 길고 거센 파도들을 볼 수 있었다.

그 너머 어스레한 바다 위에서 배들을 보았다. 크고 검은 배들이 줄지어 남쪽에서 모습을 드러내 방향을 돌려 강어귀 쪽으로 향하고 있었다. 배마다 그 측면에 길게 줄지은 노들이 들어올려졌다가 여명 속에 새가 날갯짓하듯 내려쳐졌다.

잇따라 배가 오르락내리락 모래톱의 파도를 헤치고 나와, 한 척 한 척 똑바로 다가왔다. 길고 활처럼 구부러진 삼중의 뱃머리는 청동제였다. 나는 물가의 소금기 어린 진흙 속에 몸을 웅크렸다. 첫 번째 배가 강으로 들어서서 내 옆을 지나쳤다. 배는 내 위로 거무스름했고, 강물에 그 묵직하면서도 부드러운 노질을 하며 꾸준하게 나아갔다. 노 젓는 이들의 얼굴에는 그림자가 져 있었지만 배의 높은 고물에 한 남자가 하늘을 배경으로 서서 앞을 주시하고 있었다.

그의 얼굴은 단호하지만 무방비하다. 그는 앞의 어둠 속을 쳐다보

---

* 이탈리아 중부를 흐르는 현재의 테베레 강.

며 기도하고 있다. 나는 그가 누구인지 안다.

조용하고도 수고롭게 박자를 맞추어 열심히 노질을 하여 마지막 배가 내 옆을 지나쳐 양쪽 강둑에 무성하게 자라나는 숲 속으로 사라질 즈음, 새들은 사방에서 노래하고 하늘은 동쪽 언덕들 위로 환하게 밝아 있었다. 나는 우리 야영지로 다시 올라왔다. 깨어 있는 사람은 없었다. 배들은 그들이 잠든 중에 지나쳐 간 것이다. 나는 내가 본 것에 대해 아무 얘기도 하지 않았다. 우리는 염밭으로 내려가서 그해 사용할 소금을 만들기 위한 진흙투성이 잿빛 원료를 충분히 캐내어 당나귀의 바구니들에 실은 다음 집을 향해 출발했다. 나는 사람들이 지체하지 못하도록 했다. 그들은 투덜거렸지만 거의 꾸물대지 않았고, 우리는 한낮이 되기 한참 전에 집에 도착했다.

나는 왕에게 나아가 고했다.

"아버지, 전함들로 이루어진 큰 선단이 새벽에 강을 거슬러 올라갔어요."

아버지는 나를 바라보았다. 그의 얼굴은 우울했다.

"그렇게 빨리라니."

아버지가 한 말은 그뿐이었다.

나는 내가 누구였는지 안다. 여러분에게 아마도 나였을 사람에 대해 말해 줄 수 있다. 하지만 지금, 나는 내가 쓰는 이 글줄들 속에만 있다. 나는 내 존재의 본질에 대해 확실히 모르겠고, 자신이 글을 쓴다는 게 놀랍다. 물론, 나는 라틴어로 말한다, 하지만 그것을 쓰는 법을 배운 적 있던가? 그런 것 같지 않다. 라비니아라는 내 이름을 지녔던 누군가는 확실히 존재했지만, 그녀는 자신에 대한 나의 생각, 또는 나에 대한 내 시인의 생각과 너무나 다를 터라서 그녀에 대해 생각하는 건 나를 혼란스럽게만 한다. 내가 아는 한, 나에게 어떤 현실성이라도 부여한 것은 시인이었다. 그가 글로 쓰기 전에 나는 가장 희미한 인물이요, 어느 혈통 속에 들어 있는 이름 하나에 지나지 않았다. 나에게 활기를 불어넣고, 정신을 차려 나의 삶과 자신을 떠올릴 수 있게 만든 것은 그였다. 내 삶과 자신을, 나는 생생하게, 온갖 감정들과 함께 기억한다. 그 감정들은 글을 쓸 때 가장 강렬하게 느껴진다. 아마도 그것은 내가 기억하는 사건들이 오로지 내가 그것들을 쓰는 동안에만, 또는 그가 썼을 때에만 존재하기 때문일 것이다.

그러나 그는 그 사건들을 쓰지 않았다. 그의 시에서 내 인생은 하찮게 여겨졌다. 그는 나를 대충 다루었는데, 그것은 그가 죽어 갈 때에서야 내가 누구인지 알게 되었기 때문이다. 그를 탓할 것은 없다. 그가 수정하고 재고하고 되다 만 글줄을 완성하고, 불완전하다고 생각한 그 시를 완벽하게 만들기에는 너무 늦었기 때문이다. 그가 그 점을 애통해 했다는 것을 안다. 그는 나를 위해 애통해 한 것이다. 아마도 그가 지금 있는 곳, 어두운 강들을 건너 그곳에서, 누군가가 라비니아가 그를 위해 애통해 하노라 그에게 말해 주리라.

나는 죽지 않을 것이다. 그 점에 관해서 거의 확신한다. 내 삶은 죽음처럼 절대적인 어떤 것에 이르기에는 너무나 불확실하다. 나에게는 충분한 현실적인 운명이 없다. 결국 나는 틀림없이 점점 희미해져 망각 속에 잠겨 버릴 것이다, 시인이 나를 존재하도록 불러내지 않았다면 오래전에 그랬을 것처럼 말이다. 아마도 나는 저승문에 있는 나무의 잎사귀들 뒷면에 박쥐처럼 들러붙어 있는 부정한 꿈이나, 알부네아의 어두운 떡갈나무 숲 속을 날아다니는 부엉이가 될 것이다. 하지만 불쌍한 인간이었던 그가 처음에는 상상 속에서, 그 후엔 유령이 되어 그랬듯, 내가 삶을 뿌리치고 그 어둠 속으로 내려갈 필요는 없을 것이다. 우리는 저마다 자신의 내세를 견디어야 하노라고 그가 말한 적 있다, 아니 그렇게 이해할 수도 있는 말을 했다. 그러나 저승에서 잊혀지거나 다시 태어나기를 기다리며 흐릿하게 배회하는 것…… 그것은 참된 존재가 아니다, 내가 쓰고 당신이 읽고 있는 지금 내 존재의 반만큼도 참되지 않으며, 그의 단어들 속에서만큼도 참되지 않다. 그의 화려하고 생생한 단어들 속에서 나는 몇 백 년을 살아 왔다.

그래도 그 단어들에서 나의 부분, 그러니까 그의 시에서 내게 부여된 삶은 내 머리카락에 불이 붙는 순간을 빼면 너무나 지루하고, 내 처녀 적 두 뺨이 진홍색 염료에 상아가 물드는 것처럼 붉어질 때를 빼면 너무나 색채 없고, 너무나 진부해서 더 이상 참을 수가 없다. 만일 내가 100년이고 200년이고 계속해서 살아가야 한다면, 최소한 한 번은 터트려서 이야기해야 한다. 그는 나에게 한마디도 시키지 않았다. 나는 그에게서 말을 가져와야 한다. 그는 나에게 길지만 시시한 삶을 부여했다. 나는 빈 자리가 필요하다, 공기가 필요하다. 내 영혼은 이탈리아의 해묵은 숲 속으로, 햇살 비추는 언덕들 위로, 백조와 진실을 이야기하는 까마귀들이 나는 바람 위로 뻗어 나간다. 내 어머니는 미쳤지만, 나는 아니었다. 아버지는 늙었지만, 나는 젊었다. 스파르타의 헬레네*처럼, 나는 전쟁을 초래했다. 헬레네는 그녀를 원한 남자들이 그녀를 갖도록 내버려 둠으로써 전쟁을 초래했다. 나는 남에게 주어지거나 남이 갖도록 하지 않고 나의 남자와 내 운명을 택하려 했기에 전쟁을 초래했다. 그 남자는 유명했으나, 내 운명은 세상에 알려지지 않았다. 그러니까 나쁜 균형은 아니다.

그렇지만, 가끔은 내가 죽은 지 오래됐으며, 우리가 알지 못하는 저승의 어느 부분에서 이 이야기를 하고 있는 게 틀림없다고 생각한다. 우리가 아직 살아 있다고 착각하게 만드는 곳, 우리가 지금 늙어 가며 젊었을 때를, 그러니까 벌들이 떼를 짓고 내 머리카락에 불이 붙었던 때, 트로이아 사람들이 왔던 때를 떠올리는 거라고 착각하게 만드는 곳에서 말이다. 결국, 우리가 어떻게 서로에게 모두 이야기할 수 있겠는가? 나는 세상의 반대편에서 왔던 이방인들을 기억한다. 그들은 배를 타고 티베르 강을 항해해 그들이 알지 못하는 나라에 왔다. 그들의 사절이 내 아버지의 집에 와서 자신은 트로이아 인이라 설명하며 유창한 라틴어로 정중하게 연설했다. 자, 어떻게 그럴 수 있었을까? 우리 모두가 그 모든 언어들을 아는가? 그것은 오로지 죽은

---

* 스파르타의 왕 메넬라우스의 아내였다가 트로이아의 왕자 파리스에게 유괴되었고 이로 인해 트로이아 전쟁이 일어났다.

자에게나 가능한 말이다. 죽은 자의 나라는 다른 모든 나라들 아래 놓여 있으니. 2500년 전에 살았던 나의 말을 당신이 어떻게 알아듣는가? 당신은 라틴어를 아는가?

그러나 한편으로 나는 그렇지 않다고 생각한다. 이해하는 것은 죽어 있는 것과 상관없다. 우리가 서로를 이해하도록 해 주는 것은 죽음이 아니라 시이다.

소녀였을 적 나를 집에서 만났다면 당신은 마치 납판**에 철필로 대충 그린 듯한 나에 대한 시인의 미약한 초상이 꽤 충분하다고 생각했을지도 모른다. 시인의 묘사에 따르면 나는 순결하고 정숙하고 순종적이며 경작을 위해 준비가 되어 있는 봄 들판처럼 어느 남자의 뜻에 따를 준비가 되어 있는, 한 소녀이자 왕의 딸, 혼기가 찬 처녀였다.

나는 한 번도 밭을 갈아 본 적이 없지만 논밭에서 일하는 우리 농부들을 평생토록 보아 왔다. 멍에를 지고 앞으로 터덜터덜 나아가는 흰 소와 기다란 나무 손잡이를 움켜쥔 사내를 말이다. 흙은 겉보기엔 곱고 금방이라도 갈릴 듯하지만 몹시 거칠고 몹시 폐쇄적이며 그 흙 사이로 쟁기 날을 밀어 넣으려고 애쓸 때마다 사내가 쥔 손잡이는 요동치고 앞이 들린다. 그는 보리 씨앗을 품고 있기에 충분할 만

** 1세기 전후 로마인이 발명한 일종의 필기장.

큼 깊이 흙을 파내기 위해 몸무게를 모두 실어 온 근육에 힘을 준다. 일하다 보면 마침내 숨이 차고 지쳐서 몸이 떨리고, 밭고랑에 누워 돌멩이들 사이에 엄혹한 어머니 대지의 가슴 위에서 잘 수 있기만을 바라게 된다. 나는 한 번도 밭을 갈 일이 없었지만, 나에게도 역시 엄혹한 어머니가 있었다. 대지는 결국엔 농부를 품에 안아 보리 씨앗보다 더 깊이 잠들도록 해 주겠지만, 어머니는 결코 나를 안아 준 적이 없었다.

나는 말수가 적고 유순했다. 내가 말을 하면, 그로써 내 의지를 내보이면, 어머니는 내가 나의 남동생들이 아니라는 사실을 떠올릴지도 모르고, 그러면 내가 고통 당할 터이기 때문이었다. 어린 라티누스와 아기 라우렌스, 그들이 죽었을 때 나는 여섯 살이었다. 그들은 내게 소중한 인형들 같은 존재였다. 나는 그들과 함께 놀았고 그들을 아주아주 좋아했다. 어머니인 아마타가 웃으며 우리를 지켜보는 동안 어머니의 손가락 속에서 물렛가락이 오르락내리락 했다. 어머니는 다른 여왕들과 달리 보모인 베스티나와 다른 시녀들에게 우리를 맡겨 두지 않고 하루 종일 함께 있었다. 사랑 때문이었다. 우리가 노는 동안 곧잘 어머니는 노래를 불렀다. 가끔은 실 잣는 것을 멈추고 벌떡 일어서 내 손과 라티누스의 손을 잡고 함께 춤을 추었고, 우리는 모두 함께 웃음을 터뜨렸다. 어머니는 사내아이들을 "나의 전사들"이라고 불렀고, 나 역시 전사라고 불렀던 것 같다. 어머니가 그 애들을 전사들이라고 부를 때면 몹시 행복해 보였고, 그녀의 행복은 우리의 행복이었다.

그런데 우리는 병이 들고 말았다. 제일 먼저 아기가, 그 다음엔 둥그스름한 얼굴에 귀가 크고 맑은 눈을 지닌 라티누스가, 다음으로 내가 병들었다. 나는 열 때문에 꾼 기묘한 꿈을 기억한다. 증조부인 딱따구리*가 나에게 날아와서 머리를 쪼았고 나는 괴로워서 울부짖는 꿈이었다. 한 달쯤 못 되어 나는 괜찮아졌고, 다시 건강해졌다. 그러나 사내아이들의 열은 떨어졌다가 다시 오르고, 또 떨어졌다가 다시 올랐다. 그들은 점점 여위고 쇠약해졌다. 병이 호전되는 것처럼 보일 때도 있었다. 그러면 라우렌스는 어머니의 젖을 열심히 빨아 대고, 라티누스는 침대 밖으로 기어 나와서 나와 함께 장난치곤 했다. 그러고 나면 열이 다시 찾아와 그들을 사로잡았다. 어느 날 오후 라티누스는 경기를 일으켰다. 열은 죽을 때까지 쥐를 흔들어 대는 개와 같았고, 왕세자이자, 라티움**의 희망, 내 놀이 친구, 내 소중한 동생은 죽음에 이를 때까지 온몸을 떨었다. 그날 밤 여위고 자그마한 젖먹이 남동생은 편히 잠들었고 아기의 열은 내려갔다. 그러나 다음 날 아침 일찍 아기는 새끼 고양이처럼 할딱이며 떨다가 내 품안에서 죽었다. 그리고 어머니는 슬픔으로 정신이 나가 버렸다.

아버지는 어머니가 미쳤다는 사실을 결코 이해하려 하지 않았다.

아버지는 아들들 때문에 통렬하게 슬퍼했다. 아버지는 따뜻한 감

---

* 전설의 섬에 살던 마법사 여신 키르케는 피쿠스에게 구애했다가 거절당하자 그를 딱따구리로 만들어 버렸다. 피쿠스는 로마 신화에서 농업의 신인 사투르누스의 아들이다.
** 이탈리아 중부에 있었던 옛 왕국. 기원전 1000년경에 남하한 라틴 인이 정착하여 고대 로마의 발상지가 되었다.

정을 지닌 사내였고, 남자가 볼 때 아들들이야말로 진짜 후손이었으니까. 아버지는 그들을 위해 슬피 울었다. 처음에는 소리 내어 울었고, 그 후로 오랫동안, 여러 해 동안 말없이 울었다. 그러나 아버지에게는 기분을 바꾸어 줄 왕의 의무가 있었고, 수행해야 할 의식들이 있었다. 되풀이되는 제식에서 위로를 찾고 집안의 옛 영령들에게서 위안을 얻었다. 나 역시 아버지에게 위로가 되었다. 왕의 딸이 으레 하는 대로, 내가 아버지와 함께 그 의식들을 수행했기 때문이다. 그리고 아버지는 첫 아이이자 늦둥이 자식인 나를 극진히 아꼈다. 아버지는 어머니보다 훨씬 나이가 많았기 때문이다.

두 분이 결혼했을 때 어머니는 열여덟 살이었고, 아버지는 마흔 살이었다. 어머니는 아르데아의 루툴리아 족 왕녀였고, 아버지는 라티움의 왕이었다. 어머니는 아름답고 열정적이고 젊었다. 인생의 전성기에 있는 아버지는 잘생기고 강인했으며 평화를 사랑하는 승리의 전사였다. 두 분은 아주 만족스러웠을 수도 있는 한 쌍이었다.

아버지는 아들들의 죽음에 대해 어머니를 책망하지 않았다. 나만 죽지 않았다고 해서 나를 탓하지도 않았다. 자신이 잃어버린 것을 받아들였고 남아 있는 가슴속의 희망을 나에게 두었다. 그는 매해 점점 더 머리가 세고 엄격해졌지만, 결코 몰인정해지지도 결코 나약해지지도 않았다. 하나는 예외였다. 아버지는 어머니가 하고자 하는 대로 내버려 두었고, 제멋대로 행동할 때면 모른 체했고, 거칠게 말할 때면 입을 다물었다.

어떤 인간적인 해결책으로도 어머니의 지독한 슬픔에는 대응할 수 없었다. 어머니는 그녀의 얘기를 듣지 않고 그녀에게 얘기하지도 않는 남편과 징징거리는 여섯 살짜리 딸, 그리고 가련하고 겁에 질린 많은 여자들과 남겨졌다. 시종과 노예 들이라면 마땅히 두려워해야 했다. 아이들의 죽음 때문에 처벌을 받을지도 모르기 때문이었다.

아버지에 대해서는 경멸감뿐이었다. 나에 대해서는 분노뿐이었다.

나는 남동생들이 죽은 후, 내가 어머니의 손이나 몸을 만졌던 순간, 또는 어머니가 나의 손이나 몸을 만졌던 순간, 그 한 번 한 번을 기억할 수 있다. 어머니는 아버지와 함께 우리를 임신했던 침대에서 다시는 잠을 자지 않았다.

방에서 두문불출한 상태로 여러 날이 흐른 후 다시 모습을 드러냈을 때, 어머니는 약간 변한 듯했지만 여전히 화려했다. 빛나는 검은색 머리카락과 담황빛 도는 하얀 얼굴, 위풍당당한 태도는 그대로였다. 사람들 사이에 있을 때 그녀는 늘 다소 거리를 두는 태도, 아니 그보다 거만한 태도를 취했다. 평민들 사이에서는 여왕 노릇을 했다. 나는 어머니가 우리, 아이들과 있을 때, 그러니까 앉아서 실을 잣고 노래하고 우리와 웃고 춤출 때와 왕궁에 모여 있는 남자들과 있을 때가 너무 달라 놀라곤 했다. 집안사람들과 있을 때의 어머니는 전제적이고 괴팍하고 화를 잘 냈으나 그들은 그녀를 아꼈다. 그녀의 태도에 심술궂은 데는 없었기 때문이다. 그런데 이제 어머니는 그들에게 대개 냉담했고, 우리에게도 냉담했고, 차분했다. 그러나 내가 얘기할 때, 혹은 아버지가 얘기할 때, 나는 그 얼굴에서 혐오감 때문에 생긴 주름살과 어둡고 냉소에 찬 분노를 종종 보았고, 그러고 나면 어머니는 얼굴을 외면했다.

어머니는 남동생들의 불라를 목에 차고 있었다. 자그마한 점토 남근상이 들어 있는 그 작은 호부 주머니들은 남자 아이들이 행운과 보호를 위해 차는 것이었다. 그녀는 그 황금 불라들을 옷 아래 안 보이게 간직했다. 그리고 한 번도 벗지 않았다.

남들 앞에서 어머니가 숨기고 있는 분노는 궁의 여자들 처소에서 곧잘 나에 대한 맹렬한 짜증으로 터져 나왔다. 많은 사람들이 나를 부를 때 쓰는 애칭인 "작은 왕비님"이라는 말은 특히 어머니를 성질 나게 해서, 사람들은 이내 그렇게 부르기를 그만두었다. 어머니는 나에게 자주 말을 걸지 않았지만, 나 때문에 성질이 나면 느닷없이 나를 공격하며 가혹하고 쌀쌀맞은 목소리로 내가 못생긴 데다 어리석고 소심한 멍청이라고 했다.

"너는 나를 무서워하지. 난 겁쟁이가 싫어."

때때로 나의 존재는 어머니를 진짜 광란으로 몰아넣었다. 어머니는 나를 때리거나 내 머리에서 앞뒤로 뚝뚝 소리가 날 정도로 흔들어 대곤 했다. 한번은 분노 때문에 손톱으로 내 얼굴을 할퀴어 놓았다. 보모인 베스티나가 어머니에게서 나를 떼어 냈다. 그녀는 어머니를 당신의 방으로 모시고 가 진정시켰다. 그러고 나서 서둘러 돌아와 내 뺨에 난 길게 째져 피가 나는 상처들을 깨끗이 씻었다. 나는 너무나 놀라서 울지도 못했지만, 베스티나가 나를 위해 울어 주며 상처에 연고를 발랐다.

"흉 지지 않을 거예요. 확실히 흉 지지 않을 거예요."

그녀가 울먹이며 말했다.

어머니가 누워 계신 침실에서 차가운 목소리가 들려왔다.

"잘됐군."

베스티나는 나더러 사람들에게 고양이가 할퀴었노라 얘기하라고 했다. 아버지가 내 얼굴을 보고서 무슨 일인지 알아야겠다고 다그치자 나는 이렇게 말했다.

"실비아의 늙은 고양이가 할퀴었어요. 내가 너무 꽉 껴안고 있었던 데다가 옆의 사냥개 때문에 그 녀석이 겁을 먹었거든요. 고양이 잘못이 아녜요."

아이들이 으레 그렇듯, 나는 그 이야기를 거의 믿을 정도가 되었고 세부 묘사와 부수적인 상황까지 덧붙였다. 일이 벌어졌을 때 나는 티루스네 농장 바로 바깥에 있는 떡갈나무 숲에 혼자 있었고 집까지 쭉 달려왔다는 둥 말이다. 나는 거듭해서 실비아에게 책임이 없으며 고양이한테도 잘못이 없다고 말했다. 난 둘 다에게 문제가 생기는 걸 원치 않았다. 왕들은 쉽사리 벌을 내리고, 그렇게 해서 걱정거리로부터 벗어난다. 그러나 실비아는 내 가장 소중한 친구이자 놀이 상대였고, 늙은 농장 고양이한테는 그놈이 없으면 죽고 말 한배의 젖먹이 새끼 고양이들이 있었다. 그러니 내 얼굴이 상처를 입은 것은 나 혼자만의 잘못이어야 했다. 그리고 베스티나의 말은 맞았다. 그녀의 나래지치* 연고는 썩 잘 들었다. 기다랗고 붉은 도랑 같은 자국들에 딱

---

* 약초의 일종.

지가 앉았다가 상처가 치유되었고, 눈 밑에 왼쪽 광대뼈를 따라서 한 줄기 희미한 은빛 흔적을 빼고는 아무 흉터도 남지 않았다. 훗날 아이네아스가 손가락으로 그 흉터를 따라 만지며 이게 뭐냐고 물었을 때 나는 이렇게 말했다.

"고양이가 할퀴었어요. 내가 그놈을 안고 있는데 어떤 개한테 겁을 먹었지 뭐예요."

나는 내 아버지, 라티움의 라티누스 왕보다 훨씬 더 큰 왕국을 다스리는 훨씬 더 위대한 왕들이 있으리라는 것을 안다. 상류의 일곱 언덕*에는 한때 흙벽을 세워 요새화한 두 개의 작은 지역들, 자니콜로와 사투르니아가 있었다. 그 후 소수의 그리스 인 이주자들이 와서 그 언덕 비탈을 재건하고 그들의 요새와 읍을 팔란티온이라고 불렀다. 나의 시인은 그가 이 세상에 살아 있었을 때 알던 모습대로 그곳을 설명해 주려고 애썼다. 아니, 그가 살아 있을 때 알고 있을 모습대로라고 말해야 할 것이다. 왜냐하면 비록 그가 나에게 왔을 때 그는 죽어 가고 있었고 이제 죽은 지 오래되었지만, 아직은 태어나지 않았기 때문이다. 그는 망각의 강 저편에서 기다리고 있는 사람들 사이에

---

* 팔라티누스, 카피톨리누스, 아벤티누스, 카일리우스, 퀴리날리스, 비미날리스, 에스퀼리누스 언덕을 가리킴. 이곳을 중심으로 고대 로마 시가 건설되었다.

있다. 아직은 나를 잊어버리지 않았으나, 마침내 그 젖빛 강을 헤엄쳐 건너 태어날 때가 되면 잊어버릴 것이다. 그가 처음으로 나에 대해 상상할 때는 알부네아의 숲에서 나를 만나게 되리라는 것을 모를 것이다. 어쨌든 그가 나에게 이야기해 주었다. 때가 이르면 그 마을이 지금 있는 곳, 즉 일곱 언덕과 그 언덕들 사이에 있는 계곡들 그리고 모든 강둑이 수킬로미터에 걸쳐 상상할 수조차 없는 도시로 뒤덮일 것이라고. 언덕들 꼭대기에는 황금빛으로 찬란한 대리석 신전들이 있고, 드넓은 홍예문들, 대리석과 청동으로 조각한 수많은 상들이 있을 것이다. 내 인생을 통틀어 모든 도시와 농장, 모든 길, 라티움의 모든 축제와 전장에서 보게 될 사람들보다 더 많은 사람들이 단 하루에 그 도시의 광장을 지나갈 것이라고 시인은 말했다. 그 도시의 왕은 세계의 위대한 통치자가 될 것이며, 너무나 위대하여 왕의 이름으로 불리지 않고, 신성한 힘으로써 위대해진 자, 아우구스투스**로 알려질 것이다. 온 땅의 모든 사람들이 그에게 절하고 공물을 가져올 것이다. 시인이 비록 늘 모든 진실을 말하는 것은 아니지만 항상 진실만 말하는 것을 알기에, 나는 이 말을 믿는다. 시인일지라도 모든 진실을 말할 수는 없는 법이다.

  그러나 내 소녀 시절에 시인의 위대한 도시는 동굴로 가득하고 관목이 울창하게 웃자란 바위투성이 언덕 경사지에 세워진 소박하고 작은 읍이었다. 나는 아버지와 함께 한 번 그곳에 갔다. 서풍을 타고

** 로마 제국의 초대 황제가 된 옥타비아누스에게 로마의 원로원이 부여한 칭호이다.

강을 거슬러 하루가 걸리는 배 여행이었다. 그곳의 왕 에반데르는 우리의 동맹자였다. 그는 그리스에서 온 망명자로 손님을 살해하는 바람에 여기서도 약간의 말썽에 휘말려 있었다. 그에게는 그럴 만한 충분한 이유가 있었으나 우리 민족은 그런 일을 잊지 않는다. 그는 아버지의 호의에 고마워했고 우리를 즐겁게 해 주고자 최선을 다했지만 그는 우리네 부유한 농부들보다도 훨씬 궁색하게 살았다. 팔란티온은 어둡고 방책으로 둘러싸인 곳이었으며, 사람들은 넓고 누런 강과 숲으로 덮인 언덕들 사이에서 나무들 아래 다닥다닥 모여 살았다. 그들은 우리에게 잔치를 베풀었고 당연히 소고기와 사슴 고기가 나왔지만 그것을 제공하는 방식이 아주 색달랐다. 우리는 하나의 긴 식탁에 모두 함께 앉는 대신 작은 식탁들 앞에 있는 긴 의자에 기대어 누워야 했다. 그것은 그리스 인의 방식이었다. 그리고 그들은 식탁에 신성한 소금과 곡물 가루를 두지 않았다. 나는 그것 때문에 식사 내내 걱정스러웠다.

에반데르의 아들인 팔라스는 당시에 열한두어 살쯤 된, 내 또래의 근사한 소년이었고 그곳의 한 동굴에 살았다는 거대한 짐승 인간 이야기를 해 주었다. 그 짐승 인간은 어스름이 깔리면 밖으로 나와 가축을 훔치고 사람들을 조각조각 찢어 놓았다고 했다. 그는 거의 눈에 띄는 일이 없었지만 커다란 발자국을 남겼다. 그리고 헤라클레스라고 불리던 그리스의 영웅이 지나는 길에 들러 그를 죽였다고 한다. 그의 이름이 뭐였냐고 묻자 팔라스는 카쿠스라고 대답했다. 나는 그 이름이 불의 주인을 뜻한다는 것을 알고 있었다. 불의 주인이란 부족의 우두머리 남자로서 내 아버지처럼 딸들의 도움을 받아 주민들을 위하여 베스타*에 계속해서 불이 붙어 있도록 지키는 사람이었다. 그러나 나는 짐승 인간에 대한 그리스 인들의 이야기를 반박하고 싶지 않았다. 그 이야기가 우리 이야기보다 더 흥미진진했기 때문이다.

팔라스는 암늑대의 굴을 보고 싶냐고 물었고 나는 그렇다고 했다. 그래서 그는 마을에서 꽤 가까운 루페르칼레**라는 동굴로 나를 데려갔다. 그곳은 판에게 바쳐진 곳이라고 했다. 판은 내 조부인 파우누스를 그리스 인들이 부르는 이름인 듯했다. 어쨌든 이주민들은 현명하게도 늑대와 새끼들을 내버려 두었고 암늑대도 그들을 내버려 두었다. 늑대들은 개를 싫어했지만 암늑대는 결코 사람들의 개를 해치지 않았다. 그 언덕들에는 암늑대가 사냥할 만한 사슴들이 무수히 많았다. 때때로 봄이면 암늑대는 양을 잡아 갔다. 사람들은 그것을 제물로 여겼고, 암늑대가 양을 잡아 가지 않을 때면 개를 제물로서 암늑대에게 바쳤다. 암늑대의 짝은 지난겨울에 모습을 감추었다.

암늑대에게는 새끼들이 있었고, 암늑대 자신도 거기에 있었으니, 두 어린아이가 그 굴 입구에 서 있는 건 꽤 멍청한 짓이었을 것이다. 동굴에서는 아주 강한 냄새가 났다. 안쪽은 깜깜하고 조용했다. 그러나 어둠에 익숙해지면서 나는 두 개의 작고 움직임 없는 불 같은 암늑대의 눈을 보았다. 암늑대는 우리와 새끼들 사이에 서 있었다.

----

* '화로' 또는 '화덕'을 뜻하며 베스타 여신은 고대 로마의 모든 가정에서 숭배되었다.
** 전설상의 로마 건국자들인 로물루스와 레무스를 기른 어미 늑대가 살았다는 동굴.

팔라스와 나는 천천히 뒤로 물러섰다. 우리의 시선은 내내 암늑대의 눈에 못 박혀 있었다. 가야 한다는 것을 알았지만 나는 가고 싶지 않았다. 마침내 돌아서서 팔라스의 뒤를 따랐지만, 천천히 따라가면서도 자꾸 뒤돌아보며 충실한 어미이자 사나운 여왕인 암늑대가 자기 집에서 나와 거기 어두운 곳에 쭉 뻗은 다리로 서 있는지 살폈다.

일곱 언덕을 방문하면서 나는 아버지가 에반데르보다 훨씬 대단한 왕임을 알았다. 나중에 아버지가 전성기 시절에는 서쪽의 어느 왕보다도 더 강력했다는 것을 알게 되었다. 비록 앞으로 올 위대한 아우구스투스와 비교하자면 별 볼일 없는 존재일지도 모르지만. 아버지는 내가 태어나기 오래전에 국경 지대의 전투와 방어를 통해 확고하게 그의 왕국을 세워 놓으셨다. 내가 자라나던 아이였을 적에는 얘기할 만한 그 어떤 전쟁도 없었다. 오랫동안 평화로운 시기였다. 물론 농부들 사이에서, 그리고 경계선들을 따라 불화와 전투들은 있었다. 우리는 거친 민족이었고 사람들은 우리를 여기 서쪽 땅의 떡갈나무에서 태어난 이들이라고 곧잘 말하곤 했다. 성질은 격하고 손에는 늘 무기가 있었다. 시골의 다툼이 너무 격렬해지거나 너무 확산되면 때때로 아버지가 끼어들어 달래야 했다. 아버지에게는 상비군이 없었다. 마르스*는 논밭이나 그 경계에서 산다. 말썽이 있으면, 라티누스 왕은 들판에서 농부들을 소집했고, 그러면 그들은 그들의 아버지가 쓰던 낡은 청동 검과 가죽 방패를 들고 와서 왕을 위해 죽을 때까지

---

* 농업과 전쟁의 신.

싸울 준비를 했다. 말썽이 가라앉으면 그들은 들판으로 돌아가고 왕은 궁으로 돌아갔다.

궁, 그러니까 레지아는 도시의 위대한 성소였고, 신성한 장소였다. 우리 광의 신들과 조상들은 곧 그 도시와 민족의 페나테스와 라레스**였기 때문이다. 라틴 인들이 라티움의 곳곳으로부터 와서 경배를 드리고 산 제물을 바치며 왕과 함께 잔치를 즐겼다. 사람들은 교외의 멀리 떨어진 곳에서부터도 담장과 탑과 지붕 들 위로 키 큰 나무들 사이에 서 있는 궁의 모습을 볼 수 있었다.

라우렌툼***의 성벽은 높고 튼튼했는데, 라우렌툼이 대부분의 도시들처럼 언덕 꼭대기에 세워진 것이 아니라 석호와 바다 쪽으로 경사진 풍요로운 평야 위에 세워졌기 때문이다. 수로와 토루(土壘) 바깥에는 잘 일군 들판과 목초지들이 흩어져 있고, 도시의 성문 앞에는 넓은 공터가 있어서 운동선수들이 경기를 하고 사내들이 말을 훈련시켰다. 그러나 라우렌툼의 성문을 통과하면 햇빛과 바람에서 벗어나 깊고 향기로운 그늘 안으로 들어설 수 있었다. 모든 가옥들이 떡갈나무, 무화과나무, 느릅나무, 늘씬한 포플러나무, 그리고 넓게 뻗은 월계수들 사이에 서 있었다. 무성한 나뭇잎 아래 그늘진 거리들은 좁다랬다. 가장 넓은 길은 궁으로 이어졌다. 궁은 크고 위풍당당했으며 수많은 삼나무 기둥이 높이 솟아 있었다.

** 가정의 수호신들.
*** 라티움의 수도.

궁의 입구 통로 벽마다 선반 위에는 조상(彫像)들이 줄지어 있었다. 여러 해 전 에트루리아의 어느 망명자가 왕에게 바치는 공물로 신령들이나 조상들의 모습을 조각한 것이었다. 두 얼굴의 야누스, 사투르누스*, 이탈루스**, 사비누스***, 증조부인 피쿠스였다. 피쿠스는 붉은 머리딱다구리가 되었지만 그의 조각상은 신성한 지팡이와 방패를 든 채 빳빳하게 조각된 토가를 입고 서 있었다. 그 조각상들은 금이 가고 검게 칠한 삼목 속에 험상궂은 형상들을 하고서 두 줄로 놓여 있었다. 크지는 않았지만, 점토로 빚은 작은 크기의 페나테스들을 제외하면 라우렌툼에서 인간의 형태를 한 유일한 것들이었고, 나를 두려움으로 가득 채웠다. 공허한 시선이 빤히 바라보고 있는 그 기다랗고 어두운 얼굴들 사이를, 도끼와 깃털 장식을 한 투구와 투창 아래를, 벽을 따라서 못 박혀 있는 성문의 빗장과 뱃머리와 전리품 아래를, 나는 종종 눈을 질끈 감고 내달렸다.

조각상들의 회랑은 중앙 홀로 통했다. 중앙 홀은 기다랗고 널찍하며 어두운 방으로서 하늘을 향해 한가운데가 뚫려 있었다. 왼쪽에는 의회당과 연회장이 있었는데 어린아이인 나는 거의 들어갈 일이 없는 곳으로, 그 방들 너머 왕족의 거처가 있었다. 똑바로 앞에는 베스타 여신의 제단이 있고 그 뒤에는 벽돌로 지은 둥근 천장의 광들이

....

* 로마 신화에서 농업, 문명, 법률 등을 맡아 다스리는 신. 계절의 신이기도 하다.
** 외노트리아(현재 이탈리아 반도 남단의 칼라브리아 지역)의 전설적인 왕. 이탈리아라는 국명이 그의 이름에서 유래되었다고 한다.
*** 라티움에 살았던 고대 민족인 사비니 족의 전설적 선조.

있었다. 거기서 나는 왼쪽으로 돌아 부엌들을 지나 달려서 큰 중앙 정원으로 나섰다. 정원에는 아버지가 젊었을 때 심어 놓은 월계수 아래 분수가 뛰놀았고, 레몬 나무와 서향나무, 그리고 백리향, 꽃박하, 개사철쑥 관목들이 큼지막한 화분들 속에서 자랐다. 여자들은 일을 하고 잡담을 나누며 실을 잣고 천을 짜고 분수의 물웅덩이에서 물병과 사발 들을 설거지했다. 나는 그들 사이로, 삼목 기둥들로 이루어진 주랑 아래를 달려 궁의 여자들 구역, 즉 가장 좋은 구역인 내 집으로 갔다.

어머니의 주의만 끌지 않도록 조심하면 겁날 게 없었다. 내가 커 가면서 가끔은 어머니가 꽤 상냥하게 말을 걸기도 했다. 그리고 거기에는 나를 아끼고 내 기분을 맞춰 주는 여자들이 많았다. 내 응석을 받아 주는 늙은 베스티나도 있고, 같이 자라나는 다른 소녀들도 있고, 장난 칠 어린아이들이 있었다. 여자들 처소든 남자들 처소든 그것은 내 아버지의 궁이었고, 나는 아버지의 딸이었다.

하지만 내 단짝 친구는 레지아의 소녀가 아니라 소 치는 사람인 티루스의 막내 아이였다. 티루스는 자신의 가축과 더불어 우리 가족의 가축을 맡고 있었다. 그의 가족 농장은 도시의 성문으로부터 400미터쯤 떨어진 곳에 있었고, 많은 부속 건물들이 딸린 넓디넓은 공간이었다. 돌과 목재로 지어진 농가의 본채는 부속 건물들 사이에서 암컷 거위 떼 속의 늙고 털이 센 수컷 거위처럼 커 보였다. 가축우리와 방목장과 목초지들이 채마밭 뒤에서부터 떡갈나무들이 꼭대기를 장식한 나지막한 언덕들 사이로 뻗어 있었다. 그 농장은 끝없는 노동의 장소였고, 사방에서 하루 종일 사람들이 일했다. 그러나 대장간에 불이 밝혀져 모루가 뗑그렁거릴 때, 또는 거세를 하거나 시장에 내다 팔기 위해 가축 떼가 경내에 가두어져 있을 때를 빼면, 그곳은 아주 조용했다. 계곡들로부터 멀찍이 음매 하고 우는 소리와 농가 근처의 떡갈나무 숲 속 산비둘기와 들비둘기들의 종알거림은 끊임없이 부드러운 소리를 만들어 냈고 그 속으로 다른 소음들은 가라앉아 사라져 버렸다. 나는 그 농장을 몹시 좋아했다.

실비아는 가끔 레지아에 와서 나와 어울렸지만 우리 둘 다 실비아네 농장 집에 있는 것을 더 좋아했다. 여름이면 거의 매일 우리는 거기로 달려갔다. 미혼의 왕녀라는 내 신분 때문에 항상 보호자가 필요했기에 나보다 두 살 더 많은 노예인 티타가 같이 갔지만, 그곳에 가면 티타는 바로 농장 여인네들 사이에서 자기 친구들과 어울렸고, 실비아와 나는 달려가서 참새처럼 자유롭게 나무에 오르거나 개울에 둑을 만들거나 새끼 고양이들과 놀거나 올챙이를 잡거나 숲과 언덕을 돌아다녔다.

어머니는 나를 집에 붙잡아 두려고 했다.

"대체 저 애가 어떤 사람들과 어울리는 줄 알아요? 소 치는 사람들이라고요!"

그러나 타고난 왕인 아버지는 그녀의 속물근성을 무시했다.

"아이가 자유롭게 뛰어놀며 튼튼해지도록 내버려 둬요. 그들은 선한 사람들이오."

실로 티루스는 믿음직하고 유능한 사내였다. 그는 내 아버지가 왕국을 다스리는 것만큼 확고하게 목장을 다스렸다. 쉽게 격분하는 성격을 지녔지만 우리 민족은 다 그랬다. 그리고 그는 지방의 신령들과 성소들에 의식과 희생제를 올려 모든 축일을 풍요롭게 했다. 오래전 전쟁들에서 아버지 옆에서 싸웠던 그에게서는 아직까지 전사의 분위기가 조금 풍겼다. 그러나 딸 문제에 관해서라면 데운 버터처럼 부드러웠다. 그의 부인은 딸을 낳고서 곧 죽었고 딸에게는 다른 자매가 없었다. 딸은 아버지와 오빠들과 그 집안 사람들 모두가 애지중지하는 사람으로 자라났다. 그녀는 많은 점에서 나보다 더 왕녀 같았다. 하루에 몇 시간씩 실을 잣거나 천을 짜며 보내지 않았고 아무 의식도 올릴 의무가 없었다. 오래된 요리사들이 그녀를 위해 부엌을 돌보았고, 오래된 노예들이 그녀를 위해 가사를 돌보았으며, 하녀들은 그녀를 위해 벽난로를 청소하고 불을 지폈다. 그리고 실비아에게는 마음껏 언덕을 뛰어다니고 애완동물과 장난칠 시간이 무궁무진했다.

실비아는 동물들을 다루는 놀라운 기술을 지니고 있었다. 저녁이면, '후우우, 히이잉' 하고 목청을 떨며 부르는 소리에 작은 부엉이들이 와서 그녀가 내뻗은 손에 잠시 내려앉곤 했다. 그녀는 새끼 여우도 길들였다. 그 녀석이 다 큰 암컷이 되자 자유롭게 풀어 주었지만, 녀석은 해마다 새끼들을 집으로 데려와 우리에게 보여 주었고, 새끼들은 황혼녘 떡갈나무 숲 아래 풀밭에서 깡충깡충 뛰어놀았다. 실비아는 오빠들이 사냥에서 잡아 온 새끼 사슴도 길렀다. 사냥개들이 그것의 어미를 죽인 것이다. 그들이 그 어린 것을 데려왔을 때 실비아는 열 살인가 열한 살이었다. 그녀는 상냥하게 새끼 사슴을 돌보왔고, 그것은 여느 집의 개만큼이나 길든 멋진 수사슴으로 자라났다. 수사슴은 매일 아침 날쌘 걸음으로 숲으로 들어갔지만, 저녁 식사 시간 때면 늘 집으로 돌아왔다. 그들은 사슴이 식당 안으로 들어와 나무 쟁반들에 담긴 음식을 먹도록 내버려 두었다. 실비아는 그녀의 케르불루스*를 몹시 아꼈다. 씻겨 주고 빗질을 해 주었으며, 가을에는 포도나무 덩굴로, 봄에는 화환으로 사슴의 멋진 뿔을 장식했다. 수컷 사슴은 위험할 수도 있었지만 그 사슴은 다루기 쉽고 순했으며 그 자체만으로 아주 믿음직스러웠다. 실비아가 사슴의 목에 넓고 하얀 띠를 채워 표시를 해 두었기에 라티움 숲의 모든 사냥꾼들은 그녀의 케르불루스를 알고 있었다. 심지어 사냥개들까지 그 사슴을 알고 있어서 녀석에게 달려드는 일이 거의 없었고 그랬다가는 오히려 야단을 맞고 매질을 당했다.

  언덕 위에서, 커다란 수사슴이 균형 있게 뿔 왕관을 인 채 숲에서 고요하게 걸어 나오는 모습을 보는 것은 놀라운 일이었다. 사슴은 무릎을 꿇고 앉아 실비아의 손에 코를 올려놓기도 했고, 실비아가 목을 쓿어 주는 동안 늘씬하고 섬세한 두 다리를 몸뚱어리 아래 접은 채 우리 사이에 앉아 있곤 했다. 그것에게서는 달콤하면서도 강력하고 사냥한 고기에서 나는 것과 같은 냄새가 났다. 두 눈은 커다랗고 짙으며 평온했다. 실비아의 눈도 그랬다. 사투르누스의 시대, 세상에 두려움이 없던 최초의 나날들인 황금시대의 모습이 그러했노라고 시

---

* 라틴어로 작은 수사슴이라는 뜻.

인은 말했다. 실비아는 그 시대의 딸처럼 보였다. 양지 바른 경사지에 그녀와 함께 앉아 있거나 그녀가 속속들이 아는 숲길을 함께 달리는 것은 내 삶의 즐거움이었다. 우리의 소녀 시절에는 우리를 해코지하고자 하는 이가 온 나라에 아무도 없었다. 우리의 '파간'들, 그러니까 논밭의 주민들은 그들의 들판이나 둥그런 오두막집의 문간에서 우리에게 반가이 인사했다. 퉁명스러운 양봉가도 우리를 위해 벌집을 따로 떼어 놓았으며, 낙농장의 여인은 우리에게 크림을 주었고, 목동들은 우리를 위해 수송아지를 타거나 늙은 소의 뿔을 뛰어넘는 장기 자랑을 해 보였고, 늙은 양치기인 이노는 귀리로 피리 만드는 법을 가르쳐 주었다.

때때로 여름날 긴 하루가 저녁을 향해 가고 농장으로 돌아가야 할 때가 오면, 우리는 둘 다 언덕 비탈에 엎드려 마르고 거친 풀과 단단하고 덩어리 진 흙에 얼굴을 바로 댄 채, 더운 여름의 대지, 우리의 대지의 달콤한 건초 냄새와 쓰디쓴 흙 냄새, 그 몹시도 복잡하게 뒤얽힌 냄새를 들이마시곤 했다. 그때는 우리 두 사람 다 사투르누스의 아이들이었다. 그러고 나면 우리는 벌떡 일어나 언덕을 달려 내려갔다, 집으로 달렸다…… 여울까지 누가 먼저 달리나!

내가 열다섯 살 때, 투르누스 왕이 아버지를 공식 방문했다. 그는 내 이종사촌, 어머니의 조카였다. 병든 그의 아버지 다우누스는 그 전해 루툴리아의 왕위를 그에게 넘겨주었고, 우리는 라티움 남쪽의 가장 가까운 도시인 아르데아에서 거행된 그의 화려한 즉위식에 대해 들었다. 라티누스 왕이 다우누스의 처제인 아마타와 결혼한 후로 루툴리아 인들은 우리의 가까운 동맹자들이었으나, 젊은 투르누스는 독자적인 행동을 취하려는 징후들을 보였다. 카에레*의 에트루리아 인들이 아무것도 신성하게 받들 줄 모르는 야만스러운 독재자 메젠티우스를 쫓아냈을 때, 투르누스가 그를 받아들였다. 현재 온 에트루리아가 그 독재자를 받아 주고 보호하는 투르누스에게 분노하고 있었다. 그 독재자는 자신의 권력을 너무나 잔인하게 남용하여 그의 가정의 수호신들조차 그를 저버렸다. 그런 반감은 우리의 관심을 끌었는데, 카에레는 바로 강 건너에 있었기 때문이다. 에트루리아 인의 도시들은 강력했고 가능하다면 그들과 사이좋게 지내는 것이 우리에게 이득이었다.

알부네아의 성스러운 숲으로 걸어가면서 아버지는 이러한 문제들을 나와 상의했다. 숲은 라우렌툼의 동쪽에, 언덕들 아래 있었고 걸어서 하루 거리였다. 우리는 함께 그곳에 몇 번 갔었다. 아버지가 우리의 조상들과 숲과 샘들의 권능을 찬양하고 달래는 의식을 올릴 때 나는 아버지의 시종으로서 거들었다. 둘만의 외로운 보행에서 아버지는 후계자에 관해 말씀하셨다. 비록 내가 아버지의 왕위를 물려받을 수는 없지만, 정치나 통치의 문제에 관하여 무지한 채로 있어야 할 까닭은 없다고 본 것이다. 어쨌든, 나는 거의 확실히 어느 왕국의 여왕이 될 것이다. 아마도 실은 루툴리아의 여왕이 될 터였다.

----

* 이탈리아 로마 북서쪽에 위치한 에트루리아의 고대 도시. 기원전 8세기에 건설되어 해상 무역으로 번성하였다가 기원전 3세기 말에 로마에 정복당했다.

아버지는 그럴 가능성에 대해 얘기하지 않았지만 여자들은 떠들어 댔다. 베스티나는 투르누스 왕이 온다는 얘기를 들었을 때 그 점에 대해서 확신했다.

"우리 라비니아 님 때문에 오는 거군요! 구애하러 오는 거죠!"

어머니는 다함께 잡아당기고 있던 원모(原毛)가 담긴 커다란 바구니 너머로 베스티나를 날카롭게 바라보았다. 양모를 잡아당기는 일, 빗질이 가능하도록 섬유 조직을 분리하기 위해 세탁한 양털의 크고 작은 뭉치들을 갈라 놓는 일은 항상 내가 좋아하는 집안일이었다. 그 일은 편하고 전혀 머리를 쓸 일이 없었다. 깨끗한 양털에서는 기분 좋은 냄새가 나고, 두 손은 양털 속의 기름 때문에 부드러워지고, 크고 작은 양털 뭉치들은 결국 바구니 바깥으로 높이 솟은 크고 하얗고 가볍고 털이 보송보송하고 멋진 구름이 된다.

"자, 그 얘긴 그걸로 충분해. 농부들이나 저 애 또래 여자 아이의 결혼에 대해서 떠들어 대는 법이다."

어머니가 말했다.

"사람들이 그가 이탈리아에서 제일 빼어난 사내라던데요."

티타가 말했다.

"그리고 다른 사람은 아무도 탈 수 없는 종마를 탄대요."

피쿨라가 말했다.

"게다가 머리카락은 황금빛이고요."

베스티나가 말했다.

"그에게는 누이동생 유투르나가 있어요. 투르누스 왕만큼이나 인물이 뛰어난데 강을 절대 떠나지 않기로 맹세했다고들 해요."

사벨라가 말했다.

"거위 떼처럼 떠들어 대는구나!"

어머니가 말했다.

"여왕님, 여왕님은 그가 아이 적일 때 알고 계셨지요?"

어머니가 총애하는 시녀인 시카나가 물었다.

"그래, 그는 잘생긴 어린 소년이었지. 자기 방식대로 하는 것을 아주 좋아했고."

어머니는 살짝 미소를 지었는데, 어린 시절 고향에 대해서 이야기할 때면 종종 그랬다.

나는 왕족의 처소 너머 궁의 남동쪽 구석에 있는 망루로 올라갔다. 거기서는 거리를 내려다볼 수 있고 성벽과 성문 너머를 볼 수 있었다. 나는 방문객들이 성문에 도착하여 비아 레지아*에 오르는 것을 보았다. 모두가 말을 타고 있었으며, 가슴받이가 번쩍이고 투구 장식이 까딱거렸다. 나는 중앙 정원으로 달려 내려가 아버지가 투르누스를 환영하는 동안 궁의 사람들과 함께 서 있었다. 나는 그와 그의 부하들, 그리고 깃털 장식을 한 그의 높다란 투구를 자세히 보았다. 그는 화려하게 잘생겼고, 균형 잡힌 몸매에 근골이 강건했다. 또한 굽슬굽슬한 적갈색 머리카락과 짙푸른 색의 눈동자를 지녔고, 자세가 당당했다. 그에게 신체적 단점이 있다면 강건한 체격과 두툼한 가슴에

---

* '왕의 길'이라는 뜻으로 가장 중요한 도로 또는 큰 길을 일컬음.

비해 다소 키가 작아서, 걸음걸이가 약간 거들먹거리는 것처럼 보인다는 점이었다. 목소리는 중후하고 맑았다.

나는 그날 대형 홀의 저녁 만찬에 부름을 받았다. 어머니와 나는 제일 좋은 연한 색의 로브를 걸쳤는데, 시녀들이 주위에서 온통 시끄럽게 떠들며 우리 머리를 가지고 법석을 떨었다. 시카나가 어머니에게 라티누스 왕의 결혼 선물이었던 금과 석류석으로 만들어진 커다란 목걸이를 내보였으나, 어머니는 그것을 치우고 형부인 다우누스가 이별의 선물로 주었던 은과 자수정으로 만들어진 목걸이와 귀걸이를 했다. 어머니는 기쁘고 즐거워 보였다. 나는 여느 때처럼 그녀 뒤에 숨을 수 있을 거라고, 그녀의 압도적인 아름다움에 가려져 보호받을 거라고 생각했다.

그러나 식사하는 동안 투르누스는 아버지와 어머니 두 사람과 정중하게 이야기를 나누면서도 나를 바라보았다. 빤히 바라보지는 않았지만 슬쩍 미소를 머금은 채 보고 또 보았다. 나는 전에 없이 당황했다. 그의 강렬한 파란색 눈동자가 무서워지기 시작했다. 내가 용기를 내어 흘끗 쳐다볼 때마다 그는 나를 바라보고 있었다.

나는 사랑과 결혼을 한 번도 생각해 본 적이 없었다. 생각할 게 뭐가 있겠는가? 내가 결혼할 때가 되면 결혼할 것이고, 자연스레 사랑이 뭔지, 출산과 또 나머지 것들은 뭔지 알게 될 것이다. 그때까지, 그런 것들은 나에게 아무런 의미가 없었다. 실비아와 나는 실비아에게 추파를 던지는 잘생긴 젊은 농부나, 나에게 말을 걸려고 가끔 주위에서 서성이는 그녀의 제일 큰 오빠에 대해 농담하거나 서로 짓궂게 놀렸다. 하지만 그건 모두 말뿐이며 아무런 의미도 없었다. 궁과 이 도시, 온 나라의 어떤 남자도 투르누스처럼 나를 바라볼 수 없었다. 나의 왕국은 처녀의 세계였고, 나는 아무 위협도 받지 않고 편안하게 그 왕국의 내 집에 있었다. 어떤 남자도 나를 무안하게 만든 적이 없었다.

이제 나는 머리카락 끝부터 가슴까지, 무릎까지 내리 벌겋게 타오르는 것을 느꼈다. 나는 수치심으로 움츠러들었다. 식사를 할 수 없었다. 포위군에 둘러싸여 있는 것 같았다.

투르누스라면 나를 수줍음 타는 말없는 소녀로 묘사한 시인의 초상을 확실히 알아보았을 것이다. 내 옆에 앉아 있는 어머니는 내가 불편해 하는 것을 아주 잘 의식했지만 그 사실을 불쾌해 하지는 않았다. 그녀는 나를 위축된 채로 내버려두고 투르누스에게 아르데아에 대해서 이야기했다. 어머니가 아버지에게 신호를 주었는지 아니면 아버지 스스로 내린 결정인지 모르겠지만, 사람들이 고기 쟁반들을 내가고, 시동이 제물을 불에 던져 넣고, 시종들이 다음 차례를 위해 물병과 냅킨을 돌리고 포도주 잔을 다시 채우자, 아버지는 바로 어머니에게 나를 내보내라고 했다.

"잔치의 꽃을 잃겠군요."

손님으로 온 왕이 우아하게 투덜거렸다.

"어린아이는 자야 한다오."

아버지가 말했다.

투르누스는 자신의 잔(쿠레스에서 가져온 양손잡이 황금 술잔으로서 사냥 장면이 새겨져 있는데, 아버지가 전쟁에서 획득한 전리품이자 우리의 가장 훌륭한 식기였다.)을 들고 말했다.

"아버지이신 티베르 강의 모든 딸들 중 가장 아름다운 이여, 좋은 꿈 꾸시기를!"

나는 얼어붙은 채 앉아 있었다.

"가거라!"

어머니는 비웃는 듯한 표정을 짓고 나에게 나직하게 말했다.

나는 맨발로 최대한 빨리 빠져나왔다. 가죽신을 신느라 멈추고 싶지도 않았기 때문이다. 내 뒤의 홀에서 투르누스의 울려 퍼지는 목소리를 들었지만 뭐라고 하는지는 알 수 없었다. 귀가 윙윙거렸다. 정원의 밤공기는 화끈거리는 얼굴과 몸에 찬물을 끼얹는 것 같아서 나는 숨 막혀 하며 몸을 떨었다.

여자들 처소에 이르자 당연히 모든 계집애들과 여인들이 달려들어 나한테 얘기하고 서로서로 떠들어 댔다. 정말 훌륭하고 멋진 젊은 왕이라는 둥, 아주 듬직하고 훤칠하다는 둥, 홀에서 쓰고 있던 투구와 큰 칼과 금동 가슴받이는 마치 거인의 것 같더라는 둥 떠들었다. 그러고는 그가 저녁 만찬에서 뭐라더냐, 그가 내 마음에 들더냐고 물어 댔다. 나는 대답할 수가 없었다. 베스티나가 그들을 모두 물리치도록 도와주면서, 나에게 열이 있어 보이니 가서 자야 한다고 말했다. 마침내 그녀 역시 설득해서 나 혼자 내버려두도록 한 후에야, 나는 작고 조용한 내 방의 침대에 누워 투르누스에 대해 생각해 볼 수 있었다.

그가 마음에 드느냐 어쩌냐 묻는 것은 물론 어리석은 일이었다. 어린 계집애가 남자를, 그것도 잘생긴 남자이자, 아마도 첫 번째 구혼자가 될 왕을 만나면, 그를 좋아하지 않거나 반감을 품게 마련이다. 소녀의 가슴은 뛰고, 소녀의 피는 내달리며, 그를 본다…… 오로지 그만 본다. 아마도 토끼가 매를 쳐다보듯, 땅이 하늘을 쳐다보듯 말이다. 나는 어느 도시가 그 성문 앞에 있는 화려한 이방인을 보듯, 군대의 대장을 보듯 투르누스를 보았다. 그가 거기에 있다는 사실이, 그가 온 것이 놀랍고 무시무시했다. 어떤 것도 다시는 전과 같지 않을 터였다. 그러나 아직, 그 문의 빗장을 열 필요는 없었다.

투르누스는 며칠을 묵었지만, 나는 딱 한 번만 그를 다시 만났다. 그는 머무르는 마지막 날 저녁 만찬에 내가 참석할 것을 청했고, 나는 연회에 나가야 했다. 하지만 손님들 및 동석자들과 같이 식사하지는 않았고, 식사 후에 노래를 듣고 무희들을 구경하는 자리에만 나갔다. 나는 어머니와 같이 앉았고 또다시 투르누스는 자꾸 나를 바라보았는데, 그것을 숨기려고 애쓰지도 않았다. 그는 우리를 보고 미소 지었다. 그의 미소는 유쾌하고 잽싸게 번쩍이는 미소였다. 그가 무희들을 지켜보고 있을 때 나는 그를 쳐다보았다. 나는 그의 귀가 매우 작다는 것과, 두상이 훌륭하며 턱은 네모지고 강인해 보인다는 것을 알아챘다. 늘그막에 이르면 이중 턱이 될 것 같았다. 뒷목은 나긋나긋하고 매끄러웠다. 나는 그가 아버지의 말을 경청하며 정중히 대하는 것을 보았다. 그의 근처에 앉은 아버지는 늙어 보였다.

어머니는 조카보다 열 살이나 열두 살쯤 더 많았지만 그날 밤에는 그렇게 보이지 않았다. 그녀는 두 눈을 반짝이며 웃음을 터뜨렸다. 그녀와 투르누스는 사이가 좋았고 허물없어 보였다. 그들은 식탁에 마주 앉아 명랑하게 이야기했고, 다른 손님들도 그 대화에 참여했으며, 아버지는 인자한 모습으로 그들의 이야기를 경청했다.

투르누스가 떠난 다음 날, 아버지가 사람을 보내 나와 어머니를 불렀다. 우리는 연회장 바깥의 주랑 현관 아래를 산책했다. 늘 아버지의 주변에 있던 사람들은 모두 물려 놓은 채였다. 비가 내리는 봄날이었고, 그는 늙어 가며 추위를 타는 탓에 토가를 걸치고 있었다. 한동안 말없이 우리와 보조를 맞추어 걷다가 그가 말했다.

"라비니아, 루툴리아의 왕이 지난밤에 너의 구혼자가 되고 싶다는 말을 하려더구나. 나는 그가 얘기를 그만하게 했다. 너는 아직 내가 구혼이나 결혼에 관한 이야기를 허락할 나이에 이르지 않았노라고 말해 주었지. 물론 그는 이의를 제기하려고 했지만 내가 허락지 않았다. 내 여식은 너무 어리다고 말했다."

그는 우리 두 사람 모두를 바라보았다. 나는 뭐라고 말해야 할지 몰랐다. 나는 어머니를 쳐다보았다.

"그에게 아무런 격려도 해 주지 않았어요?"

그녀는 남편과 같이 있을 때면 늘 그렇듯, 차분하고 예의 바르게 질문했다.

"라비니아가 언제까지나 어릴 거라고 말하지는 않았소."

아버지는 특유의 온화하면서도 감정이 담기지 않은 태도로 말했다.

"투르누스 왕은 자신의 신부에게 줄 것이 아주 많아요."

어머니가 말했다.

"실로 그렇지. 훌륭한 땅이 있지. 또 사람들이 얘기하기로, 그는 훌륭한 투사라더군. 그의 부친은 확실히 그러했소."

"나는 그가 용맹한 전사일 거라고 확신해요."

"그리고 부유하고."

우리는 주랑 현관 아래를 왔다 갔다 했다. 빗방울이 정원에 후드득 떨어졌고, 레몬 나무의 이파리들이 고개를 까딱거렸다. 커다란 월계수 밑은 아직 꽤 건조해서, 궁의 소녀 하나가 거기에 앉아 실을 자으며 긴 실 잣는 노래를 불렀다.

"그래서 당신은 그 청년이 내년에 다시 온다면 그에게 호의를 보일 수도 있겠구려?"

아버지가 어머니에게 물었다.

"아마도 그럴 거예요. 참으로 그가 기꺼이 기다린다면요."

어머니는 침착하게 답했다.

"그리고 라비니아, 너는?"

"모르겠어요."

아버지는 내 어깨에 손을 올렸다.

"얘야, 걱정하지 마라. 이런 일에 대해선 시간이 많단다."

"베스타를 지키는 일은 어쩌시려고요?"

나는 아무래도 "제가 결혼해서 가 버리면"이라고는 말할 수가 없었다.

"흠, 이제 생각해 봐야지. 여자 애를 하나 골라서 네가 그 의무들을 가르치기 시작하렴."

"마루나로 할게요."

나는 바로 말했다.

"에트루리아 인이냐?"

"그 애의 어머니가요. 아버지께서 강 너머를 급습하셨을 때 데려오셨죠. 마루나는 여기서 자랐어요. 그 애는 '경건'해요."

그 단어로써 내가 하고자 한 말은 그 애가 의무를 행하기에 책임감 있고 충직하며, 신을 경외할 준비가 되어 있다는 것이었다. 아버지는 그 단어의 의미와 그것의 중요성을 나에게 가르쳐 주었더랬다.

"좋다. 네가 불을 돌보고 화로를 청소하고 신성한 소금을 만들 때 그 애를 데려가거라. 그 애가 이 모든 일들을 익히게 하렴."

어머니는 이 점에 관해 아무 말도 없었다. 왕의 화로에 불이 지펴져 있도록 하는 것은 왕의 딸이었다. 물론 나는 알고 있었다, 우리가 매일 저녁 식사를 하러 앉을 때 제단 불에 음식을 바치고 축복의 말을 하는 소년이 아들이 아니라는 사실, 아들이었어야 하지만 그저 시중드는 소년이라는 사실이 부모님 모두에게 쓰라린 일임을. 이제 불과 광을 돌보는 일까지도 대리인에게, 어느 노예에게 돌아가야 하는 것이다.

아버지는 작게 한숨을 내쉬었다. 그의 크고 따뜻하고 단단한 손이 아직 내 어깨 위에 있었다. 어머니는 무표정하게 앞으로 걸어갔다. 우리가 방향을 돌려 기둥들 아래로 다시 걸어올 때 그녀가 말했다.

"젊은 왕이 너무 오랫동안 기다리게 하지 않는 게 좋을 거예요."

"1년, 아니면 2년이나 3년쯤일 거요."

라티누스 왕이 말했다.

어머니는 질색을 하고 조급해 하며 주춤 물러섰다.

"하, 3년이라고요! 그 남자는 젊어요, 라티누스! 혈관 속에 뜨거운 피가 흐른다고요."

"우리 딸이 자랄 시간을 줘야 할 이유는 더 많소."

어머니는 말다툼하지 않았다, 그녀는 결코 말다툼하는 법이 없었다. 하지만 어깨를 으쓱거렸다.

나는 그녀가 어깨를 으쓱이는 모습에서 내가 투르누스같이 훌륭한 상대에게 어울리는 짝으로 자라날 거라고는 믿지 않는다는 불신을 읽었다. 실로 나도 어떻게 그에게 어울리는 짝으로 자라날 수 있을지 의심스러웠다. 그런 남자와 결혼하려면 어머니처럼 가슴이 깊이 패고 당당하며, 어머니처럼 맹렬하고 아주 아름다워야 할 것이다. 나는 작달막한 말라깽이인 데다, 햇볕에 그을리고 촌스러웠다. 나는 여인이 아니라 소녀였다. 나는 어깨에 놓여 있는 아버지의 손 위에 내 손을 올렸고, 그 손을 잡은 채 걸어갔다. 밤에 내 방의 어둠 속에서 파란 눈동자의 투르누스를 보았지만, 내 집을 떠난다는 것은 생각하고 싶지 않았다.

투르누스가 라우렌툼을 방문했을 때 그의 검과 가슴받이가 걸려 있던 것처럼, 여기 라비니움의 우리 궁 입구 통로에는 아이네아스의 무구가 걸려 있다. 나는 아이네아스가 그 무구를 착용한 것을 몇 번 보았다. 모두 청동으로 만들어진 장검 및 둥근 방패와 더불어 투구와 흉갑, 정강이받이들을 말이다. 그는 바다가 태양 아래 번쩍이며 눈부시게 빛나듯 빛난다. 거기에 걸려 있는 그의 무구를 보면 그가 얼마나 크고 힘이 넘치는 사내인지 깨닫게 된다. 그는 보기에는 크지 않다. 심지어 아주 강건해 보이는 편도 아니다. 그것은 그의 몸의 비율이 완벽하기 때문이고, 크고 힘센 대부분의 사내들이 그러듯 주변의 사람과 사물을 밀어젖히고 나아가는 게 아니라 그들을 고려하면서 가볍고 우아하게 움직이기 때문이다. 그렇지만 나는 그가 그렇게 쉽사리 걸치는 무구를 제대로 들지도 못한다. 그것은 그의 어머니*가 준 선물로서, 불의 신을 시켜 그를 위해 만들도록 했다고 아이네아스가 말해 주었다. 실로 그 무구를 벼리고 만든 사내는 대장장이의 신**이었다. 온 서쪽 세계에 그 방패처럼 아름다운 작품은 없다.

일곱 겹으로 용접된 청동의 표면은 양각으로 우아하게 조각한 다음 금과 은을 새겨 넣어 돋보이게 한 위대한 인물들의 모습으로 뒤덮

---

*   그리스 신화의 아프로디테, 로마 신화의 베누스 여신을 가리킴.
** 헤파이토스를 일컬음.

여 있다. 그리고 여기저기에 전투로 인하여 살짝 팬 곳과 긁힌 자국들이 있다. 나는 곧잘 서서 그 방패를 유심히 뜯어본다. 내가 제일 좋아하는 그림은 왼쪽 높은 곳에 있다. 암늑대 한 마리가 날씬한 목을 뒤로 돌려 젖먹이 새끼들을 핥아 주고 있는데, 그 새끼들은 인간 남자 아기들이다. 그 사내아이들은 열심히 늑대의 젖꼭지를 빨고 있다. 마음에 드는 또 다른 그림은 거위 그림인데, 전체에 은이 입혀져 있다. 거위는 목을 위로 쭉 뻗은 채 경고의 소리를 내고 있다. 거위 뒤에서는 몇몇 사람들이 절벽을 오르고 있다. 그들의 머리카락은 곱슬곱슬한 금색이고, 그들이 입은 망토에는 은빛 줄무늬들이 있다. 저마다 목에는 꼬인 금 목걸이를 차고 있다.

늑대에게서 멀지 않은 곳에 우리의 축제 덕분에 내가 알아볼 수 있는 형상들이 있다. 잎처럼 둘로 갈래 진 방패를 든 몇몇 '춤추는 사제들', 그리고 벌거벗은 채 뛰어다니며 웃는 여자들을 향해 가시나무 막대기를 휘두르는 두 명의 늑대 소년들이 그렇다. 그림의 이곳저곳에 여자들이 몇 명 있지만 대부분은 남자들, 싸우는 남자들이다. 끝없는 전투 장면들에, 찢겨 나간 남자들, 배가 갈라진 남자들, 무너져 내린 다리들, 허물어진 담들, 살육의 장면들이다.

아이네아스는 그 그림들의 어느 장면 속에도 없다. 시인은 나에게 아이네아스의 도시가 포위당하고 몰락한 것에 대하여, 또 그가 라티움에 오기 전에 한 방랑들에 대하여 아무것도 이야기해 주지 않았는데, 방패에서 그것들을 알아볼 수 있다.

"이것들은 트로이아 전쟁의 장면들인가요?"

내가 아이네아스에게 묻자, 그는 머리를 젓는다.

"나는 그 그림들의 정체를 모르겠소. 그것들은 아마도 아직 벌어지지 않은 일의 장면들일 거요."

"그렇다면, 아직 벌어지지 않은 일이란 대개 전쟁이죠."

나는 그렇게 말하며 그것들 사이에서 전투가 아닌 장면들, 투구를 쓰지 않은 얼굴을 찾는다. 집단 강간의 모습이 보인다. 여자들은 전사들에게 끌려가며 비명을 지르고 싸운다. 노들이 한 줄로 늘어선 크고 아름다운 배들의 모습이 보인다. 하지만 그 배들은 모두 교전 중이고 몇 척은 불타오르고 있다. 불과 연기가 물 위로 솟구쳐 오르고 있다.

"그건 우리의 아들들의 아들들이 물려받을 왕국일 것 같소."

그가 아주 나지막하게 말한다. 아이네아스는 늘 침묵하던 중에 말하며, 장황하게 말하는 경우가 드물고, 대개 나지막한 음성으로 말한다. 그는 결코 음울한 게 아니라 과묵하며, 오로지 그래야 할 때만 마치 자신의 검을 다루듯 단어들을 다룬다.

그렇다면, 그 그림들의 많은 장면들 속에 있는 거대한 도시, 그것은 내 시인의 로마이다. 나는 방패 한가운데의 해상 전투를 좀 더 자세히 들여다본다. 배의 고물에 차갑고 준수한 얼굴을 지닌 남자가 서 있다. 불이 그의 머리에서부터 흐르고, 혜성 하나가 머리 위에 걸려 있다. 나는 그가 위대해진 자, 아우구스투스이리라 생각한다.

계속해서 바라보다 보니 이전에 한 번도 보지 못했던 것들이 보인다. 그 도시, 아니면 어떤 큰 도시가 완전히 파괴되어 불탄 채 온통 폐허가 되어 있다. 또 하나의 파괴된 도시가 보인다, 그리고 또 하나. 거대한 불들이 잇따라 한 줄로 터져 나오며 불꽃으로 한 지방 전체를 감싼다. 거대한 전쟁 기계들이 땅 위를 기어가거나 바다 밑으로 뛰어들거나, 허공을 날아간다. 대지가 기름진 검은 먼지 구름 속에서 타오른다. 이제 파괴의 거대한 둥근 구름이 세상의 끝에서 바다 위로 솟아오른다. 나는 그것이 세상의 끝임을 안다. 나는 공포에 질려 아이네아스에게 말한다.

"봐요, 보라고요!"

그러나 그는 내가 방패 속에서 보는 것을 볼 수 없다. 그는 그것을 볼 때까지 살지 못할 것이다. 그는 겨우 3년 후에 죽어 나를 과부로 만들 것이다. 오로지 나, 알부네아의 숲에서 시인을 만났던 나만이 계속해서 남편의 청동 방패를 통하여 그가 싸우지 않을 그 모든 전쟁들을 볼 수 있다.

시인은 그가 살도록, 위대하게 살도록 만들었고, 그러니 그는 죽어야 한다. 나, 시인이 그토록 적은 생명을 부여한 나는 계속 살아갈 수 있다. 세상 끝에서 바다 위의 그 구름을 볼 때까지 나는 살아 있을 수 있다.

나는 갑자기 눈물이 터져 나와 아이네아스를 꼭 껴안는다. 그리고 그는 나를 부드럽게 안으며 사랑하는 이여, 울지 말라고, 울지 말라고 말해 준다.

✳

　내가 사는 궁은 네 개의 거처로 나뉜 정사각형 모양이다. 커다란 월계수가 한가운데, 그 교차점에 있다. 나는 동틀 녘에 궁과 도시에서 나가 도시 동쪽의 들판으로 간다.

　우리 파간들이 살아가는 파구스는 일정한 모양의 경작지이고, 경작지들 사이에 난 길들이 파구스의 윤곽을 그린다. 네 개의 경작지가 만나는 교차점에는 합류점의 신령인 라레스의 사당이 있다.* 그 사당에는 네 개의 문이 있고 문마다 그 앞에 경작지의 제단이 있다. 나는 경작지들 사이에 난 길들 중 한 곳에 서서 하늘을 올려다본다.

　하늘의 집은 무한하지만, 마음으로 나는 거기에 경계를 만들어 네 부분으로 나눈다. 나는 한가운데, 그 교차점에 서서 남쪽을, 아르데아 쪽을 향한다. 텅 빈 하늘을 바라보자 그 속으로 빛이 천천히 솟아오른다. 까마귀들이 왼쪽, 동쪽 언덕들로부터 날아와 내 위에서 울어 대며 원을 그리다가, 언덕 꼭대기에 광채를 씌우는 아침놀 속으로 돌아간다. 그것은 좋은 징조다, 하지만 붉은 아침놀은 파란만장한 날을 예고한다.

---

* 고대 로마에서는 가정의 수호신인 라레스와 별도로 네거리의 수호신 라레스 콤피탈레스, 길과 나그네의 수호신 라레스 비알레스 등을 모셨다.

나는 열두 살 때 처음으로 아버지와 함께 언덕 밑의 신성한 숲인 알부네아에 갔다. 높은 동굴로부터 유황천이 흘러나와 그곳의 어둠침침한 대기는 끝없이 소란한 소음으로 가득 차 있고 안개에서는 부패한 달걀 냄새가 난다. 알부네아는 죽은 자들의 영령이 부르면 들리는 거리 안에 있다. 옛 시절에는 온 서쪽 땅에서 사람들이 와서 그곳의 영들과 신들로부터 조언을 얻었다. 이제 많은 이들은 같은 이름을 지닌 티부르 근처의 신탁소로 간다. 보다 작은 이 알부네아는 우리 가족에게 신성한 곳이다. 아버지는 마음이 심란할 때면 그곳에 갔다. 이번에는 아버지가 나에게 이렇게 말했다.

"애야, 제사 옷을 걸쳐라. 제물을 챙겨서 나를 거들어라."

나는 집에서 종종 시동으로서 아버지를 거들었다. 그것은 어린이의 의무였다. 그러나 그 신성한 샘에 간 적은 한 번도 없었다. 나는 붉은색 테를 두른 토가를 걸치고 베스타 제단 뒤의 광에서 소금 친 밀가루*가 든 자루를 가져왔다. 우리는 낯익은 들판과 목초지들 사이에 난 길로 몇 킬로미터를 걸어갔다. 그러고 나서 내가 전에 한 번도 본 적 없는 지역에 들어섰는데, 더 황량했고, 숲이 우거진 언덕들이 양쪽으로 더 가까이 다가왔다. 우리는 작은 개울에 이르렀고 개울의

---

* 밀의 일종인 에머 밀과 소금을 섞은 것으로서 고대 로마에서 베스타 여신을 섬기는 처녀가 제물로 사용했다.

바위 많은 골짜기의 북쪽을 따라갔다. 아버지는 그 개울의 이름이 프라티라고 가르쳐 주었고, 라티움의 강들에 대해 얘기했다. 라우렌툼에 있는 렌툴루스 강, 하레노수스, 프라티, 스타그눌루스 강에 대해서였다. 그리고 알바누스 산에서 높이 솟아오르는 성스러운 누미쿠스 강에 대해서도 이야기했는데, 이 강은 루툴리아와 우리의 경계였다.

아버지는 제물로 태어난 지 2주 된 양을 가져갔다. 때는 4월이었다. 덤불은 모두 눈을 틔우고 꽃을 피우기 시작했다. 언덕 사면의 떡갈나무들은 길고 섬세하며 차분한 청동색의 꽃을 품고 있었다. 우리 앞쪽의 숲은 알바누스 산을 향하여 위로 위로 솟아올랐고 우리 왼쪽에는 바위투성이 숲이 먹구름처럼 걸려 있었다. 우리는 떡갈나무들 밑으로 들어섰다. 숲 속은 어두웠고, 들판과 관목 숲이 새들의 노래로 시끄러웠던 반면 이곳은 몇 마리 새만이 노래를 불렀다. 나는 가까운 곳에 있는 샘의 독한 냄새를 맡을 수 있었지만 샘의 안개는 보이지 않았고 물의 소음이 희미하게만 들려왔다. 곧 끓어오를 주전자처럼 나지막하게 슷슷거리는 소리였다.

성소는 숲 속 깊이 풀숲 우거진 빈터에 있었고, 내 무릎 높이만 한 바위 담이 대충 사각형 모양으로 성소를 다른 곳과 구분 짓고 있었다. 담장의 안쪽으로 들어서자 수호신의 느낌, 즉 성스러운 것들의 존재감과 그 지배력이 기묘할 정도로 강력하게 느껴졌다. 해어지고 썩어 가는 양털들이 담장 안 땅바닥에 여기저기 흩어져 있었다. 거기에는 작은 바위 제단이 있었다. 아버지는 담장 바깥에서 한 조각 잔디를 베어 와서 제단 위에 놓았다. 우리는 토가의 귀퉁이를 끌어당겨 머리에 뒤집어썼다. 아버지는 불을 붙였다. 나는 어린 월계수 가지로 화환을 만들어서 양에게 씌웠다. 자루에서 소금 친 밀가루를 꺼내어 양에게 뿌린 다음 아버지가 기도하는 동안 들고 있었다. 양은 유순하고 두려움이 없었다. 훌륭한 제물이었다. 양 나름의 경건함을 지닌 것이다. 내가 들고 있는 사이에 아버지가 기다란 청동 칼로 양의 목을 땄다. 그리고 두려워하고 감사하는 마음으로 우리가 모르는 신들에게 그 생명을 바쳤고, 우리가 그 신들과 평화 속에 거하기를 갈구했다. 우리는 신령들의 힘을 더욱 증대시키기 위해 제단 불에 양의 내장을 태웠다. 전날 정오 이후로 금식했기 때문에, 우리는 양의 갈비를 구워 먹었다. 나머지 고기는 집으로 가져가기 위해 내가 꾸렸다. 아버지는 양의 가죽을 벗겨 내어 털이 위쪽으로 가게 땅바닥에 놓았다. 그리고 먼저 있던 다른 양가죽들을 모아 펼쳐 놓았다. 며칠간 내린 비 때문에 그것들은 축축했고, 부패한 냄새와 곰팡이 냄새가 났지만, 알부네아에서는 그것이 침대였다.

　이제는 꽤 컴컴했다. 태양의 붉은 빛은 나무들의 통로에서 사라져 버렸고 나뭇가지들 사이로 보이는 하늘은 침침했다. 우리는 양가죽 위에 누웠고, 머리 밑에는 우리가 잡은 양의 털을 깔았다.

　그날 밤 알부네아의 권능이 아버지에게 임했는지 어땠는지는 모르겠지만, 나에게는 임했다. 다른 이들에게 임할 때처럼 나무들 사이에서 말하는 목소리로 임한 게 아니라 꿈으로 임했다. 또는 내가 그것을 꿈으로 받아들였거나. 잠결에 나는 어느 강 옆에 있었는데, 누미쿠스 강 같았다. 나는 홀로 여울에 서서 돌멩이들 사이로 흐르는 맑은 물을 지켜보고 있었다. 흘러가는 물 속에서 한 가닥 색실 같은 것을 보았다. 핏줄기였다. 그것은 두꺼워지면서 붉은 구름 같은 것으로 흐릿해졌고 하류로 떠내려가 사라져 버렸다. 묵직하고도 묵직한 슬픔의 무게가 가슴을 내리눌러 나는 주저앉고 말았고 몸을 웅크린 채 돌멩이들 사이에서 흐느꼈다. 마침내 나는 일어나 섰고 상류로 걸어가 어느 도시에 이르렀다. 도시의 성벽은 새 흙벽이었다. 나는 여전히 울고 있었고, 웃옷 끄트머리를 잡아 머리와 얼굴 위에 쓰고 있었지만, 그 도시가 나의 집임을 알았다. 그러고 나서 꿈속에서 다시 알부네아의 숲에 있었는데, 여전히 혼자였다. 이번에 나는 제단이 있는 빈터를 지나 샘으로 갔다. 동굴에는 가까이 가지 못했다. 그곳은 슉슉대며 끓어오르는 소음으로 시끄러웠고, 동굴 입구 주변의 땅은 온통 수렁에 얕은 웅덩이들이었다. 악취를 풍기는 푸르스름한 안개가 샘물과 지면 위에 맴돌았다. 나는 나무들 사이에서 딱따구리 소리를 들었다, 새가 나무줄기를 쪼는 소리와 마치 거친 웃음소리 같은 울음소리를. 그러고 나서 그 새가 날아왔다. 나는 뒤로 물러서며 겁을 먹고 머리 위로 옷을 끌어당겼으나 새는 나를 공격하지 않았다. 딱따구리의 주홍색 머리가 내 앞에서 번뜩였다. 새는 아주 가볍게, 마치 가장 부드러운 베일로 건드리듯, 날개로 내 눈을 두 번 쓸었다. 새는 웃듯이 지저귀며 날아가 버렸다. 고개를 들어 보니 나무들 아래가 어둡지 않았다. 숲은 그늘 없이 고요한 빛으로 가득했고, 샘물과 안개는 반짝였다.

그때 나는 잠에서 깨어났고, 잠시 빈터에서 그와 똑같은 고요한 빛을 보았다. 날이 밝아 오며 빛은 희미해졌다.

떠나기 전에, 나는 샘으로 가서 비록 그림자가 져 있지만 꿈속에서 보던 것처럼 샘을 보았다.

집으로 출발하면서 아버지는 다시 말이 없어졌다. 숲 밖으로 나오자 나는 남쪽을 바라보며, 누미쿠스 강이 흘러가던 방향, 그 여울, 꿈속에서 본 도시가 있던 곳을 그려 보았다. 그리고 말했다.

"아버지, 지난밤 자고 있을 때 피쿠스 할아버지가 찾아오셨어요."

그리고 내가 본 것을 말씀드렸다.

아버지는 이야기를 귀 기울여 듣고 나서 한동안 아무 말 없다가 마침내 말했다.

"그 새는 강력한 조상이신데."

"내가 열병에 걸렸을 땐 그 새가 내 머리를 쪼는 꿈을 꿨어요. 나는 괴로워서 울어 댔고요."

"하지만 이번엔 날개로 네 눈을 건드렸구나."

나는 고개를 끄덕였다. 우리는 잠시 걸었다.

"알부네아는 그의 재주 속에 있다. 그와 숲의 다른 신들의 재주 속에. 딸아, 그는 너에게 알부네아의 자유를 주었구나. 그가 네 눈을 열어 볼 수 있도록 해 주었다."

"다시 아버지와 함께 와도 돼요?"

"네가 오겠다면 그래도 될 것 같구나."

내 딸이 살았다면 그 애는 결코 나처럼 안전하고 자유롭게 우리 소유지 바깥의 들판 사이로, 또는 언덕 비탈을 따라 풀 뜯는 목축들 사이로 뛰어다니지 못했을 것이다. 내 아들이 아이였을 적에는 숲이 파구스의 경작지들보다 더 안전했다. 그러나 내가 소녀였을 적에는 탁 트인 언덕 비탈이나 알부네아로 가는 황무지 길을 마루나만 데리고 아무 동반자 없이도 종종 걸었다. 마루나가 끝까지 같이 갈 때도 있고, 나 홀로 성스러운 빈터에 갈 때도 있었다. 그럴 때면 그녀는 숲가에 있는 나무꾼네 가족과 밤을 지냈다. 아버지가 라티움에 가져온 참된 평화가 오래도록 유지되었기에 그럴 수 있었던 것이다. 그 평화 속에서는, 어린 아이들이 가축을 지켜도 문제없었고 양치기들은 도둑맞을 위험 없이 가축이 여름 목초지를 돌아다니도록 내버려두었다. 여인과 소녀 들은 호위를 받거나 무리 지어 다닐 필요 없이 라티움의 어느 길도 안심하고 걸을 수 있었다. 아무 길도 나지 않은 진짜 황야에서조차도 우리는 인간이 아니라 늑대나 곰을 무서워했다. 이러한 질서가 소녀 시절 내 모든 삶을 받들어 주었기에, 나는 세상이란 늘 그런 식으로 존재했고 앞으로도 그러리라고 생각했다. 평화가 어떻게 인간들을 안달하게 하고, 평화가 지속되는 동안 어떻게 인간들이 그 평화에 맞서 초조한 분노를 그러모으는지, 평화를 위해 신들에게 기도할 때조차 어떻게 그것에 맞선 공작을 하고 꼭 그것을 깨트려 전쟁과 학살, 강간, 헛된 낭비에 무릎 꿇는지 나는 몰랐다. 모든 위대한 신들 중 내가 가장 두려워하는 신은 내가 경배할 수 없는 신이다. 경계를 걷는 신, 숫양이 암양을, 수소가 암소를 덮치게 하고 농부들의 손에 검을 쥐게 하는 신. 마우오르스 또는 마르모르 또는 마르스라 불리는 신이다.

나는 궁의 광들을 지켰다. 그것은 왕의 여식이자 카밀라, 즉 수련하는 이의 의무였다. 우리가 먹는 음식은 나의 책임이었다. 나는 음식에 축복을 내려 줄 신성한 소금과 곡식을 빻았다. 매일 충실하게 우리 삶의 빛나는 중심인 화덕에서 불이 타오르도록 베스타를 돌보았다. 그러나 정문 옆에 마르스 신이 사는 작은 방에는 들어가도 된다는 허락을 받지 못했다. 쟁기의 마르스, 황소와 종마의 마르스가 아닌, 늑대의 마르스도 아닌 다른 마르스, 그러니까 사제들이 새해가 시작되는 날 끌어내는 검과 창, 방패의 마르스 말이다. 사제들은 그를 흔들어 깨워 일으켜 세우고, 거리에서 그리고 논밭에서 그와 함께 춤추고 뛰어놀았다. '시월의 말'*이 희생 제물이 되고 추위와 비와 어둠 때문에 겨울이 평화를 명할 때만이 마르스는 다시 가두어졌다.

도시에는 마르스를 위한 어떤 제단도 없었다. 남자들은 마르스를 숭배했다. 여자이고 처녀인 나는 마르스와 상관이 없었고 아무것도 원하는 게 없었다. 그의 집이 나에게 닫혀 있듯, 내가 지키는 집은 마르스에게 닫혀 있었다.

---

* 고대 로마에서는 10월 중순에 전차 경주가 벌어졌는데, 이긴 팀의 오른쪽 말을 신에게 바쳤다.

그러나 나는 그 사회적 구속력을 존중했다. 마르스는 그러지 않았다.

소녀 적에 나는 마르스를 겁낼 만큼 잘 알지 못했다. 3월의 첫날 사제들이 돌진해 가서 잠긴 문을 열고 붉은 망토를 걸치고 뾰족 모자를 쓰고 튀어나오는 것을 구경하는 것이 좋았다. 그들은 춤을 추고, 묵은해를 쫓아내고 새해를 들이며, 부엉이의 얼굴같이 생긴 방패와 장창을 휘두르고, 신나게 뛰놀며 라우렌툼의 거리들 사이로 "마우오르스! 마우오르스! 번성하여라!"라고 외쳤다. 우리 소녀들은 정해진 대로 겁을 집어먹고 의무적인 비웃음을 터뜨리며 그들에게서 도망쳐 숨었다. 아아, 남자들이란 허공에 창을 꽂는 걸 얼마나 좋아하는지! 우리 소녀들은 말했다. 오, 저이들은 창으로 쑤시고 찔러 대는 걸 정말 좋아한다니까! 아아, 저이들은 창이 항상 3미터는 됐으면 싶을걸!

평화로웠기에 나는 그 사제들을 보고도 비웃을 수 있었고, 평화로웠기에 알부네아에서 홀로 잘 수 있었고, 평화로웠기에 더 많은 구혼자들이 레지아에 처음 들어섰을 때 아버지가 그 속에서 아무런 해로움을 보지 못한 것이다. 아버지는 그들이 서로 경쟁하고, 아벤티누스가 투르누스를 쏘아보고, 투르누스가 젊은 알모를 무시하게 놔두었다. 그들이 감히 왕궁의 지붕 아래서 다투지는 못했고, 감히 도를 넘어서도록 왕의 평화를 깨지도 못했기 때문이다. 그들 중 한 사람이 결국은 최고의 남자로 판명되어 나를 그의 집으로 데려갈 것이고, 다른 이들은 그것을 감수해야 할 터였다. 아버지는 그들의 방문을 매우, 나보다 훨씬 더 즐겼다. 그들은 궁에 젊은 남자들의 분위기를 불러일으켰다. 아버지는 그들에게 훌륭한 연회를 베풀고 포도주를 제공하여 그들의 큰 술잔을 거듭거듭 가득 채우는 것을 좋아했다. 그리고 그들이 선물하는 놀이 도구와 소시지와 피부가 하얀 아이들과 검은색 새끼 돼지들을 좋아했다. 자신보다 훨씬 젊고, 그 젊은이들보다 그렇게 나이 들지 않은 아름답고 맹렬한 여왕을 내보이는 것도 좋아했다. 아버지는 훌륭하고 관대한 주인이었고, 그의 친절함은 그들의 다루기 힘든 무모함과 경쟁 행위를 무마시켰다. 밤이 이슥해질 무렵이면 대형 탁자에서 모두 웃으며 하루를 끝냈다. 아버지는 다툼의 원인이 될 수도 있었던 것을 부하 왕들과 대장들 사이에서 더 나은 우정을 위한 수단으로 바꾸어 놓았다.

만약 아버지가 나의 유일한 부모였다면 나도 아버지처럼 가볍게, 즐거이 내 구혼자들을 받아들였을지도 모른다. 몇몇 구혼자들은 괜찮은 사내들이었다. 몇몇은 쉽게 놀려 줄 만도 했다. 네르사이의 우펜스는 산지 사람이었는데 늑대 가죽 옷을 입고 늑대 가죽 모자를 쓰고 왔다. 붉은색 얼굴은 온통 새까맣고 곱슬곱슬한 수염에 뒤덮여 있었고, 도시라고는 처음 와 본 것처럼 주변을 빤히 쳐다보며 나를 제외한 모두를 못마땅하게 노려보았다.(나는 아예 쳐다보지를 못했다.) 티타와 다른 시녀들은 그와 결혼하라며 나를 끝없이 놀려 댔다. 그들은 그를 '늑대 사내', '덤불 턱'이라고 불렀다. 그리고 나는 시녀들과 웃을 수 있었다. 그러나 나는 모든 구혼자들에게 정중하고 조심스럽고 차가웠다. 심지어 처녀라는 포상으로서 내 위상에 어울리는 것 이상으로 그랬다. 어머니가 그 문제를 전혀 가볍게 받아들이지 않았고, 그래서 내 태도를 어렵고 부자연스럽게 만들었기 때문이다.

어머니는 조카인 아르데아의 투르누스와 내가 결혼하기를 바랐다. 그녀는 그러한 소망에 사로잡힐 정도가 되었다. 공공연히 투르누스를 편애했으며, 그에게는 온갖 미소를 지어 주면서 그를 방해하러 오는 다른 이들에게는 거의 친절을 보이지 않았다. 그녀의 적대감 때문에 아벤티누스같이 부유한 사내조차도 투르누스를 훼방 놓기 어려웠다. 티루스의 아들이자, 왕가의 가축 관리인이고, 내 친구 실비아의 제일 큰 오빠인 알모 같은 젊은이가 그러기는 더더군다나 어려웠다. 알모는 상당히 애써 내게 구애하고 있었는데 투르누스 왕 같은 경쟁자와 맞서서는 아무런 승산이 없었다. 그러나 알모는 그저 의욕적인 정도가 아니라 나를 사랑하고 있었다. 그리고 나는 평생 그를 친오빠처럼 좋아했기 때문에, 그가 안됐다는 생각이 들어 상냥하게 대했는데 그것이 그에게 헛된 희망을 심어 주었다. 어머니는 그에게 아무런 연민도 없었다. 그녀는 우리의 고귀한 신의를 지독하게 질시했다. 그녀는 알모를 일개 소 치는 사람으로 취급했다. 아버지가 당신의 홀에서 그런 무례함을 허락해서는 안 되는 거였다. 그러나 아버지는 여전히 그녀의 행동이나 말을 모두 그냥 내버려 두었고, 그녀는 최악의 행실은 아버지가 모르게 했다. 아버지와 어머니는 게임을 하고 있었다. 어머니가 미쳤을 수도 있지만 그 사실을 아버지가 알려고 하지 않기 때문에 아직 미치지 않은 게임 말이다.

나는 구애를 원하지 않았다. 시합과 소시지, 아이들, 새끼 돼지들,

딱딱한 찬사들을 원하지 않았다. 말수 적고 정숙한 처녀로서 연회에 앉아 있고 싶지 않았다. 반면에 어머니 아마타 여왕은 정직한 사내들을 퇴짜 놓고 비웃고 그들에게서 등을 돌리고 자매의 아들, 잘생기고 푸른 눈을 지닌 투르누스의 마음을 얻고자 애썼다.

투르누스는 어머니를 냉대하지도 경멸하지도 않았다, 결코. 당연히 그러지 않았다. 그는 미소를 지으며 나지막이 이야기했고, 긴 속눈썹을 내리깔았다가 다시 들어올리며 미소를 지었고, 그녀를 통해 줄곧 자신이 원하는 바를 추구했다. 어머니는 그것을 보지 못하는 것일까? 열일곱 살의 어리석은 처녀인 내가 볼 수 있는데, 어머니가 못 보다니? 식탁의 상석에 앉은 아버지가 그것을 볼 수 없다니?

아버지의 오랜 벗이자 조언자인 드랑케스는 궁정에서 투르누스에 대한 비호감 또는 불신을 드러내는 유일한 사람이었다. 드랑케스는 자신의 목소리를 엄청나게 좋아했고 식탁에서 혼자서만 떠들곤 했는데, 이제는 투르누스가 작은 접전이나 습격이나 사냥에서 자신이 거둔 공훈과 승리에 관해서 하는 이야기를 듣고 있어야 했고, 그 젊은이의 경솔하면서도 상냥하고 의도치 않은 무례한 언행을 참아야 했다. 나는 드랑케스가 투르누스를 아주 날카롭게 지켜보고 있으며, 그가 나의 어머니 역시 지켜보고 있음을 알았다. 때때로 그는 아버지나 심지어 나에게도 마치 저게 보이냐고 말하는 듯이 일별을 던졌다. 아버지는 그 행동에 둔감했고 나는 그를 마주 보지 않았다. 나는 드랑케스와는 아무것도 하고 싶지 않았다. 내가 아는 것을 그도 아는 듯했지만, 그가 그 사실을 가지고 무슨 짓을 할지 몰랐기 때문이다.

　나는 어쩔 수 없이 연회에 갔고, 최대한 빨리 그 자리를 떴다. 내가 구혼자들을 완전히 피할 수 있는 유일한 방법은 궁을 아예 떠나 있는 것이었다. 요즘에는 실비아네 농장에도 내게 열심인 불쌍한 알모가 없다는 것을 알 때에만 갈 수 있었다. 레지아에 모습을 보이지 않으려면 오로지 알부네아에 가는 수밖에 없었다.

　내가 신령들과 대화하는 아버지 같은 재주를 지녔다는 생각 때문에 어머니의 노여움은 더욱 달아올랐다. 그러한 재주는 나에게 신비로운 가치 같은 것을 부여했는데, 어머니는 그것을 경멸했다. 나도 진심으로 어머니 생각에 동의했다. 내가 중요한 인물이라는 것은 가짜였으니까. 그러나 그 재주는 진짜였다. 그리고 내게 유용했다. 구혼자들이 자신을 과시하고 포도주를 들이켜는 동안, 투르누스가 어머니에게 아첨을 떨고 아버지와 웃으면서 푸주한이 소 보듯 나를 쳐다보는 동안, 하얀 옷을 입고 화환을 쓴 유순한 제물이 되어 궁에 있지 않아도 되었기 때문이다. 어머니는 내가 그 성소에 가는 것을 금하려고 했고, 여러 가지 그럴듯한 이유들을 웅변적으로 주장했다. 아버지는 늘 그렇듯, 거의 어머니의 얘기를 듣지 않는 듯했다. 대개는 그렇게 해서 어머니가 바라던 바를 얻었지만, 내가 관련된 문제에서는 아버지의 무신경한 태도가 달라졌다. 아버지는 기회를 보고 있다가 온화하게 손을 저으며 "그건 아이한테 아무런 해가 되지 않을 거요."라든가, "아이가 돌아왔을 때 아벤티누스 왕은 틀림없이 여전히 여기 있을걸."이라고 말했고, 내가 가도록 허락했다. 그래서 나는 붉은색 테를 두른 토가를 입고, 마루나에게 새벽에 갈 준비를 하라고 지시했으며, 그곳으로 갔다.

투르누스는 내가 열여덟 살이던 해의 4월 말에 방문했다. 그는 나의 부모에게 마차 한 대 분량의 휘황찬란한 선물들을 가져왔다. 하나는 소름 끼치게 생긴 작은 동물이었는데, 뱃사람들이 아프리카에서 가져온 것이라고 했다. 그것은 우리처럼 손과 발이 있었고, 코 없는 아기같이 생긴 얼굴을 하고 있었다. 그는 그것에 자그마한 토가를 입혀서 어깨에 태우고 왔다. 그것은 온 사방을 기어오르고, 끽끽거리고, 물건들을 갈기갈기 찢고, 소금을 쏟았다. 그러고 나서는 멈춰 앉아 자기 성기를 가지고 놀면서 반짝거리는 까만 눈동자로 우리를 빤히 쳐다보았다. 긴 식탁에 앉은 모든 사람들이 그것의 장난에 웃음을 터뜨렸다. 투르누스는 그것을 내게 애완동물로 선물했고, 나는 고 자그마한 짐승에게 잘해 주려고 애썼다. 그러나 나는 그것을 좋아할 수 없었고, 그것 역시 나를 싫어했다. 그것은 내 머리를 잡아당기고 내 치마에 오줌을 갈기고 나서는 어머니의 품에 뛰어들었다. 어머니는 그것에 입맞춤을 해 주며 자그맣게 노래를 불러 주었다. 그것은 어머니의 목에 둘러져 있던 목걸이를 잡아당겨, 내 남동생들의 호부가 들어 있는 작은 황금 불라들을 잡아채어 하나를 입속에 넣었다. 그것을 보면서 나는 메스꺼움에 휩싸였다. 나는 먼저 자리를 뜨게 해 달라고 청해야 했고, 어머니는 나를 붙잡아 두려고 했지만 언제나처럼 아버지가 허락해 주었다.

나는 정원으로 달려 나와 큰 월계수 아래 분수에 멈춰 서서 얼굴과 손과 그것이 오줌을 싼 팔라*를 씻었다. 밤은 차가웠고, 별들은 월계수 나뭇잎들 사이로 환했다. 이 궁을 내가 얼마나 사랑하는지! 어떻게 내가 이 궁을 떠날 수 있을까? 어떻게 이 나무, 이 샘, 나의 광들, 화덕, 내 족속의 신령들을 떠날 수 있을까? 어떻게 이 소중하고 친숙한 신들을 떠나 낯선 곳에서 낯선 이의 신들을 섬길 수 있을까? 그건 굴종이 될 것이다. 나는 그러지 않을 테다. 아마 나는 알모와 결혼할 테고, 그러면 아버지는 그를 후계자로, 다음 번 왕으로 지명하실 테고, 우리는 여기서 살아갈 것이다, 다른 어느 곳이 아니라 이곳에서…… 그런 일이 불가능하다는 것을 나는 알고 있었다. 그래도 아버지한테는 후계자가 없으니 어느 날엔가는 누군가를 지명하거나 양자를 들여야 할 것이다. 그게 누구이든 투르누스만 아니면 상관없다고 생각했다. 투르누스 본인에게는 큰 문제가 없었지만, 어머니가 그를 바라보는 태도에는 큰 문제가 있었다.

 나는 궁의 여자들 처소로 갔다. 마루나에게 내일 아침 그 숲으로 갈 거라고 말했다. 그러자 늙은 베스티나가 말했다.

 "왕녀님, 루툴리아의 군주는 막 도착했다고요! 그건 예의 바른 행동이라고 하기 힘듭니다."

 그리고 마루나의 어머니, 나에게 새들이 나는 것을 보고 점치는 법을 가르쳐 준 에트루리아 인 노예이자, 현명하고 상냥한 여인이 말했다.

---

* 고대 로마 여성의 겉옷으로서 사각형의 천을 몸에 둘러 입는다.

"하루이틀쯤 미루는 것이 나을 텐데요."

"어머니가 나보다 훨씬 더 투르누스 왕을 즐겁게 해 주실 거야."

나는 두 사람 다 감히 말을 못 붙이도록 노려보며 말했다.

베스티나가 우는소리로 말했다.

"하지만 그가 보러 온 건 왕녀님이에요. 그가 왕녀님을 어떻게 바라보는지 보면, 누구나 왕녀님이 그의 가슴을 사로잡았다는 걸 알 수 있다고요!"

마루나의 어머니는 아무 말도 하지 않았다. 그리고 나는 동틀 녘에 마루나와 함께 떠났다.

나는 소금 친 밀가루가 든 자루를 가져갔다. 목초지는 어린 양들로 가득했다. 그것들은 뛰어다니고, 젖을 빨며 꼬리를 뱅글뱅글 돌려댔다. 그러나 알부네아에 갈 때는 피의 제물이 필요하지 않았다. 나는 제단에 소금 친 밀가루를 흩뿌리고, 다른 제물들의 묵은 털 위에서 잤으며, 아무런 환영이나 교시도 추구하지 않았다. 내가 그곳에 갈 때 원한 것은 그 침묵 속에서, 나를 둘러싼 신령들과 알부네아의 영력 속에서 잠드는 게 다였다. 거기서의 하룻밤이면 가슴이 맑아지고 머리가 차분해져 집으로 돌아가 나의 의무를 행할 수 있었다.

그곳으로 걸어가는 것은 또한 탈출이고, 자유 시간이었다. 마루나는 실비아처럼 명랑하거나 모험을 즐기지 않았고, 내가 실비아와 함께 걸을 때처럼 온종일 수다를 떨지도 않았다. 좀 더 정확히 말하자면 마루나는 말수가 적었지만, 빈틈이 없고 땅과 하늘 사이에 있는 모든 것들에 주의를 기울였다. 그녀는 끈기 있고 마음씨 고운 훌륭한 동반자였다. 실비아같이 짐승을 다루는 수단은 없었지만 새들에 대해서 알고 있었다. 그리고 어머니의 지식을 얼마간 배워 알았기에, 우리는 주위의 들판과 황무지에서 들려오는 새들의 울음소리와 그들의 비행 속에서 무엇을 읽어 낼 수 있는지 이야기하며 갔다. 그리고 가끔은 죽은 자가 우리에게 무슨 얘기를 할 수 있을지에 대해서 이야기했다. 에트루리아에서는 사람들이 죽은 자에 대한 생각을 많이 했다. 그리고 마루나의 어머니는 소녀 적에 카에레의 대도시에서 그 지식을 가르침 받았다. 마루나의 어머니나 그 딸이 그에 관해 이야기할 때면 내가 다소 무지하고 촌스럽게 느껴졌다. 나에게 죽은 자란 땅에 묻혀 있는 편이, 방해받지 않고 내버려져 있는 편이 제일 나았고, 나는 되도록 죽은 이에 대해서는 생각하지 않았다. 자신의 불행한 망령이 바닥을 기어 다니거나, 탁자 밑에 숨거나, 배가 고파서 떨어진 음식에 달려들기를(죽은 자들은 그랬다, 항상 배가 고팠다.) 바라는 사람은 없는 법이었다. 매해 봄이면 아버지는 라티움의 다른 모든 가장들처럼 입속에 아홉 알의 검은 콩을 물고 한밤중에 궁 주위를 모두 거닌 다음, 그것들을 내뱉으며 말했다. "망령들아, 사라져라!" 그러면 궁에 들끓던 귀신들이 그 콩을 먹고 지하로 돌아갔다.

그러나 마루나의 어머니 말에 따르면 죽은 자의 문제란 그렇게 단순하지 않았다.

내가 열여덟 살 때 4월의 그 밤, 알부네아에서, 저승의 아주 얇은 지붕인 그 땅 위에서 자던 밤, 시인이 나에게 올 수 있도록, 그리고 내가 그를 보고 이야기할 수 있도록 나의 마음을 열어 놓은 것은 아마도 그녀였을 것이다.

마루나는 나무꾼네 오두막집으로 향하는 옆길로 갈라져 갔고, 나는 홀로 그 숲 속으로 계속해서 갔다. 그곳을 걸을 때면 늘 내가 알부네아에 처음 왔을 때 꾸었던 꿈을 떠올렸다. 강물 속의 피와 언덕 위의 도시, 나무들 아래 어둠 속을 채웠던 조용한 빛을.

성소에는 아무도 없었지만, 최근의 희생 제물들이 있었다. 땅바닥에는 새 양털들이 놓여 있었고, 제단 옆에는 태우지 않은 목재 더미가 있었다. 나는 소금 친 밀가루를 제단과 담장 주변에 모두 흩뿌렸다. 작게 불을 밝힐 수 있으면 좋겠다 싶었지만, 나는 아무것도 가져오지 않았다. 그래서 태양이 아직 떠 있는 동안 샘으로 갔다. 그리고 동굴 입구 위로 튀어나온 바위에 앉아서 안개 낀 샘 웅덩이를 가로질러 빛이 점점 더 불그스름해지는 것을 지켜보았고, 샘물의 소란스러운 소리에 귀를 기울였다. 그 후에 언덕 위로 더 높이 올라갔다. 그곳에서는 나무들의 침묵 속에 새들이 멀고 가까운 곳에서 노래하는 소리가 들렸다. 나무들이 존재하는 느낌은 아주 강력했다. 처음으로 나는 아버지가 어둠 속의 나무들 사이에서 듣는 소리를 나도 들을 수 있을까 궁금해졌다. 커다란 떡갈나무들이 그들만의 다른 삶 속에, 그들의 깊고 뿌리 깊은 침묵 속에 무수히, 아주 육중하게 서 있었다. 그들에 대한 경외심이, 신심이 나를 덮쳤다. 나는 담으로 둘러쳐진 신성한 곳으로 돌아가 기도했다. 위대한 힘들에게 나의 나약함을 불쌍히 여겨 주십사 아주 겸손하게 빌었다. 아무 불도 밝히지 않았던 것이 오히려 좋았다. 공기가 차가워 양털 더미를 쌓고, 붉은 테를 두른 토가를 몸에 두르고서 막바지에 이른 황혼 속에 자려고 누웠다.

나는 한 형상이 담장 안, 제단 저편에 서 있는 것을 깨달았다. 키가 큰 유령이었다. 순간적으로 나무인 줄 알았다가 그것이 사람임을 알았다.

나는 일어나 앉아 말했다.

"오신 것을 환영하나이다."

무섭지는 않았으나, 여전히 경외심이 내 안에 깃들어 있었으며 신심에 사로잡혀 있었다.

"이곳은 어디요?"

그의 목소리는 아주 나지막했다.

"알부네아의 성소예요."

"알부네아라고!"

그가 말했다. 날은 꽤 어두워졌고, 높은 곳의 엷은 안개가 별빛을 흐렸지만 나는 그가 주위를 둘러보는 것을 알 수 있었다. 잠시 후 그가 다시 말했는데, 놀라워하는 그 목소리에는 거의 웃음기가 담겨 있었다.

"그렇군! ······그리고 당신은?"

"라티누스의 딸 라비니아예요."

또다시 그는 내 말을 되풀이했다.

"라비니아라고······."

그러고 나더니 짤막하게 감탄사를 내뱉으며 놀라움과 즐거움이 깃든 웃음소리를 냈다. 그는 잠시간 서 있다가 말했다.

"라티누스 왕의 따님이신 라비니아여, 내가 여기 잠시 머물러도 되겠습니까?"

"성소는 모든 사람에게 열려 있습니다."

그러고 나서 나는 덧붙였다.

"여기 앉을 만한, 또는 잘 만한 양털들이 있어요. 내가 필요한 것보다 많아요."

"나는 아무것도 필요하지 않아요, 왕녀여."

그가 제단을 뒤로 하고 몇 걸음 더 가까이 다가오더니 땅바닥에 앉았다.

"나는 생령입니다. 육체의 옷을 입고 여기에 있는 게 아닙니다. 내 몸은 그리스에서 이탈리아로 항해하는 어느 배의 갑판에 누워 있습니다. 하지만 배는 브룬디시움에 이를지라도 나는 그곳에 이를 것 같지 않군요. 나는 병들었고, 죽어 가고 있어요. 나는 그곳으로 가는 중입니다…… 아케론 강*으로…… 그게 아니면 나는 부정한 꿈이에요. 하지만 부정한 꿈들은 저 아래 그곳으로부터 오지요, 그렇지 않나요? 그것들은 큰 나무 속의 박쥐들처럼 망령들의 왕국의 문 앞에 둥지를 틀고 있지요…… 그러니 아마도 나는 하데스**로부터 날아온 박쥐일 겁니다. 꿈속으로 날아 들어온 또 하나의 꿈이지요. 나의 시 속으로 말입니다. 알부네아, 그 성스러운 숲에서 라티누스 왕은 돌아가

---

* 그리스 신화에서 이승과 저승 사이에 흐르는 강.

** 망자의 나라, 저승.

신 아버지인 파우누스의 예언을 들었지요, 파우누스는 그에게 딸을 라티움의 사내와 결혼시키지 말라고 했답니다……."

그의 목소리는 신령들에게 이야기하는, 기도하는 이의 음성처럼 나지막하고 음악적이었다. 게다가 거의 웃는 듯한 투가 그 음성 속에 들었다 났다 했다.

그러나 나는 아주 날카롭게 말했다.

"파우누스가 그랬다고요?"

그럴 수밖에 없었다. 만약 아버지가 그러한 경고를 받았다면 확실히 나에게 말해 주셨을 텐데? 왜 그 사실을 나에게서 숨기겠는가?

그 남자, 유령이 잠시 말을 멈췄다. 그는 생각했다. 그러고는 이렇게 말했다.

"아직은 아닌 것 같군요."

그 때문에 내가 놀랐다는 것을, 심란해 한다는 것을 깨닫자 그는 나를 안심시키고자 했다. 나는 그때 처음으로 그의 상냥함, 그러니까 모든 고통을 섬세하게 느끼는 빈틈없는 상냥함을 느꼈다.

그는 주저하면서 말을 이었다.

"그건 아직 일어나지 않은 일 같군요. 파우누스는 라티누스에게 이야기하지 않았어요. 그런 일은 없었어요…… 결코 일어나지 않을 거예요. 당신은 그것에 대해서 걱정하지 마세요. 내가 꾸며 낸 겁니다. 상상한 거지요. 꿈속의 꿈…… 내 인생이었던 그 꿈속의……."

"나는 꿈이 아녜요, 그리고 내가 지금 꿈을 꾸고 있다고 생각지도 않아요."

내가 잠시 후에 말했다. 나는 온화하게 말했다. 그가 슬퍼했기 때문에, 아주 슬퍼했기 때문에. 그는 자신이 죽어 가고 있노라 말했다. 그는 정처없이 떠돌고 상실감에 빠진 가여운 영혼이었다. 그를 위로하고 싶었다. 꿈속에서 찾을 수 있는 것보다 더 나은 위로를 주고 싶었다.

그는 마치 나를 볼 수 있는 양, 마치 빛이, 태양빛도 달빛도 별빛도 불빛도 아닌 빛이 그 빈터를 가득 채우는 양 나를 바라보았다. 그는 나를 자세히 뜯어보았다. 나는 개의치 않았다. 그에게는 아무런 무례함이 없었다. 나는 그를 두려워할 수가 없었다.

"당신을 믿어요. 몇 살이죠, 라비니아?"

"지난 1월에 열여덟 살이 되었어요."

"한 사내를 위해 잘 여문, 결혼을 위해 이제 혼기가 찬…….'"

그가 부드럽게 말했고, 나는 그것이 무슨 노래인지는 몰라도 어떤 노래의 구절임을 알았다.

"아아, 그래요."

나는 아주 아무렇지 않게 말했다. 그와 있으니 아무런 부끄러움도, 아무런 잘못도 느껴지지 않았다.

나의 반응에 그는 놀라 다시 그 짤막한 웃음을 터뜨렸다.

"라비니아, 나는 당신을 올바로 평가한 것 같지 않군요."

그는 또한 나에게 무슨 얘기를 해 줄 수 있을 듯했다, 내가 그것을 이해하든 이해하지 못하든. 그것은 아무래도 괜찮았다.

"당신을 뭐라고 불러야 하나요?"

그가 자신의 이름을 말해 주자 내가 다시 물었다.

"당신은 에트루리아 인이에요?"

"나는 만투아* 사람입니다. 조부가 에트루리아 인이지요. 어떻게 알았나요?"

"마루, 마로……** 그건 에트루리아 인의 이름이지요."

"그래요. 아, 하지만 얼마나 오래전인지…… 당신이 얼마나 오래전에 살았는지, 라비니아! 수백 년, 수백 년 전이에요! ……지금, 만투아라는 데가 있나요…… 이미? 그 이름을 압니까?"

"아뇨."

그는 잠시 말이 없었다. 그러고 나서 궁금한 듯이 열성적으로 다급하게 물었다.

"로마. 그 이름은 압니까?"

"아뇨. 하지만 에트루리아 인들이 이렇게 부르던데……."

나는 갑자기 말을 멈췄다. 그 강의 비밀스러운 이름은 공공연히 말하면 안 되었다. 그가 알고 있을까? 하지만 생령으로부터, 죽어 가는 사람으로부터 비밀들을 지켜야 할 이유가 뭐람?

"티베르 강의 성스러운 이름들 중 하나가 루몬이에요."

"그녀는 홀로 알부네아에 왔구나."

그가 어둠 속에 이야기했다.

----

* 이탈리아 북부의 도시, 현재의 만토바.
** 이 작품에 등장하는 베르길리우스의 전체 성명은 푸블리우스 베르길리우스 마로이다.

"그리고 그 강의 성스러운 이름들을 알고 있었고 결혼하고 싶은 소망이 전혀 없었어. 나는 그 모두에 대해 아무것도 몰랐다! 나는 결코 그녀를 자세히 생각지 않았어. 나는 사내들이 뭘 하고 있었는지 말해야 했지…… 아마도 내가 할 수…….''

그러나 그는 뚝 말을 끊었다. 그러고 나서 이윽고 이렇게 말했다.

"아니. 그럴 가능성은 전혀 없어."

그는 주위를 다시 둘러보고 한숨을 쉬고 나서 말했다.

"깨어나면 이 배의 지독한 갑판을 볼 거라는 생각만 자꾸 드는군. 머리 위의 갈매기들과 그토록 느릿느릿 하늘을 가로질러 가는 태양과 저 망할 놈의 그리스 인 의사도……."

나는 우리가 서로를 이해했노라고, 같은 언어로 말했노라고 말했었다. 비록 그는 내가 모르는 단어들을 썼으나 나는 그를 이해했다.

우리는 잠시 동안 침묵 속에 앉아 있었다. 부엉이 한 마리가 왼쪽에서 울자, 또 한 마리가 오른쪽에서 대답했다.

"말해 주세요. 트로이아 인들, 그들이 왔나요?"

내가 모르는 단어였다.

"그들이 누군지 얘기해 주세요."

"그들이 오면 누군지 알게 될 겁니다, 라티누스의 딸이여. 나는……."

그는 머뭇거렸다.

"나는 여기서 나의 본분이 뭔지 살피는 중입니다. 내가 당신에게 얘기하는 것이 얼마나 옳은 일일까요? 라비니아, 당신의 미래를 알고 싶나요?"

"아니요."

나는 바로 대답했다. 그러고 나서 마음속에서 잠시 동안 나의 본분, 나의 뜻을 찾다가 마침내 말했다.

"나는 해야 맞는 일을 알고 싶어요, 하지만 그걸로 무슨 결과가 나올지는 알고 싶지 않아요."

"어떤 결과가 나와야 할지 아는 것으로 충분합니다."

그가 진지하게 동의하며 말했다. 보이지는 않았지만 나는 그의 미소를 느낄 수 있었다.

왼쪽의 부엉이가 다시 울었고, 오른쪽의 부엉이가 대답했다.

"아아, 공기가 정말 차구나, 밤은 너무 어둡고, 부엉이들은 노래하고, 대지는, 흙은…… 여기는 이탈리아야, 나는 고향에 있다! ……여기서 죽을 수만 있다면. 햇볕 속 바다 위 나무 갑판에서가 아니라 여기서. 여기, 이 흙 위에서. 하지만 이것은 나의 육신이 아니며, 이것은 착란 증세일 뿐이야."

"나는 당신이 여기 있다고 생각해요. 당신의 육신만 여기 없죠. 하지만 나는 당신이 보여요. 당신에게 얘기하고 있고요. 트로이아 인들이 누구인지 말해 줘요."

"안 돼요, 안 돼, 안 돼. 그러면 안 돼요. 그들은 아직 오지 않았어요. 해야 맞는 일을 해요, 그러면 따라야 할 것을 따르게 될 겁니다."

그가 웃음을 터뜨렸다.

"말해 줘요, 구혼자들이 있나요…… '한 사내를 위해 잘 여문, 결혼을 위해 이제 혼기가 찬' 라비니아?"

"그래요."

"그들의 이름은 어떻게 되죠?"

"사비니 족의 클라우수스, 티루스의 아들 알모, 나에리아의 우펜스, 아벤티누스, 루툴리아의 투르누스예요."

"그리고 당신은 그들 중 누구도 특별히 마음에 들지 않고요?"

"누구도 특별히 호감이 가지 않아요."

"왜죠?"

"내가 왜 그래야 하나요? 어떤 사내가 내 아버지의 집보다 더 나은 곳으로 나를 데려갈 수 있겠어요? 아버지보다 못한 왕과 내가 뭘 하고 싶겠어요? 왜 내가 내 가족의 라레스가 아닌 라레스를, 다른 여인네의 광들의 페나테스를, 타향의 화롯불을 받들어야 하나요? 왜, 왜 계집아이는 집에서 자라 다 큰 여자가 되면 나머지 인생을 유배되어 살아야 하는 거죠?"

"하아."

이번엔 웃음이 아니라 길게 내뱉은 숨이었다.

"나는 모릅니다, 라비니아. 모르겠어요. 하지만 들어 봐요. 만약 당신에게 온 남자가, 당신과 결혼하러 왔다는 남자가 1000명 가운데 하나뿐인 사내라면…… 전사라든가, 영웅, 잘생긴 사내라면……."

"투르누스는 그 모두에 해당되죠."

"그에게 경건함이 있나요?"

그 단어에 나는 멈칫했지만, 나의 대답을 추호도 의심치 않았다.

"아니요."

"흠. 만약 영웅적이면서 책임감도 있고, 공명정대하고, 성실한 남자, 많은 것을 잃었고 많은 고통을 당했으며 많은 실수를 범했고 그 모두에 대한 대가를 치른 남자가 왔다면…… 자신의 도시가 배신당하고 불타오르는 것을 보았으며 그 화재에서 아버지와 아들을 구한 남자, 살아서 저승까지 내려갔다가 돌아온 남자, 역경을 헤치고 경건함을 배운 남자가 왔다면…… 그런 남자였다면 당신이 호의를 품었을까요?"

"그런 남자라면 확실히 주의를 기울였을 거예요."

내가 대답했다.

"그게 현명하겠지요."

우리 둘 사이에 부드러운 침묵이 내려앉았다.

내가 마침내 말했다.

"이걸 본 적 있나요? 젊은이들이 궁술 시합을 할 때, 때때로 비둘기를 잡아요. 그래서 비둘기의 다리에 줄을 감고는 높은 장대를 기어오르게 해서 그 꼭대기에 묶지요. 비둘기가 날 수 있을 거라고 생각할 만큼의 줄만 남겨 두고요. 그러고 나면 비둘기는 그들이 쏘는 화살의 표적이 되지요."

"본 적이 있습니다."

"내가 만일 궁수라면 화살로 그 줄을 끊어 주었을 거예요."

"그것 역시 본 적이 있어요. 하지만 그 비둘기가 자유로이 날아가자 또 다른 사내가 그 새를 쏘아 버렸지요."

잠시 후에 내가 말했다.

"여자들이 활 쏘는 법을 배우지 않는 게 오히려 잘됐군요."

"카밀라*는 배웠지요. 그녀를 압니까?"

"여자 궁수인가요?"

"아름다운 무적의 여전사였죠. 볼스키 족** 출신이고요."

나는 머리를 저었다. 볼스키 족에 대해 내가 아는 것은 아버지가 얘기해 준 것이 다였다. 아버지는 그들이 야만적인 투사들, 믿지 못할 동맹자들이라고 했다.

"음, 내가 그녀를 창조한 것 같군요. 하지만 나는 그녀를 좋아했습니다."

유령이 말했다.

"그녀를 '창조'했다고요?"

"나는 시인입니다, 라비니아."

그 단어의 울림이 마음에 들었다. 하지만 그는 내가 그 단어를 모른다는 것을 알았다.

"바테스요."

그가 말했다. 그 단어는 물론 알고 있었다, 예언자, 점쟁이.*** 그것은 부분적으로 에트루리아 인인 그의 존재와 잘 어울렸고, 아직 일어나

---

*   신화에서 아이네아스에 맞서 싸운 처녀. 그녀는 투르누스의 동맹자로서 많은 여자 전사를 포함한 군대를 지휘했다.

**   라티움 남부에 살던 고대 민족.

***   바테스는 '시인' 또는 '예언자'를 가리키는 옛 라틴어.

지 않은 일에 관해 그가 지니고 있는 지식과도 잘 맞아떨어졌다. 그러나 그것이 이 여전사와 무슨 상관이 있는지는 몰랐다. 그녀는 나에게 단순히 하나의 이야기처럼 들렸다.

"앞으로 오리라는 남자에 대해서 더 얘기해 주겠어요?"

그는 잠시 곰곰 생각했다. 우리는 마치 우리 앞에 무궁무진한 시간이 놓여 있고, 우리 둘 다 해를 입지 않고 죽지 않는 유령인 양, 완벽한 신뢰감 속에 아주 편안하게 솔직히 이야기를 나누고 있었으나, 여전히 그는 말하기에 앞서 생각하는 남자였다.

"그래요. 얘기해 줄 수 있어요. 뭘 알고 싶은가요?"

"왜 그가 여기에 오죠?"

"그건, 내 생각에 그건 지금 당신에게 말하면 안 되는 얘기예요. 시간이 말해 줄 겁니다. 하지만 그가 어디서 올지는 얘기해 주어도 문제되지 않을 같네요."

"계속하세요."

"오, 라비니아, 당신은 열 명의 카밀라에 맞먹는군요. 나는 결코 그걸 몰랐소. 흠, 신경 쓰지 마요. 트로이아에 대해 들어 보았나요?"

"예. 그것은 이곳의 남쪽, 아르데아 근처의 작은 도시예요."

"아, 그 트로이아가 아니에요. 이 트로이아는 거대 도시예요. 여기서 먼 동쪽, 지중해의 동쪽, 그리스의 섬들의 동쪽, 아시아의 연안에 있지요. 거기에 파리스라는 잘생긴 트로이아 왕자가 있었습니다. 그와 그리스의 여왕이 함께 도망쳤지요. 그녀의 남편은 그리스의 다른 왕들을 불러 모았고, 그리하여 그들은 여자를 돌려받기 위해 트로이아로 갔습니다. 뱃머리가 새의 부리처럼 구부러진 1000척의 배에 어마어마한 군대를 싣고서요. 헬레네, 그것이 그녀의 이름이었지요."

"뭣 때문에 그들이 그녀를 돌려받고 싶어 했나요?"

"그녀의 남편의 명예가 그것을 요구했지요."

"내 생각에 그의 명예는 그녀와 이혼하고 그에게 어울리는 아내를 찾을 것을 요구했어야 하는데."

"라비니아, 이들은 그리스 인들입니다. 로…… 이탈리아 인들이 아니라."

"에반데르 왕이 그리스 인이에요. 그라면 자신을 기만한 아내를 뒤쫓을지 어떨지 궁금하네요."

"라비니아, 왕녀여, 내 얘기를 하도록 해 주겠습니까?"

"미안해요. 입 다물게요."

"그러면 내가 당신에게 트로이아의 몰락에 관한 이야기를 해 줄게요, 아이네아스가 카르타고*의 여왕에게 해 준 것처럼."

그리고 그는 어두운 바닥에 좀 더 똑바로 앉았다. 그림자들 사이에 하나의 그림자였다. 그러고는 노래하기 시작했다.

그것은 양치기의 노래들이나, 노 젓는 이들의 합창이나, 암바르발리아**와 콤피탈리아*** 때 부르는 성가들 같은 노래가 아니었다. 또 여

....

* 고대 페니키아 인이 북아프리카에 세운 도시. 기원전 6세기에 번영했다가 포에니 전쟁에서 패하여 로마의 속주가 되었다.
** 5월 말에 거행되던 풍작을 기원하는 의식.
*** 네거리의 수호신인 라레스 콤피탈리스에게 올리던 제사.

자들이 온종일 실을 잣고 천을 짜고 부엌에서 칼질을 하고 빨래하고 청소하며 부르는 노래도 아니었다. 그 노래에는 아무런 곡조가 없었다. 단어가 그 노래의 모든 것이었다. 노래 속의 단어들이 그 노래의 북소리이자, 베틀의 철걱대는 소리, 걸음걸이, 노질, 심장 박동, 세상을 가로질러 저 멀리 트로이아의 해안에서 부서지던 파도들이었다.

그 거대한 말****과 바다에서 튀어나온 뱀들*****, 그 도시의 몰락에 대해 그가 노래한 모든 것을 여기서 얘기할 수는 없다. 그 이야기에서 내가 가장 많이 생각했던 것만 이야기하겠다.

그리스 인이 목마에서 튀어나와 그들의 군대를 도시로 들여보내자, 트로이아의 전사인 아이네아스는 거리에서 그들과 맞서 싸웠다. 무시무시하고 분별없는 일종의 광기 속에서 싸우던 그는 마침내 왕의 궁전이 불타는 것을 보았다. 그러고 나자 정신이 맑아졌다. 그는 자신의 집과 가족들이 생각났고, 그곳으로 뛰어갔다. 그의 집은 도시의 중심에서 좀 떨어져 있어서 아직 조용했다.

거리를 가로질러 가며 그는 거대한 힘이 어둠 속에서 움직이며 가시화되는 것을 보았다. 바로 트로이아를 불태워 버릴 힘이었다.

집에 도착하자, 그는 식솔들더러 집을 떠나 도시를 탈출하여 목숨을 구하라고 했다. 그러나 그의 아버지 앙키세스는 가려고 하지 않

**** 그리스 군이 정예군을 숨겨 트로이아의 바닷가에 놓아두었던 목마를 가리킴.
***** 신관 라오콘이 목마를 받아들이면 안 된다고 주장하자 바다의 신 넵투누스가 바다뱀을 보내어 그와 두 아들을 죽였다.

왔다. 앙키세스는 절름발이*라서 거의 걷지 못했다. 그는 자신의 집에서 죽겠노라 말했다. 그러나 식솔들은 그를 남겨 두려고, 그 없이 가려고 하지 않았다. 아이네아스는 막 포기하고서 광기 속으로 다시 돌진하여 거리에서 싸우다 죽고자 했다. 그런데 아내인 크레우사가 말리며, 그에게는 그럴 권리가 없다고 했다. 식솔들을 구하고자 애쓰는 것이 그와 그녀의 의무라는 것이었다. 그녀는 어린 아들인 아스카니우스를 데리고 있었다. 그리고 그녀가 얘기하던 중에 누군가가 말했다. "저것 봐요!" 그리고 그들은 사내아이의 머리카락에 불이 붙은 것을 보았다. 황금 불꽃이 아이의 머리 위로 튀어 오르고 있었다. 사람들이 불을 껐지만, 징조를 읽을 줄 알던 늙은 앙키세스는 그것이 좋은 징조라고 말했다. 그리고 나서 그들은 유성 하나가 하늘을 가로질러 도시 위의 산인 이다 산의 숲 속에 떨어지는 것을 보았다. 앙키세스는 그 별을 따라가야 한다고 말했다. 그리하여 아이네아스는 모든 식솔들에게 흩어져 달아나 어떡하든 도시에서 빠져나오라고 하고서, 만날 장소를 말해 주었다. 성문 밖 이다 산 아래, '곡식의 어머니'**의 옛 제단이 있는 어느 둔덕이었다. 그러고 난 후 앙키세스는 집안의 신들을 커다란 진흙 항아리에 옮겼고, 아이네아스는 절름발이 앙키세스를 등에 업었다. 그리고 어린 아스카니우스의 손을 잡았고 크레우사는 그를 뒤따랐다. 그렇게 하여 그들은 어두운 거리들 사이로

---

* 앙키세스는 여신과 사랑을 나누었다는 비밀을 발설하는 바람에 유피테르(그리스 신화의 제우스)의 노여움을 사서 그의 번개를 맞아 절름발이가 되었다.

** 여신 키벨레를 가리킴. 대지의 여신으로서 곡물의 결실을 나타냈다.

길을 떠났다.

그러나 앙키세스는 골목길에서 병사들을 보고는 아이네아스에게 뛰라고 소리쳤다. 아이네아스는 순종하여 옆으로 길을 틀었고, 어둠 속을 무턱대고 달려가다가 길을 잃었다. 마침내 그가 알고 있는 거리가 나타나자, 여전히 아버지를 등에 업고 사내아이의 손을 쥔 채 성문을 향해 나아갔고, 제단에 모습을 드러냈다. 거기서 모든 식솔들이 그를 기다리고 있었다. 그런 후에야 그는 아내가 같이 있지 않음을 깨달았다. 그가 길을 틀어 도망칠 때 그녀는 뒤에 있었고, 그녀가 같이 오는지 어떤지 한 번도 돌아서서 살피지 못했다. 그녀를 본 사람은 아무도 없었다.

그리하여 그는 홀로 도시로 되돌아갔다. 그녀가 아마도 그들의 집으로 갔으리라 생각하며 그곳으로 달려갔다. 모든 집이 타오르고 있었고 불꽃으로 가득했다.

"크레우사! 크레우사!"

파괴된 건물들과 불, 살해하고 약탈하는 병사들을 지나, 도시를 가로질러 달리며 그는 외쳤다. 그러고 나서 그녀를 보았다. 그녀는 어두운 거리 속에 그의 앞에 서 있었다. 그러나 그녀는 본래의 키보다 더 커 보였다. 그리고 말했다.

"나는 당신과 같이 가지 않을 거예요, 그리고 어느 그리스 인의 노예도 되지 않을 겁니다. '땅의 어머니'[***]가 여기서 나를 지키십니다. 그

[***] 역시 키벨레를 가리킴.

리고 당신은 오랫동안 먼 길을 가야 합니다. 가야 해요, 여보, 마침내 '서쪽 땅'에 이를 때까지. 거기서 당신은 왕이 될 거고 여왕을 맞을 겁니다. 나를 위해 울 것은 없어요, 하지만 당신의 사랑으로 우리의 아들을 지켜 주기를!"

그러자 그는 그녀에게 말을 걸고 그녀를 껴안으려고 했다. 세 번을 시도했지만, 마치 두 팔로 바람을, 무슨 꿈을 안는 것 같았다. 그녀는 어둠 속으로 사라져 버렸다.

그리하여 그는 제단이 있는 둔덕으로 돌아갔다. 거기엔 이제 수많은 사람들이 모여 있었다. 도시를 빠져나와 그의 가족들과 합류한 것이다. 그리스 인들은 아무도 아직 도시 밖까지 그들을 뒤쫓아 오지 못했다. 그는 아버지를 다시 등에 업고, 그들 모두를 유성이 떨어진 언덕으로 이끌었다. 때는 거의 새벽이었다.

나는 시인의 목소리가 사그라질 때, 아직 하늘엔 아무 빛도 없고 어떤 소리도 대답하지 않지만, 가늘게 멀리서 첫 새가 노래하기 시작하던 것을 기억한다. 이곳 또한 거의 새벽이었다. 나는 시인의 유령이 있던 곳을 보았는데 그곳에는 아무것도 없었다. 나는 양털들 속에 누워 잤다, 마침내 햇빛이 숲의 어두운 나무줄기들과 덤불들 사이를 꿰뚫고 번쩍이며 나를 깨울 때까지.

나는 엄청나게 배가 고팠다. 한 마리 늑대나 다름없었다. 나는 마루나가 기다리고 있는 나무꾼네 오두막집으로 곧장 갔다. 그 오두막은 옛날식 집으로, 버팀목들이 있는 천장 높고 둥근 하나의 방이었고, 짚으로 엮은 나뭇가지 지붕을 이고 있었다. 나무꾼은 이미 숲으로 일을 하러 가고 없었다. 나는 그의 아내에게 음식을 부탁했다. 그녀에게는 밀죽 조금과 시큼한 염소젖 한 잔밖에 없었고, 그녀는 겁먹은 채 그것들을 대접했다. 그렇게 보잘것없는 음식은 나를 모욕하는 것이고 내가 화를 낼 거라고 생각했기 때문이다. 그러나 나는 걸신들린 듯이 먹었다. 그녀에게 아무것도 줄 것이 없어 키스를 해 주었다. 그녀가 암늑대 같은 나를 먹여 준 것에 고마워했다. 그녀는 당황해하며 웃었다.

"내가 당신이 가진 것을 모두 먹어 치웠으니, 당신은 뭘 먹지요?"

내가 묻자 그녀는 기분 좋게 말했다.

"아, 그이가 항상 토끼나 무슨 새들을 잡아온답니다."

"그럼 나도 기다려야겠는데요."

하지만 나의 농담에 그녀는 다시 한 번 당황했다. 틀림없이 그녀는 우리가 궁에서 항상 고기만 먹을 거라고 생각했을 것이다.

그래서 나는 마루나와 함께 길을 떴다. 그날 아침 내게는 큰 기쁨이 깃들어 있었다. 마루나가 그것을 보고는 물었다.

"거기서 좋은 밤을 보내셨나요?"

"그래. 내 왕국을 보았어."

나도 내가 무슨 뜻으로 하는 말인지 몰랐다.

"그리고 거대한 도시가 몰락하는 걸 봤어. 온통 불타올랐지. 그리고 한 남자가 등에 또 한 남자를 업고 도시 밖으로 나왔어. 그리고 그는 여기로 오고 있는 중이야."

그녀는 귀 기울여 얘기를 들었고, 내 말을 믿었으며, 아무것도 묻지 않았다.

나는 그 얘기를 할 수 있었다. 다른 사람들에게는 아니지만, 나의 노예이자 자매인 마루나에게는 그런 식으로 이야기할 수 있었다.

집으로 오는 내내 어떻게 하면 곧, 가능한 한 빨리 용케 알부네아로 다시 돌아가 하룻밤 이상 묵을 수 있을지 골몰했다. 시인이 다시 올 거라 확신했기 때문이고, 그가 돌아와서 오랫동안 있지 못하리라는 것도 확신했기 때문이다. 그가 나와 함께하는 시간은 정해져 있었다. 그는 저승으로 가는 길에 있었고, 그것은 그에게 오랜 여행이 되지 않을 터였다.

나는 가던 길에서 비껴 나 작은 프라티 강으로 내려갔다. 그 강은 돌멩이들 위로 얕게 반짝이며 내달렸다. 나는 목이 말랐고, 물을 마시러 여울 위에 무릎을 꿇고 앉았다. 거기엔 가축의 발자국들이 나 있었다. 물을 들이켜고 나서 고개를 들자, 그 여울이 6년 전 꿈속에 내가 서 있었던, 그리고 누미쿠스 강의 물속에서 피를 보았던 곳을 떠올렸다. 공포와 두려움이 스며들었다. 나는 서서 곡물 자루를 열어, 소금 친 밀가루를 돌멩이들 위에 흩뿌렸다.

나는 강둑에 참을성 있게 서 있는 마루나를 올려다보았다. 그녀는 길쯤하고 가무잡잡한 에트루리아 인의 얼굴을 지닌 내 또래의 키 큰 소녀였다. 곡물 자루를 묶고서 내가 말했다.

"마루나, 나는 곧 알부네아로 돌아가야 해. 그리고 아마도 하룻밤 이상 머물러야 할 거야."

그녀는 생각에 잠겨 집 쪽으로 1킬로미터쯤 가다가 말했다.

"투르누스 왕이 여기 있는 동안은 안 돼요."

"안 되지."

"하지만 그분이 떠나면…… 왕께서 왕녀님이 가고 싶어 하는 이유를 물어보실까요?"

"아마도. 그리고 신성한 것들에 대해서는 거짓말할 수 없어."

"그래도, 침묵할 수는 있을 거예요."

"나는 왕녀야."

나는 시인이 나를 왕의 따님이라고 불렀던 것을 생각하며 말했다.

"내가 해야 할 바대로 할 거야, 그러면 왕께서 허락하실 거야."

나는 소리 내어 웃고서 말했다.

"봐, 보라고, 마루나! 저기 실비아의 사슴이 있어! 집에서 저렇게 멀리 떨어져 뭘 하고 있는 거지?"

그 큰 수사슴은 새로운 작물들이 초록색을 띠려고 하는 경작지 바로 위의 탁 트인 언덕 비탈을 걷고 있었다. 그것이 목에 두른 하얀 리넨 띠는 찢겨져서 거무스레했지만, 가지진 뿔은 당당했다.

마루나가 수사슴의 조금 앞쪽을 가리켰다. 호리호리한 암컷이 뒤따르는 수사슴은 완전히 무시한 채 혼자 돌아다니며 여기저기 풀줄기를 조금씩 뜯어 먹고 있었다.

"수사슴이 집에서 그렇게 멀리 떨어져 하고 있는 일이 저거네요."

"투르누스처럼 말이야."

나는 다시 웃음을 터뜨렸다. 그날 아침엔 아무것도 내 마음을 가라앉힐 수 없었다.

그래서 마음속에 그런 용기를 가지고 집에 도착하자마자 아버지에게 가서 인사드리며 말했다.

"아버지, 손님이 가고 나면 다시 알부네아에 가도 될까요? 마루나가 같이 갈 거예요. 그리고 저에게 호위가 필요하다고 생각하시면, 아버지가 바라시는 다른 사람하고도 같이 갈게요. 저는 거기서 홀로 자고 싶습니다, 하룻밤 이상요."

라티누스 왕은 나를 바라보았다. 자애로우면서도 거리를 두고 판단하려는 오랜 시선이었다. 그는 나에게 막 뭔가를 물어보려 하다가 관두었다.

"딸아, 네가 내 지붕 아래 없는 모든 밤이 안타깝구나. 얼마나 더 오래 내가 너를 데리고 있겠느냐? 하지만 너를 믿는다. 성소로 가서 머물러야 할 만큼 머물러라, 돌아올 수 있을 때 돌아오려무나."

"그럴게요."

나는 감사하다고 말했고 아버지는 내 이마에 입 맞추었다. 그러고 나서, 아버지들이란 엄격해야 하는 법이므로 이렇게 말했다.

"네가 오늘 밤 연회에 참석하기를 바란다. 골내는 것도 안 되고, 서툴게 까무러쳐도 안 돼."

"그러면 그 아프리카 동물이 저한테 오지 못하게 해 주세요."

"그러마."

그리고 나는 아버지가 그 아프리카 동물을 가져온 사내 역시 나에게서 떨어트려 놓을 수 있으면 좋겠건만 하고 생각하는 것을 분명히 보았다. 하지만 아버지는 아무 말도 내뱉지 않았다.

그래서 나는 투르누스가 방문해 있는 나머지 날들을 참고 견뎠다. 얌전하고 처녀답게, 가끔은 식탁에서 한두 마디 던지기까지 했다. 투르누스는 사실 나에게 거의 관심을 쏟지 않았다. 그럴 필요가 없었다. 그가 설득해야 하는 것은 나의 아버지였다. 물론 늘 호의를 얻으려고 어머니한테도 접근했고 늘 성공했다. 어머니가 아버지의 기분을 거스르지 않고도 그를 흠모하도록 부추기고, 그녀의 감정을 무시하지 않고도 아버지와 대화하고 인정받을 방법을 찾는 것은 투르누스에게 까다로운 촌극이었다. 투르누스는 맹렬하고 성급한 사내였고, 자기 원하는 대로 하는 것에 익숙했으며, 말조심에는 익숙지 않았다. 그는 신중하고 예의 바른 태도를 아주 잘 유지했지만, 때때로 나만큼이나 연회가 끝나길 필사적으로 바란다는 것을 알 수 있었다. 그것을 보면 동질감이 느껴졌다. 사촌으로서의 투르누스는 괜찮았다.

아프리카에서 온 짐승은 어머니를 아프게 물고는 사라져 버렸다. 나중에 사냥개가 그 짐승을 해치운 것이 발견됐다. 사냥개는 그것의 속을 먹어 치우고 나서 나머지를 궁의 담 옆에 버려두었다. 어느 임신한 베 짜는 여인이 그것을 보고서 갓난아기의 시체인 줄로 알고는 비명을 지르며 진통을 일으켜 죽은 아이를 낳았다. 내가 불길한 징조의 짐승을 본 적이 있다면 바로 그것이었다.

나는 5월 초하루 저녁에 알부네아의 제단으로 다시 갔다. 우리는 궁에서 늦게 출발했다. 내가 가져갔던 음식 바구니를 벌레가 들지 않도록 나뭇가지에 걸어 놓고, 제단소를 축복한 다음, 자려고 양털들을 펼쳐 놓을 즈음엔 날이 저물고 있었다. 기운을 얻게 불이 있었으면 하는 생각이 또다시 들었지만, 불단지는 마루나에게 맡겨 두고 온 터였다. 나는 앉아서 귀를 기울이며 빛이 사그라지는 것을 지켜보았다. 어둠 속에서 나무들이 모여들며 점점 더 두드러졌다. 한 부엉이가 오른쪽, 저 멀리서 울었다. 아무 새도 답하지 않았다.
　강렬한 침묵 속에서 나의 심장은 깊이, 점점 더 깊이 가라앉았다. 꼭 여기에 와야 했다니 내가 너무나 바보 같았다. 여기서 지냈던 마지막 밤에 대해 기억나는 게 뭐지? 나는 다른 시간, 다른 어느 곳에서 죽어 가던 한 남자에 대한 꿈을 꾸었다. 나랑 아무 상관없는 일이었다. 그런데 그 때문에 시시한 음식 바구니를 가지고 여기로 돌아온 것이다.
　나는 누웠다. 피곤했기에 이내 잠이 들었다.
　나는 별빛 없는 어둠 속에서 잠이 깨었고 제단 너머를 보았다. 그가 거기에 있었다.
　"시인이여."
　내가 말했다.
　"라비니아군요."

가벼운 빗방울이 땅과 숲의 나뭇잎들을 두들기고 있었다. 그 두들김은 그쳤다가 다시 시작되었다가 또다시 그쳤다.

그는 나에게서 멀리 떨어지지 않은, 전에 앉았던 곳으로 가서 또 땅바닥 위에 앉아 두 팔로 무릎을 감쌌다.

"당신은 추운가요?"

그가 물었다.

"아뇨. 당신은요?"

"추워요."

나는 비를 피하라고 양털들을 권하고 싶었지만 그게 소용없음을 알고 있었다.

"배가 항구로 들어가고 있어요."

그의 목소리는 상냥하고 익살맞았으며, 열정적이면서도 차분했고 물 흐르듯 유창했다. 자신의 시를 노래하지 않을 때도 그랬다. 서사시, 그의 노래를 그렇게 일컫는다고 첫날 밤 그는 말해 주었다.

"우리는 항구의 군대를 통과했습니다, 폼페이우스*가 배들로 항구를 봉쇄해 놓았었거든요. 파도의 오르내림이 줄어든 것이 느껴져요. 바다에 나가 있을 때는 그렇게 부풀어 올랐다가 가라앉았다가 하는 것을 아주 싫어했지요. 하지만 이제는 그게 그립군요. 우리는 곧 뭍에 오를 겁니다. 아무 파도도 없군요. 오로지 뜨겁고 평평한 침상, 땀

---

* 베르길리우스가 살았던 시대인 로마 공화정 말기의 정치가이자 장군. 카이사르는 후일 폼페이우스를 제거하고 1인 독재 체제를 구축하였고 로마의 실질적 초대 황제인 아우구스투스에 앞서 황제 정치의 틀을 마련하였다.

과 쑤시는 고통, 올랐다 내렸다 하는 열뿐…… 어느 자비로운 신께서 나에게 이토록 놀라운 탈출구를 선사하셨는지! 어둠 속에, 비 속에 여기 있는 건, 떨면서 추워하는 건 탈출이에요…… 당신도 떨고 있나요, 라비니아?"

"아니요. 나는 괜찮아요. 나는……."

나는 뭐라고 말해야 할지 몰랐다.

"나는 당신이 건강했으면 좋겠어요."

"충분히 건강해요. 아주 건강하답니다. 나는 소수의 시인들만이 허락받는 것을 허락받았지요. 아마도 내가 그 시를 끝내지 못했기 때문일 겁니다. 그러니 그 시 속에서 여전히 살아 있을 수 있죠. 내가 죽어 가는 동안에도 그 속에서 살 수 있어요. 그리고 당신, 당신도 그 속에서 살 수 있어요, 여기에, 여기에 나에게 이야기하며 있을 수 있죠, 설사 내가 글을 쓰지 못할지라도. 말해 줘요…… 말해 줘요, 라티누스 왕의 딸이여, 라티움의 상황은 어떤가요?"

"초봄이랍니다. 소나 양들은 새끼들을 잘 낳고 있어요. 밀과 보리는 계절에 비해 높이 자랐고요. 내 집의 페나테스와 함께 만사가 잘 되어 가요. 소금이 줄어들고 있는 것만 빼고요. 나는 곧 아버지 강의 하구에 있는 염밭으로 가야 해요. 그래서 정제하지 않은 소금을 가져와 정화해서 거르고 굽고 적셨다가 말리고 찧고, 옳은 소금을 만들기 위해서 해야 할 온갖 나머지 일들을 해야 하죠."

"그 모든 걸 어떻게 배웠나요?"

"늙은 여인네들로부터요."

"어머니에게서 배운 게 아니고요?"

"어머니는 아르데아 출신이에요. 거기는 근처에 염밭이 없어요. 그들은 우리 같은 집안들과 소금을 거래하죠. 우리 여인네들이 소금 만드는 법을 아는 게 그 때문이죠. 우리는 그걸 거래한답니다. 하지만 소금 친 밀가루를 위한 신성한 소금은 내가 직접 만들어야 해요. 시작부터 끝까지."

"당신은 뭘 하면 더 좋겠어요?"

"당신과 이야기하는 거요."

내가 말했다.

"뭐에 대해서 이야기하고 싶은데요?"

"트로이아 인들요."

"트로이아 인들에 대해서 뭘 알고 싶은가요?"

시작하는 데에는 애를 먹었지만, 그러고 나서는 이야기가 쉽게 풀려 나왔다.

"트로이아가 불타고 있을 때…… 그의 아내 크레우사는…… 그러니까 그들은 길거리에 있었고 탈출하려는 중이었는데, 그는 아이를 데리고 있었고, 그녀는 그의 뒤에 있었죠. 그들은 헤어졌지요. 그리스 병사들이 그녀를 죽였어요. 그러고 나서 그녀가 그에게 나타났어요. 실물보다 더 큰 모습으로, 어둠과 화재 속에. 그리고 그더러 계속 가야 한다고 말했어요, 도망쳐야 한다고, 그의 사람들을 구해야 한다고. 그는 세 번 그녀를 안으려고 했지만, 그녀는 그저 공기와 그림자에 지나지 않았죠."

그는 고개를 끄덕였다.

"하지만 나중에…… 당신은 그가 저승에 갔고, 거기서 죽은 자의 유령들과 이야기했다고 했잖아요…… 나중에 말이죠, 그가 거기서 아내를 다시 만났나요?"

시인은 잠시 말이 없다가 대답했다.

"아닙니다."

"너무 많은 유령들 사이에서 그녀를 찾지 못한 거군요."

죽은 자들을 상상해 보고자 하면서 내가 말했다.

"그는 그녀를 찾지 않았어요."

"이해가 안 돼요."

"나 역시 안 돼요. 그리고 내가 그곳에 이르면 더 뭐를 알 수 있을지 의심스럽네요. 우리는 저마다 자신의 내세를 견뎌야 해요…… 그는 그녀를 잃어버렸습니다. 불 속에서, 살육 속에서, 거리에서. 영원히 잃어버렸지요. 그는 돌아볼 수 없었어요. 그에게는 돌봐야 할 사람들이 있었습니다."

잠시 후에 내가 물었다.

"트로이아에서 탈출한 후 그들은 어디로 갔나요?"

"오랫동안 지중해 주위를 방황했습니다. 어디로 가는지도, 방향을 잘못 잡은 줄도 모르고요. 그들은 시칠리아 섬으로 가서 잠시 머물렀어요. 그의 아버지가 거기서 죽었습니다. 그들은 약속받은 땅을 찾아 다시 출발했지만, 폭풍이 선단을 흐트러뜨려 배들을 아프리카의 미개척 해안에 던져 놓았어요."

"그들은 거기서 뭘 했나요?"

"안전하게 살아남은 것에 대해 신들에게 감사하고, 짐승을 사냥하여 잔치를 열었습니다. 그리고 나서 아이네아스와 그의 친구인 아카테스는 가서 그들이 들어선 곳이 어떤 나라인지 알아내고자 했습니다. 그리고 이제 막 건립 중인 한 도시에 이르렀어요. 그곳은 카르타고라고 불렸고, 그곳 사람들은 페니키아 인들이었지요. 그리고 그곳의 여왕은 디도라고 했습니다. 그녀는 그들을 환영해 주었습니다."

"그 이야기를 해 주세요."

시인은 머뭇거리는 듯 보였다. 나는 그의 머뭇거림이 그 여왕과 관계있다는 것을 바로 느꼈다.

"아이네아스가 디도 여왕을 사랑하게 되었군요."

내가 말했다. 말하면서 묘한 지루함인지 실망인지를 느꼈다.

"그녀가 그를 사랑하게 되었지요."

시인이 말했다. 그의 목소리는 엄숙했다.

"라비니아, 이건 정말 어린 소녀에게 할 이야기가 아닌 것 같네요."

"하지만 나는 어린 소녀가 아녜요. 나는…… '한 사내를 위해 잘 여물었고, 결혼을 위해 이제 혼기가 찼지요.' 당신 말처럼요……. 그리고 나는 결혼한 여자들이 때로 다른 사내와 사랑에 빠진다는 것도 알아요. 더 젊은 사내들과요."

그 얘기를 할 때 내 목소리에 담긴 냉정함을 그가 알았을지 의심스러웠다. 그는 그 아프리카 여왕에 대해서 생각하고 있었다.

"그녀는 과부였어요. 거기엔 아무 문제가 없었지요. 그녀도 그녀의 가슴과 의지를 어찌할 수 없었다는 점만 빼면. 그녀는 왕이 아주 필요했어요. 그녀는 훌륭한 통치자였고, 사람들은 그녀를 아꼈습니다. 그들은 거기에 아름다운 도시를 건설 중이었고, 모든 것이 잘되어 가고 있었어요. 하지만 여자가 도시를 홀로 오랫동안 다스리는 경우는 드물지요. 그건 남자들을 불편하게 만들거든요. 이웃의 왕들과 지도자들이 그녀를 쫓아다녔지요. 그녀의 비위를 맞추고, 그녀의 힘을 탐내고, 구애와 위협을 동시에 했지요. 아이네아스는 그녀의 구원자로 왔고 그들에게 그녀가 제시한 답이었지요. 자신의 군대가 있는 노련한 전사…… 왕이 되기 위해 태어났으나, 자신의 나라가 없는 사내. 그녀는 그를 사랑하기에 앞서 그가 필요했습니다. 처음엔, 그의 아들을 사랑하게 되었지요. 그녀는 아스카니우스가 바로 마음에 들었어요. 아이를 안아 축복해 주며 좋은 시간들을 약속했습니다. 물론 어미를 잃은 소년은 그녀가 좋았지요, 그 마음씨 따뜻하고, 아름답고, 상냥하고, 아이 없는 여자가요. 아이네아스는 그것이 가슴에 찔렸지요. 그에게 남은 가족은 아들뿐이었으니까요. 그는 디도가 도시를 일으켜 세우는 것을 돕겠노라 약속했습니다. 그리하여……."

침묵.

"일은 꼬리를 물게 마련이니 말할 필요도 없네요."

내가 말했다.

"여자들이 타고난 냉소주의자들이라는 사실을 알긴 해도, 나는 그 사실에 절대 익숙해지지 못하겠어요. 남자들은 냉소주의를 배워야 하지요. 하지만 조그만 계집애라도 그걸 남자들에게 가르칠 수 있다니까요."

 나는 냉소주의자가 뭔지는 몰랐지만 그가 하는 말의 의미는 이해했다.

 "경멸감에서 한 얘기가 아니에요. 한 가지 일은 정말로 또 다른 일로 이어지는 법이죠. 그 점에 해는 없어요. 달리 어떻게 남편들과 아내들이 서로를 사랑하게 되겠어요? 그녀는 남자가 필요했어요. 그리고 그는 친절하고 품위 있고 잘생겼으며 그의 배는 난파당했지요. 그녀는 그를 사랑하게 되었어요. 어떤 여자라도 그랬을 거예요."

 "그것이 전조일지어다."

 시인이 나지막이 중얼거렸다.

 "그래서 그는 그녀와 사랑에 빠졌나요?"

 "그래요. 그랬습니다. 그녀는 아름다웠고, 격렬하고, 열정적이었지요. 어떤 남자라도 그랬을 겁니다. 하지만……."

 "그는 여전히 크레우사 때문에 슬퍼하고 있었군요."

 "아니요. 그의 아내, 그의 도시, 그것들은 모두 지나가 버렸어요. 먼 과거의 것들이었지요. 그들 사이에는 세월과 땅들과 바다들이 있었습니다. 그는 뒤돌아보지 않았습니다. 하지만 어떻게 앞을 내다보아야 할지 몰랐습니다. 그는 순간에, 현재 시간, 현재 시제에 사로잡혔어요. 아버지의 죽음은 그에게 가혹한 타격이었지요. 그는 앙키세스에게 의지했고, 그 늙은이가 잘못된 길로 그들을 이끌 때조차도 그의 말에 따랐습니다. 그가 죽으면서 과거도 함께 가져가 버렸고, 아이네아스는 미래 역시 사라졌다고 느꼈습니다. 그는 어떻게 계속해 나가야 할지 몰랐습니다. 태풍 때문에 그의 선단은 흩어져 항로를 벗어나 그들이 모르는 땅으로 향하고 말았지요…… 그의 영혼 속에도 그와 같은 태풍이 있었습니다. 그는 길을 잃어버린 거예요."

"그의 길이 뭐였는데요?"

"여기. 이탈리아로 가는 것이었죠. 라티움으로. 그는 그것을 알고 있었습니다."

"왜 그의 미래가 아프리카에 있지 못했죠? 왜 그냥 머물러 여왕이 도시를 세우는 것을 돕고 그녀와 행복하게 살면 안 되었던 거죠?"

나는 사리에 맞게 말했지만, 사실은 아이네아스가 그러기를 바라지 않았다. 나는 시인의 반박을 기대했다.

그러나 시인은 그러지 않았다. 그는 머리를 저었다. 잠시 후 자신의 생각을 좇으며 말했다.

"그들을 묶어 놓은 것 또한 태풍이었어요. 그들이 사냥을 하며 밖에 있을 동안이었지요. 그들은 사냥하던 나머지 일행과 떨어지게 되었어요. 비와 우박이 내렸고, 그들은 동굴 속으로 피했습니다. 그러고는……."

"그들이 결혼했나요?"

나는 잠시 후에 물었다.

"디도는 그들의 사랑을 결혼으로 여겼고, 그것을 결혼이라고 불렀지요. 그는 아니었습니다. 그가 옳았어요."

"왜죠?"

"라비니아, 욕구와 사랑조차도 운명을 이길 수는 없어요. 아이네아스가 가진 천부의 재능은 자신의 운명을 아는 것이었어요. 그가 해야 할 일을 알고 그것을 행하는 것이었지요. 욕구에도 불구하고요. 사랑에도 불구하고."

"그래서 그가 어찌했나요?"

"그녀를 떠났어요."

"도망쳤나요?"

"도망쳤어요."

"그녀는 어찌했어요?"

"스스로 목숨을 끊었습니다."

나는 그것은 예상하지 못했다. 그녀가 배들을 보내어 아이네아스를 뒤쫓아 가서 불같은 복수를 했으리라 생각했다. 나는 이 아프리카의 여왕을 좋아할 수 없었지만 도저히 경멸할 수도 없었다. 그래도 자살은 배신에 대한 겁쟁이의 대답 같아 보였다. 마침내 나는 그렇게 말했다. 시인은 온화하게 답했다.

"당신은 절망이 무엇인지 몰라요. 아마 결코 모를지도."

나는 그 말을 그냥 받아들였다. 절망이 무엇인지는 알고 있었다. 아들들이 죽은 후 어머니는 그 속에서 살았다. 그러나 나는 절망 속에서 살지 않았다.

"그것은 가혹한 죽음이었어요. 검이 정확히 가슴에 꽂히지 않는 바람에, 상처는 그녀를 천천히 죽음으로 몰아갔지요. 그녀는 자신이 누워 있는 장작더미에 불을 붙이라고 사람들에게 말하고 나서 죽었습니다. 그는 먼 바다에서 그 거대한 불길을 보았지요."

"그리고 그게 무언지 알았나요?"

"아니요. 아마도요."

"그 생각을 할 때마다 그의 영혼은 움츠러들어야 마땅해요. 그의 사람들은 그를 수치스러워 하지 않았나요?"

"설사 그가 거기서 자신을 왕이라고 칭했을지라도, 그곳은 결코 그들의 나라가 아니었을 겁니다. 그리고 디도는 도시를 세우는 것을 멈추고 정권을 내주었지요. 그녀는 자존심을 잃어버렸고, 아이네아스밖에는 아무것도 생각할 수 없었어요. 상황은 옳게 돌아가고 있지 않았습니다. 그들은 그가 거기서 빠져나온 것을 반겼습니다."

잠시 후에 그가 말했다.

"저승에서 그는 디도를 보았어요. 그녀는 그를 외면했지요. 그와 이야기하기를 거부했어요."

그것은 아주 옳아 보였다. 그러나 그 이야기에는 끔찍한 슬픔이 담겨 있었다. 끔찍한 수치심과 비애, 견딜 수 없는 부당함이 담겨 있었다. 나는 크레우사, 디도, 아이네아스, 세 사람 모두 무척 안됐다고 느껴져서 아무 말 할 수 없었다. 우리는 오랜 시간을 침묵 속에 앉아 있었다.

"좀 더 즐거운 일에 대해 얘기해 줘요. 당신은 어떤 나날을 보내고 있나요?"

시인이 특유의 아름답고 온화한 목소리로 물었다.

"당신은 한 집안의 딸이 어떻게 나날을 보내는지 알 텐데요."

"그래요, 알아요. 만투아에 손위 누이가 있었지요. 하지만 여기는 만투아가 아니에요, 그리고 우리의 아버지는 왕이 아니었고……."

그는 내 말을 기다렸지만 나는 아무 말 하지 않았다.

"축제날이면 도시의 중요한 남자들이 왕의 식탁에서 만찬을 들고자 오겠군요. 라티움의 다른 도시에서 온 방문객들도 있고, 아마 더 먼 곳에서 온 동맹자들도 있을 테고…… 물론, 당신의 구혼자들도 있겠지요. 그들에 대해 이야기해 줘요."

나는 어둠 속에 한동안 앉아 있었다. 비는 지나갔고 별들이 머리 위와 우리를 둘러싼 숲의 나뭇잎들 사이에서 반짝이기 시작했다.

"나는 그들로부터 벗어나기 위해 여기에 오는 거예요. 미안하지만, 그들에 대해서는 얘기하고 싶지 않아요."

"투르누스에 대해서도요? 그는 아주 잘생기고, 아주 용맹하지 않은가요?"

"그렇죠."

"한 소녀의 마음을 움직이기에 충분할 만큼 잘생기고 용맹하지는 않은가요?"

"내 어머니에게 물어보시죠."

그 말에 그는 침묵했다. 다시 이야기를 꺼냈을 때 그의 어조는 바뀌어 있었다.

"라비니아, 그러면 당신의 친구들은 누구인가요?"

"실비아. 마루나. 다른 몇몇 소녀들. 다른 몇몇 중년 여인들요."

"애완동물로 수사슴을 데리고 있는 실비아요?"

"그래요. 이 길에서 그 사슴을 봤어요, 마루나하고 같이. 그 녀석은 암사슴을 따라다니고 있었죠, 암캐를 따라다니는 개처럼요. 뿔 가진 개였다니까요. 그 때문에 우리는 웃었답니다."

"사랑에 빠진 수컷들은 우스꽝스러운 법이에요. 어쩔 수가 없답니다."

그가 말했다.

"실비아의 수사슴에 대해서는 어떻게 알아요?"

"그것이 나에게 왔습니다."

"당신은 모든 것을 아는군요, 그렇죠?"

"아니요. 나는 아는 게 거의 없어요. 그리고 내가 당신에 대해 안다고 생각했던 것은 (얼마나 조금밖에 생각하지 않았는지!) 어리석고 진부하고 상상력 없는 것이었어요. 나는 당신이 금발 머리일 거라고 생각했지요! ……하지만 하나의 서사시에 두 개의 사랑 이야기를 넣을 수는 없어요. 그 싸움들이 어디에 적당하겠어요? 어쨌든 어떻게 결혼으로 이야기를 끝낼 수 있겠어요?"

"그건 끝보다는 시작 같군요."

내가 말했다.

우리 둘 다 잠시 동안 곰곰이 생각했다.

"내 서사시는 모두 틀렸어요. 사람들에게 그걸 태워 버리라고 말해야겠어요."

그가 무슨 뜻으로 한 말이건 간에, 나는 그 소리가 마음에 들지 않았다.

"그러고 나서 저 먼 바다에서 뒤돌아보며 장작더미에서 올라오는 거대한 불길을 보겠다고요?"

그가 특유의 짧은 웃음을 내보였다.

"당신은 잔인한 경향이 있군요, 라비니아."

"그런 것 같지는 않아요. 그랬으면 하고 바라지요. 아마 난 잔인해 질 필요가 있을 거 같아요."

"아뇨. 아닙니다. 잔인함은 약자를 위한 거예요."

"아아, 약자만을 위한 건 아니죠. 주인이 그가 때리는 노예보다 더 강하지 않은가요? 디도를 떠나는 아이네아스는 잔인하지 않았나요? 하지만 그녀가 약자였지요."

시인은 일어섰다. 어둠침침한 가운데 서 있는 키가 큰 유령이었다. 그는 잠시 이리저리 거닐다가 말했다.

"저승에서, 아이네아스는 옛 친구를 만났습니다. 트로이아의 왕자인 데이포보스였지요. 헬레네와 같이 도망쳤던 파리스는 전쟁에서 죽었습니다. 그래서 트로이아 인들은 헬레네를 그의 형제인 데이포보스에게 주었지요."

"왜 그들은 그녀를 성문 밖으로 쫓아내어 남편에게 돌아가라고 말하지 않았나요?"

"트로이아 여인들도 그 질문을 던졌지요. 하지만 트로이아 남자들은 듣지 않았습니다…… 그래서, 그 뒤에 그리스 인들이 그 도시를 차지했고, 메넬라우스는 아내를 찾으러 들어왔지요, 전쟁의 원인이었던 그 여자를 찾으러. 그리고 헬레네는 그를 만났습니다. 그녀는 새 남편이 깊이 잠들어 있는 침실로 옛 남편을 데려갔습니다. 데이포보스는 전투 소리를 듣지 못했어요. 그녀는 그를 깨우지 않았습니다. 오히려 그의 검을 훔쳤어요. 그러니 그는 자신의 죽음을 위해 깨어난 꼴이 되고 말았지요. 그리스 인은 피에 미쳐서 그를 찌르고, 난도질하고, 두 손을 자르고, 얼굴을 반으로 갈랐고 여자는 그것을 지켜보았지요. 그렇게 해서 데이포보스는 어둠 속으로 내려갔습니다. 오랜 세월 후에 거기서 아이네아스는 그를, 그의 유령을 보았지요. 그는 여전히 불구에, 토막 나고, 치유받지 못한 모습이었습니다. 그들은 조금 이야기를 나누었지만 안내인*이 끼어들었지요. 그럴 시간이 없다, 서둘러야 한다고 말입니다. 그러자 살해당한 남자가 말했습니다. '가게, 가게나, 나의 자랑이여. 나는 죽었네. 나는 저 무리와 합류하여 어둠으로 돌아가네. 자네는 더 나은 운명을 찾기를 바라네.' 그렇게 말하면서 그는 돌아섰습니다."

나는 말없이 앉아 있었다. 울고 싶었지만 눈물이 나오지 않았다.

"나는 곧 죽을 겁니다. 저 무리와 합류하여 어둠으로 돌아갈 거예요."

시인이 말했다.

"아직은 아녜요……."

"나를 붙잡아 줘요. 여기에 붙잡아 줘요, 라비니아. 살아 있는 것이 더 낫다고, 죽은 아킬레스보다는 살아 있는 노예가 되는 게 더 낫다고 말해 줘요. 내 작품을 끝낼 수 있다고 말해 줘요!"

---

* 아이네아스는 신탁소의 무녀인 시빌레의 안내를 받아 아버지를 찾아서 저승을 방문한다.

"당신이 끝내지 않으면, 그것은 결코 끝나지 않을 거예요."

나는 머릿속에 떠오르는 대로, 오로지 말하기 위해 말하고 있었다. 그를 조금이나마 위로하기 위해서였다.

"어쨌든 결혼으로 끝낼 게 아니라면, 어떻게 끝낼 건가요? 살인으로요? 끝에 이르기 전에 어떻게 그것을 끝낼지 결정해야 하나요?"

"아니요. 사실은 아녜요. 그것은 정확히 결정의 문제는 아닙니다. 그보다는 찾아내는 문제예요. 아니면, 현재 상태로라면, 포기의 문제일 겁니다. 나에게 계속해 나갈 힘이 없으니까요. 그게 문제예요. 나는 약해요. 그러니 끝은 잔인할 겁니다."

그는 나와 제단 사이를 한 번 왔다 갔다 했다. 나는 흙 위에서 아무런 그의 발소리도 듣지 못했다. 그러나 마침내 그가 한숨을 쉬었는데, 길고 좀 요란한 한숨이었다. 그리고 다시 무릎에 팔을 두르고 앉았다.

"당신과 실비아는 뭘 하는지, 무슨 얘기를 하는지 이야기해 줘요. 그녀의 사슴에 대해서 얘기해 줘요. 당신이 어떻게 소금을 만드는지도. 당신이 실을 자을 때, 천을 짤 때의 얘기를 해 줘요. 어머니가 그 기술들을 가르치셨나요? 여름에 일찍 광의 문을 열고 청소하는 얘기, 며칠간 그 문을 열어 둔 채 페나테스들이 수확물로 광을 다시 채우기를 기도하는 얘기를 해 줘요……."

"당신은 그 모든 것을 알잖아요."

"아니요. 당신만이 내게 말해 줄 수 있어요."

그래서 나는 그가 질문한 것들을 이야기해 주었고, 그가 알고 있는 이야기로 그를 위로해 주었다.

✳

　나는 다음 날을 홀로 알부네아의 숲에서 보냈다. 나무들 아래 공기는 묵직했고, 샘 근처에 가면 유황 냄새에 숨이 막혔다. 더 멀리 돌아다니다가 가파른 언덕으로 오르는 길을 찾아냈다. 그 언덕은 거의 숲 위로 솟아 있는 낭떠러지에 가까웠다. 꼭대기의 공터는 서쪽의 반짝이는 선 쪽으로 드넓은 전망을 제공했다. 그 선은 바다였다. 나는 햇빛 속 풀이 듬성듬성한 풀밭에서 쓰러진 통나무에 등을 기대고 앉았다. 나는 실감개와 양털 자루를 지니고 있었다. 여자는 보통 몇 가지 가사 도구들을 가지고 다니는 법이다. 나는 여름용 토가나 팔라를 위해서 아주 섬세한 실을 잣는 중이었기에, 가벼운 양털 자루는 한참 동안 쓰기에 충분했다. 나는 앉아서 실을 잣고 생각하며, 5월의 초록 일색인 라티움의 언덕들과 숲 너머를 응시했다. 한낮에 치즈와 밀 빵을 조금 먹었고 물을 마실 수 있는 샘을 찾아냈다. 샘에서는 목동들의 양상추와 물냉이가 자라고 있었는데, 원래는 음식을 삼갈 생각이었고, 가능하면 단식까지 할 작정이었지만, 그것 역시 먹었다. 금식이 힘들어졌기 때문이다. 그리고 나서 나는 언덕 꼭대기를 조금 더 살펴보았고 태양이 높은 하늘과 땅 사이 중간쯤에 있을 때 다시 숲 한가운데로 돌아갔다. 나는 바람 불어오는 쪽에 있는 냄새가 지독한 샘을 지나쳐 다시 제단소로 갔다. 전날 밤 조금밖에 자지 못했기 때문에, 거기서 약간 잠을 잤다. 황혼녘, 잠에서 깨었을 때, 커다랗고 하얀 나방들이 신성한 담장 안쪽 허공에서 훨훨 날아다니고 있었다. 오르락내리락, 공중의 미로 속에서 서로가 서로의 주위를 도는 것을 보니 경이로웠다. 나는 잠에 겨운 채 그것들을 지켜보았고, 나방들의 춤 사이로 시인이 제단 근처에 서 있는 것을 보았다.

"저 나방들은 저승의 영혼들 같아요."

나는 여전히 비몽사몽간에 말했다.

"그곳은 끔찍한 곳입니다. 그 컴컴한 강의 저편에 습원(濕原)이 있는데, 거기서 우는 소리를 들을 수 있어요…… 작고 미약하고 애처로운 울음소리를 땅에서, 사방에서, 발밑에서요. 그들은 태어날 때 또는 요람에서 죽은, 살아 보지도 못하고 죽은 갓난아기들의 영혼입니다. 그들은 거기 진흙 위에, 갈대밭 속에, 어둠 속에, 구슬피 울며 누워 있어요. 그리고 아무도 오지 않지요."

그가 말했다.

나는 이제 잠이 완전히 깼다.

"당신이 그걸 어떻게 아나요?"

"거기에 있었으니까."

"저승에 있었다고요? 아이네아스하고요?"

"내가 누구와 같이 있었을까?"

그가 말했다. 그는 불확실해 보였다. 목소리는 낮고 무디었다. 그는 머뭇거리며 이야기를 계속했다.

"아이네아스를 안내한 사람은 시빌레였지요…… 내가 안내한 사람은 누구였더라? 지금처럼, 나는 그를 어느 숲에서 만났습니다. 길 한가운데 어두운 숲이었지요. 나는 거기서 나와 그를 만났고, 그에게 길을 보여 주었어요*…… 하지만 그게 언제였지? 아아, 이렇게 죽어 가는 건 힘든 일이에요, 라비니아. 나는 아주 피곤해요. 더 이상 올바른 생각을 할 수가 없어요."

"갓난아기들에 대한 당신 생각은 옳지 않아요."

내가 말했다.

"살아 보지도 않았는데 왜 그들이 벌을 받아야 하나요? 영혼으로 자라날 시간조차 없었는데 어떻게 그들의 영혼이 거기에 있을 수 있죠? 죽은 새끼 고양이들의 영혼이 거기에 있나요? 우리가 희생 제물로 쓴 새끼 양들과 유산된 태아들의 영혼이 거기 있나요? 그들이 거기에 없다면, 갓난아기들의 영혼이 왜 있겠어요? 만약 당신이 가련하게 죽어 울어 대는 아기들로 가득한 습지를 지어냈다면, 잘못 지어낸 거예요. 그건 부정해요."

나는 몹시 성을 냈다. 나는 내가 아는 두 번째로 가장 강력한 단어, '부정함', 즉 '네파스'를 썼다. 그것은 사물의 질서를 거스르는 것, 입에 담기도 무서운 것, 신성하지 못한 것이었다. 그 뜻을 가리키는 단어들은 많겠지만, 그 말이 내가 아는 한 가지였다. 그것은 옳음, 사람이 해야 하는 것을 가리키는 위대한 단어인 '파스'의 그림자이자, 반대, 타락일 뿐이었다.

키 크고 어두운 형상을 둘로 접은 채, 그는 앉아 있었다. 나는 그가 얼마나 약하게 움직이는지, 얼마나 지치고 패배한 사람처럼 머리

---

* 「신곡」에서 베르길리우스는 단테와 함께 지옥과 연옥을 방문한다.

를 수그리고 있는지 볼 수 있었다. 그러나 나는 그를 불쌍히 여기려고 하지 않았다.

"당신이 말한 대로 잔인함이 나약함에서 온다면, 당신은 아주 약하군요."

내 말에 그는 대답하지 않았다.

한참 후에 내가 말했다.

"나는 당신이 강한 것 같아요."

말하면서 내 입술과 음성이 떨렸다. 불쌍히 여기고 싶지 않았지만 그가 불쌍했고 내 가슴이 눈물로 가득 찼기 때문이다.

"그게 부정하다면 시에서 빼겠습니다, 왕녀여. ……그럴 기회를 허락받는다면."

그를 도울 수 있었으면, 그가 앉을 양털이나 어깨에 두를 토가라도 줄 수 있으면 얼마나 좋을까 싶었다. 웅크리고 앉은 모습이 마치 추위에 떠는 듯했기 때문이다. 그러나 나는 그를 위해 아무것도 해 줄 수 없었고, 오로지 목소리로만 그와 닿을 수 있었다.

"당신에게 그것을 허락하거나 금지하는 이가 누구인가요?"

"신들이오. 나의 운명이오. 내 친구들. 아우구스투스요."

운명과 친구들에 대해서는 그가 무슨 소리를 하는지 이해가 갔다. 최소한 그 단어들이 무슨 뜻인지 알았다. 다른 것들에 대해서는 확실하게 이해가 가진 않았다. 그리고 나는 그의 친구들이 누구이며 그가 그들을 신뢰할 수 있는지 어떤지 몰랐다. 그의 운명에 관해서라면, 우리 누구도 모르는 법이다.

내가 마침내 말했다.

"하지만 확실히 당신은 자유민이잖아요. 당신의 작품은 당신 거예요."

"내가 아프기 전까지는 그랬죠. 하지만 나는 내 작품에 대한 지배력을 잃어 가기 시작했고, 이젠 아주 잃어버린 것 같습니다. 사람들은 완성되지 않은 채로 그것을 출판할 겁니다. 나는 그들을 막을 수 없어요. 그리고 그것을 끝낼 힘도 없고요. 당신이 말한 것처럼, 그 시는 살인으로 끝납니다. 투르누스의 죽음으로요. 무얼 위해서 그랬을까요? 투르누스에 대해서 누가 신경 쓴다고? 세상은 죽고 죽이는 데 열중한 잘생기고 겁 없는 젊은 사내들로 가득 차 있어요. 어떤 전쟁이라도 그런 이들이 모자라는 법은 없지요."

"누가 그를 죽이죠?"

시인은 내 질문에 대답하지 않았다. 한참 후에 이렇게만 말했다.

"그건 옳은 결말이 아니에요."

"옳은 결말을 얘기해 줘요."

다시 한참 동안 조용하다가 그가 말했다.

"못 하겠어요."

거의 날이 저물어 있었다. 남빛을 배경으로 선명한 검은색으로 두드러져 보이던 나뭇잎과 가지 들은 밤의 어둠침침함 속으로 흐릿해지기 시작했다. 서쪽의 거뭇한 나무 둥치들 사이에서 금성이 잠시 반짝였고, 나는 그 별이 지닌 미(美)의 힘에 기도했다.* 바람은 전혀 없

---

* 금성을 뜻하는 베누스는 미와 사랑의 여신이다.

었고, 아무 새도 짐승도 소리를 내지 않았다.

"라비니아, 내가 왜 당신에게 왔는지 알 것 같습니다. 나는 방황하고 있었어요…… 내 시에 나오는 모든 사람들 중에서 내 영혼을 불러낸 사람이 왜 당신이었을까요? 왜 나의 위대하고 소중한 아이네아스가 아니었을까요? 왜 내가 예술의 눈으로 그토록 자주 보았던 것처럼 살아 있는 눈으로 그를 볼 수 없는 거죠?"

그의 목소리는 몹시 나지막해서 거의 숨죽인 소리 같았다. 나는 애써 귀 기울여 들어야 했다. 그래서 많은 얘기를 알아듣지 못했다.

"왜냐하면 내가 그를 이해했기 때문이죠. 그리고 당신을 이해하지는 못했고요. 당신은 내 시 속에서 거의 아무 존재도 아닙니다, 거의 하찮은 존재예요. 아직 내버려 둔 장래의 인물이죠. 그것을 이제 고칠 수가 없군요, 내가 디도의 이름에 그랬던 것처럼 당신의 이름에 활기를 채울 수 없어요. 하지만 그것이 거기에, 부여되지 않았던 활기가 당신 내부에 있습니다. 지금, 마지막에, 너무 늦은 때에, 당신은 나에게 주어야 할 것을 갖고 있군요. 나의 활기를. 내 이탈리아 땅, 로마에 대한 희망, 나의 희망을요."

그의 목소리에 담긴 절망감이 나의 가슴을 쥐어짰다. 그의 말은 점점 사그라졌고 그는 머리를 숙인 채 꼼짝 않고 앉아 있었다. 나는 그의 모습을 간신히 알아볼 수 있었다.

그가 나로부터 멀어져 자신의 비애, 죽음으로 결론지어질 병 속으로 빠져들어 가고 있음을 알기에 나는 두려웠다. 나는 그의 유령마저 잃어버릴까 두려웠다. 그를 계속 내 옆에 두고 싶었다. 비록 그가 이해하듯 이해하지도 이해할 수도 없지만, 나는 우리 사이에 있는 유대감이 어떠한 것인지, 그를 다시 불러오려면 어떻게 그것을 이용해야 할지 알고 있었다.

"아이네아스에 대해서 알고 싶어요. 아프리카를 떠난 후, 바다 너머 뒤돌아보고 그녀의 장례식 불길이 타오르는 것을 본 후…… 그러고 나서 그는 어디로 갔나요?"

내가 말했다.

그러나 시인은 한동안 풀죽은 자세로 계속 있었다. 그는 머리를 조금 저었다. 그리고 쉰 목소리로 말했다.

"시칠리아요."

그는 주위를 둘러보며 쥐가 난 어깨를 풀기 위해 천천히 으쓱거렸다.

"그는 이미 거기에 가 본 적이 있어요, 그렇죠?"

"그는 아버지의 파렌탈리아*를 행하기 위해 돌아갔어요. 그가 디도와 아프리카에 있는 동안, 앙키세스가 죽은 후로 1년이 지났거든요."

"어떻게 의식을 행했나요?"

"알맞게 행해졌습니다. 의례를 행하고 희생 제물을 바쳤죠. 그러고 나서 시합과 경기들과 잔치가 있었어요."

그의 음성은 점점 더 강해졌다. 그 목소리 속으로 음악적인 가락이 돌아오고 있었다.

---

* 먼저 세상을 떠난 가족을 기념하는 위령제.

"아이네아스는 무엇이 적절한가에 대하여 아주 정확한 감각을 지녔습니다. 그리고 그는 사람들의 기운을 북돋아 줄 필요가 있음을 알고 있었어요. 7년간 방랑한 데다 1년 전에 왔던 이곳으로 돌아와 있었으니까요. 그래서 그들에게 시합을 펼쳐 주었지요. 그가 잊고 있던 것은 여자들이었습니다."

"그건 놀랄 일도 아닌 것 같네요."

"좋아요, 냉소주의자 왕녀님. 하지만 아이네아스는 잘 잊는 사람이 아니랍니다. 그는 그의 모든 사람들에 대해서 생각해요. 많은 여자들이 트로이아에서 탈출하는 길에 그에게 자신을 의탁했습니다. 그는 긴 여행이 그들에게 참을 만한 것이 되게 하려고 애썼어요. 하지만 약속받은 땅을 찾아 다시 떠날 것이라고 말했을 때 그들은 그것을 도저히 감당할 수 없었어요. 유노가 그들 속에 임했고, 그녀는 그들을 부추겼습니다. 그들은 모반을 일으켰어요. 그들은 바닷가로 내려가 배들에 불을 질렀습니다."

"유노가 그들 속에 임하다니, 그게 무슨 소린가요?"

"그녀는 아이네아스를 미워했습니다. 항상 그와 맞섰지요."

그는 내가 어리둥절해 하는 것을 보았다.

나는 이 문제를 곰곰 생각했다. 남자에게 자신의 게니우스[**]가 있는 것처럼 여자에게는 자신의 유노가 있다. 그것들은 우리 각자가 속에 지니고 있는 신성한 불꽃, 성스러운 힘을 가리키는 이름들이다. 나의

[**] 출생과 죽음을 돕는 수호신.

유노는 내 속에 임할 수 없다, 그것은 이미 나의 가장 뿌리 깊은 자아이기 때문이다. 시인은 유노를 마치 좋고 싫은 바가 있는 한 사람, 한 여자처럼 말하고 있었다. 질투하는 여자인 양 말이다.

물론, 세계는 신성하다. 그것은 신들과 수호신들, 거대한 힘들과 존재들로 가득하다. 우리는 그들 중 일부에게 이름을 붙였다. 경작지와 전쟁의 마르스. 불의 베스타. 곡물의 케레스. 대지의 여신 텔루스. 광의 페나테스들. 강들, 샘들. 그리고 폭풍 구름과 번개 속에는 아버지 신이라 불리는 위대한 신이 있다. 그러나 그들은 사람이 아니다. 그들은 사랑하거나 미워하지 않으며, 누구를 돕거나 누구와 맞서지 않는다. 그들은 그들이 응당 받아야 할 경배를 받고, 그것이 그들의 힘을 키우며, 그것을 통해 우리는 살아간다.

나는 완전히 어리둥절했다. 마침내 내가 물었다.

"왜 이 유노라는 인물이 아이네아스를 미워하나요?"

"그의 어머니인 베누스를 미워하기 때문이지요."

"아이네아스의 어머니가 별인가요?"

"아니요. 여신이지요."

"베누스는 봄에, 정원에 만물이 자라나기 시작할 때 우리가 소환하는 힘이에요. 그리고 샛별을 우리는 베누스라고 불러요."

나는 조심스럽게 말했다.

그는 그 점에 대해 생각했다. 아마도 지방에서, 나같이 파간들 사이에서 자란 것이 나의 당황스러움을 이해하는 데 도움을 준 것 같았다.

"우리도 그렇지요. 하지만 베누스는 또한 그 이상이 되었습니다⋯⋯ 그리스 인들 덕이에요. 그들은 그녀를 아프로디테라고 부릅니다⋯⋯ 라틴어로 그녀를 찬양한 위대한 시인이 있습니다. 그는 그녀를 남자들과 신들의 낙이라고, 사랑스러운 양육자라고 불렀어요. 움직이는 별자리들 아래서 그녀는 배를 실은 바다와 비옥한 대지를 그녀의 존재로 채웁니다. 그녀를 통해 각 세대들이 잉태되고 자라서 태양을 보지요. 그녀에게서는 폭풍 구름이 달아납니다. 그녀를 위해 대지, 그 재주 많은 창조자는 꽃들을 바칩니다. 바다의 드넓은 수평선은 그녀를 향해 웃음 짓고, 평온한 하늘은 온통 반짝이며 빛으로 넘쳐 흐릅니다⋯⋯."

그것은 내가 기도드렸던 베누스였다. 비록 나에게는 그런 표현력이 없지만 그것은 나의 기도였다. 그 말들이 눈물로 내 눈을 채우고 표현할 수 없는 기쁨으로 내 가슴을 채웠다. 마침내 내가 말했다.

"어느 누가 그녀를 미워할 수 있나요?"

"시샘 때문이지요."

그가 말했다.

"신성한 힘이 또 다른 힘을 시샘한다고요?"

나는 그것을 이해할 수 없었다. 강이 또 다른 강을 시샘하고, 땅이 하늘을 시샘하다니?

"나의 시에 나오는 한 사내가 묻지요. '우리의 가슴속에 이 불을 지피는 것이 신들인가, 아니면 우리 각자가 우리의 지독한 욕망을 신들의 욕망으로 바꾸는 것인가?'"

그는 나를 쳐다보았다. 나는 아무 말 하지 않았다.

"그리스의 위대한 호메로스는 신이 그 불을 지핀다고 합니다. 이탈리아의 어린 라비니아는 그 불이 바로 신이라고 말하는군요. 여긴 이탈리아 사람의 땅, 라틴 인의 땅이지요. 당신과 루크레티우스*는 바로 그 기반을 지녔지요. 찬양을 드리고, 축복을 구하고, 이방의 신화들에는 아무 주의를 기울이지 않아요. 그것들은 문학일 뿐이지요…… 그러니, 유노에 대해서는 신경 쓰지 마요. 트로이아 여자들은 자신들의 의견을 구하지 않은 것에 분노했고 시칠리아에 머물기로 결정했어요. 그래서 그들은 배에 불을 질렀지요."

그것은 충분히 이해할 수 있었다. 나는 귀를 기울였다.

"만약 돌풍과 함께 비가 와서 불을 꺼뜨리지 않았다면 배들은 홀랑 타 버렸을 겁니다. 그들은 네 척의 배를 잃었습니다. 당연히 여자들은 도주하여 숨었지요…… 하지만 아이네아스는 그들을 벌할 생각조차 없었습니다. 자신이 그들을 너무 밀어붙였다는 것을 깨달았어요. 그는 의회를 소집했고, 그들이 모든 것을 자유로이 결정하도록 했습니다. 시칠리아에 머무를지, 그와 함께 항해할지를 말이지요. 늙은 이들과 많은 여자들, 그러니까 어린 아이가 있는 많은 어미들은 머무를 것을 택했어요. 다른 이들은 약속의 땅을 계속해서 찾을 것을 택했지요. 그래서 아흐레 동안의 잔치가 끝난 후, 이별의 눈물을 위하여 또 하루를 보낸 후에 그들은 배를 타고 나갔습니다."

---

* 기원전 1세기에 활동한 로마의 시인이자 철학자.

"이쪽으로요? 라티움으로?"

시인은 고개를 끄덕였다.

"하지만 처음에 그는 쿠마이에 잠시 정박했습니다."

나는 거기가 저승으로 향하는 입구임을 알고 있었다.

"저승으로 내려가기 위해서요? 왜요?"

"어떤 환영 때문이었습니다. 그의 아버지인 앙키세스가 어둠의 강을 건너 자신을 찾아오라고 했거든요. 그리고 아이네아스는 아버지와 운명에 늘 순종했기에, 쿠마이로 가서 안내자를 찾았고 내려가는 길을 발견했습니다."

"그리고 그 안내자는 갓난아기들이 울며 누워 있는 습지를 보았고요. 그리고 아이네아스의 친구는 너무나 잔인하게 살해당하여 그 영혼조차 치료받지 못했지요. 그리고 디도 여왕, 그녀는 외면한 채 말도 하지 않으려 했어요. 하지만 그는 아내인 크레우사는 찾지 않았어요."

"찾지 않았지요."

시인은 겸손하게 말했다.

"상관없어요. 거기엔 아무런 재결합도 없으리라고 생각하니까. 유령이 유령을 만질 순 없죠. 그 긴 밤은 잠을 위한 거라고 생각해요."

"라티누스의 딸이여, 루크레티우스의 여자 조상이여! 당신은 내가 가장 바라는 것을 나에게 약속하는군요."

"잠요?"

"잠을요."

"하지만 당신의 시는……."

"글쎄요, 내가 놓아 버리면, 틀림없이, 내 시는 저 스스로 알아서 할 겁니다."

우리 둘 다 말없이 앉아 있었다. 날은 아주 깜깜했다. 바람은 잦아들었다. 아무것도 움직이지 않았다.

"지금쯤, 그가 쿠마이를 떠났나요?"

"그럴 것 같군요."

시인이 답했다.

우리는 아주 나지막이 거의 속삭이듯 말했다.

"그는 늙은 유모인 카이에타를 묻기 위해서 키르케이 곶에 멈출 겁니다. 그녀는 같이 가게 해 달라고 간청했었지요. 하지만 그녀는 늙고 병들어서 배 안에서 죽습니다. 그는 그녀를 묻기 위해 뭍에 내립니다. 그 때문에 며칠쯤 늦어질 거예요."

침묵이 뒤를 이었다. 두려움의 냉기가 내게 스며들어 있었다. 너무나 빨리, 너무 많은 것이 내게 다가오고 있었다. 나는 앞으로 닥칠 일을 시인이 이야기해 주었으면 싶기도 하고 그러지 말았으면 싶기도 했다. 내가 말했다.

"내가 여기로 언제 돌아올 수 있을지 모르겠어요."

"나 또한 그렇습니다, 라비니아."

그는 어두운 허공 너머 나를 바라보았고 나는 그가 웃고 있음을 알았다.

"아아, 나의 경애하는 왕녀여."

여전히 아주 부드럽게 그가 말했다.

"나의 끝내지 못한, 나의 불완전한, 나의 재능을 십분 발휘하지 못한 분. 왕녀여, 나는 결코 그러지 못했습니다. 한 번만 더 돌아와요."
"그럴게요."

나는 여러분이 예상할 만한 여성적인 목소리를 지니고 있지 않다. 그리고 나의 이야기를 써 나가도록 하는 추동력은 적개심이 아니다. 아마도, 부분적으로는 분노일 것이다. 그러나 단순한 분노가 아니다. 나는 정의를 갈망하지만, 정의가 무엇인지 모른다. 배신당하는 것은 가혹한 일이다. 당신이 배신을 불가피하게 만든 장본인임을 아는 것은 더욱 가혹한 일이다.

그래서, 누가 나의 진정한 사랑인가, 그 영웅인가, 아니면 시인인가? 그들 중 누가 더 나를 사랑했냐는 뜻이 아니다. 그중 누구도 나를 오랫동안 사랑하지 못했다. 그저 충분히. 족할 만큼만 사랑했다. 내 질문은 그들 중 누구를 내가 좀 더 진실로 사랑했냐는 것이다. 그리고 나는 그에 대답할 수 없다. 한 명은 나의 남편이었다. 잘생긴 사내로서 그의 육체와 나의 육체가 결합하여 내 속에 아들을 만들었으며, 나의 여성스러움, 나의 자부심, 나의 영화를 만들어 낸 사람이다. 다른 한 명은 유령이다. 유령들 속에 하나의 속삭임, 한 처녀의 꿈이거나 환영이지만, 내 존재 전체를 만들어 낸 자이다. 어떻게 내가 선택할 수 있겠는가? 나는 두 사람 다 너무나 빨리 잃어버리고 말았다.

나는 그들이 나를 아는 것보다 약간 더 그들을 알았을 뿐이다. 그리고 나는 늘, 내가 불확실한 존재임을 기억하고 있다.

물론, 그들도 그랬다. 어린 푸블리우스 베르길리우스 마로는 시인이 되기도 전에, 예닐곱 살 때 죽어 만투아의 자그마한 묘석 아래 그저 재가 될 수도 있었다. 그러면 그와 함께 그 영웅의 영광도 죽어, 수많은 전사들의 이름 가운데 겨우 이름 하나 남겼을 것이고, 이탈리아 해안에 전설도 남기지 않았을 것이다. 우리 모두는 불확실한 존재이다. 적개심은 어리석고 옹졸하며, 분노조차 부적당하다. 나는 바다 표면에 하나의 빛나는 점일 뿐이며, 샛별에서 뻗어 나오는 어렴풋한 반짝임일 뿐이다. 나는 경외감 속에서 산다. 내가 살아 있지 않다면, 그래도 나는 바람을 타는 말없는 날개, 알부네아 숲 속에 형체 없는 목소리이다. 나는 말한다, 그렇지만 내가 할 수 있는 말은 이것뿐이다. 가라, 계속 가라.

다음 날 마루나와 함께 집에 도착하자, 여자들 처소의 모든 이가 나에게 한꺼번에 떠들어 대려고 했다. 투르누스가 아버지에게 사자를 보냈으며, 아마타 여왕이 당장 나를 보고 싶어 한다는 것이었다.

어머니에 대한 습관적인 두려움 때문에 나는 그 말을 듣고 속으로 움츠러들었다. 그러나 그녀가 옛날 식으로 나에게 소리를 지르거나 창피를 주는 것은 이제 오래된 일이었다. 나는 자신의 비겁함이 부끄러웠다. 발에서 여행의 먼지를 털어 버리고 옷을 갈아입자마자, 어머니의 방으로 갔다. 그녀는 하녀들을 내보냈고, 진짜 열성적으로 나를 반기며 이마에 입을 맞추고 손을 잡아 옆에 끌어 앉혔다. 그러한 애정의 과시는 거짓처럼, 짐짓 꾸민 것처럼 보일 수도 있지만 그녀는 계략가가 아니었다. 자신이 느끼지 않는 역을 연기하기에는 자신의 감정에 너무 많이 좌우되는 사람이었다. 어머니는 진짜로 나를 보고 반가워했고 그녀의 기쁨은 내 마음에 와 닿았다. 나는 아름답지만 불행한 어머니가 나를 인정하고 친절히 대해 주기를 너무나 간절히 바랐기에 아주 조금 그런 기미만 보여도 거기에 저항할 수가 없었다. 나는 기꺼이 어머니 옆에 앉았다.

어머니가 내 머리카락을 쓸어 주었다. 그녀의 손가락은 미세하게 떨렸다. 몹시 흥분해 있었기 때문이다. 그녀의 커다란 짙은 색 눈동자들은 빛으로 가득한 것처럼 보였다.

"투르누스 왕이 사자를 보내 왔단다, 라비니아."

"여자들이 모두 그러데요."

"그건 결혼하게 너를 달라는 정식 요청이야."

어머니가 그렇게 바짝 붙어 앉아, 그렇게 열렬히, 그렇게 면밀히 지켜보는 바람에 나는 말없이 시선을 내리까는 것 말고는 아무것도 할 수 없었다. 피부에 홍조가 떠오르고, 열기의 파도가 온몸을 뒤덮는 것을 느꼈으며, 갇히고 무력하고 무방비하게 노출되었다는 느낌이 들었다.

내가 움츠러들어 말이 없다고 어머니는 놀라거나 화내지 않았다.

그녀는 내 손을 잡았고 이야기하는 내내 계속 쥐고 있었다.

"그건 이례적인 결혼 신청이란다. 투르누스 왕은 아주 마음이 넓은 남자야. 그는 자신뿐만 아니라, 너에게 구애하러 여기 왔던 다른 젊은 왕과 전사들을 위해서 이야기하고 있어…… 메사푸스, 아벤티누스, 우펜스, 그리고 사비니 족의 클라우수스를 위해서 말이다. 투르누스의 전언은 라티움의 이렇게 세도 넘치는 신민들과 동맹자들 사이에 발생할지도 모를 논쟁과 불화를 피하자는 거야. 왕께서 그들 가운데 너의 남편을 택할 때가 왔으니 경쟁을 끝내자는 거지. 모두가 라티누스의 선택을 받아들이기로 동의했다. 아버지가 곧 너에게 사람을 보내어 자신의 결정을 말씀해 주실 거다."

나는 고개를 끄덕이는 것밖에 할 수 없었다.

"네 아버지가 내릴 결정은 쉬운 결정이 아닐 게다."

투르누스의 전언을 얘기해 주고 나자, 이제 그녀의 목소리에서 서두르는 기색이 줄어들었고 열성적이며 따뜻한 분위기도 줄어들었다.

"아버지는 너에게 헌신적이어서, 너를 보내 주고 싶어 하지 않아. 하지만 그는 투르누스가 언급한 경쟁에 대하여 많이 걱정해 왔지. 밤에 말짱한 정신으로 누운 채, 저 젊은 전사들이 너를 두고 주먹다짐을 벌이거나 그에게 어떤 결정을 강요하여 왕국을 분노케 할까 봐 두려워했다. 저 젊은이들은 화약통이나 다름없어. 하나만 불꽃을 일으켜도 모두 들고일어날 거다. 그리고 네 아버지는 자신이 지켜 온 평화를 자랑스러워하고 진심으로 그것을 지키고 싶어 하지. 그는 싸울 때를 지난 늙은이야. 사실, 그는 그를 지켜 줄 젊은이…… 그러니까 사위의 가슴과 힘이 필요해. 그들 중 누가 그러한 명예에 가장 잘 어울린다고 생각하느냐?"

나는 머리를 저었다. 목구멍이 메말라서 아무 말도 나오지 않았다.

"아버지가 물어보실 게다, 라비니아. 거기에 준비가 되어 있어야 해. 아버지는 네가 싫어하는 남자와 너를 결혼시키려 하지 않을 거다…… 알잖니! 하지만 너는 결혼해야 할 때야, 이미 그럴 때가 지났어. 우리는 그걸 바꿀 수 없다. 그러니 너는 선택해야 해. 그리고 그건 진정으로 너의 선택이 될 거다. 아버지는 결코 네 심정을 거스르지 않을 거다."

"알아요."

어머니는 일어서서 방을 조금 돌아다녔다. 그녀는 탁자에서 작은 향 단지들 중 하나를 골라 가져와 내 양쪽 손목에 장미유를 살짝 발랐다.

그녀가 웃으며 말했다.

"젊은이들이 한 사람을 두고 싸우도록 하는 게 좀 더 근사하긴 하지. 나도 알아! 그 모든 것을 끝내야 한다는 건 정말 애석한 일인 듯 싶다…… 하지만 그게 영원히 지속될 수는 없어. 그리고 어쩔 수 없는 결정은, 갑자기 그 결정이 내려져야 할 때면, 대개 저절로 내려지는 법이지. 그들 모두, 그 모든 젊은 남편감들 중에서 정말로 가능성 있는 사람은 단 한 명뿐이다. 필연적인 사람은 한 명뿐이야. 미래가 약속된 사람은 말이다."

그녀가 환하게 다시 미소 지었다. 내가 보기에 그녀는 마치 자기 약혼자 얘기를 하는 소녀 같았다.

나는 여전히 아무 말 하지 않았고, 어머니는 잠시 기다렸다가 말했다.

"흠, 얘야, 너의 선택을 나에게 말할 필요는 없다. 하지만 네 아버지에게는 말해야 할 거다…… 아니면 아버지가 너 대신 선택하게 하든가."

나는 고개를 끄덕였다.

"우리가 너 대신 선택해 주었으면 하니?"

그녀의 목소리에서 열의가 강력했다. 나는 말을 할 수 없었다.

"그렇게 겁이 나는 게냐?"

그녀는 부드럽게 말했다. 그리고 다시 옆에 앉아 나를 꼭 끌어안은 채로 있었다. 내가 여섯 살 때 이후로는 하지 않은 행동이었다. 나는 긴장을 풀 수 없었지만, 어머니가 두른 팔 속에 뻣뻣이 앉아 있었다.

"아아, 라비니아, 그는 너에게 상냥할 거다, 좋을 거야. 그는 너무나 멋지고…… 정말 잘생겼지! 겁낼 건 아무것도 없다. 그리고 너는 그와 함께 종종 이곳을 다시 방문할 수 있어. 내가 아르데아에 있는 너를 방문하는 것도 환영받을 테지…… 그는 몇 번이고 나한테 그렇게 말했단다. 아르데아는 어렸을 적 나의 집이었지. 그곳은 아름다운 도시란다. 보게 될 거다. 여기 있는 거랑 그렇게 다르지 않을 거야. 그는 아버지가 너를 돌봐 준 것처럼 너를 돌봐 줄 거다. 너는 거기서 아주 행복할 거야. 아무것도 겁낼 것 없다. 내가 같이 갈 거란다."

나는 그녀의 포옹에서 벗어나 일어섰다. 여기서 벗어나야 했다.

"어머니, 아버지가 사람을 보내시면 그때 말씀드릴게요."

나는 그렇게 말하고 나서 서둘러 그 방에서 나왔다. 귀 속에서 윙윙거리는 소리가 나고, 타오르던 홍조는 뼛속을 질주하는 냉기로 바뀌어 있었다.

주랑을 따라 서둘러 가면서, 중앙 정원에 큰 소동이 벌어진 것을 보았다. 많은 사람들이 모두 월계수 주위에 모여 있었다. 나는 눈에 띄지 않게 지나치려고 했지만, 먼저 베스티나가, 다음에 티타가 나를 보고는 소리쳤다.

"봐요, 보세요, 와서 보세요!"

그러면서 나를 나무 쪽으로 잡아끌었다. 뭔가가 나무 위에, 나뭇가지들에서 멀찍이 떠 있었는데, 통통하고 까만 짐승 같았다. 아니 몸부림치는 거대한 자루였다. 아니면 나뭇가지들 속에 걸린 연기, 검고 빽빽한 연기 구름이었다. 그것으로부터 윙윙거리는 소리가 났는데, 벌의 소리였다. 모두가 소리치며 가리켰다. 벌이다, 벌 떼야!

아버지가 정원을 가로질러 왔다. 위엄 있고, 반백의 머리에 꼿꼿한 모습이었다. 그는 나무 꼭대기에서 끊임없이 고동치고 가라앉았다가 다시 모양을 짓는 거대한 벌 떼를 올려다보았다. 그는 구름들이 석양에 물들기 시작하는 것을 흘끗 보았다.

"저것들이 우리 벌들이냐?"

아버지가 물었다.

몇몇 목소리가 아니라고 답했다. 벌 떼는 도시의 지붕들 너머에서 흐르듯 몰려 들어와 있었다.

"하늘에 거대한 연기 같아."

누군가가 말했다.

"카스투스에게 전해라."

라티누스 왕은 옆에 있는 노예에게 말했다.

"저것들은 밤 동안 모여 있을 거다. 그가 저것들을 이동시킬 수 있을 게다."

소년은 우리의 양봉가인 카스투스를 데리러 쏜살같이 달려갔다.

"주인님, 저건 징조예요, 징조라고요."

마루나의 어머니가 울부짖었다.

"라우렌툼의 꼭대기에 있는 나무의 꼭대기에 저것들이 왔어요! 무슨 징조일까요?"

"저것들이 어느 방향에서 왔느냐?"

"남서쪽입니다."

짧은 기다림의 침묵이 있었다. 그러고 나서 아버지가 말했다.

"낯선 이들이 그 방향에서 올 것이다…… 아마도 바다를 통해. 그들은 궁의 왕에게로 올 것이다."

한 집안과 한 도시와 한 나라의 아버지로서, 라티누스 왕은 징조를 해석하는 데 익숙했다. 아버지는 에트루리아의 점쟁이들처럼 수수께끼 같은 수단이나 약제들을 사용하지 않았다. 징조를 보고 그것의 의미를 해석했으며, 진지하고 단순하게 서슴없이 그것을 말했다.

그의 시민들은 만족했다. 많은 이들이 안뜰에 남아, 그 징조에 대해 잡담을 나누거나, 길 잃은 둔한 벌들을 머리카락에서 쓸어 내거나, 카스투스가 벌 떼를 모아 벌집으로 인도하는 것을 보기 위해 기다리고 있었다.

내가 있는 것을 이미 보았던 아버지가 말했다.

"오너라, 애야."

나는 아버지의 방으로 따라갔다. 아버지는 대기실에 멈춰서 그곳의 작은 탁자 옆에 서서 나를 마주 보았다. 저녁 빛이 문간에 환했다.

"네 어머니가 얘기해 주었느냐, 라비니아?"

"예."

"그러면 구혼자들이 그들 가운데서 너의 남편을 택하도록 나에게 청하기로 동의했음을 알겠구나."

"예."

"흠……."

억지웃음을 지으며 아버지가 말했다.

"내가 누구를 택했으면 하는지 말해 주겠느냐?"

"아니요."

나는 건방지게 말하지는 않았지만, 그 거절에 아버지는 몹시 놀랐다. 아버지는 잠시간 나를 자세히 뜯어보았다.

"하지만 그들 중 더 마음에 드는 사람이 있겠지."

"없어요, 아버지."

"투르누스도 아니냐?"

나는 머리를 끄덕였다.

"네 어머니는 네가 투르누스를 사랑한다던데."

"아니에요."

다시 한 번 아버지는 놀랐지만, 그는 나에 대해서는 성급하지 않았다. 그는 상냥하게 말했다.

"정말 확실한 거냐, 얘야? 네 어미는 그가 처음 구애하러 왔을 때부터 네가 그에게 반해 있었노라 말했다. 그리고 네가 수줍어서 그 사실을 인정하지 않으려고 할 거라고 미리 얘기해 주더구나. 그런 수줍음은 결혼하지 않은 처녀에게 옳고 마땅한 법이다. 그것에 대해서는 더 이상 아무 얘기할 필요 없다. 너는 내가 너 대신 그를 받아들이면 만족스러울지 암시를 주기만 하면 돼."

"아녜요!"

이제 그는 당황하고 동요했다.

"투르누스가 아니라면, 다른 사람들 중에 누구니?"

"아무도 아녜요."

"내가 그들 모두를 거절했으면 하느냐?"

"그러실 수 있어요, 아버지?"

그는 굳은 표정을 짓고 방을 한 바퀴 돌았다. 널찍하고 근골이 건장한 어깨를 웅크린 채, 손으로 턱을 문질렀다. 아직 면도를 하지 않았기에 희끄무레한 억센 털이 턱에 돋아나 있었다. 그는 다시 멈춰 서서 나를 마주했다.

"그래, 할 수 있다. 나는 아직 라티움의 왕이다. 왜 그걸 물어보는 게냐?"

"투르누스의 제안이 어떤 위협을 내포하고 있다는 걸 전 알아요."

"그렇게 받아들여질 수도 있지. 네가 그 문제를 신경 쓸 필요는 없다. 라비니아, 네가 원하는 것은 무엇이고, 네가 생각하는 바는 무엇이냐? 너는 열여덟이다. 무한정 집에서 처녀로 지낼 수는 없어."

"저 남자들 중 누구랑 결혼할 바에야 베스탈이 되는 게 낫겠어요."

우리는 결혼을 택하지 않거나 선택받지 못하고 아버지의 가족과 함께 머무르며 화로의 불이 계속 타오르도록 지키는 여자를 베스탈이라고 불렀다.

아버지는 한숨을 쉬며 탁자 위에 올려놓은 자신의 크고 흉터 있는 손을 내려다보았다. 내 생각에 아버지는 그 생각의 유혹, 그러니까 나를 옆에 둘 수 있다는 희망의 유혹에 저항해야 했던 것 같다.

"내가 왕이 아니었다면…… 내게 다른 딸들이 있었다면…… 네 남동생들이 살았다면…… 네가 그런 선택을 할 수도 있었을 거다. 하지만 실제로는 내 유일한 자식이니 너는 결혼해야 할 의무가 있단다, 라비니아. 네게는 내 권력과 우리 가족의 권력이 실려 갈 테고, 그걸 아닌 척할 수는 없다."

"1년만 더요."

"1년이 지나도 선택은 똑같을 거다."

나는 그 말에 아무 대답을 하지 않았다.

"얘야, 투르누스가 그들 중에 제일 나아. 메사푸스는 늘 투르누스에게 휘둘릴 거야. 아벤티누스는 자기가 잡은 사자 가죽 외투가 있는 훌륭한 젊은이지. 하지만 이해력이 별로 없어. 네가 우펜스의 산지에서 인생을 보낼 수도 없을 거다. 그리고 나는 그 믿을 수 없는 사비니 족 사람들 사이로 너를 보내지도 않을 거고. 투르누스가 그 젊은

이들 중에는 알짜다. 아마 라티움 내에서 최고의 사내일걸. 그는 자신의 왕국을 잘 다스리고 있다. 그리고 투사처럼 다른 이들의 두려움을 사지. 또 부자다. 잘생겼고. 모든 여자들이 그리 생각하는 걸 알아. 그리고 그는 친척이다. 네 어머니는 그가 너를 맹렬히 사랑한다더구나."

아버지는 희망적으로 나를 바라보았지만, 나는 같은 시선으로 응하지 않았다.

"네 어머니는 그가 너를 두고 하는 온갖 찬양들을 이야기해 준단다. 그녀는 그가 너를 소유하려는 결심이 너무나 확고해서 만일 너를 다른 이에게 준다면, 그들이 한 동의에도 불구하고 그가 반발할지 모른다고 생각하고 있어. 그녀가 옳을지도 몰라. 그는 야심 차고 자신감 넘치는 친구야. 하지만 그가 그럴 만한 이유도 있지. 네 어머니가 그를 북돋았으니까. 사실, 네가 다른 이를 고른다면 '그녀'가 반발할지도 모르지."

아버지는 농담처럼 그 말을 하려고 했지만 그것은 농담이 아니었고, 나는 아버지의 눈 속에서 정신적인 고통을 볼 수 있었다.

"네 어머니는 너의 행복과 우리 왕국의 이익을 마음에 두고 있다."

나는 아무런 주장도, 아무런 대답도 하지 않았다.

"저한테 닷새만 주세요, 아버지."

내 목소리는 쉰 목소리처럼 미약하게 나왔다.

"그러고 나면 네 선택을 이야기해 줄 테냐?"

"예."

아버지는 우람한 팔로 나를 안고서 내 이마에 입맞춤했다. 나는 아버지의 따스한 몸을 느꼈고 낯익은 체취를 맡았다. 여름 언덕에 대지의 냄새처럼 거칠면서도 정겹고 편안한 냄새였다.

"얘야, 나는 너를 가장 사랑한단다."

아버지가 나직이 말했다. 그 말에 나는 눈물이 났다. 나는 아버지의 손에 입을 맞추었고 울며 여자들 처소 쪽으로 다시 달려갔다. 모두가 황혼녘의 정원에 있었다. 그들은 카스투스의 말에 따라 벌 떼가 분수 위에서 거대하게 윙윙대는 검은 공처럼 바뀌는 것을 지켜보았다. 그것들은 흐릿하게 요동치며 계속 더 가까이 더 작게 하나로 오그라들었고, 그러는 동안 카스투스는 주문을 외고 그물을 만들어 벌들을 잡을 채비를 했다.

닷새는 나에게 아주 긴 것 같았다. 나는 되도록 혼자 지냈다. 한번은 나가서 티루스네 농장으로 달려갔다. 실비아는 낙농장에 있었다. 내가 같이 가자고 구슬렸던 것이다. 내가 해야 할 선택에 대해서 그녀에게 이야기하고 싶었다. 그것은 물론 그녀도 아는 일이었다. 누구나 아는 일이었으니까. 왕가에 비밀이란 거의 없다. 그리고 그녀의 오빠인 알모는 투르누스가 아버지에게 제안한 구혼자들의 명단에 끼지도 못했다는 것을 모두가 알고 있었다. 내가 그녀에게 갔을 때, 그녀는 내가 알모를 안심시켜 달라고 부탁할지도 모른다는 희망을 품고 있었다. 그러니까 내가 그를 선택했으며 왕에게 직접 구혼을 부탁할 거라고 전해 달라고 하지 않을까 생각한 것이다. 실비아네 가족은 희망을 부풀려 놓았었다. 실비아와 나의 우정이 그녀의 오빠의 지위를 나와 동등하게 올려놓을 거라 생각했고, 사실 우리 젊은 사람들 사이에서는 그러했다. 그러나 왕과 왕비들, 우리 신분의 인간들 사이에서는 그렇지 않았다.

내가 그 구혼자들 중에서 아무도 택하지 않았다는 것을 알자 실비아는 알모를 택하라고 강요하기 시작했다.

"안 돼, 실비아. 나는 그를 택할 수 없어."

내가 머리를 저으며 말하자 그녀는 이유를 알고 싶어 했다. 내가 항상 상냥하게 대한 탓에 그가 사랑에 빠진 것 아니냐, 그가 나한테 적합하지 않냐 등등을 물었다.

내가 말했다.

"나는 다른 이들 그 누구보다 그를 더 사랑해. 하지만 남편으로 원하지는 않아. 그리고 그런다면, 그러니까 내가 알모를 선택한다면, 그를 죽이는 거나 다름없을 거야. 투르누스가 쥐를 쫓는 매처럼 그를 쫓을 테니까."

그건 어리석은 비유였고, 실비아는 그것을 안 좋게 받아들였다.

"설사 왕녀님의 아버지께서 우리 오라버니를 보호하지 않겠다고 하셨더라도, 우리 가족에게는 훌륭한 전사들이 좀 있다고 생각하는데요."

실비아가 쌀쌀맞게 말했다.

"아아, 실비아, 내가 바로 그 쥐거든. 사람들이 건초를 베어 내고

맨땅으로 둔 들판 속의 쥐 말이야. 모두가 나를 지켜보고 있어, 갈 곳이 없다고. 머릿속으론 도망가고 또 도망가지만 어디고 숨을 곳을 찾을 수 없어. 내가 보는 곳마다 투르누스가 있어. 푸른 눈에 미소를 짓고서. 그리고 나의……."

나는 잠시 말을 멈췄다.

"그리고 나의 어머니가 그를 신뢰하셔."

"왕녀님은 아니고요?"

그녀가 흥미로워 하며 물었다.

"난 아냐. 그에게는 경건함이 없어. 그는 자기밖에 볼 줄 몰라."

"그래서 안 될 이유가 있나요? 그는 부자에다 잘생겼고 왕이잖아요."

그녀의 비꼬는 말이 전적으로 심술은 아니었지만, 나를 동정하는 것도 아니었다. 그녀는 알모 때문에 상처받았고 나를 쉽게 용서해 주려 하지 않았다.

그녀는 내가 겁먹은 걸 알고 있었던 것 같다. 하지만 내가 뭘 두려워하는지 물어보려 하지 않았고, 그렇기에 간절히 얘기하고 싶었지만 얘기할 수가 없었다.

그래도 우리는 친구로 헤어졌다. 그녀는 알모에게 방도가 없다는 것과, 그가 투르누스 왕이 원하는 여자를 얻으려고 하다가는 실로 그 자신과 가족을 치명적인 위험에 빠트리고 말리라는 것을 충분히 알고 있었던 것이다. 그녀는 헤어질 때 오랫동안 나를 끌어안고 입맞춤하고는 말했다.

"아아, 이 모든 일이 유감스러워요. 세상에 어떤 남자도 없었으면 좋을 텐데. 작년 봄처럼 함께 강으로 내려갈 수 있으면 얼마나 좋을까요!"

"가게 되겠지."

그렇게 말했지만 내 마음은 침울했다. 나는 그녀에게 입을 맞췄고 그러고 나서 우리는 헤어졌다. 나는 경작지들을 지나 돌아오면서 울지 않으려고 애썼다. 나는 시간의 반은 울기 직전이거나 울면서 보냈고, 그것에 진력이 나 버렸다. 시인을 빼곤 세상에 내가 얘기할 만한, 나를 이해할 만한 사람이 아무도 없었다. 마루나는 이해할지도 몰랐다. 아니 실로 이해하겠지만, 그녀에게 내 어머니에 대해서 말할 수는 없었다. 노예들에게 주인의 불명예스러운 일을 이야기하거나 그들로부터 그런 얘기를 듣는 것은 옳지 못하다. 그것은 그들을 위험에 빠트리고 만다. 집안의 노예들 중에선 고자질쟁이나 아첨꾼이 항상 있다. 어떻게 없을 수 있겠는가? 왕궁은 방마다 문에 귀가 달려 있는 법이다. 내가 마루나의 동정을 사고 있다는 것을 알고 있었고 그것은 내게 큰 위안이었다. 하지만 내가 의지할 곳이 없다고 해서, 그녀에게 비밀을 털어놓을 수는 없었다.

대부분의 여자들과 소녀들은 내가 투르누스의 제안을 덥석 받아들이지 않는 이유를 아주 궁금해 했다. 늙은 베스티나는 날마다 그를 찬양하는 노래를 불렀고, 그것은 항상 한숨과 키득거림의 합창이 되었다.

그리고 투르누스를 편드는 어머니의 애정 어린 압력과 설득은 계속되었고, 그러는 사이에 나흘이 지났다. 다음 날이면 나는 선택을 해야 했다. 그때 나에 대한 그녀의 분노가 오래전처럼 홧김에 갑자기 터져 나왔다. 그녀는 내가 자려고 누운 직후 내 방에 들어왔다. 잠옷 바람으로 작은 기름등을 들고 있었는데, 등불 속 불꽃은 케이퍼 씨앗만 했다. 그녀는 헐겁고 하얀 가운을 입어 덩치 큰 모습으로 불쑥 나타났고, 검은 머리카락은 하얀 얼굴 주위로 아무렇게나 풀려 있었다.

"네가 무슨 게임을 하고 있는지, 아니면 어디까지 네 아버지를 마음대로 할 수 있다고 생각하는지 모르겠구나, 라비니아."

그녀는 나지막하고 거친 목소리로 말했다.

"하지만 이제 내 한마디 하마. 너는 투르누스와 결혼해서 아르데아의 왕비가 될 거야. 그 사실에 대해 위축되거나 우는소리를 할 필요가 없다. 네가 투르누스를 좋아하지 않는다면 걱정하지 마라, 그 역시 너를 그렇게 좋아하지는 않을 테니. 이건 강간이 아니라 정치적인 결혼이라고. 계집아이에게 쓸모가 하나 있다면 좋은 결혼을 하는 것이고, 너도 여느 여자애들과 다를 바나 더 나을 게 하나도 없다. 그러니 네 본분을 다해라, 내가 나의 본분을 다했던 것처럼. 만일 네가 이 기회를 망친다면 나는 절대 너를 용서치 않을 테다. 절대 용서하지 않을 거야."

나를 위협한 것은 어머니가 한 말의 내용보다는 그 말을 하는 태도였다. 그녀는 침대에 바짝 붙어 서 있었는데, 매 순간 나를 칠 듯했고, 오래전처럼 손톱으로 할퀼 것만 같았다. 그녀의 목소리는 떨리고 씩씩거렸고 숨은 거칠었다.

"투르누스와 결혼할 거라고 말해, 그러겠다고 하란 말이야!"

나는 아무 말 하지 않았다. 할 수가 없었다.

그녀에게서 이상한 소리가 났다. 새된 비명을 지르는 듯한 신음소리였다. 그러고는 돌아서서 방 밖으로 뛰쳐나가 버렸다.

잠시 후에 나는 일어났다. 그 침대에서는 잘 수가 없었기에 정원으로 살그머니 나왔다. 다른 이는 아무도 깨어 있지 않았다. 나는 월계수 아래 나무 의자에 앉아서 레지아의 지붕들 위로 느릿느릿 흘러가는 별들을 지켜보았다. 밤의 냉기가 머릿속으로 스며들어 머리를 차갑고 맑게 해 주는 것 같았다. 나는 투르누스와 결혼해야 한다는 것을 알았다. 그것은 불가피했다. 다른 구혼자를 받아들이는 것은 왕국에 내전을 불러일으킬 터였다. 다른 이들에 대한 그의 동의는 아무 의미가 없었다. 투르누스는 경쟁하고, 이기고, 주인이 되어야 했다. 그는 자기 것이라고 생각하는 여자를 다른 사내가 갖도록 놔주지 않을 터였다. 결혼은 나의 본분이자 내 운명이었다. 어머니가 옳았다, 설사 그녀가 나의 이익이 아닌 자신의 이익을 위해 말하고 있을지라도.

아침이면 나는 아버지에게 투르누스를 남편으로 받아들일 준비가 되었노라고 말하게 될 것이다.

북두칠성이 아버지 강 위에, 에트루리아 위에 높이 떠 있었다. 월계수 잎사귀들은 밤바람의 부드러운 흐름 속에서 속삭였다. 나는 알부네아에서 보낸 세 번의 기묘한 밤들을 생각했다. 그곳에선 유황천 웅덩이의 고약한 냄새가 희미하게 늘 어두운 허공에 감돌았고, 나는 어느 망령과 이야기하며 앉아 있었다. 그는 죽어 가는 사내였으나 아직 태어나지 않았고, 나의 과거와 나의 미래와 내 영혼을 알았고, 내가 결혼할 사람, 그 진짜 영웅이 누구인지 알고 있었다. 그러나 지금 여기 내 집의 정원에서, 그 모든 것은 멀고 흐릿하고 불분명해 보였다. 깨어 있는 삶과는 아무 관련 없는 거짓 꿈 같았다. 나는 다시는 그 일에 대해 생각하지 않을 것이다. 알부네아로 다시는 돌아가지 않겠다.

한순간 나는 그 목소리를 들었다. 다른 누구와도 같지 않은, 내 기억 속의 목소리였다. 시인이 처음 나타났을 때, 제단소에 처음 서 있었을 때, 그는 알부네아의 나무들로부터 파우누스가 라티누스 왕에게 딸을 라티움의 사내와 결혼시키면 안 된다고 했노라 얘기했다. 그러고 나서는 그 이야기에 놀라 심란해 하는 나를 보며 말했다.

"그건 아직 일어나지 않은 일 같군요. 파우누스는 라티누스 왕에게 이야기하지 않았어요. 아마 그 일은 결코 일어나지 않을 겁니다."

그리고 그는 자신이 그것을 상상해 낸 것 같다고, 그건 꿈속의 그냥 꿈이라고 말했다.

그리고 나도 그것을 상상해 낸 것이다. 그 일은 일어나지 않았다. 결코 일어나지 않을 것이다. 거짓 꿈, 환영, 어리석은 생각이었다.

지붕들이 창백해져 가는 동쪽 하늘에 대비되어 강렬한 검은색으로 서 있을 때 나는 안으로 들어가 잠깐 선잠을 잤다.

경배를 드리는 날이었고, 나는 해가 뜨기 전에 일어났다. 나는 아이 때부터 의식을 위해 입어 온 붉은 테를 두른 토가를 입었다. 그러고 나서 아버지를 깨우러 가서, 방문에 대고 의식을 올릴 때 쓰는 말을 써서 외쳤다.

"깨어나셨나요, 왕이여? 깨어나세요!"

그러자 곧 아버지가 나왔다. 아버지 역시 붉은 테를 두른 로브를 걸치고 있었는데, 경배를 위해 느슨한 옷 귀퉁이를 잡아당겨 머리에 뒤집어쓰고 있었다. 우리는 중앙 홀에 있는 제단으로 갔다.

많은 집안 사람들이 우리와 같이 있었는데, 그들 중에는 보통 일반적인 의식에는 참석하지 않는 어머니도 있었다. 그녀는 내가 제단에 소금 친 밀가루를 흩뿌리는 동안 바짝 붙어 서 있었다. 나는 어머니가 원하는 것을 얻어낼 때까지 내 옆에 붙어 있을 작정임을, 그날 하루 종일 가까이에서 감시할 작정임을 감지할 정도의 분별은 있었다. 너무 가까이 있어서 그녀의 몸의 열기와 압박이 느껴질 정도였고, 거기서 탈출하고 싶었다. 내가 아버지 쪽으로 좀 더 다가섰을 때, 아버지는 송진을 바른 작은 막대기를 베스타의 불에 넣었다가 성스러운 말을 중얼거리며 들어 올려 제단의 횃불들을 밝혔다. 송진이 흩날렸는지, 아니면 바람이 불어 들어왔는지, 누가 손을 썼는지 모르겠다. 하지만 갑자기 내 주위에 온통 기묘한 것들이 가득했다. 빛나는 것들이 깜박거리며 움직였다. 울부짖는 소리, 비명소리 들이 들렸다.

"라비니아 님, 라비니아 님! 왕녀님의 머리에 불이 붙었어요. 왕녀님이 불타고 있어요!"

머리에 손을 올려 보니 내 머리 주위의 허공에서 이상하게 부드러운 움직임이 느껴졌다. 주변에서 불꽃들이 춤을 추고 날듯이 튀어 올랐고, 연기 냄새가 났다. 돌아서면서 나는 누르스름하고 침침한 연무 사이로 팔을 뻗으면 닿을 거리에 서 있는 어머니를 보았다. 그녀는 내 머리 위에 뭔가를 험한 눈초리로 빤히 쳐다보고 있었다. 나는 돌아서서 그녀로부터 도망쳤다. 사람들을 지나, 중앙 홀을 지나, 정원으로 달려갔다. 불꽃과 누런 연기가 나를 쫓아왔다. 나에게서 불꽃들이 흩어졌고, 사람들은 비명을 질러 댔으며, 아버지가 내 이름을 부르는 소리가 들렸다. 나는 월계수 아래 분수로 달려가 몸을 던져 물속에 얼굴을, 머리를 담갔다.

 아버지가 옆에 무릎을 꿇고 앉아서 나를 일으켜 세웠다.

 "라비니아, 어린것아, 애야, 내 딸아."

 아버지가 작게 말했다.

 "다쳤느냐, 다쳤어? 보자꾸나."

 나는 몹시 당황해 있었지만, 아버지의 얼굴 속에 공포 사이로 놀라움이 퍼지기 시작하는 걸 보았다. 그는 물방울이 뚝뚝 듣는 내 머리를 쓰다듬고 부드럽게 젖은 머리카락을 쓸어내렸다.

 "어떻게 아무런 해도 안 입었을까?"

 "아버지, 그게 뭐였어요? 불이 났는데……."

 "네 머리 위에 불이 났지. 불꽃이 튀고 타올랐다. 나는 네 머리카락이 타는 줄 알았다…… 횃불에서 옮겨 붙은 줄 알았어…… 안 다쳤느냐? 데이지 않았느냐?"

 나는 머리에 손을 대어 보았다. 어질어질했지만, 내 머리가죽과 머리카락은 흠뻑 젖었을 뿐 여느 때와 다름없었다. 제단에서 머리에 뒤집어쓰고 있던 토가의 귀퉁이만 빼고는 아무 데도 데이지 않았다. 가장자리가 붉은색인 그 하얀색 모직물의 귀퉁이는 온통 까맣게 그슬려 있었다.

이제 온 집안 식구들이 주위에 모여들어 정원을 가득 채우고는 소리치거나 울고 묻고 대답하고 있었다. 어머니는 월계수 나무 둥치 옆에 서 있었는데, 표정이 굳고 멍해 보였다. 아버지는 그녀를 올려다보고 말했다.

"아마타, 아이는 아무 해도 입지 않았소. 말짱하다오!"

어머니는 뭐라고 대답했다. 뭐라고 했는지는 모르겠다. 마루나의 어머니가 앞으로 밀고 나왔다. 그녀는 우리 옆에 무릎 꿇고 앉아 부드럽게 내 머리와 두 뺨을 만졌는데, 그것은 치료자인 그녀에게 허락된 행동이었다. 그리고 나서 그녀는 아버지를 보고 단호하게, 긴급하게 말했다.

"징조입니다, 왕이시여. 징조를 말하세요!"

그리고 아버지는 노예의 말에 따랐다. 그는 일어섰다. 나를 내려다보았다가 그 큰 나무를 올려다보았고, 그러고 나서 말했다.

"전쟁이다."

모든 사람들이 아버지의 목소리에 조용해졌다.

"전쟁이로다."

그가 다시 말했고, 그러고 나서 마치 힘겹게 단어들을 내뱉는 것처럼, 아니면 단어들 스스로가 아버지의 뜻과 상관없이 그의 목구멍과 입에서 나오는 것처럼 말했다.

"찬란한 명예, 찬란한 영광이 라비니아의 머리에 씌워지리라. 그러나 그녀는 자신의 시민들을 전쟁으로 몰고 가리라."

점차 모든 것과 모든 이가 잠잠해졌다. 사람들은 줄곧 떠들며 아침 일을 하러 흩어져 갔다. 베스티나는 나를 데려가서 머리를 말려 주고 흐느끼며 부산을 떨었다. 그러는 동안 여자들이 놀라워하며 검게 그을리고 귀퉁이가 탄 붉은 테를 두른 토가를 손에서 손으로 건네었다.

방해받은 의식은 반드시 다시 시작해서 거행해야 했다. 그것이 마음에 몹시 걸려 마침내 나는 여자들에게서 벗어나 아버지를 거들러 갔다. 그러나 아버지는 바로 나를 여자들의 거처로 돌려보내며 마루나를 보내서 돕게 하라고 했다. 아버지는 내가 쉬어야 한다며 나중에 오라고 했다.

나는 그 말이 반가웠다. 몸이 부들부들 떨리고 머리가 어찔어찔한 것을 알았기 때문이다. 나는 여자들 처소로 와서 말했다.

"뭐 좀 먹어야 할 것 같아."

"물론이지요, 당연히, 가여운 왕녀님!"

베스티나가 울면서 말했고 시녀들을 보내어 응유(凝乳)와 꿀과 밀죽을 가져오게 했다. 나는 그것들을 모두 먹어 치웠고, 그러자 기분이 나아졌다.

어머니는 내내 우리와 같이 방에 있었지만 대화에는 끼어들지 않앉다. 그녀는 자신의 큰 베틀 앞에 앉아 있었다. 나는 물레 젓는 솜씨가 좋은 여자였고, 누구만큼이라도 튼튼하고 고르게 실을 뽑을 수 있었지만 베틀에는 느리고 서툴렀다. 어머니는 우리 천 짜는 이들 중에 단연 최고여서 꾸준한 박자와 완벽한 집중력으로 신속하게 일했다. 천을 짜고 있을 때면 아무것도 의식하지 않았고, 그 얼굴은 열중하여 평온해 보였다. 이번 봄 내내 내가 자았던 아주 섬세한 모직 실은 지금 어머니가 작업하고 있는 천을 위한 것이었다. 아주 섬세한 흰색의 광폭 천으로서, 손으로 몇 마를 모아 쥐어도 반지를 통과할 만한 종류였다. 오늘, 여자들은 신비스러운 불꽃과, 내가 달려갈 때 노란 연기가 내 뒤에서 소용돌이치던 모습과, 집 전체를 날아다녔지만 아무것에도 불이 옮겨 붙지 않은 섬광 등등에 대해서 계속 떠들어대었다. 마침내 그들이 다른 얘기를 시작했을 때, 어머니가 베틀에서 몸을 돌려 나를 불렀다. 나는 어머니에게로 갔다.

"내가 만들고 있는 게 뭔지 아니, 라비니아?"

어머니는 아주 묘한 미소, 내숭 떠는 듯한 환하고 맹목적인 미소를 지으며 물었다.

그녀가 질문하자마자 나는 대답을 알고 있었다. 그러나 이렇게 말했다.

"여름용 팔라요."

"네 혼례용 예복이야. 네가 결혼할 때 입을 거란다. 얼마나 멋진지 보렴!"

"어머니, 어머니는 항상 아름답게 천을 짜세요."

"네가 결혼할 때 입을 거라니까, 네가 그와 결혼할 때."

어머니는 무슨 노래의 후렴구인 양 그렇게 말했고, 베틀로 돌아서서 북을 팽팽하게 했다. 그리고 천을 짜면서 작은 소리로 노래처럼 그 말을 속삭였다.

"네가 결혼할 때 입을 거란다, 네가 그와 결혼할 때."

정오쯤에 나는 홀로 아버지의 처소로 갔다. 정원을 가로지를 때 월계수 나무 아래 멈춰서 나무와 샘의 힘들, 가정의 수호신과 소중한 페나테스에게 나와 함께하시며 도와주십사 청했다. 지난밤 별들 아래 거기 의자에 앉아 생각했고 아주 똑똑히 보았던 모든 것이, 그토록 확고하고 사리에 맞게 결심했던 모든 것이 사라져 버렸다. 한번 불어온 열기 없는 불꽃 속에, 구불구불한 누런 연기 속에 불타 버렸다. 나는 해야 할 말을 알고 있었으나, 그 얘기를 하려면 도움이 필요했다.

아버지는 나를 포옹하면서 내가 정말 다치지 않았고, 화상을 입지 않았으며, 동요하지 않았는지 재차 확인하고자 했다.

"저는 괜찮아요, 아버지. 하지만 몹시 배가 고팠어요. 사람들이 부엌에서 가져다 준 것을 몽땅 먹어 치웠답니다."

내 예상처럼 그 말에 아버지는 안심했다.

"이제 제 구혼자들에 대해서 말씀드려도 될까요?"

아버지는 벽 앞의 궤에 앉아 진지하게 한 번 고개를 끄덕였다.

"오늘 저들 중 한 사람을 주십사 청할 거라고 말씀드렸잖아요."

끄덕임.

"하지만 오늘 아침 일어난 일…… 그 징조 때문에요.…… 아버지께서 저의 선택에 대해 묻는 대신에 알부네아로 가시어 그곳의 신들에게 물으시길 청해요. 그들이 아버지께 무어라 얘기하든, 저는 순종하겠습니다."

내가 말하는 동안 아버지는 숱 많고 새치 있는 눈썹 아래 눈으로 무겁게 나를 올려다보았다. 아버지는 귀 기울여 들었다. 내가 얘기를 끝내자 한동안 생각에 잠겼다. 마침내 다시 한 번 고개를 끄덕였다.

"오늘 가겠다."

"제가 같이 가도 될까요?"

다시 아버지는 그 점에 대해 진지하게 생각했다.

"그래."

그러고 나서 살짝 미소를 띠며 나를 다시 올려다보고 말했다.

"우리가 같이 가곤 했던 것처럼 말이다. 처음 갔을 때를 기억하니? 너는 아직 어린아이였지……."

그러나 아버지의 얼굴은 침울해 보였다. 그가 매우 지쳐 보인다는 것을 알았다.

나는 그의 손에 입 맞추고 나서 말했다.

"아버지가 원하시는 대로 빨리 갈 준비를 마칠게요, 아버지."

"제물이…… 이번엔 필요할 거다. 새끼 양으로 두 마리. 흰 송아지는 있느냐? 최소한…… 새끼 양 두 마리와 흰 송아지가 있어야겠는데."

"티루스네 도로한테 사람을 보낼게요. 그는 기다란 초원 목장에 암소랑 송아지들을 데리고 있어요. 제가 짐승들을 준비할게요, 아버지."

"좋다. 그래라. 가기 전에 내가 여기서 살펴야 할 것들이 몇 가지 있다……. 만일 있다면 검은 송아지가 낫겠구나, 라비니아. 검은색이지, 그곳에는."

그곳, 알부네아, 그곳은 저승에 너무나 가까이 놓여 있어 죽은 자들의 망령이 쉽게 오갈 수 있다. 그곳에는 검은색이 낫다.

양들은 그해 봄 일찍 출산을 했기에 양치기가 인도해 준 곳의 새끼 양들은 꽤 컸다. 늙은 도로가 가져온 송아지는 자그마해서 새끼에 가까웠다. 게다가 완전히 까맣지 않고 두 다리와 얼굴에 갈색을 띠고 있었다. 완벽한 제물이 아니라는 뜻이었다. 아버지는 송아지를 보면서 낯을 찌푸렸다.

"저 녀석은 경건해요, 아버지. 저 녀석이 어떻게 따라오는지 보셨나요? 그리고 제 딴엔 최대한 까매지려고 한 거예요."

도로가 진지하게 고개를 끄덕였다.

"왕이시여, 저놈이 우리가 가진 것 중에 가장 새까만 놈입니다."

그리하여 왕도 고개를 끄덕였고, 우리는 길을 떠났다.

나는 불 탄 구석이 있는 토가를 입었다. 그것이 내가 가진 유일한 제례용 토가였기 때문이다. 해마다 어머니는 새로운 토가에 붉은 염색을 하는 것을 미루었다. 동물들을 이끌어야 했기 때문에, 그리고 아마도 아버지가 뭔가 염려스럽고 의심스러운 분위기를 느꼈기 때문에, 우리는 꽤 숫자가 많았다. 오래전 아버지가 어린 양을 데리고 나와 함께 그곳을 걸어가던 때나 내가 마루나와 같이 걸어가던 때와는 달랐다. 마루나가 같이 오기는 했지만, 송아지를 데리고 가는 도로도 있었고, 양들을 데리고 가는 양치기의 시동도 있었다. 다른 공물들을 가져가는 두 명의 노예도 있고, 아버지의 세 명의 호위병들도 있었다. 그들은 레지아의 문을 지키는 이들인데, 아버지가 다른 도시나 다른 왕들을 방문하느라 말을 타고 나설 때면 무장을 하고서 함께 갔다. 그들은 아버지의 기마병, 아버지의 기사들이라고 불렸고, 왕궁의 마구간에 각자의 말을 두고 있었다. 하지만 이번엔 제례를 올리기 위한 여행이었기 때문에 걸어서 갔다.

한 명 한 명씩 차례로 걸어가는 동안 환한 낮이 저녁으로 바뀌었다. 우리는 작은 프라티 강에 이르렀고 그 강을 따라 상류로 올라갔다. 그리고 나는 꿈속에서 물속의 피를 보았던 강의 바위 많은 여울을 떠올렸다.

기사들과 마루나와 노예들은 숲가에서 멈추어 섰다. 남자들은 거기에서 야영할 터였다. 마루나는 나무꾼네 집으로 갈 것이다. 도로와 양치기 시동이 짐승들을 인도했고, 아버지와 나는 다른 공물들을 가지고 알부네아의 숲 속으로 갔다.

번제가 끝날 무렵은 밤이었고, 제단 불과 횃불이 어두운 나무 아래 유일한 빛을 던지고 있었다. 도로와 시동은 가죽이 벗겨진 짐승의 사체들을 가지고 그들의 천막으로 돌아갔다. 거기서 남자들은 그 고기로 첫 번째 잔치를 벌일 것이다. 아버지는 횃불들을 뒤집었다. 불꽃이 흙 속에서 사위었다. 아버지는 제단 앞에 서 있었고, 그곳의 불은 여전히 희생 제물의 지방을 먹이로 삼고 있었다. 아버지는 머리를 가린 채 경배와 겸허한 간청의 말들을 중얼거렸다. 나는 양 한 마리의 털가죽에 앉아서 귀를 기울였다. 저 컴컴한, 조용한 나무들로부터 할아버지가 이야기하는 소리, 아버지에게 응답하는 소리가 들리기를 두려워하면서도 간절히 바랐다.

그러나 나는 전날 밤 거의 잠을 자지 못했고, 그날은 길고도 이상했다. 너무 지쳐서 눈을 뜨고 있을 수가 없었다. 나는 작게 도약하는 제단 불꽃의 금빛이 가물거리고 흐릿해지는 것을 보았다. 그래서 누워서 나뭇가지들이 둥글게 감싼 하늘을 올려다보았다. 하늘은 모래 가득한 바닷가 해변처럼 별들로 무성해서, 백색의 불빛들을 깔아 놓은 바닥 같았다. 그리고 그것 역시 가물거리고 흐릿해졌다.

나는 잠이 깼다. 별들이 타올랐지만, 아까와는 다른 별들이었다. 불은 꺼졌다. 조그만 부엉이가 오른쪽 멀리서 울어 댔다. '부어엉', 그리고 또 다른 부엉이가 더 먼 곳에서 '부엉, 엉' 하고 대답했다.

그가 거기에 있었다, 그 유령이. 그는 나와 제단 사이에 서 있었다. 그의 키 큰 형체는 잿빛의 별빛 속에서 희미했다. 제단 저쪽, 담 가까운 쪽에서 나는 청동의 번쩍임, 땅바닥에 움직임 없는 큰 덩어리를 보았다. 아버지가 잠들어 있었다. 공기로 느끼기에 새벽이 시작되기 전이었다.

"죽어 가던 이가 죽는 때입니다."

시인이 말했다, 아주 나지막이.

나는 그를 좀 더 분명하게 보려고 애쓰며 일어나 앉았다. 겁이 났고 심란했는데, 이유를 알 수 없었다. 그러고 나서 그 이유를 알았다.

내가 속삭이듯 말했다.

"당신은 죽어 가고 있어요?"

그가 고개를 끄덕였다.

끄덕임은 아주 미미한 일이고, 거의 아무 뜻도 아닐 수 있지만, 그래도 그것은 무언가를 허용하는, 뭔가가 되도록 하는 찬성의 몸짓이다. 끄덕임은 권능의 몸짓, '긍정'이다. 누멘, 즉 어딘가에 깃든 신령은 자신의 이름으로 불리는 것이다.*

"나는 시간이 많지 않아요."

그가 말했다.

"오, 내가 바라는 건……."

그러나 바람은 소용이 없었다.

"당신의 아버지는 파우누스가 하는 소리를 들었습니다."

그가 환영 같은 목소리에 환영 같은 웃음을 싣고 말했다.

"그러면……."

"당신은 투르누스와 결혼하지 않을 겁니다. 그건 두려워할 것 없어요."

나는 일어나 서서 그를 마주했다. 비록 그는 아주 부드럽게 말했지만 나는 여전히 겁에 질려 있었다.

"무슨 일이 일어나지요?"

---

* 라틴어인 'numen'은 어원적으로 원래 '끄덕임'을 뜻한다. 로마 신화의 최고 신인 유피테르가 중요한 결정을 내릴 때 고개를 끄덕였다고 한다.

"전쟁이오. 벌들이 그 커다란 나무에 들끓었습니다. 왕의 딸은 타오르는 머리카락을 한 채로 궁을 가로질러 달렸어요, 불티와 연기를 흩날리면서요. 그리고 전쟁과 영화가 그녀를 뒤따랐습니다."

"왜 전쟁이 일어나야 하죠?"

"오오, 라비니아, 여자의 질문이 뭐 그렇답니까! 남자는 남자이기 때문이죠."

"그러면 아이네아스는 우리를 공격하러 오는 거예요?"

"전혀 아닙니다. 그는 평화롭게 옵니다. 당신의 아버지에게 동맹을 제안하고, 당신과 결혼하고, 정착하여 자신의 가족을 키우기 위해서요. 그는 자신의 집안의 신들을 여기로 데려옵니다. 하지만 그의 검 또한 가져오지요. 그래서 전쟁이 벌어질 겁니다. 전투와 포위 공격, 학살이 일어나고, 사람들이 노예로 잡혀가고, 마을은 불타고, 강간이 벌어지죠. 그리고 사내들은 고함치고 으스대며 잠자는 사내들을 살해합니다. 또한 어린 소년들을 죽여요. 자라나던 작물들은 못쓰게 됩니다. 남자들이 저지를 수 있는 온갖 부정한 일이 행해집니다. 정의니 자비니, 마르스가 그것들을 신경이나 쓸까요?"

그의 목소리는 점점 더 강해졌다. 크지는 않았지만 묘하게 거슬려서 나는 아버지가 들었을까 싶어 그 쪽을 흘끔 보았다. 그러나 아버지는 움직임 없이 자고 있었다.

"당신에게 그 전쟁 얘기를 해 줄 수 있어요, 라비니아. 그리할까요?"

그는 내 대답을 기다리지 않았다.

"전쟁은 한 소년이 숲 속에서 사슴을 죽임으로써 시작됩니다. 그건 다른 어떤 이유들만큼이나 전쟁을 위한 충분한 구실이 되지요. 제일 먼저 죽는 이는 젊은 알모예요…… 당신이 아는 이죠. 목에 박힌 화살 때문에 그는 피를 흘리며 말과 숨을 잃고 말아요. 다음은 늙은 갈라에수스입니다. 부유하고 통제하는 데 익숙한 사람이죠. 그는 싸움을 말리려다가 사람들 사이에 끼이게 되고, 수고한 보람도 없이 얼굴이 으깨어지고 맙니다. 그리고 나서 투르누스는 자신의 가능성을 보았고, 전쟁이 본격적으로 시작됩니다. 목숨을 구걸할지라도, 이 전투에서는 누구도 다른 이를 봐주지 않을 겁니다. 일리오네우스는 루세티우스를 죽이고, 리게르는 에마티온을 죽이고, 아실라스는 코리나에우스를 죽이고, 카에네우스는 오르티기우스를 죽입니다. 투르누스는 카에네우스를 죽이고, 이티스와 클로니우스와 디옥시푸스와 프로모루스와 사가리스와 이다스를 죽입니다. 꿰뚫린 허파에서는 피거품이 일어요. 잠자다 살해당한 이는 피와 포도주를 토하며 죽음의 괴로움에 몸부림칩니다. 아스카니우스는 강철 촉의 화살을 쏘아 레물루스의 머리를 관통시키고, 투르누스의 창은 안티파테스의 목구멍을 꿰뚫고 강철이 따뜻해질 때까지 그의 폐에 박힌 채로 있지요. 또 그의 검은 판다루스의 관자놀이 사이로 두개골을 가릅니다. 판다루스는 갑옷 속에 뇌수를 흩뿌리며 땅바닥에 떨어지고, 그의 머리는 두 조각이 난 채 목에 매달려 있어요. 그리고 아이네아스가 전투에 끼어들자, 그의 창은 마에온의 방패와 흉갑을 뚫고, 그의 몸통까지 뚫은 다음, 알카노르의 팔을 어깨에서 절단해 버립니다. 팔라스는 히스보의 우람한 가슴에 칼을 휘두르고, 팀베르의 머리를 날려 버리고,

부들부들 떨며 죽어 가는 손가락으로 검을 움켜쥐고 있는 라리데스의 손을 베어 버려요. 할라에수스는 라돈과 페레스와 데모도쿠스를 죽이고, 그를 막으려 드는 스트리모니우스의 손을 잘라 버리고, 토아스의 얼굴을 돌멩이로 가격하여 피와 뇌수가 뒤섞인 두개골 조각들이 사방에 흩어집니다. 그리고 투르누스는 강철을 댄 떡갈나무 창을 던져 팔라스의 방패와 가슴을 뚫어 버리고, 그 소년은 앞으로 고꾸라져 피투성이 입으로 먼지를 삼키지요. 투르누스는 팔라스의 시체에 발을 올리고 황금 검대를 잡아 뜯어, 그렇게 강탈한 것을 자랑하지만 그 때문에 그는 죽고 말 겁니다. 그 후 이 얘기를 듣고서, 아이네아스는 적에 대한 맹목적인 분노에 빠져 다시 돌진합니다. 마구스가 그에게 자비를 청하지만, 아이네아스는 그자의 머리를 뒤로 꺾어 버리고, 안크수르를 죽이고, 안타에우스를 죽이고, 루카스를 죽이고, 누마를 죽이고, 황갈색 피부의 카메르스를 죽이고, 니파에우스를 죽이고, 리게르와 루카구스를 죽입니다. 투르누스는 오로지 그를 사랑하여 그 전장에서 멀리 떨어뜨려 놓은 여신 덕택에 아이네아스에게서 목숨을 구합니다. 그러나 카에레의 독재자 메젠티우스는 하브루스를 죽입니다. 그는 커다란 바위로 라타구스의 입과 얼굴을 정통으로 때려 죽입니다. 그는 팔무스의 힘줄을 끊어 천천히 몸부림치며 괴로워하게 두고, 에반테스와 미마스를 죽입니다. 메젠티우스가 던진 창에 죽어 가며 아크론은 뒷발질로 검은 흙을 칩니다. 카에디쿠스는 알카토우스를 죽이고, 사크라토르는 히다스페스를 죽이고, 라포는 파르테니우스와 오르세스를 죽이고, 메사푸스는 말에서 떨어져 누운 클로니우스를 죽입니다. 아기스는 발레루스에게 죽임 당하고, 토로니우스는 살리우스에게 죽임 당하고, 살리우스는 아에알케스에게 죽임 당합니다. 그들은 함께 죽이고 함께 죽습니다. 그 후 운명과 신들의 뜻에 순종하는 경건한 아이네아스는 창으로 메젠티우스의 사타구니를 꿰뚫고, 아버지를 보호하려던 메젠티우스의 아들 라우수스를 죽입니다. 아이네아스가 휘두른 칼은 젊은이의 몸뚱이에 자루까지 박힙니다. 칼끝은 방패와 라우수스의 어미가 그를 위해 짜 준 튜닉을 꿰찔러, 피가 그의 폐를 가득 채우고 그의 몸뚱이를 떠난 생명은 슬퍼하며 망령들에게로 날아갑니다. 그리고 아이네아스는 그 소년을 위해 슬퍼합니다. 그러나 메젠티우스가 도전하자, 그는 기쁨의 함성을 지르며 그를 맞으러 나가고, 메젠티우스가 그에게 화살을 비처럼 쏟아부었음에도, 아이네아스는 그의 말을 죽이고, 말에서 떨어진 이를 비웃고, 그의 목을 베어 버립니다. 그리고 다음 날 그는 팔라스의 시신을 그의 아버지, 에반데르 왕에게 보냅니다. 무덤에 산 채로 제물로서 바쳐질 네 명의 포로들과 함께요. 이제 나의 시가 어떤가요, 라비니아?"

한참 후에 나는 간신히 대답할 수 있었다.

"그건 끝이 어떠냐에 달려 있을 것 같네요."

"당연히, 적을 물리친 영광스러운 영웅의 승리로 끝나지요. 그는 투르누스를 죽일 겁니다, 메젠티우스를 죽였을 때처럼 상처 입고 무력하게 누워 있는 그를요."

"그 영웅이 누구죠?"

"당신은 그 영웅이 누구인지 알잖아요."

"그는 도살자처럼 사람을 살해해요. 그가 왜 영웅인가요?"

"그가 해야 할 일을 하기 때문이지요."

"왜 그가 무력한 인간을 죽여야 하지요?"

"그것이 제국의 기초가 세워지는 방식이니까요. 또는 그렇게 아우구스투스가 이해하기를 바랍니다. 하지만 그럴 것 같진 않군요."

그는 나를 외면했고 우리 둘 다 한동안 말이 없었다. 그가 무시무시한 살육의 찬가를 읊는 동안 나는 울기 시작했고, 내 얼굴은 여전히 젖어 있었다. 시인이 다시 말을 꺼냈을 때 그의 음성은 다시 부드러워져 있었다.

"하지만 당신에게는 그것이 끝이 아니에요, 라비니아."

나는 한 발짝 그 쪽으로 내디뎠다. 더 이상 그의 얼굴이 보이지 않았기 때문이다.

"그러면, 이야기해 줘요."

"이야기는 겨우 세 번의 여름과 세 번의 겨울 후, 그가 통치하는 기간이 끝나는 것으로 끝나지 않아요. 당신은 누미쿠스의 피로 더럽혀진 여울에서 모든 것이 끝난다고 생각할지 모르지만, 이야기가 끝나는 것은 거기에서가 아니고, 라비니움에서도 아니고, 알바 롱가에서도 아닙니다. 당신의 죽음, 또는 당신의 아들의 죽음으로도 끝나지 않아요. 왕들, 집정관들, 카르타고의 몰락, 갈리아*의 정복으로도 끝

．．

* 현재의 프랑스, 벨기에 전역을 비롯하여 고대 유럽의 켈트 인이 살던 지역. 기원전 1세기경 카이사르에게 정복되어 로마령이 되었다.

나지 않습니다. 심지어 율리우스가 암살당하는 것이나 아우구스투스가 신격화되는 것으로도 끝나지 않아요. 위대한 시대가 돌아옵니다…… 아마도…… 나는 일찍이 그렇게 생각했습니다. 하지만 비관하지 마요, 나의 딸이자, 나의 젊은 조상이여! 트로이아의 신들이 훌륭한 가문에, 라티움에 있는 당신의 궁에 다가오고 있어요. 그리고 당신은 봄의 여신의 아들이자, 금성의 아들과 결혼할 거예요."

살육의 이야기를 하는 동안은 그가 증오스러웠다. 그러나 이제, 이미, 순간순간, 나는 그를 잃어 가고 있었고, 그를 사랑했으며, 그를 갈망했다.

"기다려요…… 이것만 이야기해 줘요…… 당신의 시, 그러니까 나의 시, 그것을 끝냈나요?"

그는 고개를 끄덕인 것 같았지만 거의 보이지 않았고, 그림자들 속에 키 큰 그림자일 뿐이었다.

"아직 가지 마요……."

"가야 해요, 나의 영광이여. 나는 죽었습니다. 나는 그 군중에 합류하여 어둠으로 돌아갑니다."

나는 그의 이름을 외쳐 부르며 앞으로 나섰다. 두 팔을 뻗어 그를 안으려, 그를 죽음에서 보호하려 했지만, 그것은 밤바람을 껴안는 것과 같았다. 아무것도 거기에 없었다.

나는 두 팔로 무릎을 감싸고, 온기를 위해 귀퉁이가 탄 토가로 몸을 감싼 채, 하늘이 제단소 위로 밝아 올 때까지 양털 위에 앉아 있었다. 그 후에 아버지에게 가서 말했다.
 "깨어나셨나요, 왕이여? 깨어나세요!"
 그는 일어나 앉았다. 근처에 아무것도 없으므로 우리는 마실 물을 조금 챙겨 왔었다. 나는 아버지에게 병을 건네었고, 그는 한 모금을 삼키고 한 손 가득 물을 받아 얼굴을 문질렀다.
 "아버지, 조부께서 하는 말씀을 들으셨지요."
 그는 아직 완전히 잠이 깨지 않은 듯 나를 올려다보며 말했다.
 "나무들 사이에서 목소리가……."
 나는 기다렸다.
 그는 어두운 나무들 쪽으로 시선을 돌렸다가 기도할 때의 나지막하고 고른 목소리로, 그러나 분명하게 말했다.
 "'라티움의 딸을 라티움의 남자와 결혼시키지 마라. 그 애를 오고 있는, 바로 지금 오고 있는 이방인과 결혼시켜라. 그리하면 그 자손의 왕국은 라티움 왕국보다 훨씬 더 위대해질 것이다.'"
 아버지는 다시 한 번 나를 올려다보았다. 나는 고개를 끄덕였다.
 "알겠습니다. 저는 순종하겠습니다."
 그는 생각에 잠긴 채 뻣뻣하게 일어나 섰다. 요즘에는 한데에 딱딱한 바닥에서 자는 것에 익숙지 않았기 때문이다. 장딴지를 주무르고 두 팔을 힘겹게 쭉 뻗었다.

"나는 늙었다, 얘야. 그런데 이제 이 거절의 말을 가지고 저 젊은 친구들과 마주해야 하는구나."

그는 머리를 저었고, 양 어깨를 굽혔다.

"아들들이 살아만 있었어도. 나는 너무 늙었다, 라비니아!"

그렇게 말하는 건 아버지답지 않았다. 나는 뭐라고 말해야 할지 몰랐다. 나는 너무 어렸기에 잘 이해할 수 없는 의외의 동정심밖에 아무것도 느끼지 못했는데, 왕인 아버지를 동정하고 싶지 않았다.

그는 소변을 보러 숲으로 갔고, 돌아왔을 때는 자신을 좀 더 똑바로 가다듬고 있었다.

"겁내지 마라. 나는 그들에게서 아무런 불손한 일도 당하지 않을 거다. 나는 아직 내 딸과 내 가문과 도시를 보호할 수 있어."

우리는 가지고 왔던 얼마 안 되는 것들을 그러모았고, 그러면서 아버지가 말했다.

"네 어미가 너를 투르누스에게 결혼시키기로 작심하지 않았다면 좋았을 텐데. 하지만 나는 이해할 수 있어, 그는 그녀의 조카니까. 네 어미에게는 아들 하나가 돌아온 것 같을 게다. 글쎄. 가자꾸나, 얘야."

아버지가 무겁게 발걸음을 옮기며 길을 떴고, 나는 그를 뒤따랐다.

사내들이 천막을 친 곳에 이르렀을 때 그들은 막 잠자리에서 일어나는 중이었다. 하늘은 동쪽 언덕들 위로 환했고 세상의 모든 새들이 노래하고 있었다. 거기에 작은 시내가 있어서, 아버지와 나 두 사람 다 둑에 꿇어앉아 손과 얼굴을 씻었다. 기사들이 우리와 합류하자,

나는 아버지가 무어라 신탁이 내렸는지 그들에게 전하는 소리를 들었다. 그것에 나는 다시 한 번 놀랐다. 나는 아버지가 그 얘기를 왕궁에서 공식적으로 발표할 거라고 짐작했었다. 아마도 구혼자들을 불러 모아 권능한 신들과 조상들이 그들의 요구를 거부했노라고 설명할 줄 알았다. 그런데 지금 공공연하게 이야기함으로써 우리가 돌아가자마자 그것은 라우렌툼에서 누구나 아는 사실이 될 터였고, 하루이틀 내로 온 라티움 구석구석까지 알게 될 터였다. 나는 아버지가 왜 그러셨는지 생각할 수가 없었다. 아버지가 직접 이 소식을 가지고 어머니를 대면할 수 없어서, 나에게서 듣기를, 또는 여자들 사이에서 떠도는 풍문으로부터 듣기를 바라신 게 아닐까 하는 생각만 들었다.

그러나 어머니가 우리를 만나러 왔다. 정원을 가로질러 뛰어오다시피 했고, 흥분한 탓에 얼굴이 장밋빛으로 달아올라 아름다웠다.

"알고 있어요! 거기에 있는 두 사람의 꿈을 꾸었답니다. 정말 기뻐요!"

어머니가 소리쳤다.

우리 둘 다 멈추어 섰고, 틀림없이 소처럼 멍하니 쳐다보았을 거다. 어머니는 내 두 손을 잡고 나에게 입 맞추었다.

"정말 기쁘단다!"

"뭐가요……?"

"아아! 신방 말이야! 아르데아에! 내 꿈속에서 모두 보았어!"

잠시 멍한 침묵 후에 아버지가 큰 목소리로 어색하게 말했다.

"라비니아가 라티움의 남자와 결혼하는 것을 금하라는 신탁이 내려졌소. 이 애는 이방의 구혼자를 기다려야 해요."

"아녜요. 신탁의 내용은 전혀 그게 아니에요. 내가 봤다고요. 내가 들었단 말예요!"

"아마타, 진정해요. 나중에 우리 둘이서 조용히 이 문제에 대해 얘기할 거요. 라비니아, 시녀들을 불러라…… 어머니를 모시고 가라."

그리고 그는 자신의 처소로 성큼성큼 걸어갔다.

어머니는 아버지를 쫓아 뛰어가려다 멈춰 서서 당황한 채 나에게 말했다.

"네 아버지가 왜 저러시니?"

"아무것도 아녜요, 어머니. 저랑 같이 가세요."

나는 여자들 처소 쪽으로 가려고 했지만 그녀는 싫다고 투덜거렸다. 어머니의 시녀인 시카나와 리나가 가자고 재촉할 때서야 어머니는 조용해졌다. 기쁨의 광채가 어머니의 얼굴에서 사그라졌고, 어머니는 나를 따라왔다.

그 소식은 물론 궁과 시내 전체를 바로 뒤덮었다. 왕녀는 투르누스, 또는 메사푸스, 아니 그들 중 누구와도 결혼하지 않을 것이다. 그녀는 그녀와 결혼하려고 오는 이방인을 기다려야 한다. 벌들이 뜻한 게 그것이고, 머리카락에 불이 붙었는데도 왕녀가 화상을 입지 않은 까닭이 그거다. 전쟁! 전쟁이다! 누가 싸울까? 다가오는 이방인은 누구지? 그리고 투르누스 왕은 그에게 뭐라고 말해야 할까?

그리고 나는 그에게 뭐라고 말해야 할까, 모두가 떠들어 댈 때 나는 그 점이 궁금했다.

어머니는 아연실색한 듯했다. 그녀는 자신이 진짜 꿈이라고 여겼고 신탁이 그토록 무자비하게 다르게 내보인 꿈이 어떤 꿈이었는지 말해 주지 않았다. 일반적인 대화에도 끼이지 않았고 나에게도 전혀 말이 없었다. 우리는 서로 가까이하지 않았다. 그건 꽤 쉬웠다, 우리는 이미 12년 동안 떨어져 지냈으니까.

날이 저물 때쯤 나는 수다와 소란에 질려 버렸고, 여자들에게서 벗어나 집에서 멀리 떨어져 바깥에, 홀로, 생각할 수 있는 곳에 있게 되기만을 바랐다. 어머니는 베틀 앞에 있었다. 나는 어머니에게 가서 다음 날 강 하구에 소금을 구하러 가도 될지 허락을 구했다.

"왕께 여쭤 보아라."

하던 일에서 시선을 돌리지도 않은 채 그녀가 말했다.

그래서 나는 아버지에게 갔다. 아버지는 잠시 곰곰이 생각한 후에 말했다.

"안전할 것 같구나."

"그게 안전하지 않을 까닭이 있나요?"

나는 몹시 놀라 말했다. 그 염밭들에 대한 우리의 소유권은 하나의 나라로서 우리가 지닌 큰 힘들 중 하나였고, 우리는 적절하게 그것들을 수호했다. 수십 년간 누구도 거기에 침입하려 한 적이 없었다.

"가이우스를 같이 보내마. 그리고 네 시녀들도 몇 명 데려가라."

"가이우스가 왜 필요하겠어요? 소금을 싣고 오게 당나귀랑 같이 피코를 데려갈게요."

"가이우스가 같이 갈 거다. 서쪽 길로 해서 가거라. 어둡기 전에 돌아오고."

"그럴 수 없어요, 아버지. 소금을 파내야 하는걸요."

그는 낯을 찌푸렸다.

"쉽사리 하루 안에 소금을 파서 돌아올 수 있잖니!"

"거기서 하룻밤을 보내고 싶었어요, 아버지. 티베르 강 옆에서요."

내가 아버지에게 간청하는 일은 아주 드물었다.

한참 입을 다물었다가 그가 말했다.

"흠, 안 될 것도 없지…… 내 마음이 곤혹스럽고 심란하구나. 어찌해야 할지 모르겠다…… 그럼, 가거라. 우리 아버지 강에 경배를 드려. 하지만 하룻밤뿐이다."

내가 감사를 드리고 자리를 뜰 때 아버지가 말했다.

"그리고 에트루리아 인들을 조심해라!"

티베르 강에 갈 때면 모두가 늘 그렇게 말했다. 마치 강에 뛰어들어 헤엄쳐 와서 우릴 납치하여 고문하려고 기다리고 있는 에트루리아 인들로 북쪽 강둑이 언제까지나 바글거릴 것처럼 말이다. 에트루리아 인의 고문에 대해서는 무시무시한 이야기들이 있었다. 그러나 우리는 메젠티우스가 다스리는 동안을 제외하고는 카에레와 항상 좋은 관계를 유지해 왔다. 그리고 그곳 강 하구에서 헤엄치는 사람이라면 엄청난 헤엄꾼일 터였다. 사람들은 언덕에 오를 때 "곰을 조심하라"라고 말하는 식으로 그 강에 갈 때면 "에트루리아 인을 조심하라"라고 말했다. 습관인 것이다.

그렇지만 티타에게 피코를 찾아내어 아침에 당나귀를 데리고 갈 준비를 하라고 얘기하려고 그녀를 찾으러 가면서, 내가 결혼하게 될 거라는 이방인이 혹시 에트루리아 인이 아닌가 궁금해졌다.

알부네아에 있지 않을 때면, 사람들 사이에 있을 때면, 시인이 이야기해 주었던 일들은 마음속에 떠올랐다 사라졌다 하면서, 때로는 그가 말할 때처럼 진짜 같지만, 대개는 기억하려고 해도 사라지는 꿈의 조각들처럼 희미해졌다. 그것은 진짜 꿈이었다. 하지만 그것이 진짜일지라도 꿈속에서 삶을 살아갈 수는 없는 법이다. 가장 기억하기 힘든 것은 지난밤 시인이 해 준 얘기였다…… 그게 겨우 지난밤이었던가? 그는 죽어 가고 있었다. 나는 그것을 떠올리고 싶지 않았다. 그가 읊어 준 것, 그 끝없이 소름 끼치는 죽음들을 기억하고 싶지 않았다. 나는 그가 얘기해 준 내가 결혼하게 되리라는 남자의 이름, 그의 아내와 아들의 이름을 알고 있었고, 그가 저 먼 도시, 트로이아에서 오리라는 것을 알고 있었고, 전쟁이 일어날 것이며, 인간들이 인간들을 살해하리라는 것을 알고 있었다…… 그렇다 하더라도, 여기 레지아의 정원에서, 여자들이 모여 일하며 떠들고 노래하는 커다란 월계수 옆을 지나가자니, 그 이름들과 모든 것이 스르르 달아나 버렸고, 그래서 내가 결혼하게 될 이방인이 에트루리아 인은 아닐까 하는 생각이 든 것이다.

에트루리아 인, 그들은 충분히 이방 사람들이었다. 그들은 양의 간에서 미래를 보았다. 나는 마루나의 새에 대한 지식을 좋아했지만, 고문이나 양의 간 같은 것들은 필요하지 않았다.

가도 된다는 허락을 받자마자 기운이 솟았고 다음 날 아침에 도시를 뜨자마자 덫에서 놓여난 참새처럼 느껴졌다. 구혼자들, 위협, 기묘한 조짐들, 음울한 예언들에 대한 모든 근심이 어느덧 사라졌다. 나는 그 모든 일에 대해 티타가 한마디도 하지 못하게 했다. 우리는 티베르 강으로 가는 내내 서로 농담하며 이야기를 나누었고, 엄숙한 마루나조차도 어린아이처럼 웃음을 터뜨렸다. 낮은 즐거웠고, 밤에는 별들 아래 모래언덕에서 평화로운 잠을 잤다.

다음 날 새벽의 여명 속에 홀로, 티베르 강 옆의 진흙 속에 꿇어앉아, 나는 바다에서 방향을 돌려 강으로 들어오는 거대한 배들을 보았다. 첫 번째 배의 높은 선미에 서 있는 나의 남편을 보았지만 그는 나를 보지 못했다. 그는 어둠침침한 강을 응시하며 기도하고 몽상에 빠져 있었다. 그는 그의 앞에, 그 강을 따라 쭉, 로마에 이르기까지 쭉 놓여 있는 죽음들을 보지 못했다.

그날 하루 종일 레지아와 시내에서는 소요와 토론과 동요뿐이었다. 라티누스에게 어떤 신탁이 내려졌는지 모두가 알았으며 끝없이 그에 대해 토의했다. 그러고 나서 선단이 강을 따라 올라오는 게 목격되었고, 무장한 일단의 낯선 이들이 라티움의 해변에 천막을 쳤다는 이야기가 들판을 가로질러 전해졌다. 그 이야기에 나는 들끓는 벌떼의 그 커다랗고 음울하게 윙윙대던 소리를 떠올렸다.

다음 날 아침 아주 일찍 나는 허락을 구하거나 누구에게 이야기하지도 않은 채 레지아에서 그리고 라우렌툼에서 슬쩍 빠져나왔고 떡갈나무 숲을 지나 티루스네 농장으로 달려갔다. 실비아는 낙농장의 여자 일꾼들 몇이랑 돌로 지은 서늘한 착유장에서 크림을 걷어 내고 있었다.

"실비아, 강에 가자. 저 이방인들을 한번 보자고."

뭔가 대담하거나 위험한 일을 제안하는 사람은 보통 실비아였지 내가 아니었기에, 실비아는 깜짝 놀랐다.

"뭣 때문에 이방인들을 보고 싶으신데요?"

그녀가 물었다. 타당한 질문이었다.

"내가 그중 한 명이랑 결혼해야 하니까."

물론 실비아는 신탁의 명을 들었다. 틀림없이 알모 생각이 든 듯 처음엔 인상을 썼지만, 잠시 후 반쯤 미소를 지으며 올려다보았다.

"저 사람들한테 머리가 둘 달렸나 확인하고 싶으세요?"

"그래."

"이 사람들이 왕녀님이 결혼하셔야 할 사람이 있는 그 이방인들은 아닌 것 같은데요."

"나는 이 사람들이 맞는 것 같아."

실비아는 손에 더껑이를 걷어 내는 연장을 들고 서 있었다. 머리카락은 뒤로 묶였고, 드러낸 두 팔이 침침하고 서늘한 곳에서 빛났다. 그리고 그녀는 젖은 바닥에 맨발로 서 있었다. 낙농장은 아주 청결하게 유지해야 하기 때문에 끊임없이 물로 씻어 내렸다. 그녀는 탈선행

위에 저항할 수가 없었다.

"아아, 좋아요!"

그녀는 낙농장의 지킴이인 발렌타에게 연장을 주고 몇 가지 지시를 내리고 나서 나와 함께 햇빛 속으로 나왔다. 그녀는 가죽신을 신었고 우리는 목초지를 가로질러 빠져나왔다. 강까지는 10킬로미터쯤 되었다. 우리는 산책이나 탐험 중에 종종 강까지 갔으므로 숲을 관통하는 길들을 알고 있었다.

아직까지 확실한 보고를 받지 못했던 까닭에 우리는 이방인들이 어디에 내렸을지 알지 못했다. 실비아는 그들이 시르모의 목제 선창에 정박해 있을 거라고 생각했지만, 나는 그들이 그렇게 상류까지 올라가지 않고, 강이 북쪽으로 크게 돌아 드는 벤티쿨라에서 배를 뭍에 올려놓았을 것이라고 생각했다. 그리고 비록 우리가 이 문제에 대해서는 아무 말 안 했지만 만일 우리 백성이 우릴 본다면 우리를 알아보건 아니건 간에 바로 집으로 돌아가라고 말할 터이고 심지어 우리가 돌아가는지 끝까지 확인하리라는 것을 두 사람 다 알고 있었다. 시르모를 향해서는 짐마차 길이 있었지만, 벤티쿨라를 향해서는 울창한 숲을 지나고 포술라의 습지를 지나 이어지는 오솔길 하나뿐이었다. 우리는 짐마차 길과 쭉 뻗은 파구스 길로 들어서지 않고, 농장과 양치기의 오두막집에서 멀리 떨어져 오솔길을 따라갔다. 그 길은 풀로 뒤덮인 오래된 모래 언덕으로 구불구불 이어져 습지의 관목 숲 언저리를 지나면서 강에 가까워졌다. 그리고 우리는 마침내 벤티쿨라 위로 나지막하게 숲이 우거진 언덕에 올랐다.

언덕 꼭대기에 이르자, 둘 다 그 숲에 우리만 있는 게 아님을 깨달았다. 사내들이 서로를 부르며 이야기하는 소리와 도끼 휘두르는 소리가 들렸고, 그리고 나서 은매화 덤불 너머로 두 개의 투구 쓴 머리가 지나가는 것이 보였다. 우리는 바로 덤불 뒤에 웅크려 몸을 숨겼다. 실비아가 참지 못하고 방정맞게 나직이 키득거렸는데, 그것에 나도 전염되었다. 우리는 무모한 웃음 때문에 몸을 떨며 웅크려 있었다. 병사들은 언덕 아래로 시끄러운 소리를 내며 가 버렸다. 저 멀리서 도끼 휘두르는 소리가 들릴 때를 빼고는 한동안 조용해지자 나는 덤불 끝까지 요리조리 헤치고 나아갔다. 덤불 끝에서는 나무들 사이로 언덕 비탈이 바로 내려다보였고 해변 위의 공터까지도 내려다보였다. 나는 실비아에게 속삭였다.

"저기에 저들이 있어!"

그녀는 내 옆으로 기어왔고 엎드려서 같이 트로이아 인들을 지켜보았다.

나는 남편을 바로 알아보았다. 그는 그들 가운데 단연 두드러졌다. 의복의 장식이나 화려함 때문이 아니었다. 그들은 모두 진군 중인 병사들처럼 입고 있었다. 오랫동안 임무를 서 왔고 바다에서도 배에 빽빽이 채워져 있던 병사들처럼 말이다. 모두가 멋없고 남루하고 지저분했다. 샛별이 별들 가운데 두드러지듯, 그는 그저 눈에 띄었다. 그는 강인한 얼굴을 지닌 사십 대의 사내였다. 지금은 땅바닥에 편안히 앉아 다른 사내가 한 소리에 웃음을 터뜨리고 있었다. 그들은 거기 풀밭 위에서 식사 중이었다. 거의 모두가 남자였다. 그들은 해안가를 따라 선미를 앞으로 하여 뭍에 올려져 있는 배에서 납작 빵을 가지고 왔다. 그리고 산에서 딴 채소를 크게 한 바구니 모아 놓고 둥그런 납작 빵에 쌓아 올렸는데, 아무래도 고기나 치즈는 없는 듯했고 접시나 식탁도 없었다. 그들 사이에 섞여 있는 몇몇 여자들 중에 젊은이는 없었다. 한 나이 지긋한 여자가 미소를 지으며 아이네아스에게 채소들을 쌓아 올린 빵을 건네었다. 그것을 그는 돌돌 말아 맛있게 한 입 베어 물었다. 그의 가까이에 열다섯 살 즈음의 소년이 앉아 있었는데, 그를 많이 좋아하는 듯했고, 그런 태도로 그를 올려다보고 있었다. 나는 소년이 그의 아들인 아스카니우스임을 확신했다. 그와 함께 그 또래의 아주 예쁘장한 소년과 몇 살 더 나이 많은 용모가 빼어난 청년이 있었다. 청년은 앞으로 기운 붉은색 천 모자를 쓰고 있었다. 식사를 대접한 여인이 청년 옆에 앉아 그의 모자를 바로했는데, 그 행동에서 어머니들이 보일 법한 부산스러움이 엿보였다. 그 여인은 그를 몹시 아끼는 게 분명했다.

"내가 이방인들에 대해 생각한 것보다 훨씬 낫네요. 저 붉은 모자를 쓴 청년은 멋진걸요."

실비아가 나에게 속삭였다. 나는 입 다물라고 팔꿈치로 그녀를 꾹 찔렀다. 그들이 우리 소리를 들을까 봐 겁났던 것이다. 바람이 우리 쪽으로 부는 것은 확실했지만, 그들의 소리도 꽤 분명하게 들렸기 때문이다.

붉은 모자 청년이 사내들보다는 토끼들에게 적당할 법한 그 식사에 대해서 뭐라고 말했고, 어린 아스카니우스는 이렇게 말했다.

"글쎄, 끼니마다 식탁까지 먹어 치울 수는 없지."

그 말에 아이네아스는 깜짝 놀란 것처럼 소년을 바라보았다. 잠시 동안 꼼짝하지 않고 소년을 응시하다가 그는 일어나 섰다. 사람들이 모두 그를 올려다보았다.

"그것은 징조다."

그의 목소리는 맑고 엄숙하게 울렸다.

"'너희들이 굶주림으로 식탁까지 먹어 치울 정도가 되면, 거기서 너희들의 여행은 끝날 것이다.' 하르피이아가 우리에게 한 말을 여러분은 기억하는가?"*

동의와 놀라움의 중얼거림이 모두들 사이로, 강 위의 풀밭에 앉아 있는 여행에 지친 사내들과 청년들과 소수의 여자들 사이로 빠르게 퍼져 나갔다. 그들은 아이네아스에게서 눈을 떼지 못했다.

"에우리알루스, 은매화 가지를 가져다 다오."

그가 말했고 붉은 모자의 청년은 달려가서 가지 하나를 꺾었다. 아이네아스는 그 가지를 화환 모양으로 구부려 머리에 쓰고 두 팔을 뻗었고, 두 손바닥을 하늘로 향했다.

"트로이아의 가문의 충성스러운 신들이여! 여기가 마침내 당신들이 약속한 땅이로군요! 나의 백성들아, 우리는 집에 있다, 우리는 집에 왔노라!"

---

* 하르피이아는 처녀의 머리에 긴 발톱을 지녔으며 항상 굶주림에 시달리는 괴조이다. 아이네아스 일행이 이들의 섬에 도착하여 식사하러 둘러앉았을 때 덤벼들어 싸웠다. 이때 하르피이아가 내린 저주이다.

그는 모두를 둘러보았고 그의 얼굴은 눈물로 빛났다. 그는 다시 기도했다.

"우리의 말을 들으소서, 이곳의 영이여, 그리고 우리가 아직 알지 못하는 신령들과 강들이여! 밤이여, 그리고 떠오르는 별들이여! 저승에 계신 아버지와 하늘에 계신 어머니, 우리 기도자들의 말을 들으소서!"

그러고 나서 그는 돌아서서 심호흡을 했다.

"아카테스!"

그는 중대한 음성으로 외쳤다.

"사람들에게 배에서 포도주를 가져오라고 해라!"

그 순간 실비아가 나를 꾹 찔렀다. 활과 화살을 든 일고여덟 명의 사내들이 일렬종대로 그 공터를 가로질러 우리 왼쪽으로 뛰어가고 있었다. 이제 빠져나가야 할 때였다.

우리는 코르크나무들 아래 숨어 오른쪽의 무성한 숲으로 기어갔고 숲을 지나 언덕 꼭대기로 올라가서 왔던 길로 내려갔다. 우리는 밤이 되기 전에 집에 이르렀다. 농장에 도착하자 실비아가 나를 향해 돌아서서 꼭 껴안았다. 둘 다 한참을 달린 탓에 땀투성이여서, 껴안으니 서로에게 끈끈하게 달라붙었다. 우리는 웃음을 터뜨렸고 실비아가 말했다.

"거기에 간 건 멋진 생각이었어요!"

그렇게 우리는 마지막으로 헤어졌다.

레지아로 돌아오자 나는 아버지가 명을 내렸다는 소리를 들었다. 그 이방인들이 누구이며 왜 라티움 한가운데 긴 배와 무장한 남자들을 데리고 왔는지 판단을 내릴 때까지 아무도 그들의 야영지에 접근하지 말라는 명이었다. 물론 나는 나의 무모한 탐사에 대해 아무 소리 하지 않았고, 왕궁으로 슬쩍 들어가 몸을 씻고 깨끗한 튜닉을 입었다. 그러고는 마치 평생 문 밖으로 한 발짝도 내디딘 적 없는 양 실을 자으며 앉아 있었다.

 왕이 아침에 일단의 사람들과 함께 드랑케스를 보내어 이방인들에게 말을 걸 거라는 얘기가 있었다. 그러나 다음 날 드랑케스가 출발하기도 전에, 사람들이 소리치며 달려왔다.

 "저들이 오고 있다!"

 그리고 소수의 이방인들 무리가 말을 타고서 도시의 성문에 이르렀다.

 그들의 말들은 병약해 보였다. 불쌍한 짐승들, 아마 그것들도 바다 여행을 했을 것이다. 그러나 그 말들은 은을 박아 장식한 굴레와 마구들로 장식되어 있었고, 사내들은 수가 놓인 망토와 청동 가슴받이를 걸치고 말갈기나 깃털로 장식한 높다란 투구를 쓴 위풍당당한 모습이었다. 그들이 말을 타고 레지아를 지나갈 때 나는 문간에서 그 무리를 겨우 흘끗 볼 수 있었다. 그러고 나서 여자들은 왕궁의 뒤쪽으로 보내졌다. 그러나 나는 아이네아스가 그들과 같이 있지 않다는 것을 알았다.

드랑케스와 다른 관리들이 그들을 안으로 들여 왕의 접견실로 호위해 가는 동안, 나는 왕족의 방들을 지나 왕의 자리 뒤에 있는 왕의 문을 통해서 접견실로 들어갔다. 아버지가 내가 거기에 있어야 한다고 분부를 내린 것은 아니었다. 하지만 많은 접견에서 나는 방문객들에 대한 호의로서, 그리고 그들의 아내와 딸들을 환영하기 위해 어머니와 함께 또는 어머니 없이 그 자리에 있었다. 왕이 지금 내가 있는 것을 원치 않으면 내보내면 그만이었다.

내가 거기 있는 것을 아버지는 처음에 몰랐던 것 같다. 그는 트로이아의 사절들에게 이미 얘기하는 중이었다. 위엄 있는 정중함을 띤 채 그들을 환영했고 비록 예의 바르긴 하나 그들이 어디서 왔으며 라티움을 왜 방문했는지에 대해서 바로 질문했다. 길을 잃거나 공해에서 항로를 이탈한 게 아니냐고 물었다.

키가 크고 호리호리한 트로이아 인이 자신을 일리오네우스라고 소개하고 나서 우아하고 정중한 언어로 유창하게 말했다. 그는 그들이 운명의 명령에 따라 위대한 라티누스의 왕국에 이르렀노라고 설명했다. 그들은 10년간 그리스 인들의 포위 공격에 맞섰지만 마침내 배신 행위 때문에 몰락한 트로이아라는 고귀한 도시의 원주민들로서 화재로부터 탈출했노라고 했다.

전령이 말하는 동안 나는 그의 목소리에 겹쳐지는 시인의 목소리를 들었다. 해안을 향해 내달리는 파도가 먼저 번 파도를 덮쳐 포개어지는 것처럼 말이다. 나는 왕궁과 그 속의 우리 모두가 시인의 말들 속에만 존재하고 있음을 그때 알았다. 사자는 계속 이야기해야 하고, 왕은 경청해야 하며, 왕의 딸은 그녀의 운명을 따라야 하는 것이다.

사자는 계속해서 이렇게 말했다. 신탁은 그들에게 트로이아의 신들을 바다 건너 이탈리아의 먼 해안까지 모셔 가라고 명했으며 그곳에서 집을 찾게 되리라고 했다. 그들의 주인인 앙키세스의 아들 아이네아스가 땅과 바다를 가로질러 7년간 그들을 이끌었으며, 비록 다른 왕들이 그들에게 머물러 주기를 청했으나, 그는 신탁이 그들에게 약속한 땅을 통치하는 라티누스에게만 동맹을 제안할 것이라고 했다. 그리고 진심 어린 선의에서 아이네아스는 몰락하는 도시에서 구해낸 얼마 안 되는 것들을 왕에게 바쳤는데, 그의 아버지의 형제인 트로이아의 프리아무스 왕이 소유했던 물건들이었다.

트로이아 인들 중 한 명이 앞으로 나서서 아버지의 발치에 순금을 조각하여 보석을 박아 넣은 모양의 키가 높은 놀라운 술잔과 은으로 된 지팡이 또는 봉, 얇고 오래된 금관, 금실로 수를 놓은 호화로운 진홍색의 섬세한 피륙을 내려놓았다.

아버지는 이것들을 받아들이지도 거절하지도 않은 채 한동안 말 없이 내려다보았다. 마침내 사절에게 트로이아 시와 그리스의 싸움에 대해 이야기해 달라고 청했고, 그러고 나서는 지중해를 가로지르는 7년 간의 여행에 관해 뭔가를 물었다. 일리오네우스는 그 모두에 대해 답했다. 아버지는 그들이 시칠리아에 멈췄었는지 물었고, 일리오네우스는 거기에 이민자들의 마을을 남겨 두었노라 말했다. 또 아버지는 그

들이 우리의 남쪽에 디오메데스가 왕으로 있는 그리스 인 이주지와
접촉했는지 물었고, 일리오네우스는 그러지 않았노라고 답했다. 디오
메데스는 트로이아 포위 공격의 노장이었기 때문에 트로이아 인들에
대해 심사가 고울 것 같지 않았기 때문이다. 그의 대답은 모두 솔직
하면서도 품위 있었다.

아버지는 다시 정적이 드리워지도록 놔두고서는 눈길을 떨어뜨렸
고, 그의 두 눈은 그의 생각을 좇아 움직였다.

마침내 아버지가 고개를 들었다.

"그대는 신탁이 여러분에게 이 나라로 가라고 명했노라 말했다. 나
는 여러분이 오리라는 것 또한 예언되었음을 말해 주노라. 나의 벗들
이여, 우리는 운명이 시키는 대로 행하게 될 것 같구나. 그대의 수장
인 아이네아스가 동맹을 찾는다면, 그가 우리와 같이 여기에 정착하
고 싶어 한다면, 나는 그에게 나의 도시로 와서, 이 고귀한 선물들을
선사했듯 나에게 손을 내밀라고 청하는 바이다. 그러면 나는 우정의
상징과 평화의 표시로서 저것들을 받아들이듯이 그의 손을 잡을 것
이다. 그리고 이 얘기 또한 그에게 전하여라. 나는 유일한 여식이 이
방인과 결혼하리라는 우리 신탁의 계시를 받았다. 신탁의 말을 그대
로 따르자면, 내 여식은 앞으로 우리에게 올 사내와 결혼하리라고 했
다. 그대의 주군인 아이네아스가 바로 그 남자 같구나. 그러니 나의
마음이 옳게 보고 있다면, 이 결혼이야말로 내가 원하는 바이다. 그
러니 그가 오기를 권하노라."

아버지는 일어나 섰고 그때야 나를 본 것 같았다. 그러나 놀란 기

색을 보이지 않았고, 침착하게 애정 어린 시선으로 나를 바라볼 뿐이었다. 아버지는 완벽하게 확신에 찬 표정이었고 살짝 웃음을 띠고 있었다.

아버지는 사절들을 나에게 소개하지 않았다. 그들 사이로 걸어가 고상한 선물들에 감탄하며 우리 쪽 사람들에게 그것들을 갖고 나가라고 명했다. 나는 들어왔던 문을 통해 조용히 물러났다.

자신이 맹약의 일부로서 약속되는 것, 무슨 잔이나 천 조각인 양 주어지는 것을 듣고 있는 것은 인간 영혼에 심한 모욕처럼 여겨질 수도 있다.

그리고 나는 투르누스와 다른 구혼자들의 문제에 한에서는 그러한 모욕을, 폭력을 느꼈고, 나를 기다리고 있는 것은, 그러니까 유일한 결과는 더 이상 아무런 자유도 주장할 수 없게 되리라는 것이었다. 나는 장대에 묶인 비둘기였었다. 마치 날아갈 수 있을 것처럼 어리석게 날개를 퍼덕이고 있는 동안, 젊은이들이 아래서 소리치고 겨냥하고 활을 쏘아 마침내 어느 화살에 맞고 말 비둘기였던 것이다.

그런데 지금은 덫에 걸렸다는 느낌, 그 무력한 수치심이 전혀 느껴지지 않았다. 나는 아버지의 시선에서 보았던 것과 똑같은 확신을 느꼈다. 만사가 이루어져야 하는 대로 이루어지고 있었고, 그러는 중에 나는 자유로웠다. 나를 장대에 묶었던 끈은 잘려 나갔다. 처음으로 나는 난다는 게 어떠할지, 대기를 가로질러, 다가올 세월을 가로질러 날아가는 것이, 앞으로 앞으로 나아가는 것이 어떠할지 알 수 있었다.

"나는 그와 결혼할 거야."

나는 레지아의 방들을 지나가면서 마음속으로 말했다.

"그를 나의 남편으로 만들고, 그의 가문의 신들을 여기로 데려와 나의 신들과 합치겠어. 내가 그를 집으로 데려올 거야."

나는 옆으로 빠져 정원을 가로질러 큰 월계수를 지나, 중앙 홀 뒤에 있는 둥근 지붕의 방들, 즉 광들로 갔다. 그곳은 나의 영역으로서, 나와 페나테스들이 다스리는 곳이다. 오래지 않아 넷째 달, 6월*이 될 것이다. 새로운 수확물들을 위해 저 광들의 문을 열어 깨끗하게 쓸어 내고 청소할 때인 것이다. 나는 사람을 보내어 거들어 줄 여자 두 명을 데려오게 했고 우리는 의식을 위한 준비를 하기 시작했다. 서로 베스타와 케레스, 즉 불과 빵의 노랫말을 상기시켜 주거나 불러 주면서 빈 통들을 내가고 먼지투성이 바닥을 쓸었다.

사람들이 라티누스 왕이 주문한 선물들을 내놓고 그것들을 가져갈 사람들을 선발하면서 왕궁과 도시가 온통 소란스러웠다. 왕이 직접 마구간에 나와 훌륭한 말들을 몇 마리 골랐고, 티루스에게 말을 전했다. 우량한 수송아지들과 양 떼를 벤티쿨라로 몰고 가서 트로이아 인들이 제사를 지내고 고기를 먹을 수 있게 하라는 것이었다. 아버지는 무릇 왕의 환대란 어떠해야 하는지 알고 있었으며, 자신의 활수함을 즐겼다. 아버지가 정원을 성큼성큼 가로질러 갈 때 마치 젊은이 같았고, 나는 자부심을 느끼며 그를 지켜보았다.

그런데 어머니가 여자들 처소에서 아버지를 만나러 허둥지둥 나왔

---

* 로마력에서는 3월이 첫째 달이다.

다. 머리카락은 아무렇게나 풀어헤쳐져 있고, 얼굴은 창백하고, 목소리는 시끄러웠다.

"사람들의 말이 사실인가요, 여보? 우리 딸을 낯선 이, 이방인에게…… 당신이 본 적도, 아는 바도 없는 사내에게 주었다는 얘기가? 이게 현명한 처사예요? 저 여자애에게, 그리고 나에게 이게 자비로운 건가요? 나에게는 한마디도 하지 않고……."

아버지는 멈춰 서서 어머니를 마주하여 똑바로 서 있었다. 그의 얼굴에서 상냥함이 싹 사라졌고 노령이 그 속에 되돌아와 있었다.

"여기는 그런 얘기를 하기에 알맞은 곳이 아니오, 아마타."

"나는 얘기할래요……."

"그러면 같이 갑시다. 라비니아, 너도."

아버지는 왕족의 거처 쪽으로 성큼성큼 걸어갔고 우리는 그를 뒤따랐다. 어머니를 따라잡으며 내가 말했다.

"어머니, 아버지는 신탁이 명한 대로 하시는 거예요, 그리고 제가 직접 그렇게 해 주십사 부탁드렸고요. 진짜로 제가 그랬어요! 이렇게 되어야 해요. 다 괜찮을 거예요!"

그녀는 내 말을 듣지도 않았던 것 같다. 우리가 아버지의 집무실에 들어서자마자 어머니는 마구 주장들을 늘어놓았다. 우리가 투르누스 그리고 다른 구혼자들과 합의한 것을 어떻게 무자비하게 내칠 수 있느냐? 그들은 이 행동이 맹세를 저버린 것으로 볼 수밖에 없지 않느냐? 신탁이 이방인과 결혼해야 한다고 말했다는 게 무슨 대수냐? 루툴리아는 라티움과 다른 나라고, 투르누스는 이방인 아니냐?

"그는 우리 라틴 인들 가운데 한 명이자 당신네 가문의 사람이오."

아버지가 인상을 쓰며 말했다. 나는 아버지가 어머니의 주장들에 대꾸하는 건 실수라고 생각했고, 정말로 그것은 어머니의 화만 돋우었다. 그녀는 아버지가 드랑케스의 조언만 귀담아듣는다고 비난했다. 투르누스는 아버지의 늘그막에 유일하게 아버지의 왕좌를 지지하고 받쳐 주려고 하는 충성스러운 사람인데, 드랑케스는 투르누스를 미워하고 질시한다는 것이다. 그녀는 아버지가 맹세를 저버렸으며 나약하고 우유부단한 사람이라고 무자비하게 질타했다가, 다음 순간엔 아버지의 힘과 지혜를 요구하며 간절히 빌었다. 아버지는 홍수 같은 말을 인내하며 서 있었고, 아무 말 없이 가끔 손만 저을 뿐이었다. 마침내, 어머니의 목소리에서 거칠고 새된 소리가 나기 시작하자 아버지가 끼어들었는데 아버지 역시 목쉰 소리였다.

"그 문제는 정리됐소. 받아들여요, 아마타. 당신이 왕비임을 기억하구려."

그리고 나에게 말했다.

"어머니를 방으로 모셔다 드리고 위로해 드리렴, 라비니아."

"아뇨, 나는 안 갈 거예요."

어머니가 허공에 팔을 저어 대며 새된 소리로 말하다가 뛰쳐나갔다. 아이들이 채찍으로 쳐서 돌리는 팽이처럼 정원을 빙빙 돌며, 왕이 딸을 이방인에게, 적에게 주어 버렸으며, 왕은 미쳤다고 소리쳤다. 그러고는 레지아의 정문 쪽으로 갔다.

경비병들은 감히 어머니에게 손을 대지 못했지만, 나의 시녀들은 나와 같이 미리 짜 놓았던 것처럼 아주 신속하게 행동했다. 우리는 어머니가 도시의 거리로 나가 버리기 전에 둘러싸서, 말을 걸고 달래고 쓰다듬고 격려했다. 그리하여 그녀를 다시 레지아 안의 여자들 처소에 있는 그녀의 방으로 돌아오게 했다. 거기서 어머니의 신경질적인 발작은 치밀어 오르는 엄청난 흐느낌으로 바뀌었고, 결국은 흐느낌에 지쳐 조용해졌다.

나는 어머니가 좌절하여 기진맥진해 버리는 것으로 끝난 줄 알았다. 어머니가 포기했다고 생각했다. 나는 어리석었다. 그리하여 그녀가 이야기하려던 것이 단지 좌절된 소망의 광기나 분노가 아니었음을 깨닫지 못한 것이다. 그녀는 왕이 트로이아의 사자에게 한 얘기를 전해들은 많은 우리 시민들이 막연히 생각하거나 두려워한 것을 입 밖에 내뱉으려 한 것이다. 왕이 침입자들을 환영했고, 충성스러운 신하들과 동맹들을 비웃으며 그의 딸, 그의 유산, 그의 나라를 이방인에게 주기로 약속했다는 것을.

나는 그날 밤 지쳐 떨며 자러 갔지만 마음은 평화로웠고 푹 잤다. 나는 광기 속에서 잠이 깼는데 생생한 조각들만 기억이 난다. 그 속에 어떤 것도 정상적인 것이나 분명한 것이 없었고, 그 어느 것도 이해되지 않았기 때문이다. 나는 어머니의 세계에서 깨어났다.

어두운 밤이었다. 등불을 든 여자들이 내 방에 있었고 그들 중 하나가 내 어깨를 두드리며 말했다.

"일어나세요, 왕녀여! 일어나요!"

주변이 온통 소란스러웠고, 속삭이는 소리, 웃음소리가 들렸다. 잠에서 깨어나려 애쓰며 보니 그들은 모두 나의 시녀들이 아니라 어머니의 시녀들이었다. 노예 여자들은 훌륭한 제례용 의복들을, 어머니의 옷들을 차려입고 있었다. 어머니의 목소리가 들렸고 그녀가 들어왔는데, 어느 노예의 표백하지 않은 조악한 튜닉을 입고 있었다.

"일어나, 일어나렴, 애야."

그녀는 미소를 띤 채 말했다.

"염소 축제다, 돼지 축제야. 우리는 언덕 위에서 나의 고향 사람들이 하는 식으로 경배를 드릴 거다. 네 아버지가 너를 줘 버릴 수 있다면, 나는 너를 데려갈 수 있지! 자, 지금이야. 해 뜰 녘에 거기에 있어야 하니까!"

나는 일어서서 낡은 잿빛 튜닉을 입고 남루한 숄을 걸쳤고 웃어대는 여자들 사이에 끼어 서둘러 나갔다. 뒷문으로 나가 도시의 적막한 거리들을 지나 성의 뒷문을 빠져나왔고, 들판을 가로질러 라우렌툼의 동쪽에 솟아 있는 나지막이 숲 진 언덕들로 향했다. 자그마한 기름등이 우리 앞뒤의 좁은 길에서 너울너울 춤을 췄다. 첫 서광을 배경으로 동쪽 지평선이 이제 막 분명해지기 시작했고, 알바노 산이 어두운 세상 위로 길고 어둑하게 서 있었다.

마지막 파구스를 나서니 바로 숲이었다. 밤의 어둠이 주위로 바짝 몰려와 있어서 길을 알아보기가 어려웠다. 등불들은 나무들 사이로 그리고 울퉁불퉁한 오솔길을 가로질러 거친 그림자를 던졌다. 여자들이 가시와 뒤얽힌 나뭇가지들에서 옷을 빼내느라 멈춰 섰지만, 아마타는 그들을 재촉했다.

"걱정 마라, 찢어진 것은 수선하면 돼. 우리는 태양이 떠오를 때, 그 언덕 위, 무화과나무 샘에 있어야 해! 자, 서둘러 가라!"

그리고 그녀는 행렬을 따라 거슬러 가며 여자들을 격려했다. 여자들은 집안일을 하는 노예, 청소부, 세탁부, 요리사의 조수와 허드렛일을 하는 하녀들이었다. 그들은 음식물 바구니와 단지들, 그 무거운 짐들에 낑낑대며 나아가고 있었다. 그녀는 그들의 이름을 부르며 격려했고, 웃고 떠들며 휙 돌아서 행렬의 맨 앞으로 왔다.

"아아, 이게 모험이지, 드디어 말이야!"

어머니는 내 옆을 지나치면서 즐겁게 말했다. 그리고 실로 그런 서두름과 비밀스러움, 뒤바뀐 의상들, 어두운 숲 속에 등불을 들고 가는 여자들의 행렬 속에는 묘한 느낌의 거친 긴장감이 있었다…… 모두가 비현실적이고 환상적이었으며, 나는 그 흥분에 사로잡혔다.

우리는 하늘이 밝아 올 때 무화과나무 샘에 이르렀다. 언덕 한가운데 경사면의 깊숙이 꺼진 곳 측면에 있는 암반에서 샘이 솟아나, 그 아래, 평평한 풀밭을 빙 둘러 가며 크고 늙은 야생 무화과나무들을 자라게 했다. 일종의 자연적인 과수원이었다. 나는 여름에 실비아와 함께 그곳에 가서 그 검은 과일들을 실컷 즐긴 적이 있었다. 그러나 떨어진 과실들에 이끌린 돼지가 꿀꿀거리며 주변을 온통 부수어 대는 소리를 듣고는 오래 머물지 않았다. 멧돼지는 실비아가 유일하게 무서워하는 것이었기 때문이다.

우리는 모두 그 나무들 아래 풀숲 우거진 평지에 흩어져서 짐을 내려놓고 잠시 한숨을 돌렸다. 아마타가 일어나서 우리들에게 말했다. 이것은 루툴리아 인들이 그들의 언덕에서 축하하는 것과 같은 무화과 축제, 즉 여자들의 축제, 여자들만을 위한 축제라고 했다.

"우리는 파수꾼을 세울 거다. 남자가 근처에 오면 멀리 쫓아내야 한다. 만일 그가 가지 않겠다고 하거나 우리를 엿보려고 한다면, 그는 죽음을, 죽음보다 더한 일을 당할 것이다! 우리의 비밀 의식을 엿보려 했다간 남성으로서의 능력은 끝장일 테니까. 그는 거세당한 사내가 되어 산을 내려가게 될 것이다! 발리나가 네 자루의 날카로운 검을 가져왔고, 네 명의 강인한 여자들이 밤낮으로 길을 지킬 거다. 그리고 언덕과 황야의 신들이 감히 우리에게 접근하는 사내를 저주하기 위해 기다릴 것이다. 마르스는 여기 우리 아래 머물러야 하니까, 들판의 끝과 숲의 끝, 그의 경계에 서서 참아야 하니까. 높은 곳과 거친 숲은 우리의 경배와 축연을 위한 우리의 것, 우리만의 것이다. 그리고 보아라, 보아라, 태양이 솟는다! 자매들이여, 이날을 환영해라! 시카나, 포도주 단지를 열어 술을 돌려라!"

그렇게 음주와 함께 그날이 시작되었고, 한낮쯤 되자 몇몇 여자들은 너무 취해서 춤을 출 수도 없었다. 그들은 웃고 새된 소리를 지르고 토하고 넘어져 넘어진 곳에서 잠들었다. 아마타는 우리에게 무화과나무 축제의 춤들과 노래들을 가르쳤다. 그리고 종교적인 오락의 일환으로 나이 든 여인들은 좀 더 젊은 여자들을 잡아 무화과나무 가지로 채찍질하며, 남자들의 음경과 여자들의 음문에 대해 저속한 농담을 던지는 노래들을 큰 소리로 불렀다. 그리고 황야의 파우나와 여자들의 유노와 대지의 자궁에서 씨앗을 부풀려 생명의 양식으로 태어나게 하는 케레스를 높이는 제단에 우리는 다른 의식들을 거행했다. 노예들은 포도주를 좀 더 가져오기 위해 도시로 돌려보내졌다. 낮 동안 여자들이 삼삼오오 몰려오기 시작했다. 여자들만의 새로운 의식에 대한 호기심과 그들의 여왕에 대한 연대감에 이끌려 도시의 다른 집안들의 여자들이 왔다. 나는 같은 도시의 이 여자들과 묘한 입장에 놓여 있음을 알았다. 그들은 모두 나를 위해 분개했고 아버지에게 화가 나 있었다. 그들은 나에게 들러붙어 가엾게 여기고 어루만지며, 아르데아의 투르누스에 대한 사랑과 충성심을 잃지 말라고 격려했다. 그들의 분노와 상냥함은 진실하고 감동적이었지만, 그런데도 이 탈출, 이 잘못의 나머지 모든 부분과 마찬가지로 비현실적이었다.

나는 언덕에서 벌어지는 가짜 축제 동안 내내 온순하고 말 못하는 처녀 역할을 했다. 이 동정적인 부인들에게 나는 전혀 투르누스를 사랑하지 않으며 아버지와 신탁의 뜻에 순종하기만을 바란다고 제 입으로 말할 수가 없었다. 그렇게 하는 것은 어머니를 배신하는 일이 될 터이고, 그녀의 분노가 나를 겨냥하게 만들 터였다. 나는 겁쟁이였다. 거짓스럽고, 겁나고, 의심스럽고, 경멸스럽고, 혼자라는 느낌이 들었다.

어머니는 내 시녀들 중 누구도 여기 언덕에 데려오지 않았고, 자신의 시녀들만 데려왔다. 그리고 열광적으로 들떠 있고 겉보기에는 방종한 모습이었지만, 절대 나를 시야에서 벗어나지 못하게 했다. 나는 새로 온 사람들의 마지막 무리에서 마루나를 보고는 아주 반가웠다.

그녀는 나의 가장 좋은 팔라를 입고 있었는데, 하인은 여주인처럼 옷을 입고 여주인은 하인처럼 입는 것, 그게 규칙이었기 때문이다. 내가 그녀를 알아보았고, 나의 제일 좋은 팔라 역시 알아보았다는 것을 알게끔 그녀에게 눈짓을 했지만, 거리가 있어서 말을 하지는 못했다. 마루나에게는 조용히 살짝, 눈에 띄지 않고 넘어가는 재주가 있었는데, 그것은 노예에게 아주 유용한 재주였다. 그녀는 같이 온 무리와 있으면서 다른 이들 모두가 하는 대로 따라 했기 때문에, 어머니는 결코 그녀를 눈치 채지 못했을 것 같았다.

저녁에 아마타는 술을 마시기 시작했고(그때까지는 맛만 보고 마시는 척만 했었다.) 날이 저물 때쯤엔 취하지는 않았지만 긴장이 풀려 덜 광적이었으며, 그때까지 그런 척했던 것보다 훨씬 더 이 대담한 행위를 즐겼다. 그녀의 웃음은 속 깊은 곳에서부터 우러나오는 것이었다. 나는 결코 어머니의 그런 웃음소리를 들어 본 적이 없었다. 그 때문에 그녀는 낯설어 보였고, 다른 여자, 그러니까 어쩌면 지금 그녀의 모습이었을지도 모르는 그런 여자처럼 보였다. 나는 그녀 때문에 쑤실 듯한 비애의 격렬한 아픔을 느꼈다.

"라비니아."

그녀가 나를 불렀다. 나는 자그맣게 깜박거리는 기름등들과 큰 무화과나무들의 낮은 가지에 둘러싸인 풀밭에 널브러져 있는 여자들 사이로 길을 골라 그녀에게 갔다.

"라비니아, 내가 그에게 사람을 보냈다. 지난밤, 우리가 출발하기 전에 말이다. 사자를 말에 태워 보냈어. 그는 내일 여기 있을 거다. 너의 신혼 첫날밤에, 애야!"

나는 그가 누구인지, 어머니의 말뜻이 무엇인지 알았다. 그것이 이 광기, 이 비현실성의 모든 것이었으니까. 그러나 어머니에게 일방적인 시합 속에서 나는 공정하게 시합에 임해야 했다.

"그가 어디로 가야 할지 어떻게 아나요?"

"시녀들이 그에게 얘기해 줄 거야. 그들은 그를 찾고 있어, 그러니 그가 도시에 들어서기 전에 그를 붙들 거다. 그는 내일 이 시간 여기에 있어야 해."

"하지만 남자들은 여기 우리들 사이에 있으면 안 되잖아요."

"아아, 이 한 사람은 돼."

어머니가 아주 부드럽고 웃음 띤 음성으로 말했다.

그녀는 내 손을 잡아당겨 옆에 앉혔다. 내게 바짝 몸을 기울이고는 내 귀에 속삭였다.

"여기 언덕에서 대단한 첫날밤을 치르게 될 거다! 그리고 나서 아르데아로. 아르데아의 집으로! 모두 계획되어 있다. 모두 계획되어 있다고!"

어머니는 밤새 나를 옆에 붙여 두었다. 나는 어머니와 그녀가 같이 술 마시고 노름하는 여자들의 옆, 낮은 나뭇가지에 고정해 놓은 등불 빛 속에서 자야 했다. 나는 밤새도록 깜박깜박 잠이 들었다 깜짝 놀라 깨었고 머릿속은 질주하는 듯했다. 걱정하지 말라고, 나는 어머니가 원하는 대로 따르기만 하면 된다고 계속해서 되뇌었다. 어머니의 시합이 혼란과 망상과 움츠러듦 속에 저절로 끝나 버릴 때까지 말이야, 분명히 그럴 거야. 하지만 어머니는 투르누스에게 사람을 보냈어…….

만일 그가 오면 어쩌지? 어머니가 가짜 결혼에, 진짜 강간에 나를 넘겨주면 어쩌지? 그가 나를 아르데아로 데려가 버리면 어쩌지? 아무것도 없을 거야, 내가 할 수 있는 일은 아무것도. 그 생각에 몸이 뻣뻣해졌고, 주먹을 움켜쥐고 두 팔에 얼굴을 감추었다. 여기서 도망쳐야 했다. 탈출할 방법을 찾아야 했다. 하지만 내가 살금살금 기어 나갈 수 있다 해도, 이 어둠 속에서 숲을 가로질러 길을 찾을 수는 없었다. 파수꾼들이 우리가 지나온 길을 경계하고 있었고, 그 길은 황량하고 울퉁불퉁한 언덕들 사이로 한참을 가야 했다. 그나마 제일 기대할 만한 것은 최대한 멀리 가서 남은 밤 시간 동안 숨어 있다가 저지대까지 개울을 따라 내려가는 것이었다. 하지만 내 주변의 어디에나 어머니의 시녀들이 있었고, 자그마한 등불들은 여전히 깜박거렸다. 그리고 그들 너머엔 파수꾼들이 있었다.

똑같은 일련의 생각들이 밤새 머릿속에서 빙글빙글 돌며 거듭 되풀이되었다. 그러니까 나는 자신을 안심시키고자 애썼다가, 투르누스가 올지도 모른다는 생각에 동요했다가, 탈출할 방법을 그려 보기를 되풀이했다. 가끔은 잠이 들어 단편적인 시인의 꿈을 꾸었는데, 그는 알부네아의 제단소가 아닌 여기 황량한 언덕들 속에 있었다. 근처의 한 기름등 옆에 있는 것 같았지만, 그의 모습은 뒤틀려 그림자의 일부로 쭈그러들어 있었고, 내가 알아들을 수 없는 말들을 중얼거렸다. 그리고 나면 나는 잠이 깨어 똑같은 생각들을 끝없이 반복했다.

나는 동틀 기미가 보이자마자 일어났다. 어머니가 마침내 시녀들 사이에서 잠든 것을 보고는 소변보는 장소로 이용하는 작은 골짝을 향해 슬쩍 빠져나갔다. 그리고 잠시 그냥 걸어 나갈 수도 있겠다는 생각을 했다…… 그러나 골짝을 지나자마자 가이아가 칼집에서 빼어든 칼이 지팡이인 양 그것에 기대어 파수를 보고 있었다. 그녀는 바보 같은 미소를 지으며 큰소리로 인사했다. 그녀는 청소부였고 정신이 아주 온전하지는 않았다. 그녀는 이곳의 많은 여자들처럼 어머니에게 헌신하고 있었다. 만일 어머니가 나를 지나가지 못하게 하라고 했다면, 그녀는 나를 지나 보내지 않을 터였다. 어머니가 특별히 상냥한 여주인은 아니었고 거의 애정을 보이지도 않았지만, 인색하지 않고 잔인하지 않았으며 편애하지 않았다. 그것은 충성심을 얻기에 충분하고도 남았다. 그리고 잃어버린 아들들에 대한 슬픔은 집안 여자들 사이에서 어머니에게 일종의 신성함을 부여했다. 그들이 "불쌍한 여왕님"이라고 말하는 것을 수없이 들었기에, 아직도 그들이 어머니를 동정하는 것이 전혀 이상해 보이지 않았다. 그들은 옳았다. 그녀는 불행한 여자였다.

우리 대다수가 늦게 잠들었던 탓에 비척거리며 일어났다. 음식이 거의 바닥나서, 일단의 무리가 자기 집의 광이나 레지아에 비축된 식량을 가져오기 위해 라우렌툼으로 내려갔다. 많은 수의 여자들이 오고갔지만, 나는 바라던 대로 슬쩍 빠져나가거나 도시로 내려가는 무리에 끼일 수가 없었다. 어머니가 같이 있지 않으면, 키 큰 시카나와 뚱한 리나가 항상 옆에서 감시하고 있었기 때문이다.

나와 몇몇 노예 소녀들이 여기서 유일한 젊은 여자들이었다. 도시의 나이 든 부인들이 처녀인 딸들은 안전하게 집에 남겨 두었기 때문이다. 그러나 젖먹이 아기가 있는 여자들은 당연히 아기를 데려왔고, 나는 지친 엄마들이 보채는 아기를 달래는 일에서 벗어나게 해 주면서 하루의 대부분을 보냈다. 그 일을 하고 있으면 반쯤 취한 어른들과 이야기하지 않아도 되었다. 그리고 그 아기들은 우리가 하는 행동의 허위와 광기로부터 벗어나 있었다. 그들은 순수하고, 진실했으며, 궁핍했다. 그들은 뭔가를 상상하기에 너무 어렸다. 그들을 돌보는 일이 나에게 위로였다. 물론 그 때문에 나는 지나친 칭찬을 받고 아첨 떠는 소리를 들었다. "왕녀님이 노예의 아이에게 얼마나 상냥한지 봐." 같은 소리였다. 사랑스럽고 무기력한 자그마한 여자 아이가 나를 올려다보며 웃다가 내 품에서 잠들었을 때 나는 노예의 아이가 왕녀에게 얼마나 상냥한지 보라고 생각했다.

아마타는 오후에 춤 파티와 채찍 놀이를 하도록 했지만, 사람들에겐 첫날 같은 열광적인 자발성이 부족했다. 아마타가 투르누스가 도착하기를 기다리고 있으며, 나를 그에게 결혼시킬 작정임을 이제쯤엔 모두가 알고 있었다. 많은 여자들이 그가 온다는 생각을 불편해 했다. 울타리를 뛰어넘어 자신이 수소의 목초지에 있는 것을 깨달은 암소처럼 느끼는 것 같았다. 또한 집에서 그리고 그 가정과 도시의 페나테스와 라레스들로부터 그렇게 멀리 떨어진 곳에서 결혼한다는 생각은 우리 모두에게 당황스럽고 충격적이었다. 어떻게 황야에서, 도와줄 가정의 신들이 하나도 없는 곳에서, 지방의 신들과 영령들이 인간사에 아무 관심 없고 악의를 지녔을지도 모르는 곳에서 혼인을 할 수 있단 말인가? 비록 아마타는 계속해서 결혼식에 대해 떠들어 댔지만, 다른 이들은 그것을 약혼처럼 이야기하는 식으로 그 문제를 대했다. 약혼은 그럴듯했고 기대할 만했다. 그래서 그들은 오후 그리고 저녁 내내 계속 높은 기대감을 품고 있었다. 밤이 다가오고도 투르누스가 오지 않자, 아마타는 다시 술을 마시기 시작했고 우리 모두 마시도록 재촉했다. 춤과 노래들은 이내 목적 없고 바보 같은 소란으로 끝나 버렸다. 그러나 그러는 내내 어머니는 나를 옆에 바짝 붙여 두었다. 리나와 시카나도 같이 있었다. 칼을 지닌 파수꾼들은 술을 마시지 않았고, 밤새도록 번갈아 가며 망을 보면서, 길 아래, 시야 밖의 것에 대기하고 있었다.

다음 날 꽤 많은 여자들이 슬그머니 빠져나갔고, 음식물을 가지러 내려갔던 몇몇 무리는 돌아오지 않았다. 내 생각엔 그들이 터벅터벅 걸어서 왔다 갔다 할 열의를 잃어버린 것 같았지만, 어머니는 남편들이 그들을 가두고는 다시 언덕으로 도망치면 두들겨 패 줄 거라고 위협한 거라고 했다. 그녀는 그 남자들이 여기로 올라오려고 한다면 무슨 일이 벌어질지에 대해서 큰소리를 쳐 댔다. 그녀가 레지아에 보냈던 우리 시녀들은 포도주와 빵을 지고 모두 돌아왔다. 아무도 광에서 음식을 빼 가는 그들을 막지 않았고, 왕은 언덕에서 종교적인 의식을 거행 중인 여자들을 방해하지 말라는 명령을 내렸다고 했다. 하지만 그들은 사람들이 라우렌툼과 강 사이 숲에서, 이방인들의 사냥꾼 무리와 벌어진 싸움 같은 것에 대해 이야기하고 있다는 말도 했다.

183

날이 지나가면서, 우리 대다수는 보잘것없는 음식과 지나친 포도주와 이 무책임한 상태가 낯설어 현기증을 느꼈다. 흐느껴 울거나, 미친 듯이 웃거나, 소리치고 다투는 일이 매우 많아졌다.

내가 이가 돋는 중인 툴리아의 한 살짜리 사내 아이 옆에 앉아서 자장가로 달래 주려고 애쓰고 있을 때, 마루나가 잠시 내 옆에 모습을 보였다.

"오늘 밤에."

그녀가 중얼거렸고 나는 그녀를 보지 않은 채 고개만 끄덕였다.

"부엉이요."

그녀는 그렇게 속삭이고는 다시 사라져 버렸다.

"자장자장, 우리 아가. 아빠가 네게 줄 반지가 있으시대.'"

나는 아기에게 노래를 불러 주었다. 마루나의 말이 무슨 뜻인지 궁금했다. 내가 할 수 있는 일이란 기다렸다가 알아내는 것뿐이었다.

"아기들을 좋아하는구나, 그렇지?"

어머니가 옆에서 말했다. 그녀는 때 묻고 남루한 노예의 튜닉을 입은 채 서 있었다. 그녀의 두 다리는 하얗고 맵시 있었다. 정강이와 종아리에는 가늘고 부드러운 검은 털이 나 있었다. 그녀는 내 품속의 아이를 내려다보았다. 그녀의 얼굴이 마치 치통을 앓는 것처럼 일그러졌다.

"그는 네가 아이를 낳게 해 줄 거다. 믿어도 돼. 그는 저 늙고 무능한 사내와 달라. 그는 기운 찬 아들들을 낳게 해 줄 거다."

어머니는 냉정한 태도로 분명히 말했다. 그녀는 내가 잔치 때 보앉던 술 취한 남자들처럼 취해 있었다. 밤낮으로 취해 있고 뼛속까지 취해 있었다. 나는 대답하지 않았고, 아기가 마침내 느긋해지기 시작했기에 작은 소리로 자장가를 계속 불렀다. 나는 어머니를 올려다보고 싶지 않았다. 그녀의 분노가 점점 쌓여 또다시 폭발하기 직전임을 알고 있었다. 투르누스가 오지 않으리란 것을 그녀가 알고 있다는 것도 깨달았다. 나는 그녀가 몹시 걱정되었다.

"자장자장, 우리 아가."

그녀가 흉내 내어 노래했다.

"너는 진짜 암양 같구나, 정말 무능한 사내의 딸 같다, 라비니아! 완전히 순해 빠졌어. 자기 좋은 대로 신탁을 꾸며 네 소중한 아비에게 철저히 순종하고 있으니. 이번엔 네 맘대로 할 생각 마라. 네가 가는 곳에 내가 갈 거야. 얘야, 나랑 같이 가는 거다. 내일 나와 같이 아르데아로 갈 거다."

나는 머리를 숙이고 아무 말도 하지 않았다. 아이가 내 품속에서 긴장감을 느끼고는 다시 칭얼대기 시작했다.

"저 꼬마 녀석 입 좀 닥치게 해!"

아마타가 돌아서면서 말했다.

"시카나! 술병이 어디 있지?"

끝없는 밤이었다. 툴리아가 아기를 데려간 후에 나는 크고 늙은 무화과나무에 기대어 앉아 꾸벅꾸벅 졸았다. 머리가 지끈거리고 근육이 땅기고 마음은 무디고 공허했다. 해가 숲의 끝없는 나무들 뒤에 구름 속으로 저물었고, 새까만 밤이 찾아왔다. 대부분의 여자들은 일찍 잠에 곯아떨어졌다. 도박을 하던 아마타의 무리만이 여전히 술을 마시며 깨어 있었지만, 결국 그들조차 지쳐 떨어져 나갔다. 어머니가 와서 내 옆에 누웠다.

"벌써 잠들었니, 어린 암양아?"

어머니가 말했다. 그녀는 자신의 머리 근처에 자그마한 기름등을 내려놓았다.

"잘 자려무나. 내일이면 우리는 아르데아로 출발할 거니까. 잘 자라. 잘 자렴."

그녀는 팔라 귀퉁이를 뭉쳐서 베개 대신 머리 밑에 두었고, 부둥켜안지는 않았지만 한 팔을 내 위에 두고 조용히 누웠다. 나는 어머니의 팔의, 내게 기대어 있는 몸뚱어리의 무게와 온기를 느꼈다. 나는 누워서 어둠 속을 바라보며, 그 작은 등불의 불꽃에서 생겨난 그림자들이 잎사귀들과 나뭇가지들 사이로 움직이는 것을 지켜보았다. 한참 후 아주 천천히 내 몸을 가로질러 놓여 있는 따뜻하고 묵직한 팔 밑에서 빠져나왔다. 어머니가 한숨을 쉬고 한 번 시끄럽게 코를 골았지만 동요는 없었다. 나는 불꽃의 그림자들이 사그라지는 것을 지켜보며 누워 있었다. 나는 잠이 들었다가 다시 정신이 들었는데, 내 왼쪽, 근처에서 부엉이 한 마리가 '부엉부엉부엉, 부엉, 부엉' 하고 가느다랗게 우는 소리를 들었기 때문이다.

생각할 것도 지체할 것도 없이 나는 살며시 일어나 잠든 여자들 사이로 그쪽을 향해 걸음을 내디뎠다. 이제 타오르는 등불은 하나도 없었지만, 구름이 옅어져 여름 별빛이 풀밭 위에 어스레했다. 부엉이가 좀 더 먼 곳에서 나지막이 울었고 나는 그 소리를 따라갔다. 가이아가 무슨 어둠의 덩어리처럼 나무 아래 자빠져 잠들어 있는 것이 보였다. 그녀의 칼은 옆에 세워져 있었고, 칼끝은 땅바닥에 꽂혀 있었다.

나는 무화과나무 밭에서 멀어져, 개울의 작은 지류를 건너다 미끄러져 비틀거렸고, 그러고 나서 나무들이 좀 더 무성하고 컴컴하게 뭉쳐 있는 곳으로 기어올라갔다. 마루나가 거기에 있었다. 간신히 보일 정도였지만 그녀라는 것을 알았다. 그녀는 내 손을 잡았고 우리는 함께 계속 갔다.

오래지 않아 그녀가 자그맣게 말했다.
"길을 잃은 것 같아요."

그랬다. 하지만 우리는 1킬로미터쯤 아래쪽으로 나아갔고 그러고 나자 작은 골짜기에 들어섰는데 나무들이 위에 너무 많이 걸려 있고 관목들이 무성해서 그 어둠 속에서는 더 이상 나아갈 수 없었다. 우리는 거기서 몇 시간을 기다리며, 온기를 위해 같이 웅크린 채 꾸벅꾸벅 졸았다. 마침내 여명 전에 가끔 그렇듯 바람이 불어오며 구름들을 걷어 냈고, 달이 계속 나아가기에 충분한 빛을 비추어 주었다. 우리는 우연히 내리막길을 만나 그 길을 택했다. 길은 곧 나무꾼이 다니는 길로 넓어졌고, 그 길은 우리가 달려 내려갈 수 있는 길이었다. 그리고 우리는 달렸다.

날이 밝았을 때쯤 우리는 높은 언덕들에서 빠져나와 목초지에 들어서고 있었다. 실비아와 돌아다니던 덕에 그 지역을 알고 있었기에 우리가 어디에 있는지 알았고, 그래서 곧장 도시로 향할 수 있었다. 우리는 환한 이른 아침에 남쪽 성문에 이르렀다. 문은 닫혀 있었고 사내들이 파수를 보고 있었다.

✷

나는 마루나와 같이 아버지의 방으로 갔고, 방문 앞에서 큰 소리로 말했다.
"일어나셨나요, 왕이여? 일어나세요!"
아버지는 졸린 눈으로 이불을 아무렇게나 두르고 쑤셔 넣은 채 나왔고, 아무 말 없이 나를 두 팔로 껴안았다.
나를 놓아주면서 그가 말했다.
"네 어미는 어디 있느냐?"
"무화과나무 샘에요."
"너와 같이 오지 않은 게냐?"
"전 어머니한테서 도망쳤어요."
아버지는 혼란스럽고 이해하지 못하는 표정이었다. 자다 나온 탓에 희끗한 머리카락이 더부룩하니 엉클어져 있었다.
"도망치다니?"
"저는 거기 있고 싶지 않았어요!"
나는 괴로워하며 말했다. 차분하게 얘기하려고 애썼지만 그럴 수가 없었다.
"아버지, 어머니께서 투르누스에게 사람을 보냈다고 하셨어요. 저를 약혼시키기 위해, 아니 결혼시키기 위해…… 모르겠어요. 저는 그가 올까 봐 겁났어요. 어머니는 계속 저를 감시하셨어요. 전 도망칠 수가 없었어요. 마루나가 없었으면 도망칠 수 없었을 거예요."

"투르누스에게 사람을 보냈다고?"

아버지의 반응은 잠이 덜 깬 사람의 둔함 이상이었다. 아버지는 이해하지 못했다, 아내가 자신을 배신하려고 했다는 사실을 이해하지 않으려 했다. 나는 이미 어머니를 배신했다는 사실을 느끼며 아무 말 할 수 없었다.

아버지가 마침내 말했다.

"네 어미와 다른 여자들을 숲에서 나오도록 해야겠다. 말썽이 있었다. 싸움이야. 그들이 거기 있는 건 위험할 수도 있어. 그녀가…… 오늘 돌아올까? 거기서 그녀가 뭘 하고 있는 게냐?"

"여자들의 의식이오. 어머니네 고향 사람들이 추는 춤요."

나는 진짜 뭐가 문제인지를 생각하는 데 집중하려고 애썼다.

"아버지께서 어머니한테 사람을 보내어 싸움이 일어났고, 그래서 거기 있는 여자들은 위험에 빠져 있다는 얘기를 전하면 돌아오실 것 같아요. 하지만 여자 심부름꾼들을 보내셔야 해요. 남자들은 다가갈 수 없어요. 어머니의 시녀들 중 몇몇은 무장을 하고 있어요."

"하지만 이건 미친 짓이야."

나는 지난 여러 낮과 밤의 온갖 어리석은 짓과 근심 때문에 피곤하고 긴장해 있고 지쳐 있었다. 나는 빤히 아버지를 쳐다봤다.

"어머닌 지난 13년 동안 미쳐 있었다고요!"

시인이 트로이아의 몰락에 대해 읊어 줄 때, 왕녀인 카산드라에 대한 이야기가 있었다. 그녀는 무슨 일이 일어날지 앞날을 내다보고 트로이아 인들이 대형 목마를 도시에 들여놓지 못하게 하려고 애썼지만 아무도 그녀의 말을 귀담아듣지 않았다. 그것은 그녀에게 내려진 저주였다. 진실을 보고 진실을 말하지만 아무도 그 소리를 듣지 않는 것이다. 그것은 남자들보다 여자들에게 더 자주 내려지는 저주이다. 남자들은 진실이 자신의 것이기를, 자신의 발견물이자 자신의 재산이 되기를 원한다. 아버지는 내 말을 듣지 않았다.

"기다려라."

그는 말하고 나서 자신의 방으로 돌아섰다. 나는 기다렸다.

마루나가 슬쩍 빠져나가 정원의 우물에서 물 한 병을 가져왔고, 나는 고마워하며 먼저 페나테스들에 조금 붓고, 의복 모서리를 적셔 얼굴을 닦는 데 조금 쓰고 나머지 한 방울까지 다 마셨다. 나는 먼지와 마른 땀투성이였다. 밤중에 도망치고 나니 이 거칠고 낡은 튜닉은 더러운 누더기가 되어 버렸고 마루나가 입고 있는 나의 제일 훌륭했던 팔라도 완전히 못쓰게 되었다. 아버지가 옷을 차려입고 돌아왔을 때 마루나와 나는 팔라에 생긴, 걸려서 커다랗게 찢어진 구멍들과 해진 데를 보고 속상해 하고 있었다. 아버지는 둔하고 어리둥절한 모습으로 우리를 보았다.

"라비니아, 너는 가서 씻어야겠다."

"저도 그러고 싶어요, 아버지. 하지만 얘기해 주세요. 말썽이 뭔가요, 누가 싸우고 있는 거예요?"

"트로이아 인들이 사냥 중이었다. 내가 그들에게 벤티쿨라와 라우렌툼 사이의 숲 속에서는 사냥을 해도 된다고 했다. 그들이 먹을 게 있어야 하니까."

그러고는 아버지가 말을 멈추었다.

마침내 내가 물었다.

"우리 사냥꾼들이 그들을 막으려고 했나요?"

"그들이 사슴을 쐈다. 수사슴을."

말하면서 그의 얼굴은 비탄에 잠겼다. 나는 아버지가 무슨 소리를 하는지 알 수가 없었다. 사냥꾼들이 왜 수사슴을 쏘면 안 된다는 거지?

"실비아의 사슴 말이다."

"케르불루스였군요."

마루나가 나지막이 말했다.

"그 짐승은 집으로…… 티루스네 농장으로 도망쳤다. 옆구리에 화살을 맞은 채 피를 흘리며 어린아이처럼 울어 댔다더구나. 그리고 실비아는 자기 아이가 화살을 맞은 것처럼 절규했다는군. 그 애를 위로할 방도가 없었지. 그 애의 오라비들과 아비는 그 사냥꾼을 벌주겠노라 맹세했어. 하지만 그 사슴을 쏜 것은 그 왕의 아들이었다."

"아스카니우스였군요."

내가 말했다.

전쟁은 한 소년이 사슴을 활로 쏘는 것으로 시작된다.

바닷가에서 파도 위에 또 다른 파도가 얹혀지며 조수가 부풀어 오르고 있었다.

"그게 그 아들의 이름이라면 맞다."

나는 아버지가 이렇게 당황한 모습을 본 적이 없었다. 그는 할 말을 찾다가 마침내 이렇게 말했다.

"티루스는 평소 그의 성격대로 맹목적인 분노에 빠졌어. 그와 그의 아들들, 그들은 농장 사람들을 모아 사냥꾼 무리에게 맞서러 갔다. 무장한 채. 칼과 도끼와 활을 가지고. 그들은 빌리아 등성이 너머 어디선가 싸웠어…… 트로이아 인들을 찾아내어 그들을 도륙하려고 했지. 하지만 그 사냥꾼들은 병사들이었다. 그들의 왕자를 보호하고 있었고. 그들은……."

아버지는 잠시 내 얼굴을 바라보았다가 외면했다.

"티루스의 맏아들을 죽였다."

제일 먼저 죽는 이는 젊은 알모예요…… 당신이 아는 이죠. 목에 박힌 화살 때문에 그는 피를 흘리며 말과 숨을 잃고 말아요.

나는 마루나가 사슴의 이름을 나직이 말했듯 그의 이름을 속삭였다.

"그리고 늙은 갈라에수스도 죽었다."

늙은 갈라에수스, 부유하고 통제하는 데 익숙한 이죠. 그는 사람들의 싸움을 말리려다가 그들 사이에 끼이게 되고, 수고한 보람도 없이 얼굴이 으깨어지고 맙니다.

아버지가 말했다.

"믿기지가 않는구나. 갈라에수스는 중재하려고, 그들을 진정시키려고 했어. 그는 싸움 중인 젊은이들이 그의 말을 들을 거라고 생각한 거다."

나는 말을 잃고 서 있었다. 마치 그 바닷가 여울에 서 있었을 때처럼 서 있었다. 조수가 부풀어 오르면서, 하나의 파도 위에 또 다른 파도가 와서 겹쳐지고, 그 파도들이 나를 밀었다가 물러가며 발밑의 모래를 쓸어 가고, 그러다 마침내 온 세상이 빛나며 지나가던 때처럼.

나는 마루나의 팔을 붙잡았고 그녀는 나를 부축하며 서 있었다.

"물러가게 해 주세요, 왕이여."

그녀가 아버지에게 작게 말했다. 마침내 우리의 더럽고 남루해진 모습과 긁힌 팔들을 제대로 본 듯이, 그는 같이 정원을 가로질러 가며 시녀들에게 우리를 도우라고 외쳤다.

"내가 결코 이해하지 못했던 걸 얘기해 줘요."

우리가 작은 정원에 앉아 있을 때 내가 말했다. 레지아에서 우리 거처의 가장 안쪽 방이다. 6월의 따뜻한 아침이었고 소박한 즐거움을 한껏 누리는 능력을 지닌 남편은 이른 햇빛을 즐기고 있다. 우리는 흰 무화과와 꿀을 넣어 달콤하게 만든 갓 짠 우유로 아침 식사를 들었다.

"최선을 다하리다."

그가 말한다.

"안 그럴 것 같은데요."

"흠, 두고 보구려."

"아버지가 제안한 동맹을 확실히 하러 오라고 했을 때, 왜 바로 가서 아버지와 이야기하지 않았나요?"

그 질문에 그가 관심을 보인다. 그는 약간 더 똑바로 일어나 앉아 1년 전을 돌아본다. 최대한 진실에 가깝게 이야기하는 것이 그에게는 대단히 중요했고 그 때문에 과거의 일들을 정확하게 말하는 것은 항상 힘든 일이었다. 그가 그 질문에 대해 잠시 생각하고 나서 말한다.

"나는 궁으로 가져갈 약간의 선물들을 모으고 있었소. 당신에게 적당할 만한 것…… 약혼 선물로 말이오. 나는 이미 프리아무스 왕의 잔과 왕관과 홀을 보냈지. 내가 갖고 있었던 트로이아의 마지막, 최고의 물건들이었소. 우리의 신들을 빼곤 아무것도 남은 게 없었소. 하지만 나는 비렁뱅이처럼 가고 싶지 않았소! 에우리알루스의 어미가 은실로 짠 숄을 가지고 있었는데, 아들이 결혼할 때 신부에게 주려고 간직하고 있던 거였소. 그것을 가져와 바치더군. 가여운 사람 같으니! ……어쨌든 내가 선물에 대해 걱정하고 있는 동안, 농부들이 우리의 사냥꾼들을 공격했다는 얘기가 들려 왔소. 아스카니우스가 애완동물인 사슴을 쏘았기 때문이라더군. 기아스는 팔에 화살 상처를 입었고, 우리 사내들은 두 명의 농부를 죽였소. 안 좋은 소식이었지. 나쁜 시작이었소. 왕이 뭐라 말하든 간에, 이 나라 사람들은 우리를 받아들이지 않으려는 것처럼 보였소. 그러고 나서 드랑케스가 선단 옆에 있는 우리 야영지로 왔소. 알고 있었소?"

"아뇨."

"그는 라티누스 왕이 보내서 왔다는 말을 하지 않더군. 아니 그가 온 것을 라티누스가 아는지조차 말하지 않았소. 우리에게 경고하는 책임을 떠맡은 거지. 투르누스가 농부들과의 싸움을 이용하여 나라 전체가 우리에게 맞서 들고일어나도록 하고 있다는 거였소, 싸울 사내들을 구하기 위해 볼스키 족과 사비니 족, 심지어 남쪽의 디오메데스한테까지 사람을 보냈다고."

"드랑케스는 항상 투르누스를 질시했어요."

"나는 왜 그가 우리에게 왔는지 의아했소. 하지만 그때, 만일 내가 그와 같이 라우렌툼으로 돌아갔다면 전쟁을 막을 수 있었겠소?"

"아뇨."

내가 말한다.

그리고 그는 나의 확언을 의심치 않는다. 그는 내가 그냥은 알 수 없는 몇몇 일들을 안다는 사실을 받아들이고 있다. 어떻게 아냐고는 묻지 않는다. 나는 아버지와 함께 알부네아의 신탁에 가곤 했노라고 말해 주었다. 하지만 시인에 대해서는 한 번도 이야기한 적이 없다. 내가 앞으로도 이야기할 날이 있을지 의심스럽다.

내가 자신의 허구성을 믿는 것은 어렵지 않았다. 결국 그것은 아주 대단할 것 없기 때문이다. 그러나 그에게는 아주 힘들 터였다. 설사 그가 지금 당장은 한가하고 가정적이고 아내와 이야기하며 만족스럽게 햇빛 속에 앉아 있는 사내라 할지라도, 그 시인의 열정적이고 사람들을 지휘하고 근심 많고 위험한 영웅은 우연성을, 그러니까 그의 의지와 양심이 가치 없다는 것을 받아들이기 힘들 것이다. 옳게 행해져야 하는 것, 즉 '파스'에 대한 경건함, 신의, 순종은 그의 가슴이 열렬히 바라는 것이다. 그가 자신의 양심보다 시인에게 순종했다는 것을 알면 그는 분노할 것이다…… 설사 시인이 시인의 양심과 '파스'를 따랐다는 것을 내가 알듯 알지라도 말이다. 왜 내가 그 문제로 그를 심란하게 해야겠는가? 그의 관심사는 너무나 중요하고 그의 시간은 그토록 짧은데.

그는 고개를 끄덕이며 나의 판단에 동의한다.

"전쟁을 위한 시기였소. 3월의 마르스*…… 드랑케스는 그때 내가 도시에 가려고 한다면 도발이 될 거라고 말했소. 그러니 내가 당신과 당신의 아버님에 대한 내 의무를 무시해서 가지 못한 것이 아님을 알아줬으면 좋겠구려. 당신은 무시한 거라고 받아들였소?"

그가 전에 그것에 대해서 걱정한 적이 없었을지라도, 지금 걱정하는 것을 보니 사랑스럽다. 나는 가볍게 그를 용서해 주고도 싶지만 심술궂게 말한다.

"글쎄요, 전언을 보낼 수도 있었겠죠. 나는 당신이 상품 꾸러미의 일부로 왕녀를 정말로 원했는지 어땠는지 궁금했어요."

그는 당황한 표정을 짓는다. 자신이 해야 할 일에 부주의했다고 생각할 때면 항상 짓는 표정이다.

"당연히, 당연히 원했소."

"하지만 내가 궁금해 하는 건 불공평했죠. 어쨌든 나는 당신보다

---

* 마르스 신은 3월을 상징하며 로마 인들은 3월을 전쟁을 시작하기에 좋은 때로 보았다.

유리했잖아요. 당신을 본 적이 있었으니까."

그는 실비아와 내가 강 옆에서 식사 중이던 그의 모습을 보았다는 것을 안다. 일찌감치 나는 그 얘기를 해 주었고 두 소녀가 관목 숲에 숨어 병사들을 훔쳐보고 있었다는 생각에 그는 놀라기도 하고 재미있어 하기도 했다.

"그리고 아버지가 당신에게 전갈을 보낼 수도 있었지만, 아버지 역시 그러지 않으셨죠. 그러니 당시 얘기를 계속해 봐요."

이번만은 그가 얘기할 마음이, 회상할 마음이 있다는 걸 알 수 있다. 그는 한동안 다시 생각에 잠겨 있다가 말한다.

"그날 밤, 나는 결정을 내리지 못하고 있었소. 당황해 있었지."

나는 그가 내렸어야 하는 결정들, 백성들의 목숨이 달려 있는 결정들에 대해 이야기할 때 그의 조심스러운 태도를 좋아한다.

"정말로 우리의 병력은 우리를 내쫓겠다고 마음먹은 온 지방과 맞설 만큼 크지 않았소. 해결책은 배로 돌아가서 가는 거였을지도…… 하지만 어디로 말이오? 우리는 오기로 약속된 땅에 왔소. 그것만은 분명했소. 그래서 나는 그 문제에 대해 생각하러 강 옆으로 내려갔소. 내 생각들은 동시에 사방팔방으로 내달리며, 어찌해야 할지 방법을 찾느라 애썼소. 내 마음은 마치 빛을 반사하는 물이 가득 담긴 사발 같았지. 그런 사발을 이리저리 흔들면, 반사된 빛들이 천장에서 춤을 추며 하나로 모아지지 않는 법이오…… 그리고 나는 강에 반사된 달빛이 흔들리고 깨어지는 것을 지켜보았다오…… 그러고 나서 그 강에, 티베르 강에 기도드렸소. 백양나무 숲 아래 갈대밭에서 기도하는 동안, 나의 마음은 점점 더 차분해졌소. 그리고 강이 나에게 해결책을 주었소. 나는 이렇게 생각했소. '드랑케스가 말했지. 상류 지역은 그리스 인이 왕으로 있는 마을인데, 라티누스의 동맹자이지만 모든 라티움 인들과 사이가 좋지 않다고. 우리 같은 이방인이니, 그는 우리를 도울지도 몰라.' 그것이 내가 해야 할 일이라고 생각되었다오. 모든 흩어진 빛들이 하나로 모였지. 나는 눈을 좀 붙였고, 다음 날 두 척의 갤리선에 사람들을 얼마간 태워 강을 거슬러 올라갔소. 아들은 남겨 두어서 우리의 야영지가 보호받을 수 있게 증강하는 일을 맡겼소. 그가 진짜 책임을 떠맡아야 할 때였지."

"그건 소년에게는 아주 막중한 책임이었어요."

"흠, 물론 그에게는 도움을 청할 음네스테우스와 세레스투스가 있었소. 좋은 사내들이지. 노련하고. 그들은 나에게서 전권을 부여받았소. 하지만 나는 라틴 인들이 그렇게 빨리 군대와 동맹들을 결집시켜 공격할지는 몰랐소. 그리고 내 민족이 탈출할 길도 없게 우리의 배들을 태워 버릴지는 몰랐지. 하!"

그 일에 대한 기억 때문에 그는 주먹을 부르쥐고 험악하게 얼굴을 찡그린다.

"나는 약간의 동맹자들을 구하는 데 꼬박 여드레에서 열흘은 걸릴 거라고 생각했소. 투르누스는 믿을 수 없을 만큼 신속하게 움직였지. 대단한 재주를 지닌 사내였어."

자신이 죽인 사내에게 감탄하는 것은 자신에게 감탄하는 것일까? 그를 비판하는 건 자신을 비판하는 것일까?

"그는 용기가 있었어요, 하지만 덕성이 없었지요. 그는 탐욕스러웠어요."

아이네아스는 애달픈 미소를 지으며 말한다.

"젊은 친구가 사심 없기를 요구하기란 힘든 법이오."

"젊은 여자들에게는 꽤 쉬운 일 같은데요."

그는 내 말을 곰곰이 생각한다.

"아마도 여자들은 좀 더 복잡한 자아를 지닌 것 같구려. 그들은 한 번에 한 가지 이상의 일을 하는 법을 알아요. 남자들은 그걸 늦게 깨닫지. 깨닫기라도 한다면 말이오. 내가 그러는 법을 이제 익혔는지 어떤지 모르겠군."

그는 낯을 찌푸린 채 생각에 잠겨 있다. 아마도 스스로 자신의 최악의 결점이라 여기는 것에 대해 생각 중일 것이다. 피에 대한 맹렬한 굶주림 말이다. 그것은 전투에서 그를 압도하며, 그를 용서 없고 무차별한 도살자로 만든다. 그의 말에 따르자면 "양 떼 사이에 미친 양치기 개처럼" 말이다. 물론 전사로서 그의 평판의 많은 부분이 전투의 광기에 의존하고 있다. 그리고 나는 그것이 그가 존경하는 영웅들, 즉 트로이아 인 헥토르나 그리스 인 아킬레스같이 그토록 대단한 존경심을 가지고 나에게 말해 주는 사내들의 용기와 어떻게 다른지 모르겠다. 하지만 그에게 그것은 의심할 바 없이 죄악, 재주의 남용, 즉 '네파스'였다. 나는 우리 이웃들로부터 비롯하는 모든 전쟁의 위협을 그가 두려워한다는 것을 안다. 전투를 싫어하거나 겁내서가 아니다. 사실 그는 전투를 좋아한다. 그는 자기 자신을 두려워하는 것이다. 그는 자신이 투르누스를 살해했다고 믿고 있다. 나는 그에게 이렇게 주장한 적이 있다. 그 일은 공정한 싸움에서 벌어졌으며, 화해할 수 없는 강력한 적이 살아 있도록 내버려 둘 수는 없는 일이었다 등등. 그는 내 주장들을 부인하지 못했다. 나는 그가 입을 다물게 만들었다. 하지만 그는 자신을 용서하지 않았다.

늙은 베스티나가 사내 아기를 안고 주랑 아래 문간에 나타난다. 아기는 그녀의 품속에서 몸을 배배 꼬며 손풀무를 너무 빨리 압착했을 때 같은 소리를 낸다.

"아기가 배가 고파요, 왕비님."

그녀가 엄하게 말한다. 아기를 보자마자 내 가슴에서 이미 젖이 불기 시작한다.

"아이를 넘겨다오."

나는 아이를 자리에 앉힌다. 아이는 아주 열심이지만 처음엔 젖꼭지를 찾지 못해 화가 나서 두 주먹을 휘두르며 못마땅하게 쌕쌕거린다.

"탐욕에 대해 이야기해 줘요."

남편의 짙은 색 두 눈이 평화롭고 편안한 부드러움을 띤 채 나와 실비우스에게 향한다. 그는 주전자에서 달게 한 우유를 또 한 사발 부었고, 경배의 뜻으로 땅바닥에 몇 방울 떨어뜨린다. 그리고 마시기 전에 잔을 들어 아들을 위해 기원한다.

"너의 건강을 위해."

✹

나는 무화과나무 샘에서 보낸 세 밤의 더러움을 씻어 냈고 낮에 몇 시간을 잤다. 하지만 오래 쉬기는 힘들었다. 안뜰과 왕궁의 거처에서 온갖 소란이 일었기 때문이다. 투르누스의 이름이 끊임없이 들렸다. 나는 마침내 일어나서 무슨 일이 벌어지고 있는지 알아보러 나갔다. 투르누스가 오긴 했는데, 언덕에서 그를 기다리고 있는 어머니에게 온 것이 아니었다. 그는 목자와 농부와 도시 주민들로 이루어진 군대와 함께 성문 앞에 있다고 사람들이 말해 주었다. 나는 살펴보려고 망루의 지붕 위로 기어올랐다.

큰 무리였고, 좀 더 많은 사람들이 계속해서 들판을 가로질러 오고 있었다. 농장의 도구든 사냥꾼의 활이든 칼이나 청동을 댄 창이든, 모두 무기를 들고 있었다. 무리를 지으면서 그들은 알아들을 수 없이, 끝없이 떠들어 댔다. 나는 벌들이 떼를 지었던 정원의 월계수 꼭대기를 지붕에서 내려다보았다. 그러나 이 사람들은 그 벌들이 예언한 이방인들이 아니었다. 그들은 라틴 인들, 라우렌툼 인들, 이탈리아 인들이었다. 나의 사람들. 또한 나의 적들.

그날 저녁 내내 들판은 무장한 사내들로 가득 차 있었다. 그들은 훈련장과 외부 누벽의 경사면 아래 사방에 천막을 쳤다. 다음 날 아침 나는 정문 위의 지붕으로 올라가 살펴보았다. 성문 바깥과 도시 안쪽의 군중은 두 배로 불어났고, 레지아를 둘러싼 거리를 가득 메우고 있었다. 이따금 외침소리가 높이 울렸다. 전쟁이다, 전쟁! 이방인들을 내쫓아라! 살인자들을 그들이 온 곳으로 돌려보내라! 나는 다른 이들 사이로 나아오고 있는 한 무리의 사람들을 보았다. 몇몇은 내가 아는 사람들, 목동들이었다. 그들은 피로 더럽혀진 하얀 천에 감싸인 길고 묵직한 뭔가를 운반하고 있었다.

"알모, 알모여!"

그들이 되풀이하여 외쳤다.

"형제의 원수를 갚자! 우리가 당한 죽음을 앙갚음하자!"

그들 사이에서 알모와 실비아의 아버지인 티루스가 흘끗 보였다. 머리는 하얗게 세고 눈빛은 멍하니 분노로 이글이글 타올랐으며, 다른 사람들에 의해 옮겨지다시피 하며 비틀비틀 따라왔다. 행렬은 레지아의 문들로 향하는 길까지 나아왔다. 거기서 그들은 짐을 내려놓았다. 외침소리는 이제 광포해졌고, 그와 함께 분위기가 혼란스러워지며 동요했다. 그리고 나는 투르누스를 보았다. 그는 왕궁의 문 앞에서 군중을 마주하고 서 있었다.

"우리가 이방인들의 지배를 받아야 하는가?"

그가 소리쳤고, 주변을 온통 에워싼 군중이 거리에서 천둥처럼 소리쳤다.

"아니요!"

"내게 약속되었던 신부를 이방인에게 주어야 하는가?"

"아니요!"

"라티누스! 라티움의 왕이시여! 나는 당신의 궁 앞에 서 있습니다! 우리는 정의를 원합니다! 우리는 전쟁을 원합니다!"

그러자 그 사람들 모두가 외쳤다.

"전쟁을!"

한참처럼 여겨지는 시간이 흐른 후, 레지아의 문이 열렸다. 아버지가 밖으로 나왔다. 경비병들이 측면을 호위했고 드랑케스와 몇몇 늙은 고문들이 함께했다. 외쳐 대던 소리가 가라앉았다. 가깝고 먼 곳에 있는 사람들이 말했다.

"왕이시다, 왕이 말씀하신다."

나는 지붕의 장식적인 가장자리 타일들 뒤에 숨어 꿇어앉은 채 거의 바로 내려다보고 있기에 아버지의 머리 꼭대기만 보였다. 머리통에 희끗한 머리털이 듬성듬성해져 있었다.

"라티움의 사람들아, 나의 자녀들아!"

아버지는 특유의 강한 음성으로 말했고 한참 뜸을 들였는데, 마치 다시 말하지 않을 것처럼 한참이었다. 사람들은 이 발에서 저 발로 체중을 옮겨 실었다. 마침내 아버지는 말을 이었지만, 이제는 좀 더 노인의 음성처럼 울렸다.

"신탁이 내려졌다. 약속이 이루어졌다. 너희들이 우리를 인도하는 목소리에 반항한다면, 너희들이 내가 한 맹약을 깨트린다면, 잘못을 행하는 것이다. 그리고 잘못을 행한 것에 대해 피로 대가를 치르게 될 것이다. 너희들은 그것을 알 것이다. 내가 너희들에게 이야기할 수 있는 것은 이것뿐이다. 투르누스, 내 오랜 친구인 다우누스의 아들이자 내 아내의 자매의 아들이여, 네가 우리 라틴 인들을 이러한 범죄로 이끌기로 결심했다면 나는 너를 막을 수 없다. 나는 오로지 이렇게 말할 뿐이다. 내 만년에 바랐던 평화의 보금자리를, 내가 염원했던 정의로운 죽음을 네가 강탈하는 것이라고."

 침묵이 계속되었다. 라티누스 왕은 어떤 대답도 기다리지 않고 돌아서서 레지아로 다시 들어갔다. 경비병들이 그의 뒤에서 높은 문들을 닫았다. 투르누스와 군중은 잠시 동안 침묵을 유지하며 바깥에 남았다. 그리고 나서 중얼거림과 알아들을 수 없는 소음이 다시 시작되어 부풀어 올랐고 점점 더 커져서 왕궁을 둘러싸고 도시를 가득 채웠다.

 이제 왕궁 뒤의 거리에서 새로운 혼란이 일었다. 지붕 위에 있는 사람은 나뿐이 아니었다. 마루나와 티타와 몇몇 시녀들이 왕궁의 남동쪽 모퉁이 위 망루의 대에 올라 있었는데, 그중 한 명이 동쪽 관문을 가리켰다. 나는 달려가서 그들과 합류했다. 망루 위에서 또 다른 행렬이 아무렇게나 흩어져 거리를 올라오고 있는 것이 보였다. 여자들이었다. 노예와 여주인들로서, 요란스럽거나 차분한 모습, 창피해하는 표정이거나 거만한 표정이었고, 모두가 흐트러진 머리를 하고 더럽고 찢어진 토가와 튜닉을 입고 있었다. 무화과나무 샘에서 돌아오는 아마타와 그녀의 무리였다.

 어머니는 여느 때처럼 당당한 걸음걸이로 레지아 앞의 공간에 들어섰다. 투르누스가 거기서 서둘러 그녀를 맞이했다. 그들은 만나서 포옹하고 잠시 이야기를 나누었다. 이윽고 새로운 노래가 그들을 둘러싼 사람들 사이에서 시작되었다.

 "'전쟁의 문'을 열어라! '전쟁의 문'을 열어!"

라우렌툼의 '전쟁의 문'은 도시의 진짜 성문에서 멀지 않은 자그마한 광장에 서 있다. 삼나무 틀 속에 청동 조각을 붙여 장식한 키 큰 떡갈나무재 문으로서, 동쪽에 야누스*의 제단이 있고 문을 둘러 빈 공간이 있다. 그 문은 낡고 으스스하며 의미 없이 늘 닫힌 채로 빗장이 질러져 있었다. 야누스에게 제주(祭酒)를 올리는 매해 1월 초하루를 제외하고, 내 평생 거기서는 어떤 의식도 없었다. 그러나 이제 모두가 소리 지르고 있었다.

"여왕께서 전쟁의 문을 여시리라!"

그리고 군중은 그 길로 흘러들고 있었다. 나는 그들 사이에서 잠깐 어머니와 투르누스의 높다란 투구 장식을 알아볼 수 있었다. 그러고 나서 나무들이 내 시야를 가렸고 외침소리만 들렸다. "마르스여! 마르스여! 창성하여라!" 거대한 환호가 높아져 갔고 사람들은 와서 춤추며 전쟁의 문을 열라고 요구했다.

레지아의 문 앞에서 잠깐 보였던 아버지의 모습이 나에게는, 우리 대부분에게는 권력을 포기하는 것처럼 보였다. 아버지는 공적인 탄원을 했지만 대답을 기다리지도 않았다. "나는 너를 막을 수 없다."라고 그는 투르누스에게 말했다. 아버지가 그런 말을 했다는 생각에 분노

---

* 로마 신화에서 문지기 신.

가 일었다. 어떻게 아버지가 그런 소리를 할 수 있는가? 어떻게 자신의 권력을 투르누스에게 넘기고 왕궁 안으로 기어 들어올 수 있는가?

이제 뒤돌아보면, 아버지는 투르누스가 아니라 군중에게, 그 사람들에게, 그의 라틴 사람들에게 이야기하고 있었다는 생각이 든다. 사실, 권력을 가진 것은 그들이었다. 투르누스는 그들이 허락하는 한에서만 그들을 이용할 수 있으며, 라티누스 왕만큼만 그들을 통제할 수 있을 뿐이었다. 그리하여 라티누스 왕은 그들이 후일 그것을 기억할지도 모른다는 희망에 그들에게 탄원한 것이다. 지금 당장은, 그들은 감정적으로 불타오르고 흥분해서 미쳐 있었다. 싸울 기회, 폭력으로 복수심과 정당한 분노를 터뜨릴 가망성, 그것이 그 순간 그들이 보고 있는 모든 것, 그들이 원하는 모든 것이었다. 그들은 이렇게 생각했다. 모든 농부들이 이방인을 싫어하는데, 여기에 어딘가에서 온 허황한 생각에 빠진 자들이 있다. 그들은 라티움을 활보하고 이 나라의 정권을 장악할 수 있으며, 그 사슴을 쏘고 왕녀와 결혼하고 정직한 사람들을 괴롭힐 수 있다고 생각했다…… 저런, 그들은 자신들의 실수를 깨닫게 될 것이다. 늙은 왕은 그들과 맞서려 하지 않지만 새로운 왕은 맞서고자 한다. 그가 루툴리아 인인 게 무슨 대수인가? 우리는 모두 라틴 인들이다. 우리, 서쪽 사람들은 어깨와 어깨를 맞대고 서서, 우리의 들판, 우리의 제단, 우리의 여자들을 지킬 것이다. 일단 이 이방인들을 바다로 쫓아내 버리면, 우리 자신의 문제는 우리가 정리할 수 있다.

라티누스 왕은 이전에 이미 전쟁에 대한 열광을 알았고 그것의 첫 번째 격노에 맞서려고 할 만큼, 그 무분별함에 대고 헛된 연설을 할 만큼 어리석지 않았다.

그러나 나는 평화로운 시기의 아이였고, 내게 보이는 것은 어리석은 이들이 거리에서 고함지르는 동안 궁에 숨어 있는 패배한 늙은이 뿐이었다. 그리고 그의 아내도. 그녀는 더러운 노예의 옷을 입고 수치심 없이 활보하며 일상에 대한 모독에 의기양양해 하면서 모든 것을 자기 뜻대로 가졌노라 생각했다.

어머니는 나를 붙잡으려 하지 않을 것이다, 내가 그녀에게서 도망칠 수 있는 동안은 그럴 것이다. 설사 아버지가 자신의 권력을 포기했다 해도, 그는 내 저항의 희망이었다. 나는 내 물건들을 모아서 마루나와 몇몇 시녀들에게 여자들의 거처에서 나와 왕족의 거처로 옮기자고 이야기했다. 그곳의 방들은 어머니가 오랫동안 사용하지 않은 방들이었다. 리나와 시카나와 어머니에게 헌신하는 나머지 모든 수행원들, 즉 왕비 쪽 사람들이 이미 서서히 왕궁으로 돌아오고 있었다. 가이아는 복도에서 보란 듯이 검을 내보이고 있었다. 나는 다시는 이 여자들의 통제 아래 들지 않을 것이다.

가여운 늙은 베스티나는 충격을 받았고, 흐느껴 울고 푸념을 늘어놓으며 내가 속한 곳에 있어야 한다고 했다. 내가 거절하자 그녀는 무기력하게 화를 냈는데, 나는 그녀를 안심시킬 수도 없고 같이 데려갈 수도 없었다. 그녀의 충성심 또한 어머니와 나 사이에서 나뉘어 있었기 때문이다. 나는 작은 무리와 함께 뒤쪽의 홀을 지나 왕족의 거처로 슬쩍 들어섰고 아버지의 경비병에게 그의 딸이 왕비의 방들에서 지내기를 청하노라 말씀드려 달라고 했다.
　아버지는 사람을 보내어 나에게 오라고 했다. 그는 접견실에 드랑케스를 비롯한 다른 이들과 앉아 있었다. 아버지는 그들에게 자리를 떠 달라고 하는 대신 일어서서 왕좌 뒤의 공간으로 나에게 이야기하러 왔다. 그는 지치고 엄해 보였다. 두 뺨과 눈 주위에는 주름살들이 깊었다.
　"얘야, 방을 바꾸는 일에 대해서 왜 나와 의논하지 않았느냐?"
　"어머니께서 들으시면 왕비가 허락지 않노라고 할까 봐 두려웠어요."
　"어머니에게 순종해야 하지 않느냐?"
　"어머니에 대한 순종이 아버지에 대한 불순종일 때는 아니죠."
　그는 낯을 찌푸린 채, 반쯤 돌아서서 화를 억눌렀다.
　"네 말이 무슨 뜻인지 말해 보아라."
　"만일 어머니께서…… 만일 제가 어머니의 수중에 있게 되면 어머니는 저를 투르누스와 결혼시키실 거예요."
　그는 초조해 하며 그 말을 부정하는 듯한 소리를 냈다.
　"그 때문에 어머니가 저를 언덕으로 데려가신 거였어요. 거기서 그를 만나게 하려고요. 신탁을 부정하고 아버지께서 트로이아 인들에게 제안하신 동맹을 배신하려고요."
　"그녀가 감히 그럴 리……."
　아버지는 말을 꺼냈지만 '그녀가 감히 그럴 리 없다.'라고 말하지 못했다. 그녀가 '전쟁의 문'을 열어젖혔다는 것을 알기 때문이었다. 아버지는 얼굴을 찌푸린 채 결정을 내리지 못하고 서 있었다.

"아버지와 같이 머물게 해 주세요. 아버지의 경비병을 제 방 문 앞에 세워 놓게 해 주세요. 저는 아버지와 신탁의 뜻에 순종하려고 애쓰고 있어요. 저는 투르누스와 결혼하지 않을 거예요."

잠시 후에 아버지가 말했다.

"그가 그렇게 싫으냐?"

그의 목소리는 미약했고 그 질문도 힘이 없었다. 나는 초조함을 억누르려고 애썼다.

"아버지는 저를 트로이아의 지도자에게 주겠노라 약속하셨어요. 그가 제 남편이에요. 저에게 다른 사람은 없습니다."

"그것을 막기 위해 사람들이 전쟁을 일으킬 것 같구나, 얘야."

아버지는 그 상황을 가볍게 여기려는 시늉을 하며 말했다.

"아버지, 저는 제가 해야 할 일을 알아요. 그리고 할 거예요. 어머니는 저를 막지 못할 것이고 전쟁을 위해 소리치는 왕국의 모든 사람들도 저를 막지 못할 거예요."

아버지만이 막을 수 있다고 생각했지만 입밖에 내지는 않았다. 하지만 그 생각에 결심이 약해졌고 조금 흔들리는 음성으로 나는 말했다.

"제가 해야 하는 대로 행하게 해 주세요, 그리고 그럴 수 있게 저를 보호해 주세요."

드랑케스가 나섰을 때, 아버지의 마음속에 무슨 생각이 지나가고 있었는지, 뭐라고 말하려 했는지 모르겠다. 드랑케스는 물론 우리의 이야기를 들었다. 그리고 우리의 이야기에 끼어들어도 되냐는 허락을

209

구하지도 않았다. 그는 언제나 자신의 생각에 대해 확신에 차 있고, 말하는 데 거리낌이 없고, 자신의 자유로움에서 용기를 얻기 때문이었다.

"왕이시여, 왕녀의 말이 옳습니다. 그리고 현명하고 용감합니다. 만일 투르누스가 이런 혼란의 시기에 왕비님의 호의를 이용하고 신탁에 맞서고자 한다면, 왕께 맞서고자 한다면…… 그 범죄는 돌이킬 수 없습니다. 파멸이 우리에게 닥칠 것입니다! 인내심을 가지십시오. 우리의 시민들은 정신을 차릴 겁니다. 하지만 왕 당신께서 말씀하셨듯이, 그들은 피의 색깔이 어떤지 먼저 보아야 할 겁니다. 저 처녀를 당신 옆에 안전하게 보호하십시오. 위험에서 멀리, 저 루툴리아 인에게서 떨어져 있게 하십시오. 왕의 경비병들이 그녀를 지키게 하십시오. 그녀는 우리의 명예의 증표입니다. 그녀로 인해 신성한 신들이 우리와 같이 있는 겁니다."

드랑케스는 항상 너무 말이 많고 지나쳤지만, 아마도 지금은 아버지가 말을 듣게 하려면 설교를 해야만 했을 것이다.

"좋다."

라티누스 왕이 천천히, 무겁게 말했다.

"라비니아, 네 어머니의 방들에 머물러도 좋다. 문에 경비를 세워두마. 하지만 왕비에 대하여 더 이상의 불경한 반항적인 이야기는 용납하지 않겠다. 알아듣겠느냐?"

나는 머리 숙여 절하며 감사의 말을 중얼거렸고 조용히 빠져나왔다.

왕보다는 왕의 경비병과 이야기하는 것이 훨씬 더 수월했다. 갓난 아기 적 이후로 나는 그들, 그러니까 베루스, 아울루스, 알비누스, 가이우스 및 다른 이들을 알아 왔다. 그중에 몇 사람은 아직도 나를 아이 같은 호칭인 카밀라라고 불렀다. 카밀라는 제단에서 사제를 돕는 소녀라는 뜻이었다. 라티누스 왕이 전투하며 보내던 시절에 그의 최고의 전사들이었으나, 모두 중년에 머리가 셌고, 청동 갑옷의 동부(胴部) 아래 허리께가 조금 굵어졌고 먹고 마시는 걸 즐겼다. 그래도 지혜로움은 무뎌지지 않았다. 그들은 레지아가 이제 분열된 왕궁임을 날카롭게 인식하고 있었다. 나로서는 다행히도, 그들이 설사 왕비에 대해서는 나쁘게 생각하고 싶지 않더라도 투르누스에 대해서는 나처럼 반감을 품고 있음을 알았다. 베루스는 말했다.

"그 루툴리아 인이 왕비님을 마음대로 부리고 있어요. 봐요, 자매의 아들이라는 이유로 왕비님이 그를 아들로 삼았는데, 그가 나쁜 행동을 할 리 없다는 거죠. 어미란 그런 법입니다."

그들이 내가 왕비 때문에 위험에 빠져 있을지도 모른다는 것을 아는 한 뭐라고 설명하든 상관없었다. 그리고 그것을 알고 있었기에, 내가 요청하지 않아도 그들 중 한 명은 내가 제례 의식이나 가사 일을 하러 레지아 어디에 가든 옆에 붙어 있었다.

이상한 날들이었다. 내 집의 절반이 나에게 낯선 때였다. 나는 그토록 오랫동안 나의 가정이었던 여자들 처소에 절대 들어가지 않았다. 어머니와 완전히 소원해져 있었고, 내 평생 알아 왔던 여자들과 당혹스러운 관계에 있었다. 그들 대부분은 내가 이방의 우두머리인

적과 약혼을 주장하고 있다고 믿지 못하거나, 내가 그러는 이유를 이해하지 못했다. 내가 생각 없이 노예처럼 아버지에게 순종적이며 아버지는 아주 노망이 들어 버렸다고 그들이 속닥여도 어머니는 내버려 두었다. 그리고 실로 자신의 거처에 숨어 혼자 식사하고, 거의 아무도 보지 않는 라티누스 왕의 행동은 그의 허약함이 사실임을 입증하는 것 같았다. 나는 궁이나 도시에서 수행되는 의식을 거들 때만 아버지를 볼 수 있었다. 그는 결코 도시의 문 바깥에 나가지 않았다.

  나 역시 나가지 않았지만, 나는 지붕과 망루에서 도시의 성벽 너머를 바라보는 데 많은 시간을 보냈다. 그 위에 있으면, 사람들의 호기심과 또 다른 이들의 악의로부터 벗어나 있을 수 있었다. 베루스나 다른 경비병이 남동쪽 구석에 있는 망루의 대로 이어지는 계단 발치에서 항상 번을 섰다. 그곳은 도시 내에서 가장 높은 곳이었다. 거기서는 훈련장과 평야와 목초지와 티루스네 농장에 이를 만큼 먼 곳의 숲들이 보였고, 동쪽으로 푸른 언덕들과 서쪽으로 습지를 지나 모래 언덕으로 구불구불 돌아 내려가는 렌툴루스 강이 보였다. 나는 실감개를 가지고 마루나 다른 시녀와 같이 올라갔다. 여름 햇볕이 점점 뜨거워지고 있어 우리는 차양을 쳤다. 때때로 시녀들이 만사가 여느 때와 다름없는 양, 나와 같이 있어도 되겠냐고 묻고는 일감을 가져오거나 아기를 데리고 와서 잠시 같이 앉아 있었다. 그것은 어머니에 대한 반항이었고, 그들은 어머니의 권한에 속해 있었으므로 용감한 행동이었다. 몇몇은 어머니의 행동에 대해서 얘기해 주었는데, 분명히 그들은 어머니의 행동을 걱정하고 있었다. 매일 그녀는 연회장을 준비시키고 짐승들을 도살하여, 투르누스 그리고 그와 손잡은 지휘관들이 잔치를 열 수 있도록 했다. 그러나 지휘관들은 말을 타고 지방을 돌아다니며 군대를 일으키느라 모두 분주했다. 그리고 오만한 투르누스는 왕의 초대도 없이 왕의 식탁에서 식사하기를 망설였을 것이다. 그는 이런저런 구실들을 보내 왔다. 아마타는 항상 이렇게 말했다.

"내일은 그가 올 거다. 우리는 그를 위해 준비가 되어 있어야 해."

그래서 왕궁 청소부들과 소년 마부들은 소고기와 양고기의 최고급 부위들을 먹으며 지내고 있노라고 시녀들이 말했다. 그들은 그 낭비와 어리석음에 머리를 절레절레 저었다.

나는 망루에서 안전함을 느꼈다. 나는 훈련장에서 조련 중인 사내들을 지켜보았다. 그들은 검술을 연마하며 지휘관들이 내리는 명령에 따라 무리를 짓거나 돌격했다. 모두 남자 아이들이 하는 놀이 같았다. 가끔 베루스나 아울루스가 같이 난간에 서서 그 기동 연습의 목적을 이야기해 주었다. 베루스가 말했다.

"저들은 나팔을 사용하지 않는군요."

아버지는 여러 해 전 에트루리아에서 깨달은 것을 얘기해 준 적이 있다. 베이이 사람들이 어떻게 새들의 울음소리처럼 노래하듯 날카로운 신호들을 사용해 전장을 가로질러 어디에 증원 부대가 필요하고 언제 공격하고 물러날지 이야기하는가였다. 그는 두 명의 에트루리아인 나팔수를 잡아서 그들의 기술을 자신의 몇몇 부하들에게 가르치도록 했다. 그리고 그 나팔 소리로 한 번 이상의 전투에서 득을 보았다고 말해 주었다. 그러나 투르누스는 분명히 새로운 제도라든가 낯선 방법에 맞는 사람이 아니었다. 그의 부하들은 큰소리로 명령들을 외쳐 댔다. 개가 짖듯 끊임없이 계속되는 그 소란한 외침들이 우리의 모든 신경을 소모시켰다.

라우렌툼의 북쪽과 동쪽에서 야영하는 사람들의 숫자는 날마다 불어났다. 우펜스가 그의 거친 아에퀴 족을 데리고 도착했다. 훨씬 더 거친 군대가 프라에네스테로부터 왔다. 늑대 가죽 모자를 쓴 사내들이 한 발은 가죽신을 신고 다른 발은 맨발인 채로 전쟁터에 나섰다. 내가 있는 망루의 대에서는 지휘관들이 의논하는 것이 보였다. 그들 가운데 나의 옛 구혼자들인 우펜스와 사자 가죽 망토를 펄럭이는 잘생긴 아벤티누스가 있었다. 카에레의 독재자였던 에트루리아 인인 메젠티우스는 아들인 라우수스와 함께 아르데아에서 왔다. 나는 반역적이고 살인적인 독재자란 어떻게 생겼는지 보려고 메젠티우스를 바라보았다. 그렇게 강인하고 늙은 병사보다는 좀 더 사악해 보이는 사람일 줄 알았었다. 그는 바로 옆에 데리고 있는 짙은 색의 눈을 지닌 호리호리한 아들을 몹시 아끼는 게 분명했다.

투르누스는 메사푸스가 소락테에서 기병대를 데리고 오기를 기다렸다. 메사푸스는 마침내 볼스키 족 부대와 같은 날 도착했다. 볼스키 족 또한 말을 탔고, 투구 꼭대기에 검은색 말갈기 장식을 하고 있었다. 나는 시인이 말해 주었던, 볼스키 족과 함께 말을 타고 있을 거라는 여 전사를 찾아보았지만 보지 못했다. 그러나 한편으로, 시인은 그가 그녀를 만들어 냈노라고 말했다. 하지만 그는 우리 모두를 창조

하지 않았는가? 나는 그것을 위안으로 삼고자 했다. 저 모든 게, 그러니까 저 모든 명령의 외침들과 쨍그랑 울리는 무기들과 날카로운 검들, 신경질적인 말들과 으스대는 사내들이 거짓인 척 여기려고 했다. 마지막 날 밤에 시인이 말해 준 대학살의 끔찍한 목록, 저들이 준비하고 있는 것은 바로 그것이었다. 하지만 왜, 무엇을 위해서? 애완동물인 사슴을 위해서? 여자를 위해서? 그것이 무슨 득이 될까?

전쟁이 없으면 영웅들도 없다.

그게 무슨 해가 될까?

아아, 라비니아, 여자의 질문이 뭐 그렇답니까.

그들은 다음 날 아침 모두 모였다. 성벽에서 가장 가까운 곳에 우리 라틴 인들이 있고, 다음엔 오스칸 족, 사비니 족, 볼스키 족이 자기들끼리 무리를 이루고 있었다. 루툴리아 인들은 앞으로 나서 있었는데, 투르누스가 당당한 종마를 타고 그들을 이끌었다. 그들이 북쪽으로 강을 향해 달려갈 때 여자와 아이들과 늙은이들이 성벽에서 응원을 보내고 꽃을 던졌다.

나의 시인은 머리가 어떻게 쪼개지고 뇌수가 어떻게 갑옷에 튀고, 폐에 칼을 맞은 사람들이 어떻게 기어 다니며 피와 생명을 가쁘게 내뱉는지, 어떻게 누가 누구를 죽이는지 등등을 말할 수 있었다. 그의 인간의 눈으로 보지 못했던 것을 말할 수 있었다. 그것이 그의 재능이었으니까. 그러나 나는 그러한 재능이 없다. 나는 오로지 내가 들은 것과 내가 본 것만을 말할 수 있다.

당시와 그 후 그 전쟁에서 돌아온 사람들에게서 내가 들은 얘기는 이렇다.

아이네아스는 증원 부대를 데려올 수 있기를 희망하며 그리스 인 이주지를 향해 상류로 올라갔다. 그가 간 지 이제 여드레가 지났다. 트로이아 인들은 그에게서 아무런 소식을 듣지 못했다. 그들은 야영지 주변에 가파른 도랑과 토루를 완성해 놓았다. 야영지는 강이 굽어드는 곳에 세워져 있어서 두 면은 티베르 강이 보호해 주었다. 그들의 배들은 토루 안쪽 강변에 선미를 앞으로 해서 끌어올려져 있었다.

라티움 군대가 그 야영지를 공격했다. 좀 더 나이 든 트로이아 인들, 즉 10년간의 트로이아 포위 공격을 경험한 노병들은 격렬하고 능숙하게 방어를 해냈다. 젊은 아스카니우스는 반격을 감행해서 라틴 인들을 쫓아 버리고 싶어 몸이 달았지만, 아이네아스는 만일 공격을 받아도 그들은 공격하지 말라는 명령을 내려놓았다. 라틴 인들이 그들을 누벽 뒤에 숨어 있는 겁쟁이라고 조롱하기 시작하자 젊은 트로이아 인들을 말리기가 힘들었지만, 아이네아스가 책임을 맡긴 지휘관들은 그 명령을 따랐다. 라틴 인들은 외쳤다.

"너희들이 원하는 이탈리아 땅이 그것뿐이냐? 강둑의 그 조그만 땅뙈기뿐? 밖으로 나오지그래? 우리가 흙을 먹여 주마!"

그들은 성문을 열려는 시도나 누벽을 기어오르려는 시도를 되풀이했지만, 트로이아 인들은 백병전으로 그리고 화살과 투창으로 그들을 물리쳤다. 루푸스 안소는 쇠붙이의 비 같았다고 말했다.

우리 레지아의 여자들은 할 수 있는 한 많은 부상자들을 받아들여 최대한 열심히 돌보았다. 루푸스 안소는 도시 바로 서쪽의 왕가의 땅에서 온 농부였는데, 부상당한 채 도시로 돌아왔다. 그는 내 또래였다. 투창이 배꼽 바로 아래를 관통했고, 사람들이 등에서 그것을 잡아당겨 제거했다. 우리의 여자 치료사들이 그는 죽을 거라고 내게 말해 주었다. 그는 아직 많이 고통스러워하지는 않고 그저 겁에 질려 있을 뿐이었다. 그는 이야기를 하고 싶어 했고 혼자 남겨지기를 원치 않았기에 내가 밤에 그 옆에 앉아 있었다. 나는 그의 어미를 부르러 사람을 보냈으나, 다음 날이나 되어야 올 터였다. 그가 말했다.

"비가 오듯 하늘이 갑자기 컴컴해졌어요. 그건 마치 쇠붙이의 비 같았어요."

그는 화살 하나를 팔꿈치 근처에 맞았는데, 다른 상처보다 그 작은 상처의 고통에 좀 더 투덜거렸다. 자신이 정말로 다쳤다는 사실을 믿지 못하는 듯했다. 그는 그것이 불공평하며 운이 나빴다고 생각했다. 나는 다치지 않기를 바라면서 전투에 나가려 하는 이유가 뭔지, 그가 전투를 뭐라고 생각하는지 궁금했다. 그는 트로이아 인의 방어에 깊은 인상을 받았으며 그들이 훌륭한 전사들이라고 말했다. 그러나 그가 그들을 죽일 줄 알았지 죽임을 당할 거라고는 예상하지 못했고, 그 일의 부당함에 대해 곤혹스러워 하며 누워 있었다. 그의 어미가 다음 날 왔고, 그는 집으로 옮겨졌다. 그는 며칠 후 괴로워하며 죽었다.

당시 전쟁에 관해 내가 본 것은 무기가 인간들에게 한 짓뿐이었다. 아직까진, 그들이 싸우는 것을 보지 않아도 되었다.

해 진 직후에 보고가 들어왔다. 부하들이 트로이아 인의 야영지의 문에 과시용 공격을 하는 동안, 투르누스가 홀로 강 쪽의 누벽을 뚫고 횃불을 밝혀 정박되어 있는 배에서 배로 달리며 그것들에 불을 붙였다. 마른 목재는 송진으로 틈 사이가 채워져 있었고, 배들은 나란히 가까이 놓여 있었다. 불이 붙자, 강 하류의 바람이 불길을 배에서 배로 확산시켰다. 즉시 배들이 몽땅 불타올랐다. 투르누스는 트로이아 인들이 뒤쪽의 강에서 높이 치솟는 불길을 보기 전에 탈출했다. 그들이 할 수 있는 거라곤 선단의 열을 끊고, 불덩어리가 된 배들을 강물 속에 밀어 넣고, 그것들이 조류를 따라 흘러가다가 기울어져 해안선에서 전소하여 가라앉는 것을 바라보는 것뿐이었다.

루푸스 안소는 우리에게 이 이야기를 보고한 사람의 말을 경청하고는 말했다.

"흠, 저 트로이아 놈들이 왔던 곳으로 돌아가지는 못할 것 같네요!"

그는 그것을 괜찮은 농담이라고 생각했다. 그리고 부상당한 사내들과 레지아의 여인들은 훨씬 기운이 솟고 의기충천한 기분이었다.

나는 혼란스럽고 심란했다. 내가 이 용감한 재주, 내 민족의 승리를 기뻐하지 말아야 하나? 여기 내 사람들 사이에서, 침략자들에게 다친 우리 남자들을 돌보면서 어떻게 침략자의 편을 들 수 있을까?

하지만 우리의 목적이 저 이방인들을 이탈리아에서 쫓아내는 것이라면, 왜 그들의 배를 불태우는가? 투르누스가 즉각적인 해를 입히고 무용을 떨치기 위한 것이 아니라 무슨 의도라도 갖고서 행동한 거라면, 명백히 그는 그들을 쫓아내는 것이 아니라 몰살시킬 작정이었다.

나는 라티누스 왕이 그들과 맺은 맹약을 거듭거듭 생각했다. 그것을 우리는 저버렸다. 티루스와 목동들은 분개하여 공격했고, 트로이 인들은 그것에 자기 방어로써 대응했다. 그 문제는 거기서 멈출 수 있었고 멈춰야 했다. 거기에 무슨 신성한 것이 있다면 그것은 맹약이었다. 우리 대지의, 우리 땅의 신들이 우리에게 내린 신탁을 무시할 뿐 아니라, 크나큰 악행들 중의 하나, 즉 고의적으로 약속을 깨트리는 행위를 한다면 어찌 그 신들이 우리와 같이하겠는가?

내 머릿속에서는 이런 생각들이 빙글빙글 맴돌았고 내 심장은 찢어질 듯하고 비참했다. 나를 둘러싼 사람들과 함께 크게 기뻐하고 싶었으나 그럴 수가 없었다. 마치 자신이 엄청난 죄악을 저지른 반역자처럼 느껴졌고, 그것은 그저 나라는 존재가 초래한 일만 같았다. 나는 어머니에게서 그것이 자기 연민이라는 죄악임을 배웠고, 인생의 대부분 그것을 알고 지냈다. 자기 연민이 유치하고 잘못된 것임을 알기에 그에 맞서 싸웠지만, 이런 정신적인 긴장과 중압감 아래에서는 유치해지기가, 잘못되기가, 자기 연민 속으로 후퇴하기가 너무나 쉬웠다.

그날 밤 더 늦게 라우렌툼으로 돌아온 두어 명의 남자들은 우리 군대가 적의 진영 주위에 보초들을 세웠고 실컷 먹고 마시기 위해 자리를 잡고 앉았노라 얘기해 주었다. 그들은 낮에 한 일에 만족했고 다음 날 아침 적의 진지로 쳐들어가 트로이아 인들을 끝장낼 준비가 되어 있다고 했다. 그러므로, 투르누스에게 무슨 계획이란 것이 있다면, 그들을 몰살시키려는 것이 맞았다.

나는 다음 날 도시로 돌아오는 남자들에게서 들은 이야기로, 그리고 훨씬 훗날 나의 친구가 된 트로이아 인인 세레스투스가 해 준 얘기로 그날 저녁 무슨 일이 벌어졌는지 안다. 세레스투스는 그날 저녁 트로이아 진영에서 암울한 회의에 참여했다. 아이네아스가 바라고 기다리던 동맹과 함께 돌아올 때까지 저항할 수 있을지에 대한 회의였다. 그들은 아이네아스가 팔란티온에서 에트루리아로 갔다는 것을 몰랐던 까닭에, 그의 장기간의 부재를 몹시 근심하고 있었다.

젊은 에우리알루스와 그의 좀 더 나이 많은 친구인 니수스, 이 두 명의 병사들은 그 회의에 왔다가 자원하여 라틴 인의 진지에 기어 들어가서 소식을 가져오기로 했다. 아스카니우스는 배를 잃어 괴로운 데다 아버지의 모습과 지원을 간절히 바라던 탓에, 칭찬과 약속들을 수북이 얹어 두 사람을 보냈다. 아이네아스가 돌아오고 전쟁에 이기면, 에우리알루스는 라티누스 왕에게 속한 모든 땅을 보상으로 받을 것이며, 열두 명의 라틴 여인들을 원하는 대로 부릴 수 있게 될 거라고 아스카니우스는 말했다. 세레스투스가 그 얘기를 해 주었을 때 내가 완전한 분노의 파도에 휩싸였던 기억이 떠오른다.

그리하여 두 사람은 밤의 깊은 어둠 속에 몰래 누벽을 넘어와 다 타 버린 모닥불들 사이를 요리조리 돌아다니며, 적들이 실컷 먹고 마신 채 대자로 뻗어 잠들어 있는 것을 알았다. 서둘러 라틴 인의 진지와 상류 쪽을 통과하는 대신, 그들은 잠든 사내들을 살육하고 그들이 술을 마시던 잔과 갑옷을 훔치기 시작했다. 무력하고 술 취한 열 명인가 열두 명의 사내들의 목을 긋고 나서야 피에 대한 굶주림과 탐욕이 채워졌고 그들은 마침내 훔친 물건들을 지고서 서둘렀다. 그런데 경비병 한 명이 그들이 훔친 갑옷의 번쩍거림을 보고 쩔그렁거리는 소리를 듣고서, 그들을 덮쳐 살해했다. 그들의 머리는 잘려 나가 장대에 꽂혔고, 새벽에 라틴 인들은 그 장대들을 가지고 트로이아 인들의 누벽 앞을 행진했다.

실비아와 내가 숨어서 트로이아 인들을 훔쳐보았을 때, 우리는 에우리알루스가 풀밭에서 아스카니우스와 농담하던 모습을 보았다. 실비아는 그가 멋지다고 했었다. 우리는 그가 머리에 쓴 붉은 모자를 그의 어머니가 똑바로 펴 주는 모습을 보았다. 그녀는 아들의 신부에게 줄 선물로 트로이아에서 가져온 피륙을 아이네아스에게 바친 여인이었다.

그날 아침 나중에 이탈리아 인 부대는 전면 공격을 가했다. 엄청난 차이에 맞서 트로이아 인들은 버티었다. 그들의 궁수들은 도랑까지 나아온 루툴리아 인들과 아에퀴 인들을 쏘아 죽였고, 그들의 검사들은 토루를 기어 올라오는 공격자들과 칼로 맞서 쫓아 보냈다. 트로이아 인들은 너무나 잘 싸워서 한낮쯤 되자 우리 군대의 반이 뒤로 물러섰고, 도랑과 담에 다시 돌격하기를 꺼려했다. 그러나 너무나 잘 싸운 탓에, 방어만 하는 데 지겨워진 일부 트로이아 청년들이 승리를 외치기 시작했고, 진지의 문을 열고 돌격하여 적들을 물리쳤다. 전혀 겁이 없는 투르누스는 칼로 베고 넘어뜨리며 열린 문으로 나아갔고, 부하들이 따라오는지 살피지도 않았다. 그는 홀로 적진을 뚫고 나아갔고 살해의 흥분으로 제정신이 아닌 듯했다. 트로이아 인들은 그에게서 달아났고, 마침내 그는 강에 이르렀다. 그는 완전 무장한 채로 강에 뛰어들었고, 하류로 헤엄쳐 가서 뭍에 있는 동료들 사이로 올랐다.

그 무모한 용기로 세운 공적이 그날의 마지막 사건이었다. 양쪽 군대 모두 기진맥진해서 더 이상의 공격은 없었다. 양쪽 진영 모두 그날 밤은 조용했다.

부상당한 남자들이 강제적으로 혹은 자발적으로 라우렌툼으로 돌아왔다. 우리는 하루 종일 그리고 밤에도 조금씩 소식을 들을 수 있었다. 해가 진 후에도 여전히 절뚝이며 들어오는 이들이 있었다. 그들 중 일부는 다쳤다기보다는 지치고 겁에 질렸을 뿐이었다. 그들은 그 포위 공격에서 떠났고, 그 전투에서 떠났으며, 당장 싸움이 멈추기를 바랐다. 이들은 집이 우리 도시 안이나 근처에 있는 라틴 인들로서, 친척들이 그들을 받아들일 터였다. 그들 중에는 루툴리아 인도 아에퀴 인도 볼스키 인도 없었다.

우리 왕가의 목자인 우르소가 장딴지에 검상을 입고 들어왔다. 나는 티루스와 그의 아들들에 대해, 실비아의 남아 있는 두 명의 오라비들에 대해서 물었다. 그는 그들 모두 양일간 전투에 참여했다고 말했다.

"그 늙은이는 멧돼지 같더군, 분노로 제정신이 아니었소. 하지만 그도 아주 지쳤어."

우르소는 내가 잘 알던 이가 아니었고, 다른 시녀가 내 이름을 부를 때까지는 나를 알아보지도 못했다. 그러고 나서 그는 나를 빤히 쳐다보았고 얼굴을 붉히며 땀을 흘렸다. 그는 팔꿈치에 기대어 몸을 일으켜 세웠다.

"여자여, 이게 모두 당신 때문이에요. 왜 우리의 알모와 결혼하지 않으려는 겁니까? 아니면 저 투르누스 왕하고라도? 이 모든 살인이 한 소녀의 변덕을 위한 거라니!"

시녀들이 서둘러 그의 입을 다물렸고 경고를 하면서 아연실색했지만 나는 이렇게 말했다.

"그냥 내버려 두어라. 그는 나 때문에 싸워야 했다."

내 목소리는 떨렸고, 말하면서 수치심과 분노의 맹렬한 붉은 기운이 얼굴과 몸을 내달렸다.

"나는 내가 해야 할 일을 하고 있다, 우르소. 우리 모두 그렇지."

나는 그에게 말했다. 그는 누워서 빤히 나를 쳐다보았지만 더 이상 아무 말 하지 않았다.

우리는 정원을 치료소로 바꾸어 놓았다. 이제 그곳은 커다란 월계수의 쉴 새 없이 움직이는 나뭇잎들 아래, 따뜻한 밤의 희미한 등불 빛과 나지막한 중얼거림들과 신음소리 속에서, 부상자들과 그들을 돌보는 여자들로 가득했다. 여자들의 처소는 닫힌 채로 남아 있었고 어머니는 거기에 머물렀다. 그녀는 필요할 때면 생필품을 주문했고 하루 종일 자신의 방에서 나오지 않았다.

다음 날 새벽 일찍, 해 뜨기 한참 전에 나는 왕가의 거처를 향해 홀로 주랑 아래를 걸어가는 어머니를 보았다. 문 앞에서 번을 서던 베루스가 머리 숙여 그녀에게 인사했다. 그녀는 안으로 들어섰다. 죽어 가는 남자 옆에서 반쯤 잠든 채 철야를 하던 나는 일어서서 그녀를 뒤따라갔다. 왜 그랬는지는 모르겠다. 아마 그녀에게서 아버지를 지켜야 한다고 생각했던 것 같다.

회랑을 내려갈 때, 아버지의 방에서 그녀의 목소리가 들렸다. 처음에는 구슬리는 음성이었다가 점점 사납고 맹렬해졌다.

"아직 너무 늦지 않았어요, 라티누스. 이방인들은 오늘 괴멸당할 거예요. 그들은 더 이상 버틸 수 없어요. 그들의 우두머리는 강 위쪽으로 도망쳐 버렸어요. 그는 돌아오지 않을걸요! 투르누스에게 사람을 보내요. 그에게 그가 당신의 아들이노라, 당신의 딸의 남편이노라 얘기해 줘요. 권력을 그에게 넘겨줘요. 안 될 게 뭐예요? 당신은 이미 당신의 권력을 포기했어요. 왜 질질 끌고 있는 거죠? 왜 레지아 안에 숨어 있는 거예요? 최소한 당신은 나가서 전투를 지켜볼 수도 있었어요! 나라를 구하는 공로를 조금이라도 가로챌 수 있었다고요! 저 이방인들이 와서 당신과 라비니아를 구할 거라고 생각하며 여기 숨어 있는 건가요? 정말로 그들이 투르누스를 무찌를 거라고 생각했나요?"

그녀는 '투르누스'에 열정적인 힘을 실어 말했다.

나는 문을 바로 지나 어두운 복도에 서 있었다. 침실 안쪽은 더 어두운 게 분명했다.

"원하는 게 뭐요, 아마타?"

아버지의 음성은 잠 때문에 탁했고, 낮고 느릿했다.

"당신이 원하는 게 뭐냐 말이오."

"당신이 우리의 자존심을 약간이라도 살려 줬으면 해요. 투르누스가 자신의 장인을 수치스러워 해야 한다는 게 창피하다고요! 일어나서 나가 봐요. 왕처럼 행동하라고요."

"내가 어찌하면 좋겠소?"

나는 그 말을 들으면서 수치심을 느꼈다.

"당신이 왕처럼 행동하지 못하겠다면, 한 번이라도 사내처럼 굴라고요. 왕이 어떻게 행동하는지 알고 싶다면 투르누스를 봐요."

침묵이 흘렀다. 그러고 나서 어두운 방에서 움직이는 소리가 났다. 자리를 바꾸는 소리인지 드잡이하는 소리 같았고, 어머니에게서 날카로운 한탄의 소리가 나왔다.

"그만합시다."

아버지가 말했다. 목소리는 더욱 나직했지만 다른 어조였다.

"투르누스에 대해선 충분해요. 그는 내 아들이 아니오, 당신 아들도 아니고. 그는 라비니아의 남편이 아니오. 당신의 남편도 아니고. 지금 당신의 방으로 돌아가요. 조용히 하고. 투르누스에게 더 이상 심부름꾼을 보내지 말구려. 내 부하들이 그들을 중간에서 잡았소. 설사 트로이아 인들이 패배한다 하더라도, 그 때문에 투르누스가 라티움의 왕이 되지는 않을 거요. 나는 결코 그를 라티움의 왕으로 삼지 않을 거요. 당신 또한 그래서는 안 되고! 이제 가시오."

아버지는 어머니를 안고 있었던 게 분명했고, 이제 그녀를 방에서 나가라고 밀었다. 그녀는 미친 듯이 휘청거리며 나왔고 쓰러질 듯했다. 그녀는 문간에서 한 번 돌아보았지만, 아버지가 어떤 식으로 그녀를 으른 듯했다. 그녀가 멈춰 섰고 주먹을 부르쥔 채 떨며 알아들을 수 없는 말들을 외쳤기 때문이다. 그녀는 다친 개처럼 이상한 신음소리를 내며 휙 돌아 달려서 복도를 되돌아왔다. 그녀는 문 바로 앞에 내가 서 있는 것도 보지 못했다. 나는 너무나 떨려 거의 움직일 수도 없었지만, 간신히 그 방의 어두운 입구를 소리 없이 나와 어머니의 뒤를 따라서 다치고 죽어 가는 이들로 가득한 정원으로 나왔다. 어슴푸레하게 밝아 오는 하늘이 작은 등불들의 빛을 희미하게 만들었다.

"최악의 순간 말이오?"

아이네아스가 잠시 동안 곰곰이 생각한다.

"에트루리아 인들의 배를 타고 강을 따라 내려가는 동안 가장 최악의 순간이 다가오고 있었소…… 나의 몇몇 부하들, 에반데르 왕이 나와 같이 보낸 그리스 인들, 그리고 카에레에서 온 에트루리아 인들에게. 나는 동틀 녘에 우리 진지에 이를 거라고 기대하고 있었소. 일이 어떻게 돌아가고 있는지는 당연히 전혀 몰랐지만 걱정이 되었소. 젊은 팔라스가 밤새 내 주변에서 이것저것 질문하며 말을 걸었소. 그는 에반데르 왕의 아들이었소."

"어렸을 때 그를 알았어요. 그는 팔란티온 근처의 암늑대의 굴에 나를 데려갔었죠."

내가 말한다.

"그는 멋진 소년이었소. 처음 치르는 전투의 전날 밤이라 아주 흥분해 있었지. 불쌍한 소년, 불쌍한 에반데르…… 글쎄, 팔라스는 줄 곧 떠들어 댔지만, 내 안에서 뭔가 잘못됐다는 느낌이 계속해서 자라나고 있었소. 우리는 하늘이 어스레해지기 시작했을 때 모래톱에 들어섰소. 우리 주위에서 뭔가 하류로 떠내려가는 것이 보였소. 유목이었소. 나는 강 위쪽의 폭풍 때문이라고 생각했지. 그런데 나무들이 온통 새까맸소. 무슨 커다란 덩어리가 우리 뱃머리에 부딪혔소. 어떤 배의 선미 파편이었다오. 검게 탄 게, 불에 완전히 먹혀 버렸더군. 강은 물의 흐름을 따라 떠돌아다니는 타 버린 배의 파편들로 가득했소.

카에레에서 온 타르콘과 아스투르가 내 옆으로 왔소. 그리고 잠시 후에 아스투르가 묻더군. '저 파편들이 당신네 것들입니까?' 나는 그렇다고 했소. '이다 호'의 이물을 장식했던 조상이 지나가는 것을 보았거든. 아카테스가 내 옆에 있었는데, 잠시 후 그가 말했소. '선단 전체가 분명합니다.' 나 역시 그렇게 생각했소.

'시신은 없군.' 내가 말했소. 거기엔 배의 파편뿐이었기 때문이오. 하지만 그게 격려가 되지는 않았지. 그들이 우리 진지를 빼앗아 배들을 불태우고 사람들을 학살한 것 같았소.

나는 타르콘에게 말했소. '내가 당신을 패배한 전쟁에 데려온 것일까 봐 두렵소.' 하지만 그는 머리를 저었소. '기다려 봅시다.' 에트루리아 인들은 묘한 민족이오, 반쯤 다른 세계에서 사는 것 같아. 그래서 우리는 착륙했을 때 육지에서 화살이 날아올 경우에 대비해 갑옷을 입었고, 파괴되고 불타 버린 목재들로 가득한 강 위로 배를 저어 나갔소. 독한 화재 냄새를 맡을 수 있었지.

우리는 해가 뜨기 직전에 긴 만곡부를 돌았소. 나는 우리의 요새, 우리 진지를 보았소. 배들은 사라졌지만 토루들은 서 있었고, 그 위에 사내들이, 경비병들이 있었소…… 트로이아 인의 투구를 쓰고. 내 가슴이 펄쩍 뛰어올랐고, 나는 방패를 최대한 높이 들어 우리 진지의 사람들에게 소리쳤소. 첫 번째 햇살이 청동 방패에 부딪혀 큰 빛으로 타올랐소. 그리고 강기슭에 있던 사람들이 맞받아 소리쳤지. 제일 먼저 경비병들이, 그러고 나서 그들 모두가 포효했소. 그들은 죽지 않았고 잠들어 있지도 않았소. 그들은 준비되어 있었소. 그 후로, 나는 그 모든 일의 결과가 어떻게 될지 크게 걱정한 적이 한 번도 없다오."

나는 시인의 말을 기억하는 것처럼 아이네아스의 말도 기억한다. 그 말이 내 삶의 피륙, 내가 천을 짜 나가는 날실이기에 모든 단어를 기억한다. 아이네아스의 죽음 이후로 나의 모든 삶은 미처 끝나지 못한 채 베틀에서 찢겨 나간 피륙 같을지도, 아무것도 만들어 내지 못하고 아무렇게나 뒤엉킨 실들의 모습 같을지도 모르지만, 사실은 그렇지 않다. 베틀의 북이 항상 시작점으로 돌아가 일정한 모양을 찾아내어 거기서 계속해 나가는 것처럼 내 마음도 처음으로 돌아가기 때문이다. 나는 천 짜는 사람이 아니라 실 잣는 사람이었지만, 천 짜는 법을 알고 있다.

투르누스에 대한 나의 판단은 그는 딱 그때밖에 보지 못하는 사람이라는 것이다. 긴급 상황에 대한 그의 반응은 즉각적이고 실천적이고 완벽했다. 그런데 그가 실패하고 무너지기 시작한 것은 목적을 유지하며 시작한 것을 끝까지 완성하는 부분에서였다. 그 점에서는 물론 아이네아스가 탁월하다. 긴급 상황에서 선택의 순간이 왔을 때 아이네아스는 아마도 결과를 예상하고 주저하고 혼란스러워 하며, 충돌하는 주장과 가능성 사이에서 쥐어뜯겼을 것이다. 그러나 망설임의 고뇌 속에서 자신의 목적, 자신의 운명을 더듬어 찾았고, 마침내 그것을 발견했다. 그러고 난 후 그는 결정을 내렸고 그것에 따라 행동했다. 그리고 행동하는 동안에 그의 목적은 흔들림이 없었다. 나중에 그는 그 모든 것을 다시 고민했을 것이고, 그의 양심을 끝없이 의심하며, 자신이 옳은 일을 했다는 것에 완전히 만족하지 못했을지도 모른다.

그러나 투르누스는 결코 내다볼 줄 몰랐듯, 돌아보지도 않았다.

나는 그가 진실로 두려움이 없었다고 생각한다. 하지만 두려움이 없는 사람은 인간성의 어떤 특질이 부족한 사람이다. 사람들은 그의 화려한 대담무쌍함 때문에 그를 추종했지만, 그는 그들을 책임지지 않았다. 그는 사건이 닥치는 대로 맞이했다. 그리하여 사건들은 그에게 타격을 입혀 때려눕혔고, 그는 행해져야 할 일을 잊어버리고 내키는 대로 행동한 듯하다. 그리하여 그는 두 번이나 바로 맹약을 깨트렸다. 또 그리하여 한 번 이상 전장을 떠나 부하들을 지시도 없이 내버려 두었다. 그리고 마침내 무자비한 적과 맞서야 했을 때, 그는 일종의 공황 상태에 빠져 행동한 것 같다. 그러나 그때조차도 그것은

229

두려움이 아니었다. 그것은 응보와 마주한 무모함이었다.

자신을 용서하지 않는 아이네아스는 나의 이렇게 다듬고 다듬은 평가조차도 받아들이지 않을 것이다. 그는 투르누스에 대해서는 오로지 이렇게 말할 것이다.

"그는 젊었소."

어쨌든 투르누스는 의외의 일에 확실히 대처할 수 있었다. 그는 동틀 녘 에트루리아의 배들이 강을 휩쓸고 지나가는 모습을 보자마자 루툴리아 인들과 동맹들을 진정시키고, 아이네아스와 그의 동맹자들이 상륙하면 맞서기 위해 전투병을 대기시켰다.

배들 중 일부는 트로이아의 토루 안쪽에 댈 수 있었지만, 강물의 흐름 때문에 나머지는 토루 바깥쪽으로 밀려갔다. 그래서 그 배에서 내리던 이들은 투르누스 부하들의 공격을 당하는 굉장히 불리한 상황에 처했다. 배에 타고 있는 궁수와 창병들이 쇠붙이를 비처럼 날려 그들을 엄호해 주었고, 트로이아 인들도 그들을 보호하기 위해 진지 밖으로 돌격했다. 다수의 이탈리아 인들, 트로이아 인들, 그리스 인들, 에트루리아 인들이 그날의 한낮을 보지 못했다. 살인은 계속되었다. 그들은 강둑에서 싸웠고, 푸른 잔디밭 너머 그리고 물의 잡목 숲 사이에서 싸웠다. 트로이아 인들은 지도자의 귀환에 엄청나게 고무되어 있어서, 아이네아스는 그들이 미친 듯이 돌격하다 분산되는 일이 없도록 해야 했다. 새로운 증원군과 함께 싸울지라도 적들의 숫자가 훨씬 많았기 때문이다. 그는 진지와 에트루리아의 배들 주위에 훌륭한 방어 체계를 유지해 두어서 필요할 때면 퇴각했다고 세레스투스가 이야기해 주었다. 백병전으로 이루어진 그 전쟁은 6월의 열기 속에 몇 시간이나 계속되었다.

투르누스는 에반데르가 그에게 맞서 트로이아 인들과 한 패가 된 것에 격노했다. 그는 에반데르의 아들인 팔라스가 젊은 라우수스와 결투 중인 것을 보고는 복수할 기회임을 알아차렸다. 그는 이것이 자신의 싸움이라고 외치고는 라우수스가 물러서게 만들었다. 팔라스는 용감하게 맞서 싸우려 했으나, 투르누스는 무시무시하게 단 한 번 창을 휘둘러 그를 살해했다. 청동을 댄 그의 떡갈나무 창은 팔라스의 방패를 뚫고 그의 몸뚱어리를 관통했다. 그러고 나서 투르누스는 팔라스 위에 서서 말했다.

"이놈을 반역자 아비에게 그에 합당한 방식으로 돌려보내라."

그는 죽어 가는 소년의 몸을 디디고 서서, 어깨를 가로지르는 묵직하고 금도금한 무기 띠를 힘껏 잡아당겨서 떼어 냈다. 그리고 그 전리품을 허공중에 흔들고 웃으며 가 버렸다.

아이네아스는 이 얘기를 듣고서 분노에 휩싸였다. 그는 세레스투스에게 트로이아 인들을 한데 모으라고 이르고서, 투르누스를 찾아 나섰다. 그는 나아가며 왼쪽 오른쪽, 무자비하게, 가차 없이 사람들을 죽였다. 그는 그 순간 양들 가운데 있는 미친 개였다. 트로이아 인들이 진지에서 투르누스로부터 물러섰던 것처럼 라틴 인들도 그에게서 물러섰다.

그러나 정작 투르누스 본인은 아무 데도 없었다. 팔라스를 죽인 후에 그는 사라져 버렸다. 아이네아스가 전장 사이로 그를 집요하게 찾아다니며 결투를 신청하고, 와서 싸우라고 불러냈지만 그 긴 시간 동안 그가 어찌되었는지 내가 얘기해 본 그 누구도 몰랐다. 그는 언덕 위의 어딘가에서 사람들 눈에 띄지 않게 숨을 고르며 쉬고 있었던 게 틀림없지만, 그러기에는 묘한 시간을 택한 것이다.

아이네아스와 대적한 이는 에트루리아의 늙은 독재자, 메젠티우스였다. 그 싸움을 보았던 이들은 두 사람이 대등하게 싸웠노라고 말했다. 아이네아스가 그 연장자의 장딴지에 창으로 상처를 입히자, 메젠티우스의 부하들이 주위로 모여들어 그를 말에 태웠고, 그러는 사이에 그의 아들인 라우수스가 퇴각하는 그들을 엄호했다. 젊은 그는 용감하게 아이네아스에게 덤벼들었다. 그는 소리치며 달려들었음에도 헛되이 공격 시도조차 못한 채 단칼에 아이네아스에게 죽임을 당했다. 그리고 나서 아이네아스는 강둑으로 메젠티우스를 쫓아갔다. 사람들이 메젠티우스에게 아들이 죽었노라고 얘기하자, 늙은 독재자는 돌아서서 아이네아스에게 외쳤다.

"그러면 덤벼라! 지금 나의 죽음이 대수이겠는가?"

그러고는 돌격했다. 아이네아스는 메젠티우스가 탄 말의 양미간에 일격을 가하여 죽였다. 부상을 입고, 쓰러진 말 아래 꼼짝 못하게 눌린 채, 늙은이는 곰처럼 싸웠고 결국 아이네아스가 그의 목을 베어 버렸다.

그 싸움을 본 많은 이탈리아 인들은 왜 투르누스가 아닌 메젠티우스가 트로이아의 대장과 싸우는 거냐고 물었다.

그때 분노가 아이네아스에게서 빠져나갔다. 그는 팔라스가 누워 있는 곳으로 돌아가 울며 소년의 시신을 싸서 그의 아버지인 에반데르에게 전해 주라고 명령했다. 의장병을 함께 보내라고 했지만 시인이 말했던 것처럼 희생 제물로 쓸 노예들을 같이 보내지는 않았다. 나는 시인이 어떻게 자신의 이탈리아 민족이 그런 야만적인 행동을 저지를 거라 생각할 수 있었는지 모르겠다. 아마도 그리스 인들은 그럴지도 몰랐다. 비록 시인이 노래한 모든 것이 과거에도 지금도 진실이지만, 그 진실 속에는 사소한 착오들이 있다. 그래서 나는 커다란 피륙 속에 자그맣게 찢어진 곳들을 고쳐 가며 그 속에서 내 역할을 이야기하려고 애써 왔다. 그리하여, 그 후에 아이네아스는 전장에서 부하들을 철수시켰다. 이탈리아 인들은 이미 철수 중이었다. 트로이아 진영을 둘러싸서 포위했던 위치가 아니라 도시 쪽으로 몇 킬로미터 더 물러선 곳으로 철수했다.

 라우렌툼은 이제 부상당한 사람들과 피난민들로 가득했고, 더 많은 사람들이 뿔뿔이 흩어진 채 계속해서 들어오고 있었다. 피로와 혼란스러움, 목적 없는 느낌이 만연했다. 그러나 투르누스는 전혀 그런 분위기를 인식하지 못한 채 나타났다. 그는 자신의 훌륭한 종마를 타고 성문을 들어섰다. 레지아 앞의 거리에서 마부에게 고삐를 넘기고 성큼성큼 들어섰는데, 당당한 모습에 웃는 얼굴이었고, 떡 벌어진 어깨에 꼿꼿했다. 높다란 깃털 장식이 있는 투구를 썼으며 팔라스의 화려한 금도금된 검띠가 어깨 위에서 번쩍거렸다. 나는 그가 메사푸스 그리고 루툴리아의 복점관(卜占官)인 톨룸니우스와 함께 도착하는 것을 망루에서 지켜보았다. 이내 어머니가 서둘러 정원을 가로질러 응접실로 향하는 것을 보았다. 그녀는 임시변통으로 만든 부상자들의 침상들을 돌아 조심스럽게 나아갔다. 그때 나는 아래층으로 내려갔다. 아버지는 처소에 있지 않았다. 그러니 숨어 있던 곳에서 나와 투르누스와 다른 지휘관들을 만나러 간 게 분명했다. 나는 그것이 반가웠다. 레지아 안의 사람들을 위해 할 일이 무척 많았기에 나는 저녁 내내 분주했고, 그러고 나서야 드랑케스가 곡물 창고에서 나를 찾아냈다.

한데, 나는 드랑케스를 그렇게 좋아한 적이 한 번도 없었다. 그는 내 아버지의 친구들과 고문들 집단의 대부분을 구성하는 나이 지긋한 농부이자 전사인 사람들과 달랐다. 그는 부드럽고 융통성 있고 열심이었다. 그들처럼 탁자 위에 커다란 돌덩이 내려놓듯 자신의 의견을 내놓는 법이 없었고, 그들의 마음을 움직이기 위해 누구에게 도전하지도 않았다. 그의 의견들은 거의 중요하지 않고, 가볍고 경박하며, 그저 한번 내뱉은 말들 같았다. 그러나 그는 대개 자신이 원하던 바를 얻었다. 그는 도회 사람이고 정치가였다. 그에게 어머니와 나는 중요하지 않은 인물들이지만 전술적으로는 중요한 위치에 있었다. 우리는 관리되어야 했다. 그는 여자 보기를 개나 가축, 다른 종의 구성원 보듯 했고, 여자들이 유용하거나 위험할 때에만 계산에 넣었다. 그는 어머니를 위험하게 여겼고, 나는 유용할 수도 있다는 점만 제외하면 무시해도 좋은 존재로 여겼다.

그러나 그는 관계에 대해 예리한 직관을 지니고 있었다. 그것은 많은 남자들의 직관보다는 여자의 직관에 좀 더 가까웠다. 그는 내가 아마타를 두려워하는 것을 알았고, 내가 그녀에게서 도망쳐 왕실의 거처로 피난 왔다는 것, 내가 아니라 아마타가 투르누스에게 빠져 있다는 것, 아버지와 그녀가 싸웠다는 것을 알고 있었다. 이 모든 것이 그의 맷돌에서 돌아가는 곡식이었다. 그는 나와 투르누스가 약혼하는 것에 늘 반대해 왔다. 내 짐작에 그는 투르누스가 아마타의 편애로 힘을 얻어 라티누스 왕의 권력을 위협한다고 보았기 때문인 듯하다. 그리고 투르누스의 화려하고 오만한 남자다움이 질투 나서 그것을 좌절시키고 싶었기 때문 같다. 그는 곡물 창고에서 나오는 나를 멈춰 세우고 다른 누구에게 들리지 않게 말했다.

"라티누스의 딸이여, 그 루툴리아 인이 당신을 갖도록 아버님이 내버려 둘까 봐 두려워하지 마십시오. 우리의 왕은 맹약이 깨지는 것을 막을 수 없었지만, 어떤 죄받을 결혼도 뒤따르지 않을 겁니다. 확신해요. 내 말을 믿으시오."

나는 그에게 감사를 표하고 눈을 내리깐 채 서 있었다. 그가 나에 대해 무슨 생각을 하는지 알고 있었다. 아무것도 이해하지 못하는 계집아이, 아무것도 아니지만 모두가 그 때문에 전쟁을 벌이고 있는 존재.

그래도 나는 그가 그런 말을 해 주는 것이 고마웠다. 비록 전쟁은 사람들이 예상한 대로 되지 않았고, 맹약이 깨진 것과 신탁을 무시한 것에 대해 많은 이들이 불안해 했지만, 여전히 우리 민족의 대부분은 그들의 여왕과 이방인들에게 맞서는 그녀와 같은 지방의 영웅을 옹호했다. 그리고 그들은 나의 부모가 뭘 선택하든 그것이 나의 선택이라고 여겼다. 아버지의 취약함은 나를 홀로, 고립된 채로 남겨 두었다. 내가 사실대로 얘기할 수 있는 사람이 아무도 없었고, 나의 본심을 들어 줄 사람도 없었다. 마루나는 의심할 바 없이 충성스러웠지만, 나의 짐을 그 힘없는 이의 어깨에 지울 수는 없었다. 그녀는 나의 심정을 알았지만, 우리는 터놓고 얘기할 수 없었다.

다음 날 아침, 라티누스 왕은 트로이아 진영에 사자들을 보내어 의식을 거행하고 죽은 자들을 묻기 위한 휴전을 요구했다. 강둑과 내륙으로 1.5킬로미터에 이르는 땅바닥 사방에 송장들이 누워 있었다.

드랑케스는 그 사자들 중의 한 명이었고, 라우렌툼으로 돌아오자 기어코 나를 만나서 협상에 대해 이야기해 주었다.

"우리는 트로이아의 지도자에게 말했습니다. 확실히 당신이 저 죽은 이들과 싸울 까닭이 없으니, 이 땅의 주인이거나 당신의 부하의 장인이었을지도 모를 이들을 예의 바르게 매장하는 일을 허락하지 않겠느냐고요. 그는 바로 아주 솔직하게 대답했습니다. '당신들은 죽은 자들을 위한 평화를 요구하는군. 할 수만 있다면, 나는 산 자들에게도 평화를 부여할 거요! 왜 우리가 싸우는 거요? 투르누스가 그의 왕의 맹약을 존중하지 않겠다면, 우리를 라티움 밖으로 쫓아내고 싶다면, 검을 쥐고 혼자서 나와 맞서게 하시오. 우리 두 사람이 이 모든 죽음을 면케 할 수 있었는데!' 아아, 그가 말할 때 모습을 당신이 보았어야 하는데…… 그가 어떤 사람인지…… 당신이 결혼하기로 약속된 그 사내 말이오!"

"나는 그를 본 적이 있어요."

그 말에 드랑케스는 멈칫했다. 그는 멍하니 바라보았다.

"그들이 상륙하고서 그 다음 날, 나는 언덕에서 트로이아 진영을 몰래 엿보았어요. 아이네아스는 가슴이 두툼하고 손이 큼지막한 키 큰 사내죠. 좀 부드럽게 말하고요. 그의 눈에는 불이 가득해요, 연기와 불이. 자신의 도시가 불타는 것을 보았기 때문이죠."

드랑케스는 계속 멍하니 바라보았다. 개가 짖은 것이다.

마침내 그가 말했다.

"당신은 진실을 말하고 있군요, 왕녀여."

나는 내 물렛가락을 내려다보았고 그것이 오르락내리락하게 내버려 두었다.

"협상에 대해서 계속 얘기해 주세요."

드랑케스는 정신을 가다듬고 이야기를 계속했다. 그는 아이네아스에게 감사를 표했고 라티누스와의 맹약이 다시 살아날 것을 약속했다고 했다.

"나는 그에게 말했습니다. '투르누스는 자신의 동맹들을 찾도록 내버려 둡시다. 우리는 그보다는 여러분이 여기에 여러분의 트로이아를 재건하는 걸 도우려고 합니다, 우리와 함께 말이오!' 그렇게 해서 우리는 열이틀 간의 휴전을 맺었습니다. 그리고 이제 트로이아 인들은 투르누스가 아직 라티움의 통치자가 아니라는 것을 압니다. 하루가 꼬박 걸린 일이었어요. 나는 투르누스와 메사푸스가 무슨 결정을 내리든 우리 사람들이 전쟁으로 돌아갈지 의심스럽군요."

"결정은 왕이 하시는 거예요."

내가 나직이 말했다.

"진실로, 진실로 그렇죠. 용기를 내요, 라비니아! 당신의 아버님은 결코 신탁을 거스르지 않을 겁니다!"

그가 너무 많은 것을 근거 없이 추정한다고 나는 생각했다. 나는 살짝 목례를 하고 그에게서 걸어가 버렸다. 그는 개를 어루만져 준 것일 수도 있지만, 그 개는 꼬리를 흔들기를 거절했다.

그날 오후 농장으로부터 도시로부터 사람들이 나와 들판에 죽어 있는 아들과 아비와 형제들을 찾아냈다. 어떤 이들은 죽은 이들의 시신을 집으로 옮겨 가 씻기고는 그들을 위해 슬퍼하며 묻어 주었다. 바로 그들이 죽은 곳에서 화장하는 이들도 있었다. 그리하여 그날 저녁 라우렌툼의 북쪽 온 들판에 작은 불길들이 떼를 지었고 연기가 별들을 흐렸다. 라티움의 모든 나무꾼들이 숲에서 목재를 가져왔다. 다음 날 집으로 실어 가서 매장하기에 너무 먼 곳에 살았던 사람들을 위해 성벽 바깥에 거대한 공동 화장터가 세워졌다. 화장터는 하루 종일 불타올랐다. 슬픔이 연기처럼 어둡고 묵직하게 도시에 드리워져 있었다.

우리는 트로이아 인들이 그들의 죽은 자들을 강가에서 화장하고 있다는 얘기를 들었다. 그 의식을 본 사람들은, 젊은이들이 장작더미 주위를 걸어서 세 번 돌고, 그 다음에 말 탄 기수들이 세 번 돌았으며, 그러는 동안 사람들이 울부짖으며 소라고둥을 불었노라고 얘기해 주었다. 전사들은 동료들을 태우는 불길에 적에게서 빼앗은 무기들을 내던졌다. 그 의식은 우리의 의식과 달랐으나 그래도 꽤 비슷했고, 그 속에 이질적인 것은 없었다.

그 후의 날들은 묘한 긴장과 한산함 속에서 흘러갔다. 우리는 레지아와 라우렌툼 곳곳의 집들에서 부상당한 사람들을 돌보았다. 일부는 회복했고 일부는 사망했다. 트로이아 인들에게서는 아무 소식도 없었다. 그들은 투르누스와 단독으로 싸우겠으며 맹약을 되살리자는 아이네아스의 제안에 대해 우리가 뭐라고 할지 기다리고 있는 게 분명했다. 그러나 아버지는 그들에게 사자를 보내지 않았다. 그의 시민들처럼 그도 어찌해야 할지 확실히 알지 못했다.

드랑케스는 아이네아스가 그에게 한 말을 어디서나 확실히 들을 수 있도록 했고, 슬픔의 분노에 빠져 있는 많은 이들이 이 전쟁은 저주받았다고 울부짖었다. 모든 게 투르누스의 잘못이라는 것이다. 즉 그가 라티누스가 맺은 맹약을 깨어 버렸기 때문이라고 했다. 만일 투르누스가 왕녀를 자기 것이라고 주장한다면 그 트로이아 인과 맞붙어 싸워 그녀를 얻게 하자고, 모두가 죽는 대신 한 사람이 대가를 치르게 하자고 했다. 그러나 이방인들을 두려워하면서, 전쟁이 우리를 구해 줄 거라고 말하는 이들 또한 많았다. 그들은 트로이아 인들과 그들의 동맹자들이 이 땅을 침략했으며, 라티누스 왕은 우리 군대와 함께 투르누스를 보내어 그 침략자들을 멸하거나 쫓아내야만 라티움을 구할 수 있다고 했다.

라티누스 왕이 마침내 고문들을 소집했을 때, 그들도 똑같이 여러 가지 의견을 갖고 왔다. 그리고 그들은 디오메데스로부터 온 나쁜 소식과 바로 맞닥뜨렸다. 그는 남쪽에 도시를 세운 그리스 인으로서 우리는 그에게 군대를 보내 달라고 사람을 보냈었다. 그런데 그가 거절한 것이다. 그는 트로이아 인들과 싸우다니 어리석다고 우리의 사절들에게 정중하게 말했다. 그는 이렇게 말했다.

"우리는 10년 동안 그들과 싸웠소. 그리고 비록 우리가 그들을 이기기는 했으나, 우리 중 집으로 돌아온 이들이 얼마나 되오? 우리의 승리는 우리에게 난파선, 죽음, 추방을 불러왔소. 아이네아스는 전혀 평범한 사람이 아니오. 그는 그의 신들과 함께 왔소. 평화를 지키시오, 그와 맺은 맹약을 지켜요, 당신들의 검을 거두시오!"

아마타와 나는 그 회의에 있었다. 라티누스 왕의 왕좌 뒤쪽 어두운 곳에 멀리 물러나 앉아 있었고, 베일을 쓰고 있었다. 투르누스의 누이인 유투르나 공주가 우리와 함께 있었다. 그녀는 아르데아에서 투르누스와 함께 왔다. 그녀는 아주 아름다웠고, 투르누스처럼 푸른색 눈을 지녔지만, 그녀의 눈은 물 속에서 세상을 응시하는 것처럼 기묘했다. 사람들이 얘기하기로 그녀는 순결을 맹세했다고 했다. 그녀가 이름을 따 온 유투르나 강이 그녀에게 처녀로 남아 있는 한 어떤 힘을 부여하기로 했기 때문이라고 말하는 이들도 있고, 소녀 적에 강간을 당해서 그 후 오라비를 제외하고는 어떤 사내에게도 말을 하지 않는 거라고 말하는 이들도 있었다. 그 이야기들 중에 뭐가 진실인지는 모르겠다. 그녀는 아주 예의 바른 태도로 아주 나직하게, 아마타를 아주머니라 부르고 나를 사촌이라 부르며 우리에게 이야기했다. 그리고 반투명한 잿빛 베일을 머리와 어깨 위에 드리우고 고문 회의의 이야기에 귀를 기울이고 앉아 있었다.

그리스 인 사자가 이야기를 끝내자, 고문관들은 일제히 투덜대다가 토론을 시작했다. 그들은 조만간 소리를 쳐 댈 기세였지만, 왕이 일어나 서서 천천히 두 팔을 들었다. 두 손바닥을 위로 펼쳐 보였는데 그것은 신에게 탄원할 때의 몸짓이었다. 그들은 조용해졌다. 라티누스 왕은 머리를 숙이고 있었고 침묵은 깊어졌다. 그는 다시 자신의 높은 의자에 앉아 말했다.

"우리가 이 중대한 문제를 좀 더 일찍 해결했더라면 얼마나 좋았을까! 적이 문 앞에 닥쳤을 때는 회의를 소집하지 않는 게 낫구나. 나의 신하들아, 우리는 옳지 않은 전쟁을 하고 있다. 우리의 적은 정복당하지 않을 것이다. 그들은 땅과 하늘의 의지를 따르지만, 우리는 그렇지 않기 때문이다. 우리는 우리의 의무를 저버렸지만, 그들은 이행했다. 우리는 그들을 무찌를 수 없다. 내 마음이 이 점에 대해 흔들렸다는 것을 안다. 하지만 지금은 확신하고 있다. 내가 제안하는 것을 들어라. 시카니아 너머에 내가 소유한 땅을 그들에게 주도록 하자, 그곳의 온통 거친 구릉지의 경작지와 산의 소나무 숲을. 그들더러 거기에 그들의 도시를 세우고 우리의 왕국을 공유하자고 하자. 또는, 그들이 떠나기를 바란다면, 우리가 불살라 버린 배들을 재건해 주겠다고 하자. 이제, 맹약을 확인하는 선물들과 함께 그들에게 사절을 보내자. 내가 하는 얘기를 잘 생각해 보아라, 그리고 패배로 인해 동요한 우리 시민들을 구할 이 기회를 붙잡으라!"

정적이 뒤따랐지만, 싸늘한 정적은 아니었다. 그들은 왕이 용감한 사내이며 쉽게 굴복하지 않는 전사이며 신탁의 흠 없는 말씀을 경험하고 그것이 지켜지도록 받드는 경건한 사람임을 알고 있었다. 그들은 그의 얘기를 숙고했다.

불행히도, 드랑케스가 일어나서 이야기하기 시작했다. 여느 때처럼 또렷하고 유창한 말투였지만, 타오르는 적개심을 품고서 투르누스에게 직접 말을 건네었다. 그는 그 전쟁이 투르누스의 짓이요, 그 패배도 투르누스의 짓이며, 그것을 끝내는 것은 투르누스에게 달려 있다고 말했다. 그러지 않으면 투르누스는 너무나 영화에 취하고 왕녀의 지참금을 너무나 탐내는 탓에 우리 군대를 다시 이끌고 나갈 거라고 했다.

"당신은 우리의 보잘것없는 목숨들이 땅에 묻히지도 못하고, 슬퍼할 사람 없이, 이름도 없이, 저 들판에 흩어져 있도록 놔둘 거요. 하지만 당신에게 진정한 용기가 있다면, 당신에게 도전한 사내에게 용감히 대항하겠지!"

이 말에 당연히 투르누스가 튀어나와 드랑케스를 겁쟁이라고 불렀다. 드랑케스는 아직 전장에 있어 본 적이 한 번도 없으며, 그의 혓바닥은 용기에 대해 지껄이지만 그의 발은 도망치고 있노라고 말했다. 라틴 민족의 동맹은 패배하지 않았다, 어림없다! 티베르 강이 트로이아 인의 피로 뻘겋게 흐르지 않았나? 그리스 인 디오메데스는 아이네아스를 두려워할지 몰라도 메사푸스는 아니다, 톨룸니우스도 아니다. 그리고 볼스키 족은 두려움이 뭔지 모른다고 그는 말했다.

"그리고 이 영웅이 저 혼자서 나와 싸우겠다고 도전한다고? 그러기를 바라오. 내 죽음으로 성난 신들을 달래거나 나의 용기로 죽음 없는 영광을 얻는 게 더 나으니. 드랑케스보다는 내가 낫소!"

늙은 고문관들로부터 박수갈채가 나왔지만, 라티누스 왕이 끼어들었다. 그가 호언장담과 모욕이 오가는 것을 막고 다시 이야기하려고 할 때, 심부름꾼이 베루스의 호위 아래 소리치며 달려 들어왔다.

"트로이아 군대가 도시로 진격하고 있습니다!"

다른 심부름꾼들이 뒤이었고, 방의 열린 문들을 통해 기겁한 사람들의 커다란 소음이 따라 들어왔다. 사람들은 늪에서 깜짝 놀라 꽥꽥거리는 거위나 백조 떼 같았다.

그리고 투르누스는 주저 없이 그 순간을 낚아채어 소리쳤다.

"전투 준비를 해야 합니다! 적이 우리를 공격하는데 우리는 여기 앉아서 평화를 찬양하고 있을 거요?"

그리고 그는 달려 나가며 자신의 지휘관들을 외쳐 불렀고, 누가 도시를 방어하며 누가 그와 함께 밖으로 나설지 명령을 내렸다. 라티누스 왕이 그를 막으려 했다 해도 막을 수 없었을 것이다. 그리고 그는 막으려고 하지 않았다. 회의가 깨지고 고문관들이 무슨 일이 벌어지나 살펴보려고 허둥지둥 나가는 동안 그는 왕좌에 꼼짝하지 않고 앉아 있었다. 드랑케스가 말을 걸어 보려고 했지만 라티누스 왕은 전혀 주의를 기울이지 않고 손짓으로 물러나 있으라는 명령만 내릴 뿐이었다. 마침내 그는 일어나 섰고 우리 여자들을 지나 그의 처소 쪽으로 걸어갔다. 그는 우리를 보거나 말을 걸지 않았다.

어머니가 내 손을 잡았다.

마치 그 손이 얼음이나 불인 양, 나는 내 손을 바로 잡아 뺐고, 다시 나를 만지려고 한다면 싸우거나 달아날 태세로 어머니와 마주하고 섰다.

그녀는 빤히 나를 바라보며 서 있었다.

"너를 해치지 않을 거야."

마침내 그녀가 말했는데, 거의 유치할 정도였다.

"어머닌 충분히 내게 상처를 입혔어요. 원하시는 게 뭐죠?"

모르는 사람처럼 여전히 나를 빤히 바라본 채, 그녀는 주저하며 말했다.

"나는…… 우리가 사람들에게 모습을 보여야 할 것 같구나…… 민중의 라르*의 제단에서."

그녀가 옳았다. 왕은 숨어 있고 적은 공격 중이기에, 사람들에겐 그들의 왕가 및 그 도시를 지키는 신들과 더불어 모든 것이 괜찮다는 즉각적인 확신이 필요했다. 나는 고개를 끄덕였다. 나는 발을 뗐다가 돌아서서 유투르나에게 말했다.

"당신도 함께 가세요."

나는 왕의 누이에게 명령을 내릴 권리가 없었지만, 그녀는 잿빛 베일을 끌어당기며 아무 말 없이 왔다.

우리는 나가서 거리를 지나 광장을 향해 걸어갔다. 거기에는 도시

---

* 라레스의 단수형.

의 수호령을 위한 사당이 세워져 있었다. 우리가 걸어가자, 집집마다 여자들이 나와서 거리를 달려와 우리에게 합류했다. 그곳에 이르렀을 때는 우리 주변에 수많은 군중이 모여 있었다. 어머니가 앞으로 나서서 향을 피웠다. 그러나 이 제단 앞에서 왕과 함께 수없이 서 있었던 사람은 나였기에, 왕이 하던 말들을 알고 있고 말한 사람은 나였다. 나는 경계와 국경, 담장이 둘러진 도시, 우리 시민들이 사는 곳 안에 거하는 신과 영령, 민중의 라르에게 시민들의 경의와 존경을 바쳤다.

우리를 둘러싼 여인들이 머리를 조아리거나 무릎을 꿇었고, 거리와 담장과 지붕 위를 꽉 메운 사람들은 소리를 죽인 채 귀를 기울였다.

나는 그들로부터 내 속으로 애정이 담긴 신뢰감이 흘러드는 것을 느꼈다. 그것은 나의 마음을 겸허하게 하면서도 나를 크게 지지한다는 느낌을 부여하는 감정의 홍수였다. 나는 그들의 딸이자 미래에 대한 증표, 무력한 소녀이지만 그들을 위해 위대한 신들에게 말할 수 있는 자, 정치적인 교환의 단순한 상징이면서도 우리 모두에게 진정으로 가치 있는 것의 표상이기도 했다. 내가 침묵 속에 나의 시민들 사이에 서 있는 동안 의식이 끝났으며, 마치 함께 경배라도 드리는 양 저녁 바닷가에 떼 지어 서 있는 새들처럼 우리는 모두 조용했다.

그래서 우리는 성벽 바깥의 소음을 들을 수 있었다…… 우르릉쾅, 그리고 부서지는 소리, 말 울음 소리와 외침소리, 천둥 같은 말발굽 소리와 사람들의 발소리, 바로 군대가 전쟁을 준비하는 소리였다.

민중의 라르의 사당에서 경배를 드렸을 때의 감미로운 기억은 뒤이은 어두운 시기에 나에게 위안이자 방패였다. 저울추에 변화가 생겼다. 나는 더 이상 숨어 있을 필요가 없었고, 더 이상 대중적인 감정의 흐름으로부터 고립되어 있지 않았다. 다시 말해 나는 그 감정으로 인해 기운을 얻었고, 그것과 연결되어 있었다. 나는 용기를 되찾았다.
　그러나 내가 그런 확신을 느껴야 할 이유는 전혀 없어 보였다. 신탁에 순종하거나 시인이 말해 주었던 대로 내 운명을 따르게 될 거라고 믿을 만한 어떤 희망도 사라진 듯했다. 아버지가 땅을 내주거나 배를 지어 줌으로써 트로이아 인들을 달래자고 제안했을 때, 원래 흥정에서의 내 역할에 관해서는 이야기조차 없었다. 나는 언급할 가치가 없는 모양이었다. 어머니는 원하던 것을 얻었다. 그녀는 이방인들에게 맞선 전쟁, 그와 더불어 전쟁을 조종하고 있는 투르누스와 왕국의 주인과 그 왕의 딸을 얻었다. 그러나 그녀는 변함없이 당혹스러운 표정을 지은 채 레지아로 물러가 자신의 방에 처박혀 있었다. 반면에 나는 은둔에서 놓여났다. 나는 거리의 남자들과 집안 여자들의 눈빛에서 상냥함을 발견했다. 그들은 상냥하게 내 이름을 불렀다. 환영받고 보호받는 느낌이 들었다. 설사 포위 공격을 받는 중이라도 나의 집은 다시 나의 것이 되었다.
　나는 왕의 처소에 가서 아버지에게 아주 간략하게 이야기를 전했다. 그는 초췌하고 나이 든 모습이었고, 두 눈은 붉고 부어 있었다. 그는 몹시 중요한 소식이 있거들랑 오고, 그렇지 않으면 내버려 둬 달라고 했다. 아버지는 건강이 안 좋았다. 나는 아버지에게 쉬고 주무시라고 했다. 베루스와 내가 심부름꾼들을 만날 테고, 필요하면 와서 깨우겠노라고 말씀드렸다. 그래서 나는 그날의 일부를 중앙 홀과 레지아의 문 앞에서 가이우스 및 왕의 다른 경비병들과 시간을 보내며 전장에서 오는 급사들을 맞이했다.

도시와 그 앞의 들판 사이에서는 끊임없이 사람과 소식들이 오갔다. 도시 앞의 들판에서는 볼스키 족과 라틴 인들이 메사푸스와 볼스키 족 대장들의 지휘를 받으며 전쟁을 위해 진을 치고 있었다. 정찰병들은 아이네아스가 기병들과 에트루리아 인들을 앞으로 내보냈고, 그는 나머지 군대를 이끌고 도시의 북동쪽 언덕으로 갔다고 보고했다. 베루스는 아이네아스의 목적이 양 방향에서 우리 군대를 치려는 것인 듯하다고 말했다. 그리하여 투르누스는 루툴리아 인들을 그 언덕으로 보냈는데, 고갯길의 양쪽 끝에 매복해 있다가 트로이아 인들을 습격할 심산이었다. 나는 그곳을 알고 있었다. 양치기들이 '골로 고갯길'이라고 부르는 곳으로, 좁고 어둑한 협곡이었다. 군대가 그곳에 들어갔다면 함정에 걸릴 게 당연했다.

그런 소식들이 한동안 꽤 꾸준하게 도착했다. 오후 일찍인가 중반에는 휴지기가 있었다. 베루스에게 정문을 맡겨 두고 나는 망루로 달려 올라갔다. 그저 잠깐 살펴보고자 그랬던 것 같다.

나는 난간에 서서 지붕과 성벽 너머 도시 북쪽의 훈련장과 들판들을 바라보았다. 토루 넘어 길고 불규칙한 줄들 속에 검은색 투구 장식을 한 볼스키 병사들이 서 있었다. 그들 뒤에 우리 라틴 인들이 있었는데, 물려 입은 낡은 갑옷과 투구 들의 색깔이 아주 다양했다. 말들은 안절부절못했고 기수들은 말들이 돌아다니거나 도약하게 내버려 두었다. 궁수와 길고 가벼운 창을 지닌 사내들이 볼스키 족 앞에 아무 일 없고 우두커니 서 있었는데, 일부는 자신들의 말처럼 안절부절못했고, 다른 이들은 지루한 표정으로 자기 창에 기대어 잡담을 나누고 있었다.

망루는 도시에서 전망이 가장 좋은 곳이었기에, 들판 너머 저 멀리 북쪽, 창들의 금속 끄트머리에서 반짝이는 빛을 처음으로 본 사람들은 망루 위에 있던 우리들이었을 것이다.

조랑말을 탄 소년이 목초지를 가로질러 질주해 왔다. 말은 거품땀으로 허옜고, 소년은 소리치고 있었다. 나는 소년의 말을 알아들을 수 없었지만 "그들이 온다!"고 소리치고 있는 게 분명했다. 그리고 그들이 왔다.

저 멀리서 창의 끝머리들이 청어처럼 반짝이며 순식간에 다가오는 모습은 몹시도 아름다웠다. 대기는 전속력으로 달리는 장렬한 말발굽 소리로 요동쳤다. 도시 앞에 정렬한 사람들의 열을 따라, 투창과 장창 들이 햇빛 속에 똑바로 들어 올려졌고, 말들은 히힝거리고 움직이며 고삐에 반항하기 시작했다. 그리고 나서 에트루리아 인의 뿔피리와 나팔이 전투 신호를 보냈는데, 어떤 소리는 장중하면서 거칠었고, 어떤 소리는 은방울 굴리듯 듣기 좋았다. 공격자들이 들이닥쳤다. 방어자들은 굳건히 버텼다. 한순간 모든 것이 멈춘 듯, 정지한 듯했다. 크게 울려 퍼지는 뿔피리 소리와 사내들의 커다란 외침과 함께, 화살과 투창과 장창 들이 양쪽에서 솟아올랐고, 두 군대 사이의 허공에 검은 물체들이 신속하게 휙휙 지나다녔다. 쇠붙이의 비 아래 말을 타지 않은 사람들과 기병들이 얼굴을 맞대고 몸뚱어리를 맞대었다.

 나는 내가 본 것을, 그러니까 내가 이해한 대로가 아니라 본 대로 이야기하고 있다. 나는 사람들이 도시 쪽으로 달려와 성문에 모여드는 것을 보았다. 내가 보기엔 공격자들 같았다. 이유는 알 수 없지만 그들은 갑자기 돌아서서 다른 사내들을 향해 달려가기 시작했고, 그들과 마주치자 싸움이 일었고 검들이 오르락내리락 했다. 그러고 나서 사람들이 방패를 뒤로 든 채 도시로부터 달아나고 있었고, 말 탄 사람들과 기수 없는 말들이 그들과 함께 달렸으며, 다른 사내들이 그들을 뒤쫓았다. 그러다 갑자기 쫓기던 사내들이 방향을 바꾸었고 검들이 다시 오르락내리락 했으며, 거기서 사람들의 무시무시한 비명소리가 났다. 그리고 그 모든 것이 다시 반복해서 일어났다. 마치 도시로 다가왔다가 물러가는 파도들 같았다. 그러나 그것의 물보라는 먼지, 탁하고 침침한 여름의 먼지였다. 그 후로는 달려가거나 돌아서는 일 없이, 무리를 짓거나 짝지은 사람들이 칼이 일으킨 흙먼지 속에서 서로를 도륙하고 묵직한 창들을 던지거나 찔러 댈 뿐이었으며, 칼이 베어 물고 창끝이 명중한 곳에서는 피가 흘렀다. '마르스여, 마르스여, 창성하여라!' 전투가 얼마나 오랫동안 계속되었는지 모르겠다. 나는 대의 난간을 움켜쥐고 서 있었다. 마루나와 다른 시녀들이 같이 있었고, 온 지붕과 담장 위에도 여자들과 아이들이 서서 사람이 사람을 죽이는 모습을 지켜보았다.

으르렁대는 듯한 나팔 소리가 다시 울려 퍼졌다. 들판 저 멀리서 한 떼의 기병대가 익어 가는 곡식과 파구스 길을 가로질러 나아오고 있었다. 그들은 먼지로 가득한 뜨겁게 내리쬐는 경사진 빛살 사이로 하나의 그림자처럼 단일한 덩어리를 이루고 있었다. 그 덩어리 앞에서 투사들의 열과 무리가 와해되었다. 그것의 움직임은 순식간에 모두를 뒤덮었다. 그리하여 사람들이 돌아서서 도시로 돌아오고 있었다. 검은색 말총으로 투구 장식을 한 볼스키 족, 그들이 모두 성벽을 향해 달려서 돌아오고 있었다. 양쪽 군대가, 그러니까 들판의 모든 사내들이 먼지 구름 속에 반쯤 가려져 성벽을 향해 달리고 있었다. 경작지의 고운 흙먼지에서 생긴 먼지 구름은 누르스름한 금빛으로 소용돌이쳤고, 햇빛이 그 속에 기묘하게 빈 곳과 통로들을 만들어, 그 사이로 말과 사람들의 형상과 그림자들이 어렴풋이 보였다.

성문은 열려 있었다. 그것은 전투 내내 열려 있었다. 나는 내려가서 문을 닫으라고 명령해야 한다고 생각했다. 마루나가 내 팔을 붙잡았다. 나는 그녀가 하는 소리가 왜 들리지 않는지 이해하지 못했다. 그녀는 입을 내 귀에 대다시피 하고서 소리쳤다.

"경비병들이 문을 지킬 거예요! 여기 계세요! 이 위에 그냥 계세요!"

그녀가 몸을 뺄 때, 뭔가가 완벽히 조용하게 우리 옆을 스쳐 가서 대 위에 가만히 놓였다. 새다. 나는 저들이 새를 쏜 줄 알았다가, 화살임을 알았다. 그것은 길고 빛나는 청동 촉을 지녔고 짧게 깎인 빳빳한 깃털을 단 채 온전한 모습으로 거기 놓여 있었다. 아래 성문에서 나는 소음과 도시의 모든 지붕과 벽 위에서 나는 소음이 너무나 거대해서 아무 소리도 듣지 못한 것이다. 그 소음은 온 세상과 정신을 가득 메우는 비명 소리, 울부짖는 소리였다. 망루에서는 성문에서 무슨 일이 벌어지고 있는지 보이지 않았다. 그러나 성문 위와 그 근처 담 위에 서서 성문에서 벌어지는 광경을 볼 수 있는 사람들이 보였다. 그중 일부는 아들이나 남편이 그의 도시의 잠긴 문 앞에서 청동 검에 베여 죽어 가는 것을 지켜보고 있었다.

우리는 에트루리아 인들이 물러나고, 검은 말총 장식의 볼스키 인들이 그들을 뒤쫓는 것을 보았다. 그러나 그들의 숫자는 더 적고 느렸다. 볼스키 인들은 도랑 바로 바깥쪽에서 멈춰 섰다. 에트루리아 인들은 백 보쯤 더 가다가 멈춰 서서 말머리를 돌렸고, 어둑하게 가라앉아 가는 먼지 속에 꼼짝 않고 섰다. 한참 동안 휴지기가 있었다. 외침소리는 천천히 사그라졌는데, 소리가 줄면서 점점 높은 음이 되었고, 마침내 부상자들과 빼앗긴 자들의 울음과 신음이 되어 버렸다.

"저것 봐, 봐 봐!"

누군가가 말했고, 그녀가 가리킨 곳에서 우리는 남자들이 일렬로 줄지어 서쪽 언덕에서 내려와 빠른 보조로 다가오는 것을 보았다. 그러나 멀리 떨어진 곳이라 겉보기엔 느려 보였다.

"투르누스다, 투르누스가 오고 있어!"

사람들이 지붕에서 지붕으로 소리쳤다. 한 늙은이의 목소리가 들렸다.

"저이는 하루 종일 어디 있었던 거지?"

그러나 그의 말은 투르누스와 루툴리아 인들을 향한 격려의 소리와 환호 소리에 밀려났다. 그렇지만 그 격려의 소리는 미약하게 울렸고 오래 가지 못했다. 아래 성문 근처 어디에선가 한 여인이 곡을 하고 있었다. 고뇌로 가득 찬, 꺼억꺼억 슬피 울며 애끓는 새된 소리였다.

나는 내려가서 레지아의 문 뒤쪽으로 갔다. 그래서 다른 이들처럼 아이네아스가 투르누스와 똑같은 길로 트로이아 인들을 이끌고 언덕에서 나오는 것을 보지 못했다. 그는 투르누스에게서 멀리 뒤처져 있지 않았다.

에트루리아 인들은 더 멀리 물러나서 트로이아 인들과 합류했다. 남아 있는 우리 남자들과 볼스키 족 사람들은 투르누스의 루툴리아 인들과 함께 흙으로 만든 누벽과 성벽 사이에서 야영했다. 그들은 그 날 저녁 도랑을 더욱 깊이 파고 성문을 위한 방어물들을 세우며 시간을 보냈다.

나는 그것을 보지 않았다. 처음엔 우리 정원에 새로 들어온 많은 부상자들을 돌보며 여자들과 함께 있다가, 어머니가 주랑 아래를 지나 회의실로 가는 것을 보았다. 나는 월계수 나무 아래 분수에 잠깐 멈춰 급히 손과 팔에서 피를 씻어 내고 반가운 찬물 속에 얼굴을 담그긴 했지만, 바로 그녀를 뒤따라갔다.

나는 회의실 뒤쪽에서 어머니와 유투르나를 만났다. 아버지는 다리가 구부러져 교차되는 왕좌에 앉아 있었다. 그는 내가 마지막에 보앉을 때처럼 위태위태한 늙은이로 보이지 않았고, 붉은 테두리가 있는 토가를 입고 똑바로 당당하게 앉아서 투르누스의 말을 듣고 있었다. 드랑케스가 거기에 있었고, 베루스와 몇 명의 다른 경비병 및 기사들도 있었지만, 왕의 의회의 사람들은 소수뿐이었다. 대부분의 사람들은 부상자를 돌보거나 죽은 이를 애도하거나, 밖에서 다가올 포위 공격에 대비해 성벽을 강화하는 일을 돕고 있었다.

투르누스는 여전히 전투 장비를 갖춘 채였으나 사실 그날 그는 전투를 한 적이 없었다. 그는 먼지투성이였고, 그의 얼굴은 긴장되고 창백했다. 그는 이제 거들먹거리고 있지 않았다. 어려 보이고 근심에 잠겨 있으며 그 어느 때보다 잘생겨 보였다. 아마타와 유투르나 두 사람 모두 동경의 눈길로 그를 바라보며 서 있었다. 그는 라티누스 왕에게 동맹군의 현황에 대해 보고하고 있었다. 자신의 매복 공격이 실패했다는 것을 감추려 하거나 볼스키 족이 적에게 깨져 도망치다가 뒤따라오는 에트루리아 인들을 도시 안으로 끌어들일 뻔했다는 것을 부인하지 않았다. 그러나 그는 메사푸스와 톨룸니우스와 라틴 군대, 그리고 시민들 또한 찬양했는데, 그들이 성문에 집결하여 끝까지 사수했기 때문이다.

아버지가 말했다.

"내일, 너와 너의 부하들은 그들과 함께 있을 것이다. 그리고 아이네아스와 그의 부하들은 에트루리아 인들과 함께 있겠지."

"그렇습니다."

투르누스가 말했다. 잠시 말이 끊겼다. 그는 자세를 바꾸어, 다리를 약간 벌리고 머리를 뒤로 젖히고 섰다.

"나는 꽁무니를 빼지 않을 겁니다. 나에겐 아무 망설임도 없습니다."

그의 말은 다소 낯설었고 그의 목소리는 점점 더 커졌다.

"만일 사람들이 맹약이 깨어졌다고 말하면, 트로이아 인들이 그렇게 생각한다면, 나는 그들의 거짓을 밝힐 겁니다. 라티누스 왕이시여, 내일 아침, 모든 백성들 앞에서 의식을 되풀이하시고, 협정의 조건들을 새롭게 하십시오! 바로 지금 당신께 맹세합니다, 나 홀로 우리 시민들에게서 비겁함이라는 오점을 지워 버리겠습니다. 이 트로이아 인, 자신의 도시가 정복당하자 그곳에서 도망친 자와 대적하겠습니다, 공정한 싸움에서 홀로 대적하겠나이다. 모든 라티움 사람들이 도시의 성벽 위에서 그것을 구경하게 하십시오. 내 검이 우리에게서 모든 수치를, 그리고 그자에게서 라비니아를 거두어 가든가, 아니면 그가 패배당한 민족을 다스리고 그녀를 아내로 차지하게 될 겁니다."

투르누스는 이야기를 끝내며 왕좌 뒤에 서 있는 우리 세 명의 여자들을 흘끗 보았지만, 나와 시선이 마주치지는 않았다.

라티누스 왕은 천천히, 생각에 잠겨 확실하게 대답했다. 나에게 그랬듯, 패배의 전날 밤, 확신이 그에게 돌아와 있었다.

"투르누스, 아무도 너의 용기를 문제 삼지 않을 것이다. 사실, 너무 대단한 용기라서 나는 어쩔 수 없이 천천히 움직이게, 망설이게 되는구나. 생각해 보아라. 너의 아버지는 너에게 훌륭한 왕국을 주었고, 너는 부유하며 이웃들의 선의를 사고 있다. 너는 내가 너의 벗이자,

결혼으로 맺어진 인척임을 알잖느냐. 그리고 라티움에는 훌륭한 가문의 결혼하지 않은 처자들이 많다. 그 모든 것을 재어 보아라! 여하한 일이 있더라도, 네게 나의 딸을 줄 수 없구나. 그것은 금지된 일이다. 이루어질 수 없어. 우리 사이에 유대감을 공고히 하고자 하는 소망, 아내의 간청, 나 자신의 허약함으로 인해 그릇된 일을 행하였도다. 나는 맹세를 깨뜨렸다. 결혼이 약속된 사내에게서 아내로 정해진 여자를 빼앗아 갈 수 있다고 생각하도록 내버려 두었다. 그릇되게, 나는 전쟁이 시작되도록 내버려 두었다. 이제, 최후의 패배 앞에서 이 전쟁을 끝내자꾸나. 왜 내가 이 피할 수 없는 일로부터 숨어 이처럼 오락가락했단 말인가? 네가 살아 있는 동안 내가 저 트로이아 인들을 동맹으로서 기꺼이 받아들이고자 했고 지금도 그렇다면, 그러기 위해 왜 너의 죽음을 기다려야 하는가? 이 결투에 동의하는 것, 그것은 너를 죽음에 넘겨 버리는 것이다. 그리 되지 않도록 하자꾸나. 내 오랜 벗, 너의 아버지 다우누스가 네가 살아서 집으로 돌아오는 것을 보게 하자꾸나!"

"나의 검 또한 피를 끌어당기고 있습니다."

투르누스가 말했다. 창백했던 안색은 이제 붉었고 푸른 눈은 반짝였다.

"아버지 라티누스여, 나를 보호하려고 하실 필요 없습니다. 어떤 힘이 이 아이네아스라는 자를 전투에서 적들로부터 숨겨 준다는 말이 있지요. 그러나 여기, 우리 땅에서, 그 힘들은 우리의 편입니다. 나는 그를 무찌를 겁니다!"

이 말에 어머니가 앞으로 뛰어나가, 투르누스에게 달려가서 그의 팔을 잡았다. 매달리는 것 같기도 하고, 애원하는 사람처럼 무릎을 꿇은 것 같기도 했다. 그녀의 검은 머리는 풀어 헤쳐져 있고 그녀는 눈물에 잠겨 있었으며, 목소리는 높고 떨렸다.

"투르누스, 네가 나를 사랑했다면…… 너는 우리의 유일한 희망, 유일한 구세주, 이 치욕스러운 집안의 명예다. 우리의 모든 권력이 네 손안에 있어. 그걸 내던지지 마라! 네 목숨을 내버리지 마라! 네게 벌어지는 일은 곧 내게 벌어지는 일이다! 나는 이방인들의 노예가 되지 않을 테다! 나에겐 너밖에 없어! 네가 죽으면 나도 죽는다!"

그녀가 애원하는 소리를 들으며, 나는 수치심으로 얼굴을 붉혔다가 마침내 내 눈에도 눈물이 가득 찼다. 붉은 피가 내 얼굴과 목, 가슴과 몸을 물들이는 것을 느꼈다. 나는 움직이지도 말을 할 수도 없었다.

그러나 투르누스는 어머니의 머리 너머 나를 곧장 응시했다. 그 형형한 눈빛이 맹목적으로 빤히 바라보자 나는 그를 본 이후 처음으로 겁을 먹었다. 그는 여전히 나를 바라본 채, 어머니에게 말했다.

"지금 눈물은 안 됩니다, 어머니, 부디 나쁜 말씀들도 마십시오. 나는 자유로이 죽음을 미룰 수 없습니다. 이미 그 트로이아 인에게 전령을 보냈으니까요. 내일 아침 그곳에는 아무런 전투도 없을 겁니다. 다시 맹약을 하게 될 겁니다. 그자와 나만 만날 거예요. 우리의 피가 전쟁을 해결할 겁니다. 그리고 그 들판에서 라비니아는 그녀의 남편을 찾게 되겠지요."

그는 나를 보고 웃음 지었는데, 크고 무시무시한 미소였다. 그는 어머니의 두 손을 밀어내며 그녀를 떼어 냈다. 그녀는 움츠린 채 흐느꼈다.

"사자가 이미 갔다고?"

라티누스 왕이 물었다. 그의 음성은 무미건조했다.

"지금쯤 아마 거기 있을 겁니다."

투르누스는 당당하게 말했다.

라티누스 왕은 한 번 머리를 움직였다, 받아들이겠다는 끄덕임이었다.

"그러면 가서 너의 싸움을 위한 준비를 해라, 아들아."

그는 상냥하게 이야기하고서 일어나며 다른 사람들을 물렸다. 그들이 떠나자 그는 돌아섰고, 나는 아버지가 어머니를 돌보라는 말을 할 줄 알았지만 이렇게 질문했다.

"얘야, 다쳤느냐?"

나는 아버지가 바라보는 곳을 보았다. 내 팔라에 커다랗게 반쯤 말라붙은 피 얼룩이 있었다. 침침한 정원에서는 보지 못한 것이었다.

"아녜요. 부상자들과 계속 같이 있었거든요, 아버지."

"오늘 밤은 좀 쉬려무나, 얘야. 여러 가지 이유로, 내일은 긴 하루가 될 거다. 가라, 잘 자거라. 유투르나, 네 오라비와 같이 가거라. 네가 그를 설득하여 이 결투에서 빼낼 수 있다면, 그리 하여라. 결투를 해야 할 까닭이 없어. 우리는 맹약과 평화를 되살릴 거다."

그녀는 서둘러 투르누스를 뒤쫓아 갔다. 다른 이들이 모두 방을 떠나자, 라티누스 왕은 아마타에게 돌아갔다. 그녀는 바닥에 웅크려 앉아 두 손으로 머리카락을 쥐어뜯고 있었다. 그는 그녀 옆에 무릎 꿇고 앉아 부드럽게 말했다. 나는 아버지가 무어라 하는지 듣지 못했다. 참고 그들을 지켜볼 수가 없었다. 나는 돌아서서 나가 정원을 가로질러 내 방으로 갔다.

우리 궁의 정원에서 내가 그들과 있을 때, 아스카니우스가 그의 아버지에게 농담으로 뭐라고 말한다.

"아버지께서 하신 말씀이지요. 행운을 위해서가 아니라, 일을 위해서 아버지한테 오라고요!"

그러고는 아이네아스가 시킨 일이 뭔지는 몰라도 그것을 하러 간다. 그리고 나는 아이네아스에게 묻는다.

"저 애 말이 무슨 뜻이죠?"

"아, 내 다리에서 화살촉을 빼내지 못하고 있을 때 그에게 한 소리요. 나는 이렇게 말했지. '애야, 너는 나에게서 사내의 일을 배울 수 있다. 하지만 네가 행운을 원한다면, 다른 사람한테 가 보아라!' 나는 기분이 사나웠다오."

"화살촉이라뇨?"

"전쟁의 마지막 날 아침 일이었소."

나는 곰곰 생각했다.

"하지만 투르누스는 활이 없었어요. 그는 검을 사용하고 있었죠."

"투르누스라니?"

"당신의 다리에 난 상처는······."

"투르누스는 결코 내게 상처를 입히지 못했소."

그가 딱 부러지게 말한다. 그러고 나서 표정이 바뀐다.

"이런, 알겠소. 내가 당신에게 거짓말을 했구려. 얼마간은. 사실, 나는 모두에게 거짓말을 했소."

"설명해 줘요."

우리는 어린 월계수 나무 아래 긴 의자에 나란히 앉아 있다.

"흠, 그것은 그 복점관, 그러니까 톨룸니우스가 창을 던져 휴전을 깨트린 직후의 일이었소. 나는 그가 그 짓을 저지르는 것을 보았지. 그는 그 자리에서 어느 젊은 그리스 인을 죽였소. 그러고 나서 사람들 모두가 미쳐 버렸지. 나는 우리 사람들을 모아 거기서 빠져나오려고 했소. 그들이 거기서 싸우지 못하게 하려고 했소······ 거기서 싸움이라니. 제단에서! 당신이 서 있던 곳에서!"

그의 얼굴은 그 일에 대한 생각에 다시금 어두워진다.

"그리고 혼란의 도가니 속에서 누군가가 내 다리에 화살을 맞혔소."

"누구인지는 모르나요?"

"누구도 그 명예를 주장하지 못했지."

그는 약간 비웃으며 말한다.

"나는 세레스투스와 아스카니우스의 도움을 받아 그 곤경에서 빠저나와 우리 진지로 돌아갔소. 대장이 다친 것을 보니 부하들은 겁이 났지. 나는 제물처럼 피를 흘리며 내 창에 기대어 한 발로 뛰어다녀야 했소. 그래서 늙은 이아픽스는 최선을 다했고, 화살대를 잡아당겼지만 촉을 빼낼 수가 없었소. 당신도 알겠지만, 그것은 미늘이 있었다오. 그리고 모든 것이 엉망진창이 되어 허사가 되어 가는 판이었소. 그래서 내가 말했소. '이보게, 그걸 묶어 두게. 하루 종일 아무것도 안 하고 여기 우두커니 서 있을 수는 없네. 나는 투르누스를 찾아내어 이 일을 끝내야 해.' 나는 이아픽스가 상처를 묶게 했소. 일단 그가 꽃박하로 화살 구멍을 메우고 단단히 묶자 아프지는 않았소. 한창 치열할 때는 그런 일에 그다지 신경 쓰이지 않는 법이라오. 그래서 나는 돌아가 투르누스를 찾았지. 그런데 찾을 수가 없었소. 나는 앞으로도 결코 이해할 수 없을 거요. 그는 뭘 하고 있었던 거요? 가끔씩 아주 멀지 않은 곳에서 그가 보였다가는 안뜰의 참새처럼 사라지더구려…… 홱 하니 사라져 버렸소, 다시 없어졌지. 그가 있던 곳엘 가면 그는 거기에 없었소. 나는 인내심이 바닥나고 있었소. 딱 그때 메사푸스가 창으로 내 투구 장식을 쳐서 떨어뜨렸고 나는 울화통이 터지고 말았소. 그래서 도시를 공격하라고 소리쳤지."

그는 낯을 찌푸리며, 두 무릎 사이에 꾹 쥔 두 손을 내려다보았다.

"그 점에 대해 유감이오. 그건 잘못된 일이었소."

"그래서 투르누스가 당신에게 상처를 입히지 않았다고 했군요? 그와 싸울 때 당신은 이미 다친 거였군요?"

그는 나를 속였던 것을, 또는 그렇게 받아들여졌던 것을 유감스러워 하며 고개를 끄덕인다.

"그 후 내가 진지로 돌아가자마자, 이아픽스는 화살촉을 빼냈소…… 그때는 촉이 거의 튀어나와 있었지."

그는 자신의 튼튼하고 볕에 탄 넓적다리를 보고 옴폭 들어간 곳을 손가락으로 찔러 본다. 오른쪽 무릎에서 한 뼘쯤 위였는데, 좀 더 오래된 흉터들과 팬 자국들 사이에서 깊고 붉은 빛을 띠고 있다.

"놀랍도록 빨리 아물었지."

그는 마치 그것이 모든 것을 용서해 주는 양 말한다.

"왜 내가 당신을 상처 입힌 것이 투르누스라고 생각하게 만든 거죠?"

"모르겠소. 나는 거짓말이란 어찌해서든 스스로 뻗어 나간다고 생각해요. 당신도 알다시피, 전투가 진행되는 동안에는 그것이 별것 아닌 양 해야 했소. 말했다시피, 그건 부하들을 걱정시키거든. 우리는 수적으로 아주 열세였고 항상 위험한 상황이었지. 그리고 나는 투르누스를 찾아 그와 싸워서 모든 일을 끝맺어야 했소…… 방법은 그것밖에 없었지. 그래서 그때, 그러니까 그 후 내가 화살에 맞았다는 걸 (실제로 당신이 기억하는 대로 나는 한동안 꽤 다리를 절뚝거렸다오.) 시인할 수 있게 되었을 때는 그 일이 어떻게 일어났는지는 중요하지 않은 것 같았소. 화살을 맞힌 게 투르누스라고 당신이 생각하고 있는 줄은 몰랐소. 그건 중요하지 않소, 그렇지?"

그는 천진하게 묻는 게 아니라 용서를 구하며 진지하게 묻는다. 그것이 나에게 아주 중요한 문제인지 어떤지 알기 위해서다. 나는 잠시 그 질문에 대해서 생각해야 한다.

"그래요."

그리고 나는 몸을 기울여 그의 넓적다리의 팬 흉터에 입을 맞춘다. 그는 나를 안아 들어 올린다. 내 헐거운 가운 아래 그의 두 손은 크고 따뜻하며 거친 살결에 힘이 있다. 그에게서는 소금과 향 냄새가 난다.

나는 잠을 잤다. 그 전쟁의 전날 밤, 푹, 깊이 잠들어서 깨는 데 한참 걸렸다. 처음엔 어머니를 위해 할 일이 있는 것 같은데, 그게 무엇인지 생각나지 않았다. 그리고 나서 좀 더 잠에서 빠져나와, 의식이 있을 것이며 아버지를 거들어야 한다는 생각을 했다. 그 다음에 나는 잠이 깼고, 내 방 작은 창문으로 하늘의 첫 빛이 막 보이기 시작했다. 그리고 전날 보았던 피투성이 상처들과 죽어 가는 남자들의 수많은 모습들, 그리고 그것들과 함께 시를 노래하는 시인의 목소리가 내 마음속을 휙 하니 지나갔다. 그러고 나선 오늘 평화의 맹약이 새롭게 맺어지든가, 아니면 도시 안에서 전투가 벌어져 나의 민족이 패배하고 죽게 될 것임을 인식했다.

나는 일어나서 귀퉁이가 불에 그슬린 붉은색 테두리가 있는 낡은 토가를 입고 아버지를 깨우러 그의 처소로 달려갔다. 그러나 아버지는 이미 일어나서 준비를 마친 상태였다. 그는 내가 왜 왔는지 또는 왜 같이 가려고 하는지 묻지 않았다. 드랑케스 및 두 명의 좀 더 나이 지긋한 남자들과 함께 우리는 의식의 도구들을 모았고, 나는 소금 친 밀가루 그릇을 마구간 앞마당으로 가져갔다. 거기서 전투 때문에 황폐해진 농장들에서 들여온 가축들 중에 짐승들을 골라낼 터였다. 그것들을 뽑았을 때쯤엔, 제물로 쓰기 위해 끌고 나갈 시간이 다 되어 있었다.

보초를 서던 병사들이 성문을 열어 주면서, 방패에 무기들을 부딪혀 땡그렁 소리를 내고 환호하며 왕을 맞이했다. 그들은 우리 뒤로 문을 닫으려고 했으나 라티누스 왕이 말했다.

"성문을 열어 두어라!"

그는 앞서서 성큼성큼 걸어갔다. 떡갈나무 홀을 창처럼 들었고, 자줏빛 붉은 테두리가 있는 널따란 토가는 동틀 녘에 선명해 보였다. 우리 군대는 모두 질서 있게 정렬해 있으면서, 성벽과 도랑 바깥에 세워진 토루로부터 바깥쪽을 마주하고 있었다. 이제는 짓밟혀 흙먼지가 되어 버린 좁은 농지 너머, 트로이아 인과 그리스 인 및 에트루리아 인 들이 막 대열을 형성하고 있었다. 두 군대 간의 공간은 이미 정리되어 성소로 구획되어 있었고, 흙으로 만든 제단이 중앙에 세워져 있었다. 도시에서 나온 늙은이들이 그 옆에 그들이 만들어 놓은 화로에 장작을 쌓느라 분주했다.

라티누스 왕은 곧장 제단으로 걸어갔다. 그는 두 손을 들어 손바닥을 위로 향했다. 우리의 의식을 돕는 어린 소년 카에수스는 갓 잘라 낸 잔디 조각을 준비해 놓고 있다가 왕의 두 손 위에 똑바로 놓았다. 라티누스 왕은 그것을 제단에 올렸다. 그가 막 그렇게 할 때, 해가 동쪽 언덕들 위로 첫 번째 광선을 비추었고, 아이네아스가 두 군대 사이에 앞으로 나서서 제단을 두고 라티움의 왕 맞은편에 섰다. 모든 일이 이미 계획되어 수없이 예행연습을 치른 듯이 벌어졌고, 모든 일이 마땅히 그래야 할 것처럼 벌어졌다.

아이네아스와 함께 그의 아들 아스카니우스가 와서 옆에 서 있었고, 투르누스는 제단 앞의 라티누스 왕 뒤에 가서 섰다. 아이네아스는 훌륭한 갑옷을 입고 내가 후일 알게 된 그 방패를 들고 있었다. 그의 투구 장식은 불을 뿜는 화산 구름 같은 붉은색 깃털이었다. 투르누스는 마찬가지로 화려하게 금을 입힌 청동 갑옷을 입었고, 하얀색으로 우뚝 솟은 투구의 깃털 장식이 아침 바람에 끊임없이 나부꼈다. 그의 누이가 잿빛 베일을 쓴 채 근처에 서 있었다. 아버지는 토가의 끝자락을 끌어당겨 머리에 뒤집어쓰고 있었고, 나 역시 그랬다.

뒤돌아서 나의 도시를 올려다보니, 라우렌툼의 담장과 지붕마다 사람들, 그러니까 여자들, 남자들, 아이들이 까맣게 달라붙어 있었다. 그들은 모두 조용했고, 두 군대의 사내들도 조용했다.

나는 소금 친 밀가루 사발을 들고 앞으로 나섰다. 아버지가 그것을 조금 쥐어 제물들에 뿌렸다. 제물은 흰색의 거세하지 않은 어린 수퇘지와 아주 훌륭한 흰색의 털을 지닌 두 살짜리 양이었다. 아이네아스가 앞으로 나서서 잔처럼 손을 오므려 내가 내밀고 있는 사발에서 밀가루를 조금 떴다. 내가 그에게 가까이 다가간 것은 그때가 처음이었다. 그는 체구가 큰 사내였다. 온통 뼈와 근육뿐인 데다 햇볕에 타서 가무잡잡했고, 얼굴엔 상처 자국이 있고 인생의 고락을 겪은 듯하며, 수척하면서도 빼어났다. 알부네아의 빈터에서 시인이 그의 이름을 말한 후부터 내가 알아 왔던 그리고 알고 있는 바로 그 남자였다. 나는 그의 얼굴을 올려다보았고, 그는 내 얼굴을 내려다보았다. 그는 내가 누구인지를 알아보았다.

그는 돌아서서 밀가루를 짐승들 위에 흩뿌렸다. 나는 아버지에게 내가 가지고 다니는 작은 의식용 칼을 건네었고, 아버지는 조심스럽게 돼지와 양의 이마에서 약간의 털을 잘라 냈다. 아버지가 나에게 칼을 돌려주었다. 나는 그것을 아이네아스에게 건네었다. 그는 칼을 받아 들고서 돼지의 털 한두 가닥과 양의 곱슬털 한 가닥을 잘라 내고 난 후 나에게 돌려주었다. 그러고 나서 두 사람 다 화로로 나아가 제물들을 불 속에 떨어뜨렸다. 카에수스가 포도주 병과 오래된 은잔들을 쟁반에 담아 왔다. 소년은 잔에 술을 가득 부어 두 왕에게 각각 바쳤다. 먼저 라티누스 왕이, 그 다음엔 아이네아스가 제단 위의 파란 풀 위에 제주를 부었다. 아버지는 나지막이 노래하는 목소리로 의식의 말들을 하며, 대지와 시간과 그 장소의 신들에게 기원했다. 아이네아스는 진지하게 경청하며 서 있었다.

그 시간 내내 그곳에 모인 모든 이에게서 거의 아무 소리도 들리지 않았다. 도시의 어느 지붕 위에서 갓난아이가 울었다. 어느 병사가 자세를 바꾸며 청동이 땡그랑 소리를 냈다. 저 멀리 도시의 거리의 나무들 속에서는 새들이 노래했다. 그리고 밝아 오는 하늘의 광활하고 아름다운 정적이 모든 것을 뒤덮었다.

아버지의 기도가 끝났다. 그는 뒤로 약간 물러섰다. 아이네아스는 자신의 검을 뺐다. 단련된 가죽에 청동이 내는 소리가 크게 들렸다.

그는 제단 위에 검을 들고 서서 말했다.

"저 태양이 내가 하는 말의 증인이 되리라, 내가 무수한 고초를 겪으며 도달한 이 땅 역시 증인이 되리라. 전쟁을 다스리는 마르스, 이 땅의 샘과 하천들 그리고 그 위의 하늘과 그것을 씻어 내리는 바다가 증언하리라. 만일 투르누스가 승리한다면, 나의 사람들은 패배하여 에반데르의 도시로 물러날 것이며, 나의 아들은 이 땅을 떠나 다시는 돌아와 전쟁을 일으키지 않을 것이다. 그러나 나에게 승리가 주어진다면, 아마도 그러할 테지만, 나는 이탈리아 인들을 종복으로 삼지 않을 것이며 여러분의 땅에 대한 지배를 주장하지도 않을 것이다. 우리의 민족 양쪽 모두가 정복당하지 않고 영원한 맹약을 맹세하리라. 나와 함께 나의 신들이 오리라. 나의 장인이신, 라티누스 왕은 그의 병권을 지키며 계속해서 다스릴 것이다. 나의 민족은 도시를 일으켜 세울 것이다. 그리고 라비니아는 그 도시에 그녀의 이름을 부여할 것이다."

그는 그 말을 하며 곧장 나를 바라보았다. 웃고 있지는 않으나, 그의 얼굴과 눈 속에 환한 빛이 있었다. 나는 그를 뒤돌아보고 아주 살짝, 한 번 고개를 끄덕였다.

그는 검을 낮추어 칼집에 넣었다. 아버지가 앞으로 나서서 그와 마주하고는 묵직한 떡갈나무 홀을 제단 위로 치켜들었다.

"아이네아스여, 똑같은 신들에게 내가 맹세하노라, 대지와 바다와 별들, 번개의 신, 두 얼굴의 야누스, 땅 아래 망령들에게 맹세하노라. 나는 제단을 만지노라. 우리들 사이에 서 있는 불과 신들에게 맹세하노라. 무슨 일이 닥치더라도 이 평화와 진실은 깨어지지 않으리라. 나의 의지는 결코 바뀌지 않으리라. 이 지팡이, 즉 라티움의 군주들의 해묵은 홀에서 가지와 나뭇잎이 날 때까지 결코 바뀌지 않으리라!"

그는 짐승들을 들고 있는 사람들에게 고개를 끄덕였다. 그들은 기다란 번제용 칼을 가지고 짐승들을 앞으로 데려왔다. 라티누스 왕은 양의 목을 따고 아이네아스는 수퇘지의 목을 땄는데, 저마다 신속하고 능숙하게 단 한 번씩 그었다. 그리고 그 모습에 사람들, 그러니까 옆에 서 있는 병사들과 담장들 위에 있는 시민들은 정적을 깨고 안도와 위안과 충족감으로 떨리는 길고 나직한 감탄사를 내뱉었다.

이제 에트루리아의 창자 점쟁이가 나서서 제물의 창자를 살폈는데, 그것은 에트루리아 인들이 아주 중요하게 여기는 일이었다. 그리고 짐승들을 잘라 내어 꼬챙이에 꿰어서 번제 불에 구워야 했다. 이 모든 일은 시간이 많이 걸리는 일이었다. 아이네아스와 아스카니우스는 제단에서 물러나 조용히 있었고 아버지도 그러했다. 그러나 투르누스는 누이 그리고 그녀 옆에 서 있는 루툴리아의 지휘관인 카메르스와 이야기를 시작했다. 금을 입힌 갑옷과 멋들어진 깃털 장식에도 불구하고, 투르누스는 다시 창백해 보였으며, 마치 잠을 못 잔 양 지쳐 보였다. 그는 애통해 하며 간청하는 표정으로 주변의 부하들을 계속 응시했다. 그리고 루툴리아 인들이 그의 주위로 모여들기 시작했다. 카메르스가 그들에게 크게는 아니지만 열심히 무언가를 이야기했고, 그들은 험악한 표정으로 귀를 기울였다. 복점관인 톨룸니우스 또한 그들 사이를 왔다 갔다 하며 뭔가 이야기하고 있었다. 창자 점쟁이는 끝도 없이 간이며 심장이며 콩팥을 찔러 대고 있었고, 참석자들이 불에다 한 번에 너무 많은 고기를 올리는 바람에 불을 끌 뻔해서 높이 타오르도록 불씨를 되살려야 했다. 중얼거림과 이야기 소리가 이탈리아 인들의 대열 사이로 점점 더 커졌다. 성스러운 순간은 사라졌다, 지나가 버렸다. 태양은 점점 더 높이 솟아오르고 날은 더 워지기 시작했다.

  사람들이 하늘을 올려다보더니 희미하게 들리는 소음 쪽을 가리켰다. 거대한 백조 떼가 강 쪽에서 다가왔다. 백조들은 우리와 도시를 지나 남쪽으로 향하며, 느릿느릿 왼쪽에서 오른쪽으로 날아갔다. 그리스 인과 트로이아 인의 군대가 새들이 날아가는 것을 눈으로 뒤쫓았고 우리 이탈리아 인들과 에트루리아 인들도 마찬가지였다. 그리하여 동쪽에서 독수리가 화살처럼 빠르게 난데없이 나타나 발톱으로 선두의 백조를 움켜쥐는 것을 모두가 보았다. 독수리는 소나기처럼 백조 깃털을 날리며 우리 위를 크게 돌아, 묵직하게 전리품을 들고 쏜살같이 날아갔다. 그러고 나서 가장 기묘하게도, 백조 떼 전체가 하나인 양 돌아서서 낮고 빠르게 날아갔고, 새들의 날개 그림자가 우리 위를 지나쳤다. 백조들은 독수리를 추격하여 쫓아가 괴롭히며 밀쳐 댔다. 독수리는 마침내 죽은 백조를 떨어뜨렸고 서쪽 언덕들 너머로 날아가 버렸다. 지켜보던 이들 중 일부가 망설이는 듯한 환호 소리를 냈지만, 대부분은 침묵하며 저 징조의 의미가 무엇인지 궁금해 했다.

그 침묵 속에 톨룸니우스가 소리쳤다.

"징조로다! 징조로다! 루툴리아 인들아, 라틴 인들아, 징조를 따르라! 침략자들을 공격하라! 병사들은 열을 좁혀 너희의 올바른 왕을 수호하라!"

그리고 그를 둘러싼 사람들이 소리치며 전투의 자세로 주먹을 휘두를 때, 톨룸니우스는 여섯 자짜리 창을 뒤로 당겼다가 성소 너머 그와 마주하고 있는 병사들 속으로 내던졌다.

한 사내가 그 창대 위로 엎어지며 기침인지 웃음소리 같은 기묘한 소음을 만들어 냈고, 그 소리는 침묵의 마지막 순간에 똑똑하게 들렸다.

그리고 나서 천지가 당혹감에 찬 엄청난 노호 소리로 가득 찼다. 사람들이 소리치고 무기를 끌어당기고 방패를 부딪는 소리였다. 이쪽저쪽, 사람들이 내 옆에서 돌진하며 어깨로 밀어 대어 아무것도 보이지 않았다. 제단을 빼고는 내가 아는 어떤 것도 더 이상 볼 수 없었다. 나는 제단에 바짝 붙었다. 시동인 카에수스와 함께 있던 아버지는 의식용 그릇들을 집어 올리려 애썼지만 두 손이 부들부들 떨렸다.

"도와다오, 라비니아."

그래서 나는 내가 가져갈 수 있는 것을 집어 옮겼다. 우리는 바짝 붙어서, 뛰는 사람들과 돌진하는 말들의 혼란 사이로 고투하며 제단에서 멀어져 성문 쪽으로 나아갔다. 카에수스가 같이 있지 않기에 멈춰서 그를 찾아 돌아보았다. 화려한 갑옷을 입은 어느 에트루리아 인이 발을 헛디뎌 뒤로 넘어지는 것이 보였다. 제단에 바로 그의 머리와 두 어깨가 아무렇게나 쫙 뻗었다. 또 다른 사내가 그에게 덤벼들었고 끝에 날이 있는 육중한 창으로 그의 드러난 목을 내리쳤다. 그러자 사람들이 몰려들어서 그의 갑옷을 찢고 무기를 빼앗았고 그들 위로 피가 내뿜어졌다. 몇몇 루툴리아 인들은 번제 불에서 타오르는 긴 막대들을 잡아 빼어 무기로 써먹었다. 그 막대를 사람들의 얼굴에 찔러 넣는 바람에 머리카락 타오르는 악취가 풍겼다. 그들 너머로, 한순간, 나는 아이네아스를 보았다. 다른 이들보다 키가 큰 그는 두 손을 든 채 커다랗고 탁한 목소리로 외치고 있었다. 그러고 나서 누군가가 나를 밀치는 바람에 넘어질 뻔했는데, 카에수스가 내 로브를 잡아당기고 있었다. 소년의 얼굴은 눈물과 두려움 때문에 일그러져 있었다. 나는 서둘러 아버지의 뒤를 쫓았다. 성문은 우리 앞에 열린 채로 서 있었다. 아버지의 경비병들이 몰려와 우리를 안으로 들였다.

  거리의 혼란은 성벽 바깥만큼이나 심각했다. 사람들은 트로이아 인들이 평화를 깨트리고 신뢰를 배반하여 제단에서 왕을 공격했노라고 소리치고 있었다. 많은 늙은이와 젊은이들, 노예들까지도 전투에 참가하려고 뛰쳐나갔다. 왕의 경비병들은 그들과 대피하는 부상자들을 위해 큰문을 계속 열어 두었다. 여자들은 성벽 위에 서서 욕설을 질러 대며 도랑과 누벽에서 싸우는 사내들에게 흙벽돌과 던질 수 있는 것이면 무엇이든 내던지고 있었다. 어떤 이들은 적이 도시로 침입할 시에 왕을 보호하기 위하여 큰문과 레지아 사이의 거리들로 집결했다. 다른 이들은 정원에 열심히 금은보화를 파묻거나 집 안에 숨을 수 있게 문과 창문들을 막으려 애썼다.

나는 바로 왕을 뒤따라서 회의실로 갔다. 거기에 드랑케스와 싸움에서 빠져나온 이들이 모여 있었다. 드랑케스는 겁에 질려 횡설수설하며 오로지 우리가 어디에 숨어야 할지에 대해서만 떠들었다. 아버지는 동요하여 숨을 헐떡였고 얼굴빛은 어두웠지만, 왕좌에 앉아 베루스 및 다른 이들과 의논해 도시와 궁을 방어하기 위한 명령들을 내리기 시작했다. 거기에 내가 필요치 않은 것을 보고 나는 여자들 처소로 달려갔다. 거기에는 절망과 소문과 곡하는 소리뿐이었다. 어머니는 자신의 방에 있었지만 나와서 나를 만났다. 그녀는 잔인한 경멸감을 담아 말했다.

"그래! 너의 그 대단한 트로이아 인이 이런 식으로 약속을 지키는구나!"

"그는 평화를 맹세했어요."

"그는 제단 너머 네 아버지를 공격했다!"

"아네요. 그는 아버지와 함께 평화를 맹세했어요. 그는 투르누스와 맞싸울 것을 요구했어요. 그가 지면 그들은 떠날 것이고, 그가 이기면, 그래도 라티누스 왕은 변함없이 라티움의 왕일 거라고 맹세했다고요. 아버지도 그 서약에 대고 맹세하셨고요. 하지만 유투르나와 루툴리아 인들은 그걸 원치 않았고, 톨룸니우스가 무슨 징조를 외치고는 창을 던져 휴전을 깨트렸어요. 내가 거기 있었어요. 이게 바로 정말로 벌어진 일이에요."

"그건 사실이 아냐."

그러나 어머니는 그것이 사실임을 알고 있었다. 그런 일들을 보고 나니 그녀를 두려워할 여지가 없었다. 나는 그녀의 목소리보다 더 강하게 울리는 내 음성을 들었다. 그녀와 마주하여 서 있으면서 내가 그녀보다 더 큰 것처럼 느껴졌다.

"투르누스가 나서서 아이네아스와 싸웠다면, 지금 아무런 전쟁도 없었을 거예요, 도시는 안전했을 거예요."

분노로 심장이 뜨거웠기 때문에 나는 그렇게 말했다.

"그는 우리를 배신했어요."

"투르누스가 절대 그럴 리 없어."

그녀가 말을 꺼냈지만 음성이 떨리기 시작했다.

"그건 너를 위한 거였다, 너를 위한 거였어."

"투르누스는 나나 어머니를 눈곱만큼도 신경 쓰지 않아요."

나는 어머니의 음성에서 그토록 자주 들었던 듣기 싫게 비웃는 소리로 말하고 있었다. 나는 두 왕이 맹약을 선언할 때 두 군대 사이에 있는 제단 위로 청명했던 하늘을 생각했다. 엄청나게 복받쳐 오르는 수치심과 격정이 온몸에 번졌다. 나는 어머니 옆에 무릎 꿇고서 그녀의 하얀색 팔라의 단을 붙들고 말했다.

"어머니, 용서하세요. 부디 어머니와 다투지 않게 해 주세요!"

"결코, 그가 결코 그럴 리 없어."

그녀는 당황한 것처럼 주위를 둘러보고 울부짖었다.

"내가 잘못한 걸까?"

그녀는 내 손에서 가운을 빼며 돌아섰고, 서둘러 자신의 방으로 돌아가 문을 닫아 버렸다.

나는 웅크려 앉아 한동안 슬피 울었다. 이 끔찍한 며칠 동안 억눌려 있던 눈물이 쏟아져 나온 것이다. 다 울고 나자, 나는 이마에서 머리카락을 치우고 팔라 끝자락으로 얼굴을 닦았다. 그리고 일어서서 놀라움과 근심과 혼란스러움 속에 나를 지켜보고 있는 여자들을 둘러보았다.

"휴전을 깬 것은 투르누스의 사람들이었지만, 도시를 포위하는 것은 트로이아 인들과 에트루리아 인들이 될 거야."

나는 그들에게 이야기하며, 내가 원하는 진실과 우리 모두가 원하는 확신을 더듬어 찾았다.

"그러니 저 밖에서 싸우고 있는 우리의 라틴 남자들과 우리 자신을 빼고 믿을 수 있는 벗은 아무도 없어. 궁을 안전하게 하고 포위 공격을 견뎌 내기 위해 우리가 할 수 있는 게 뭐지?"

모두가 말없이 바라보기만 했고 몇몇은 훌쩍이며 울었다. 마침내 마루나가 말했다.

"광들은 가득 차 있어요."

"우리의 페나테스들에게 찬양을. 광들은 가득 차 있고 분수는 흐르고 있으니. 요리 화덕에 쓸 장작은 많이 있니?"

그것이 실로 문제였고, 우리가 어찌 해 볼 만한 일이었다. 그 문제에 대해 논의가 일었고 티타가 말했다.

"저 월계수 나무를 벨 수도 있어요."

그 말에, 항상 어머니를 받들고 그녀의 편을 들었던 키 크고 엄한 여인인 시카나가 말했다.

"정신 나갔어, 티타? 가서 입을 씻고 네게 토끼만큼의 지혜라도 주신 신성한 모든 것들께 빌어라! 왕의 나무를 베자고! 얼간이 같으니! 마구간 뒤쪽에 늙은 포플러 나무들이 있어요, 그것부터 시작하죠."

나는 시카나에게 바로 도끼를 가지고 그 나무들을 베어 넘어뜨릴 사내들을 찾는 일을 맡겼다. 다음으로 해야 할 일들이 무수히 많았고, 여자들은 기꺼이 그것들을 했다.

그 시간 내내, 아니 그날 아침 내내 계속된 성벽 바깥의 전투에 대해서는 설명할 수 없다. 나는 그 전투의 아무것도 보지 않았다. 궁의 일이 약간 멈출 때에만 전투의 소음을 들었다. 나는 들은 얘기만 전해 줄 수 있다. 처음에는 급습을 한 까닭에, 루툴리아 인들이 트로이아 인들과 그들의 동맹을 쫓아냈지만, 그 후로 전투는 꾸준히 성벽과 성문 바깥의 누벽과 도랑 쪽으로 좀 더 가까이 밀려왔다. 메사푸스가 루툴리아 인들을 이끌고 있었다. 우리에게 가장 분명한 보고를 해준 사람은 멜루스였는데, 그는 투르누스가 여기 있다가 저기 있다 하면서 "결코 한 곳에 머물지 않았다"고 말했다. 멜루스는 레지아에서 회복 중인 부상자들 사이에 있다가 다시 싸우러 나갔었다. 그런데 칼에 베인 심한 상처가 싸우면서 다시 벌어졌다. 그는 성문이 아직 열려 있는 동안 간신히 도시 안쪽으로 되돌아왔다. 그는 왕에게 이렇게 보고했다. 트로이아 인들은 성문에 더 다가가는 대신 누벽에서 그들의 위치를 지키고 있는 한편, 아이네아스는 투르누스를 쫓아다니며 자신이 일 대 일 결투로 이 전쟁을 끝낼 권리가 있노라 주장하고 있다고 했다. 투르누스는 여기저기 전투들 사이를 누비고 다니며, 말에 탄 채 죽음을 나누어 주고 있었으나, 결코 아이네아스와는 만나는 일이 없게 했다. 멜루스는 분명하고 차분하게 보고한 후, 피를 너무 많이 흘린 탓에 정신이 희미해졌다. 그리고 정원의 치료소에서 우리는 그를 위해 최선을 다했지만, 그는 그날 저녁 죽었다. 그는 도시 남쪽의 작은 언덕에 자그마한 농장과 과수밭을 소유한 라티움의 농부였었다.

줄기차게 들어오는 부상자들이 흘리는 피 때문에, 나는 청소부들에게 자루걸레와 물에 적신 넝마들을 써서 정원 바닥을 닦아 내라고 지시하려고 했다. 그런데 그때 시끄러운 소음이 성문 바로 바깥에서 거세졌다. 궁 안에 있던 우리는 모두 하던 일에서 고개를 들었고, 몇몇은 성벽과 망루로 올라가 무슨 일이 벌어지고 있는지 보았다. 그들은 트로이아 인들이 도랑과 성벽 사이의 공간을 이미 건넜고 지금 성문을 공격 중이며, 짧게 잘려 나가기는 했지만 투구에 붉은 깃 장식을 한 키 큰 대장이 그들을 이끌고 있다고 우리에게 전해 주었다. 성문 위의 벽에 올라갔던 한 여자는, 트로이아의 대장이 이탈리아 인들은 맹약을 두 번이나 깨트렸으며 그들의 왕은 믿을 수 없노라 외치고 있다고 말했다.

"그리고 그가 베루스를 죽였어요."

그녀는 유장(乳漿)처럼 하얗게 질렸고, 높고 단조로운 음성으로 똑같은 소리를 되풀이했다.

"그냥 그의, 그의 머리를 베어 버렸어요, 그냥 베어 버렸다고요, 그의 몸을 베어 버렸어요."

"베루스를."

내가 무슨 소린지 깨닫지도 못한 채 말했다. 해야 할 일이 너무나 많았기 때문이다. 레지아 안에서도 거리에서 일어나는 엄청난 사람들의 움직임을 알 수 있었다. 일부는 성문에 달려들어 문을 열어 항복하고자 했고, 다른 이들은 창과 장대와 도끼와 부엌칼을 들고서 달려들어 적과 싸우며 그들이 들어오지 못하게 하려 했다. 도시 안의 소음은 음울하고 이유 없는 포효였다. 누군가가 "불이다!" 하고 외쳤고, 그 말에 나는 망루의 대로 달려 올라가 레지아가 위협받고 있는지 살폈다. 두어 군데에서 불화살들이 성벽 너머로 날아 들어왔지만, 그 아래 거리에 있는 사람들이 돌진하여 불을 껐다. 불이 났다는 외침은 여전히 되풀이되었고, 도시의 모든 곳에서 사람들이 알 수 없이 와글거리며 통곡하는 소음이 너무 커서 생각을 할 수 없었다.

그 소음 사이로 아래쪽 궁 안에서 여자들의 비명소리가 들렸다. 그 소리가 너무나 예리하고 날카로워 나는 돌아서서 계단을 내려가 여자들 처소 쪽으로 달려갔다.

비명과 높은 통곡소리가 울려 퍼지며 되풀이되고 있어서, 나는 시카나가 입을 떡 벌린 채 멍한 눈으로 와서 하는 소리를 듣지 못했다. 나는 그녀를 따라 어머니의 방으로 갔다. 나는 어머니가 올가미에 매달려 있는 것을 보았다. 직접 천을 꼬아 만들어 대들보에 묶은 것이었다. 두 발은 맨발이었다. 긴 검은색 머리카락은 얼굴과 몸 주위로 온통 늘어져 있었다.

시카나와 나는 그녀 밑으로 탁자를 밀었고 내가 작은 칼로 천 올가미를 끊는 동안 시카나가 그녀를 붙들고 있었다. 우리는 곁방의 긴 탁자에 그녀를 뉘였다. 그녀는 내 남동생들이 찼던 자그마한 황금 불라들을 여전히 차고 있었다.

"어머니를 씻겨 드려요."

나는 시카나와 다른 이들에게 명령했다. 어머니는 극심한 고통 속에 자신의 몸을 더럽혔고, 나는 그녀의 시신이 창피 당하는 것을 참을 수 없었다.

내가 해야 할 일은 아버지에게 전하는 것이었다.

아버지는 여자들 처소의 정신 없는 소리를 듣고는 정원을 가로질러 오는 중이었다. 드랑케스와 몇몇 이들이 아버지를 뒤따르고 있었다. 나는 월계수 나무 아래서 아버지를 멈춰 세웠다. 내가 뭐라고 말했는지는 잘 모르겠다. 그는 한동안 서 있기만 했다. 그의 얼굴은 몹시 지치고 슬퍼 보였다. 아버지는 나를 감싸 안았고, 나는 아버지를 붙들었다.

"어머니에게 가 보세요."

그 말에 아버지는 나를 놔주었다. 그리고 천천히 무릎을 꿇고 월계수 뿌리 주위에서 흙을 집어 올려 희끗한 머리카락에 문대었다.

나는 그의 옆에 앉아 위로하려고 애썼다.

그리고 비록 여자들의 방에서는 통곡이 계속되었지만, 도시와 전쟁의 소음이 거의 조용할 정도로 가라앉았음을 깨달았다.

나는 위를 올려다보고는 궁의 담장과 망루의 대 위에서 사람들이 꼼짝하지 않고 서 있는 것을 보았다.

그들은 움직이지 않았다. 움직임은 더욱 없어졌다.

그리고 나서 한숨 같은, 대지의 호흡 같은 커다란 소리가 온 성벽 주위에서 일었다. 나는 그것이 지진인 줄 알았다, 지진이 다가오며 내는 소리인 줄 알았다. 그러나 그것은 종결의 소리였다. 전쟁이 끝났다. 투르누스는 죽었다. 시는 끝났다.

아니다, 시는 끝나지 않은 채로 남았다.

당신이 그렇게 말하지 않았나, 나의 시인이여? 여기 성소에서, 독한 냄새를 뿜는 유황물이 땅 밑에서 솟아나 대지에 웅덩이를 만들고, 나뭇잎들 사이로 별들이 반짝이는 곳에서? 당신은 그것이 완성되지 않았고 불태워야 한다고 말했다.

하지만 마지막에 당신은 그것이 끝났노라고 말했다. 그리고 나는 사람들이 그것을 불태우지 않았다는 것을 안다. 태웠다면 나도 그와 함께 불태워졌을 것이다.

하지만 이제 어떻게 해야 할까? 나는 나의 안내인, 나의 베르길리우스를 잃었다. 종결 이후에 남아 있는 모든 것, 그 광대하고 길 없는 지루한 세계의 남은 모든 것 사이로 나 홀로 계속 가야 한다.

죽음 후에 남는 것은 무엇일까? 다른 모든 것이다. 태양이 뜨는 것을 본 사람이 지는 것을 못 보더라도 태양은 진다. 어느 여인이 베틀에 남겨 놓은 피륙을 위해 또 다른 여인이 자리에 앉게 마련이다.

비록 시인은 길을 바로 가리켜 주지 않았지만 나는 여기까지 애써 나아왔다. 실수 없이, 그가 말한 것들, 그가 준 단서들로 올바르게 길을 추측했다. 나는 그를 뒤쫓아 미궁의 한가운데로 들어왔다. 이제 나 홀로 돌아가는 길을 찾아야 한다. 삶 속에서는 보다 길고 느릴 터이지만, 이야기하기에는 그렇게 길지 않을 것 같다.

투르누스가 죽는 것을 본 사람들은 많았다. 그가 마침내 숨기를 멈추고 아이네아스와 싸우기로 한 곳이 라우렌툼의 성문 앞이었기 때문이다. 두 사람 다 창을 던졌고 빗나갔다. 그래서 칼끼리 마주쳤으나 투르누스의 검이 부러졌고 그는 돌아서서 다시 도망쳤다.

아이네아스는 그를 추격하려고 했으나 절뚝거림이 심해서 뛸 수가 없었다. 그는 멈춰 서서 야생 올리브 나무 둥치를 맞힌 자신의 창을 잡아 빼려고 했다. 그 나무는 신성한 나무였다. 나는 거기서 여러 번 파우누스에게 경배를 드렸다. 그런데 트로이아 인들이 누벽을 차지했을 때 그들은 파괴의 분노에 빠져 나무를 베어 넘어뜨렸고, 이제 밑동만 남아 있었다. 창이 크고 묵직하여 깊이 박힌 탓에 나무가 놓아주려고 하지 않았다. 아이네아스가 그것을 가지고 낑낑대는 동안, 유투르나가 투르누스에게 달려와 검을 주었다. 아이네아스는 마침내 창을 잡아 빼어서 투르누스에게 가며 외쳤다.

"투르누스, 이건 싸움이지 도보 경주가 아니다!"

세레스투스는 그때 그들 가까이에 있었다. 그는 나에게 자신이 본 기묘한 일을 말해 주었다. 그 환한 대낮에 부엉이, 그러니까 작은 부엉이 한 마리가 투르누스 주위를 날아다녔다. 투르누스는 얼굴에 새가 다가들지 못하게 하려 했다. 그는 마치 이미 치명적으로 상처를 입은 사람처럼 어지러운 듯, 당황한 듯 보였다. 그는 다시 조금 달아나다가 어느 경계석, 즉 경계의 표지에 이르렀다. 그는 거기서 멈춰 섰고, 돌아서서 두 팔로 그 거대한 돌덩이를 꾹 껴안아 들어 올려 아이네아스에게 던졌다. 그러나 돌은 멀리 못 가 떨어졌다. 그리고 나서 그는 거기에 변함없이 당황한 표정으로 서 있었다. 검을 쥐었지만 아무것도 하지 않았고, 마침내 아이네아스가 투르누스의 넓적다리에 묵직한 창을 던져 그를 쓰러뜨렸다.

아이네아스는 절뚝거리며 와서 힘겹게 숨쉬는 투르누스 위에 섰다. 투르누스는 일어날 수 없었다. 그는 간신히 몸부림쳐 무릎으로 앉았다. 숨을 고르자, 혼란스러움이 지나가 버린 듯 그의 말은 분명하고 차분하게 흘러나왔다.

"당신이 이겼다. 나는 아무런 자비도 빌지 않겠다. 당신이 원하는 대로 하라. 나를 죽이겠다면, 나의 시체를 고향에 계신 아버지께 보내 달라. 라비니아는 당신의 아내다. 당신의 증오를 더 이상 확대시키지 마라."

아이네아스는 그의 말을 듣고서 마치 그를 살려 주려는 듯 뒤로 물러섰다. 그리고는 투르누스가 죽어 가는 팔라스에게서 잡아 뜯은 황금 검대를 차고 있는 것을 보았다. 그는 소리쳤다.

"너는 그 소년을 살려 주었는가? 이것은 그 소년 때문이다, 이 희생은 팔라스로 인한 것이다!"

그리고 그는 검을 투르누스의 심장에 찔러 넣었다.

유투르나는 싸움 내내 전장에 머물러 있었다. 사람들은 절뚝이며 지독하게 투르누스를 쫓아다니는 아이네아스로부터 그녀가 한 번 이상 오라비를 숨겨 주었노라고 했다. 그녀는 이제 루툴리아 인들의 흐트러진 대열들 사이로 나아와 투르누스의 시신 옆에 무릎을 꿇었고, 잿빛 베일을 그 위에 드리운 채 통곡했다.

아이네아스는 검에 기대어 그곳에 서 있었고 마침내 아카테스와 세레스투스가 그에게 왔다. 그러고 나서야 그는 검을 칼집에 넣었고 동료들의 목에 팔을 둘렀다. 그들은 그가 걸을 수 있도록 도왔고, 그는 절뚝거리며 천천히 트로이아 진영으로 돌아가기 시작했다. 누벽을 건널 때 그는 돌아서서 외쳤다.

"라티누스 왕이여! 우리의 맹약은 유효하오!"

라티누스 왕은 거기에 없어서 대답할 수 없었다. 그는 머리에 흙을 묻히고 죽은 아내와 함께 안쪽 방에 있었다. 그러나 라틴 인 군대는 대답했고, 많은 목소리가 "맹약은 유효하다."를 외쳤으며, 성벽 위의 사람들이 그 말을 되풀이했다.

루툴리아의 지휘관들 중 남아 있는 소수가(아이네아스가 마지막 분노에 빠져 있을 때 감히 그와 마주치는 이는 모조리 죽여 버렸기 때문이다.) 그들의 병사들을 모아 무리를 이루어 투르누스와 카메르스와 톨룸니우스의 시신을 들어 옮겼다. 침묵 속에 그들은 아르데아로 돌아가는 긴 걸음을 시작했다. 지휘관이 없는 병사들은 흩어져서 쉴 곳을 찾거나 죽은 전우들을 찾았다. 다음 날 그들 역시 뿔뿔이 흩어져 루툴리아로, 볼스키로, 또는 언덕 지방으로 갈 터였다.

유투르나는 홀로 북쪽으로 갔다. 그녀가 가는 것은 많은 이들이 보았지만 그 이후 다시는 목격되지 않았고, 그날 밤 아버지 강에 몸을 던졌다고 여겨지고 있다.

라틴 인 군대는 동맹군들처럼 흩어졌다. 일부는 휴식이나 치료를 위해 도시로 들어왔지만 많은 이들이 전장에서 죽은 형제들이나 이웃들을 찾아서 집으로 옮겼고, 계곡 아래 또는 산등성이 너머 농장으로 돌아갔다. 이미 가까이 위치한 농장들에서는 노예들이 소나 당나귀가 끄는 수레를 가지고 나오고 있었다. 농장의 아낙이나 늙은 농부가 부상자와 사망자들을 옮기는 데 도우라고 보낸 것들이었다.

그날 밤 도시에서 우리는 도시 북쪽과 동쪽 숲으로부터 도끼 찍는 소리, 아득하게 쿵 하고 나무 쓰러지는 소리들을 들었다. 다음 날 아침에 나무꾼들은 분주히 성벽 바깥에 화장용 장작들을 날랐다.

어머니를 위해 화장용 장작더미 하나가 따로 높이 세워졌다. 그녀는 하얀 들것에 실려 옮겨졌다. 그녀가 나의 혼례용 예복이라고 부르며 짰던 섬세한 하얀색 팔라가 입혀져 있었다. 도시의 걸을 수 있는 사람들 모두가 장례식 행렬을 뒤따랐다.

죽은 이의 가장 가까운 인척이 얼굴을 돌린 채 불을 붙이는 게 관습이다. 내가 어머니에게 불을 붙였다. 불길이 자신의 소임을 다했을 때 나는 지독하게 연기를 피워 올리는 재에서 뼈 한 조각을 집어 들었다. 작은 손가락뼈였는데, 그녀의 영혼이 방황하지 않도록 땅에 묻기 위해서였다. 그리고 나서 우리의 관습대로 아버지가 서서 그녀의 이름을 세 번 외쳤고, 나와 모든 이가 아버지와 함께 그녀의 이름을 불렀다.

"아마타! 아마타! 아마타!"

그리고 그 후로는 조용했다.

늙은 호위병인 베루스가 죽었고 아울루스도 죽었다. 나의 구혼자들이었던 젊은이들 모두가 죽었다. 어머니도 죽었다. 라티움의 거의 모든 가정이 죽거나 불구가 된 아버지나 형제 또는 아들을 위해 슬퍼했다. 그렇게 많은 죽음들 가운데 살아 있는 사람이라면 참을 수 없는 수치심을 느낄 수밖에 없다고 생각한다. 사람들은 마르스 신이 전쟁의 범죄로부터 전사들의 죄를 용서해 준다고 말한다. 그러나 전사가 아니었던 이들, 결코 싸우기를 원치 않았지만 그래도 전쟁을 위해 싸워야 한다고 들었던 이들, 그들의 죄는 누가 사하여 줄 것인가?

어머니의 장례식 날 밤에 나는 마루나, 시카나, 그리고 레지아의 다른 시녀들을 불러 같이 가자고 했다. 늙은 베스티나는 슬픔으로 너무나 상심하여 아무것도 하지 못하고 어머니의 방 바닥에 웅크려 앉아 떨며 마른 눈물을 흘렸고 병든 아이처럼 작게 신음했다.

우리는 거리를 걸어 내려가 야누스의 제단으로 갔다. 거기서 나는 시작과 끝의 신에게 밀가루와 향을 바쳤다. 도시의 사람들이 주위로 몰려들었다. 우리 모두는 종교적인 행위를 갈망했던 것 같다. 우리가 이해하지 못하는 거대한 힘들을 달래고 경배하며 우리가 그 힘에 의존하고 있음을 인정해야 했다. 나는 근처의 높은 삼나무 틀 속에 열린 채 서 있는 문으로, 전쟁의 문으로 갔다. 그 문은 열려 있든 닫혀 있든 아무런 결실을 거두지 못했다. 나는 문짝 하나를 밀어 보고 다른 쪽도 밀어 보았다. 나는 그것들을 움직일 수 없었다. 열린 문짝들은 경첩에서 휘어 돌바닥에 놓여 있었다. 시녀들이 나를 도왔고, 그곳에 모여들었던 무리에서 남자들이 나와 함께했다. 우리는 마침내 강제로 문을 닫았고, 시카나와 한 남자가 네모진 떡갈나무 장대를 들어 두툼한 철재 꺾쇠에 끼워 넣어 문을 잠갔다. 그러고 나서 나는 문을 향해 말했다.

"닫힌 채로 있어라. 맹약은 유효하다!"

마치 적에게 말하는 것처럼 느껴졌고 잠시 패배감을 느꼈지만, 결코 적에게만은 아니었다. 사람들이 나를 따라 중얼거렸다.

"맹약은 유효하다!"

✹

아이네아스는 애도 기간인 아흐레 동안 라우렌툼에 오지 않았다. 그것은 순수한 예의였다. 좀 더 일찍 왔다면, 그는 자신의 승리를 내세우는 정복자로 여겨져 분노를 샀을 것이다. 그가 왕위와 병권을 라티누스 왕에게 남겨 두고 그의 신들만을 라티움에 들여오기로 맹세한 것은 중요하지 않았다. 우리는 약속이 맺어지는 과정에서 두 번이나 깨지는 것을 목격했기 때문이다.

그래도…… "새로운 왕은 서둘러 오지 않네요, 그렇죠?"라고 사람들은 말했다. 나의 시녀들조차 그를 그렇게 불렀지만, 나는 그것이 우리의 진짜 왕에게 무례를 범하는 것이라고 말했다. 그 트로이아 인이 상처를 입어 회복해야 할 거라는 이야기가 돌았고, 사람들은 약간의 만족감을 느끼며 말했다.

"역시 투르누스가 결국엔 그에게 흠집을 냈군."

오래지 않아 나는 그가 넓적다리에 화살촉을 꽂은 채 두 시간 동안 전장을 가로질러 투르누스를 쫓아다녔다는 것을 알았다. 그가 왔을 때 절뚝거리며 걷고 다소 긴장되고 수척해 보인 것도 놀랄 일이 아니었다.

그는 우리가 준비할 수 있도록 앞서 사자를 보냈고, 열두어 명 정도로 이루어진 병사들과 함께 도착했다. 모두가 말을 탔으며, 그들이 지닌 가장 훌륭한 것들로 차려입었다. 대부분 깨끗이 씻어 광 낸 갑옷을 입고, 트로이아로부터의 오랜 여행 전에는 훌륭했을 망토나 튜닉 같은 것을 걸치고 있었다. 두 명의 멋진 에트루리아 인 왕자들이 함께하고 있었으나 그리스 인은 없었다. 에반데르 왕은 아들의 죽음 때문에 비탄과 괴로움에 빠져 모든 부하들을 팔란티온으로 다시 불러들였다. 아이네아스는 맨 처음, 첫번째 맹약이 맺어지던 날, 아버지가 나를 주기로 약속하던 날 그에게 선물했던 말에 타고 있었다. 잘 훈련받았지만 기운이 넘치는 그 훌륭한 암갈색의 종마는 지나가면서 왕실 마구간의 옛 친구들인 암컷들의 냄새를 맡고 몹시 힝힝댔고, 물론 암컷들도 울음소리로 답했다. 그래서 그들이 들어설 때 그 부근은 꽤 수선스러웠다. 경비병들은 그들을 위해 라우렌툼의 문에서 비껴서 있었고 그들은 조용히 레지아 길에 들어섰다. 사람들이 구경하러 달려 나오고 지붕 위에도 바글거렸지만, 그들 역시 조용했다.

그들은 왕궁의 문 앞에서 말에서 내렸다. 나는 문 위의 엿보는 자리에서 서둘러 내려와 회의실의 뒤쪽으로 돌아서 들어가려고 했다. 그러나 왕의 경비 대장 자리를 베루스에게서 이어 받은 가이우스가 문간에서 나를 멈춰 세웠다.

"왕께서 말씀하시길, 사람을 보내어 부를 때까지 기다리시랍니다, 여왕님."

그가 나를 그렇게 부른 첫 번째 사람이었다. 나는 그가 자신이 하는 말을 알고 있었는지 잘 모르겠다. 그는 말수가 적고 내성적이며 근엄한 노인이었고, 나를 멈춰 세운 것을 난처해하고 있었다.

그래서 나는 문간에서 기다려야 했고, 그들이 하는 얘기의 대부분을 들을 수 없었다. 아버지는 다리가 교차된 왕좌에 앉아 있었다. 아버지의 등과 몇몇 트로이아 인들이 보였지만, 아이네아스는 볼 수 없었다. 약간의 연설이 있었다. 에트루리아 인인 타르콘이 부하들을 라티움 사람들에 맞서 싸우도록 한 것에 대하여 라티누스 왕의 용서를 청하며 이렇게 설명했다. 카에레의 사람들은 아르데아의 투르누스에게서 독재자 메젠티우스를 데려와 그가 응당 받아야 할 벌을 받게 하기로 결의했었다. 그런데 그들이 그러한 원정을 하려면 이방의 지도자가 있어야 한다는 신탁이 내려졌고, 딱 마침 그때 아이네아스가 나타났다는 것이다. 라티누스 왕은 사과하는 상대방의 태도만큼이나 품위 있게 그 사과를 받아들였다. 그는 에트루리아와 싸우고 싶지 않았다. 드랑케스는 엄청나게 떠들어 댔다. 투르누스가 죽은 이후로 나는 드랑케스가 아주 불쾌해졌다. 거기엔 아무 이유도 없었지만, 어찌할 수가 없었다. 그가 지루하게 한참을 떠들어 대는 동안 나는 혐오감에 주먹을 불끈 쥐고 있었다. 그러고 나서 한 트로이아 인이 뭐라고 말하고 한 에트루리아 인이 그에 대답해서 모두가 웃음을 터뜨렸고, 그것이 분위기를 바꾸었다. 그리고 나는 울려 퍼지는 차분한 음성을 들었다.

"라티누스 왕이여, 왕녀를 위해 선물을 가져왔습니다."

"무엇보다 자비로운 일이오, 고귀한 아이네아스여."

아버지가 말했다.

"그리고 그 아이는 우리의 부와 자긍심에 걸맞은 지참금을 가져갈 것이오."

"그 점에 대해서는 한 점 의심도 없습니다, 왕이시여. 하지만 내가 가져온 것, 그것을 내 손으로 직접 그녀에게 주고 싶습니다."

아버지는 고개를 끄덕였고, 시동으로 그 자리에 있는 카에수스에게 말했다.

"나의 딸 라비니아에게 사람을 보내어라."

카에수스가 나를 데려오려고 막 돌아설 때 나는 가이우스와 함께 앞으로 나섰다. 나는 어울리지 않을 만큼 빨리 도착한 것이다. 아버지는 약간 놀란 듯한 표정이었다.

마침내 나는 아이네아스를 볼 수 있었다. 그는 자리에 앉아 있었기 때문에 아까 내 위치에서는 가려져 보이지 않았다. 그가 아직도 다리를 절기 때문에 아버지가 그를 위해 접는 의자를 가져오게 했던 것이다. 그러나 그는 나를 보자마자 일어나 섰고, 우리는 마침내 같은 눈높이에서 서로를 보았다. 그는 나보다 훨씬 키가 컸지만, 나는 상단에 서 있었다.

그를 보는 것이 즐거웠다. 그것은 내게 기쁨을 불러일으켰다. 그의 얼굴에서 어떤 반짝임, 내 기쁨이 되비치는 것을 본 듯했다.

우리는 형식적인 인사로 고개 숙여 절했다. 그러고 나서 예민하면서도 상냥한 얼굴을 지닌 가무잡잡한 사내, 아카테스가 커다란 도기 그릇을 단으로 가져와 거기에 놓았다. 그것은 짙은 붉은색 점토로 만들어졌고 장식이 없었으며 바닥이 넓고 그릇의 목 아랫부분도 널찍했고 마개로 봉인되어 있었다. 아이네아스는 그에게 아주 자연스러운 격식을 차린 태도로, 또한 애정 어린 상냥함을 띠고서 도기 위에 크고 흉터 난 두 손을 올리고서 말했다.

"라비니아, 트로이아를 떠날 때 나는 조금밖에 데려오지 못했소. 나의 아버지와 아들, 일부 백성들, 그리고 내 가정과 조상의 신들뿐이었소. 아버지는 저승의 주인들과 함께 계시오. 아들인 아스카니우스, 그리고 그와 더불어 나의 백성들은 당신에게 그의 어미이자 그들의 여왕으로서 경의를 표할 준비를 하고서 기다리고 있소. 그리고 나의 페나테스들과 내 조상의 성물들을 이제 당신에게 주리다, 당신의 이름을 품을 그 도시에서, 우리 궁의 제단에서 지키고 떠받들기 위해 말이오. 이들은 정말 먼 곳으로부터 당신의 화로와 가슴에 이르렀다오."

나는 무릎을 꿇었고 마찬가지로 그 그릇에 두 손을 올리고서 가냘픈 목소리로 말했다.

"나는 저들을 지키고 떠받들 거예요."

그는 이제 활기에 차서 숨김없는 기쁨으로 미소 지으며, 나에게서 라티누스 왕에게로 시선을 옮겼다.

"우리가 어디에 라비니움을 세울까요?"

"지방을 돌아보고 어디가 가장 적합할지 알아보아야 하오. 나는 아버지 강 근처 위쪽에 구릉지들 중 한 지역을 생각했소. 재배가 잘 되는 땅이고 그 위로는 훌륭한 삼림이 있지."

"아래 연안 쪽이에요."

내가 말했다.

"알부네아에서부터 내려오는 강의 만곡부의 언덕 위에요."

사람들이 모두 나를 바라보았다.

"거기서 그것을 보았어요, 그 도시를요…… 꿈속에서."

아이네아스는 계속 나를 응시했고, 그의 얼굴은 점점 더 근엄하고 열성적이 되었다.

"당신이 그 도시가 세워져 있는 것을 보았다는 곳에 당신의 도시를 세우겠소, 라비니아."

그가 말했다. 그러고 나서 약간 뒤로 물러났지만, 우리 두 사람 다 여전히 도기 그릇에 손을 올린 채였다. 그가 다시 미소 짓고는 말했다.

"그리고 우리 혼례 날 꿈도 꾸었나요?"

"아뇨."

내가 자그맣게 말했다.

"시일을 정하십시오, 라티누스 왕이여."

아이네아스가 말했다.

"곧 시일을 정하십시오! 이미 너무 많은 시간을 허비했습니다. 너무 많은 죽음도, 너무 많은 슬픔도. 지금부터는 허비하지 않도록 합시다."

아버지는 오래 고민하지 않았다.

"퀸틸리스*의 초하루. 점괘가 길하다면."

"길할 겁니다."

아이네아스가 말했다.

---

* 3월을 시작으로 다섯째 달, 즉 7월.

물론 점괘는 길했다.

트로이아 인들이 그들의 도시를 건설하기 시작하고 우리에게 궁을 세워 주기 위해서는 6월의 남은 날들밖에 시간이 없었지만, 그들은 놀랍도록 근면한 사람들이었다. 우리 이탈리아 인들보다 규율이 더 잘 잡혀 있고 원래 그렇게 많이 쉬지 않았다. 다섯 번째 달의 초하루 즈음엔 라비니움 시내가 이미 완성되어 있었다. 작은 프라티 강의 만곡부는 요새인 가파른 바위투성이 언덕을 반쯤 에워싸고 흘렀다. 좀 더 완만하게 경사진 언덕의 동쪽과 남쪽 주위로는 도랑과 누벽이 있었다. 좀 더 높은 곳에, 다공질의 석회암으로 이루어진 도시의 성벽이 세워질 자리를 목재 울타리가 임시로 대신했다. 그 안에 거리들이 놓였다. 성까지 이어지는 큰길은 성문 직전에서 급격히 경사지고 심하게 굽이져서, 방어하기에 아주 훌륭한 지세라고 노병들은 만족스럽게 말했다. 작은 석재 건물이 언덕 꼭대기에 세워져 성문을 마주보고 있었다. 레지아였다. 한 채만 완전히 지어진 그 궁은 다른 거처의 대부분을 이루는 천막과 오두막과 건물 뼈대들 너머, 울타리를 가로질러 프라티 강의 비옥한 목초지와 동쪽으로 3킬로미터쯤 뻗어 있는 해변의 모래 언덕들을 내다보았다. 도시의 서쪽에는 떡갈나무와 소나무 숲이 그 오래된 화산, 기다란 산, 알바노 산을 향하여 높이 더 높이 솟아 있었다.

퀸틸리스의 첫날, 아버지의 집에서 보내는 마지막 날 아침 일찍 나는 신부로 차려 입었다. 번제용 양이나 송아지를 그렇게 자주 장식했던 내가 이제 꾸밈을 받고 있었고, 내 역할은 그것들처럼 유순하게 있는 것이었다. 베스티나가 청동 창날을 가지고 내 머리카락을 여섯 단으로 나누어 붉은색 양털 끈으로 각각 꼬았다. 해 뜨기 전 시내 바깥의 들판에서 내가 직접 딴 좋은 풀과 꽃으로 엮은 화환을 썼다. 모직 띠가 복잡한 매듭으로 묶여 내 튜닉의 허리에 둘러져 있었는데, 베스티나와 늙은 아울라는 그것을 정확히 어떻게 묶는지를 두고 한참 실랑이했다. 그리고 그 모든 것 위로 넓고, 길고, 가볍고, 붉은 오렌지색으로 염색한 면사포를 드리웠다. 그것은 아버지의 어머니인 마르시아 할머니가 결혼할 때 썼고, 그녀에 앞서 그녀의 어머니도 썼던 불꽃같이 빛나는 베일이었다. 그러고 나서 나는 정원에서 기다리고 있는 세 명의 소년들과 합류했는데, 그들은 모두 산사나무 횃불을 들고 있었다. 횃불의 불꽃들은 한여름 날의 밝음 속에서 눈에 띄지 않고 그저 떨림 정도였다. 카에수스가 내 앞에서 걸었고, 다른 두 소년은 옆에서 걸었으며, 그들의 어머니이자, 존경받는 시내의 여인인 루피나가 신부를 돌봐주는 기혼 부인 자격으로 내 뒤에 섰다. 우리 뒤에 아버지가 그의 고문들 및 남아 있는 경비병들과 함께 왔고, 아이네아스가 보낸 트로이아 병사들의 의장대와 결혼식에 참석하고 싶어 하는 다른 모든 사람들이 뒤따랐다.

   우리는 레지아 길로 내려갔고 백성들은 그 길 내내 우리와 함께하면서, 아무도 그 뜻을 모르지만 혼례 때 하는 말인 "툴라세오! 툴라세오!"를 모두가 외쳤고 주위에 견과들을 던지며 저속한 농담을 떠들어 댔다. 그 농담들은 혼례 의식의 일부이지만, 트로이아 인들을 놀라게 한 듯했다. 우리 모두가 라비니움까지 내내, 최소한 10킬로미터를 걸어가야 하기 때문에 그들에게 설명할 시간은 많았다. 혼례의 횃불은 몇 번을 다시 불붙이거나 교체해야 했고, 사람들은 배가 고파지자 호두 열매와 개암 열매들을 던지는 대신 먹기 시작했다.

오렌지색 면사포 속에서, 그것을 통해 세상을 내다보며 걸어가는 것은 묘했다. 내가 그토록 잘 알던 그 모든 길, 그 모든 언덕과 들판과 숲들이 약간 침침했고, 마치 일몰 빛을 받은 양 희미하게 물들어 있었다. 나는 모든 것들, 모든 사람들로부터 홀로 떨어져 있는 것처럼 느껴졌는데, 어떤 점에서 나는 앞으로 다시는 혼자가 아닐 터였다.

우리가 마침내 새로운 도시의 언덕에 있는 궁의 현관에 이르자, 카에수스가 환성을 지르며 돌아서서 타오르는 횃불을 흔들었고, 그것을 최대한 멀리 그리고 최대한 높이 우리 뒤에 모여 있는 군중에게 던졌다. 그것을 가지기 위한 쟁탈전과 무수한 고함 소리들이 있었고, 사람들은 손을 데어 가면서도 행운을 얻고자 그것을 붙잡으려고 했다.

그러고 나서 모두 다시 조용해졌고 나를 지켜보았다. 나는 베스티나가 들고 와서 쓰라고 준 늑대의 지방 덩어리를 문설주에 문대었다. 그것은 누르스름하고 한물갔으며 고약한 냄새가 났다. 그러고 나서 그녀는 나에게 붉은색의 양털 끈을 주었고, 그것을 나는 문기둥에 둘러 묶으며 문지기 신인 야누스에게 경배의 말을 중얼거렸다.

그 시간 내내 키가 훤칠한 아이네아스는 문간 안쪽 그늘에 말없이 움직이지 않고 서서 나를 지켜보았다.

일을 끝내자, 나는 가만히 서서 그를 올려다보았다.

그는 주어진 질문을 했다.

"당신은 누구요?"

그리고 나는 주어진 대답을 했다.

"당신이 가이우스인 곳에서 나는 가이아입니다."*

그러고 나자 그가 돌연히 환한 미소를 지으며 움직였다. 그는 우리 궁의 문지방 너머로 나를 높이 들어 옮겨 안쪽에 내려놓았다.

그리하여 나는 그의 아내가 되었고, 우리 백성들, 그의 백성이자 나의 백성의 어머니가 되었다.

알부네아에서 가끔 느끼고 한 번은 시인에게 내뱉기도 했던 슬픔에 찬 분노를 아내로서 나는 결코 느끼지 못했다. 나는 시인에게 왜 집에서 자란 소녀가 성인이 되면 유배되어 살아야 하냐고 질문했더랬다. 실로 나의 유배는 소소한 문제였다. 나의 옛 집, 아버지, 월계수 나무가 있는 소중한 레지아, 내 유년 시절의 라르 파밀리아리스**로부터 겨우 몇 킬로미터 떨어져 있었기 때문이다. 그러나 거기에는 그 이상의 것이 있었다. 남자들은 여자들이 신의 없고 변덕스럽다고 말한

---

* 고대 로마에서 혼례 때 관습적으로 하던 말.
** 라레스 중 특히 가정의 수호신.

다. 비록 남자들이 그들 자신의 항구적으로 위협받는 성적인 특권의 질투심에서 그런 말을 할지라도 그 속에는 약간의 진실이 담겨 있다. 우리 여자들은 우리의 삶, 우리 존재를 바꿀 수 있다. 우리의 의지와 상관없이 우리는 변화한다. 달이 하나이지만 변화하듯, 우리는 처녀, 아내, 어머니, 할머니이다. 끊임없는 변화에도 불구하고 남자들은 남자들일 뿐이다. 일단 사내의 토가를 걸치고 나면 다시는 바뀌지 않는다. 그리하여 그들은 그 경직됨을 미덕으로 만들고 그것을 누그러뜨리거나 그들을 자유롭게 해 주는 무엇이라도 그것에 저항한다. 그러나 내 소녀로서의 자아를 포기하고 성숙한 여인의 의무를 받아들이자 나는 자신이 과거 그 어느 때보다도 더 자유롭다는 것을 깨달았다. 내가 남편에게 빚진 의무가 있다면, 그것을 갚는 것은 아주 쉬웠다. 그리고 우리 사이에 이해심이 자라나면서 서로를 신뢰하게 되었고, 종교와 내 백성에 대한 의무만이 나를 구속했다. 나는 그것들과 같이 성장했기에, 그것들은 나의 일부로서 나와 무관하지 않았고 나를 노예로 만들지 않았다. 그보다는 내 영혼과 정신의 반경을 넓힘으로써 단일한 자아의 편협함으로부터 나를 해방시켰다.

    나는 라우렌툼의 페나테스들을 가져가지 않았다. 아버지는 노예였던 마루나의 어머니를 해방시킨 후 나 대신 그들의 시종이자 관리자가 되도록 했다. 내가 아이네아스의 품에 안겨 새로운 궁에 처음 들어섰을 때, 트로이아에서 그의 아버지 집에 있었던 페나테스들이 중앙 홀 뒤편의 제단 위에 서 있었다. 그것들은 이제 이 집의 신들, 내 가족의 신들이며, 나는 그것들의 시종이자 관리자였다. 그것들 근처에, 아주 오래된, 낡고 옴폭 팬 얄따란 은 사발이 신성한 음식을 위해 준비되어 있었다. 등불들은 광택 있는 검은색 점토로 만들어져 있었다. 우리의 식탁 위에는 붉은색과 검은색으로 그림이 그려진 접시 하나가 놓여 있고 그 위에는 말린 누에콩이 조금 쌓여 있었다. 이 음식은 우리와 그것을 함께하는 신들을 위해 항상 식탁에 놓여 있어야 했고 그 옆에 소금 그릇이 있었다. 모든 것이 마땅히 그래야 하는 대로 되어 있었다. 그리고 베스타 여신의 화로에서는 신성한 불이 자그맣고 밝게 타올랐다.

  우리가 결혼할 때쯤 아이네아스는 나보다 두 배 정도 나이가 많았다. 근육과 힘줄과 뼈와 흉터투성이인 그의 온몸을 처음으로 보았을 때, 나는 알모와 그의 형제들이 잡아서 마르스에게 바치는 희생 제물로 죽이기 전에 잠시 동안 울에 가두어 놓았던 늑대의 여윈 광채가 생각났다. 아이네아스의 몸은 가혹한 학교에서 빚어진 것이었다. 그러나 그는 늑대가 아니었고 가혹한 사내도 아니었다. 나는 그가 나에 앞서 두 여인을 사랑했으며 그들 모두를 위해 슬퍼했다는 것을 알고 있었다. 처음엔 나를 맹약 속의 한 가지 항목으로서만 알았겠지만, 천성적으로 그리고 습관적으로 그는 나를 아내로서, 자신에게 친밀한 존재로서 대하고자 했다. 처음엔 나의 젊음에 경외심을 가졌던 것 같다. 그는 나를 다치게 할까 봐 겁냈다. 그는 믿기지 않는다는 듯이 즐거워하며 나의 아름다움을 찬양했다. 그는 나의 성적인 무지함을 존중했지만, 나는 그것에 초조했고 그가 이내 알게 되었듯 그에게서 배울 준비가 되어 있었다. 우리가 사랑을 나눌 때마다 나는 시인이 말해 준 것을 기억했다. 이 남자는 여신으로부터, 즉 달과 바다의 파도를 움직이고 봄철 들판의 짐승들을 짝 지우는 원동력이자, 열정의 힘이자, 샛별의 빛으로부터 태어났다는 것을.

 우리가 보낸 3년간의 결혼 생활을 아주 상세히 말하지는 않겠다. 그럴 수가 없다. 우리에게 그토록 중요해 보였고 우리의 나날을 그토록 충만하게 채웠던 행동과 일에 대해 많이 떠들지 못하도록 내 마음이 나를 억제하기 때문이다. 실로 그것들은 우리 두 사람에게 그리고 우리 백성들에게 중요했다. 그리고 그것들은 그때뿐이 아니라 그 후로 영원히 나의 삶을 채우며 나를 완전하게 했다. 그리하여 비록 내가 과부 신세의 쓰라린 슬픔을 알게 되긴 했지만 전적인 공허감을 느낀 적은 거의 없다. 커다란 행복을 잃어버리고 그것을 회상하려고 하면 슬픔만 청하게 될 뿐이다. 그러나 그 행복에 안주하지 않으면 마음과 몸 속에 조용히 그렇지만 지속적으로 행복이 거주하고 있음을 가끔은 발견하게 된다. 내가 아는 가장 순전한, 가장 완벽한 행복은 젖을 먹는 갓난아기와 젖을 주는 어미의 행복이다. 그것으로부터 나는 완벽한 충족감이 무엇인지 배웠다. 그러나 기억하고 이야기하고 열망하는 것으로는 행복을 되찾을 수 없다. 그것을 알았던 것으로 족하며, 그것이 전부이다.
 아이네아스가 얼마나 짧은 시간을 살지 나는 알고 있었지만 그는 몰랐다. 아니면 그가 몰랐다고 내가 생각하는 것일 수도 있다. 그의 여행 동안, 또는 그가 망령들 사이로 갔을 때* 들었을 모든 예언들을 나는 알지 못한다. 만일 그가 자신이 얼마나 살지 알고 있었다면, 알고 있다는 사실에 그는 전혀 압박당하거나 시야가 짧아지거나 희망이 움츠러들지 않은 것이다. 그는 두려움 없이 앞을 바라보며 다가올 시간을 계획하고자 했다. 그는 도시를 짓고 국가를 건설하며, 그의 백성과 가족과 자신의 복지를 위해 가능한 모든 면에서 노동하는 사내였다. 그의 방패는 우리의 현관 홀에 걸려 있었는데, 다가올 시간의 상들로 가득했다. 왕들, 신당이 세워진 언덕들, 영웅들과 그들의 전쟁들. 그는 어깨에 백성의 미래를 짊어지고 전투에 임했었다. 이제 그는 평화 속에 그 미래를 세울 작정이었다.

트로이아에서 전쟁으로 10년을 보낸 후, 뜻밖에 원하지도 않던 여기 이탈리아 해변에서 그는 전쟁과 다시 마주쳤다. 그는 다시는 전쟁과 마주치지 않기를 바랐다. 라티누스 왕이 그랬던 것처럼 항구적인 평화를 세우기로 결심했다. 그의 첫 번째이자 가장 강력한 목표는 트로이아 인들 및 함께 라비니움을 세운 라틴 인들 사이에서, 그리고 우리의 모든 이웃 민족들 사이에서, 법치, 협상과 중재의 관습, 무분별한 폭력에 대한 합리적인 인내심의 우위를 확립하는 것이었다.

나는 오래지 않아, 그러니까 첫해가 지나가면서 여기 이탈리아에서 벌어지는 덧없는 전쟁을 끝내는 데 그가 얼마나 마음을 쏟고 있

---

* 아이네아스는 아버지를 만나기 위해 저승을 찾아갔다.

는지, 그것이 자신이 어떤 사람이고 본분이 무엇인지에 대한 그의 모든 생각을 어떻게 뒤흔들고 새로 형성했는지 깨달았다. 그를 압박한 것은 전쟁이 아니었다. 그것은 피할 수 없었다. 일단 마르스가 사내들을 지배하면, 마르스의 방식대로 순종해야만 한다. 그를 내리누른 것은 전쟁의 끝이었다. 투르누스가 죽은 방식 말이다. 그에게, 그것은 나머지 모든 것을 의문으로 밀어 넣었다.

그는 그것을 살해로 보았다. 자신을 살해자로 보았다. 그는 자신의 검을 물리며, 투르누스가 완전히 그리고 용기 있게 항복할 시간을 주었지만, 그 후, 복수의 분노에 빠져 무력한 자를 봐주고 정복당한 자를 용서해 줄 의무를 잊어버린 채 그를 죽였다. 그는 '네파스'를, 그러니까 이루 말할 수 없는 잘못을 저질렀다.

그 여름 아침들 동안 우리는 일을 시작하기 전에 이야기를 했다. 점점 길어지는 가을 밤엔 어둠 속에서, 부부 침상 속에서 이야기했다. 그는 나에게 얘기를 털어놓아도 괜찮다는 것을 알았는데, 내 생각에 오래전, 트로이아가 포위 공격을 당하던 어두운 시절, 그가 젊었을 때의 크레우사만 빼면 누구에게도 그리한 적이 없었던 것 같다. 그는 엄격하게 그리고 끊임없이 자신이 한 일과 자신이 해야 할 일에 대해 생각하는 사람이었고, 그의 능동적인 양심은 나의 경청과 침묵 그리고 명확히 하고자 애쓰며 대답하려는 나의 시도들을 반겼다. 그리고 나의 무지는 그가 질문하는 것을 반겼는데, 그의 질문은 무엇이 질문할 가치가 있는가를 가르쳤다.

"당신은 화가 나 있었어요. 당연히 그렇죠! 먼저 투르누스는 당신에게 도전했어요, 그러고 나서는 일부러 당신을 피해 다니면서 당신이 계속 뒤쫓도록 했죠. 당신이 다쳤다는 것을 알고서 지치게 하려고요. 그건 겁쟁이의 술책이었어요."

"그것이 술책이었다 치면. 전쟁에서는 모든 것이 공정하다오."

"하지만 그는 휴전을 깨트렸어요!"

"그건 그가 저지른 일이 아니었소. 그는 누이가, 카메르스가, 그러고는 톨룸니우스가 이야기하게 내버려 두었을 뿐이고, 톨룸니우스 그자가 창을 던졌지. 정말로, 톨룸니우스를 죽인 데 대해서는 전혀 후회가 없소…… 하지만 투르누스는 그때나 그 후에 말을 하지 않았소. 마지막에 이르기 전까지 안 했지. 그는 주문에 걸린 사람처럼 행동했소."

"세레스투스가 한 얘기가 그거예요. 당신이 투르누스와 대적하기 직전에 그가 본 부엉이 말예요…… 그는 자신이 날개로 투르누스를 치며 그의 머리 주위를 날아다니는 부엉이를 본 것인지, 아니면 투르누스가 보고 있는, 실제로 거기에 존재하지 않은 어떤 것을 본 것인지 모르겠다고 말했어요."

나는 아이네아스가 살짝 진저리치는 것을 느꼈다. 그는 말이 없었다.

한참 후에 내가 말했다.

"투르누스가 물려받은 유산에는 악한 데가 있었던 것 같아요. 내 어머니 쪽 가문에 말예요. 지독한 어떤 것이. 광기나 어두운 마음이나. 그건 검은 뱀처럼, 빛 없는 불처럼 그들의 피 속에 흘렀어요. 아아, 모든 선한 신들과 대지의 어머니와 나의 유노 신이여, 그것으로부터 나와 내 아이를 지켜 주소서!"

그 무렵에 나는 임신했다는 것을 알고 있었다. 그래서 나 역시 이 이야기하며 몸서리를 쳤고, 용기를 얻으려 아이네아스에게 꼭 매달렸다. 그는 내 머리카락을 쓸어 주며 달랬다.

"당신에게는 악한 데가 없어요. 당신은 저 언덕 위, 순수하고 맑은 누미쿠스의 샘처럼 깨끗한 영혼을 지녔소."

그러나 나는 악취를 뿜는 푸르스름한 연무 아래, 조용하고 파리한 빛을 띤 알부네아의 샘을 생각했다.

"투르누스는 젊었소. 야망이 넘치고 성급했지⋯⋯ 하지만 그의 속에 무엇이 악했다는 거요?"

"탐욕이오."

나는 바로 대답했다.

"탐욕, 이기심⋯⋯ 자기, 자기뿐! 그는 세상을 볼 때 오로지 자신이 거기서 원하는 것으로만 보았어요. 그는 검띠 때문에 그 그리스 소년을 죽였죠. 소년을 잔인하게 죽이고, 그것을 자랑했어요! 당신은 참을 수 없었죠⋯⋯ 투르누스의 어깨에서 그 띠를 보는 것 말예요."

"나도 에트루리아 소년 라우수스를 죽였소. 잔인하게."

"당신은 자랑하지 않았잖아요!"

"안 했지. 나는 그것에 대해 슬퍼했소. 하지만 그러는 게 무슨 소용이오? 그는 죽었는데."

"하지만 아이네아스, 그 전투에서는 누구도 다른 이를 살려주지 않았어요, 목숨을 구걸할 때조차도…… 당신이 그렇게 말했죠."

나중에, 나는 그 얘기를 한 것이 아이네아스가 아니라 시인이었음을 기억했다. 그러나 아이네아스나 나나 그때는 그것을 눈치 채지 못했고, 나는 번민에서 그를 구해 주고 싶은 소망에 말을 계속했다.

"죽도록 싸웠지요, 당신과 투르누스뿐이 아니라 당신들 모두가. 당신이 피에 대한 굶주림으로 미쳐 있었든 바닷물처럼 차가웠든 그것은 상관없어요, 당신은 해야 할 일을 한 거예요. 팔라스는 투르누스를 죽이려고 했고 그래서 투르누스가 그를 죽였지요. 라우수스는 당신을 죽이려고 했고 그래서 당신이 그를 죽였고요. 그리고 투르누스가 당신을 죽이려고 했기에 당신이 그를 죽인 거예요. 그건 당신들 두 사람 사이에 누군가가 죽을 때까지 싸우는 결투였어요. 다른 어떤 것도 그 전쟁을 끝낼 수 없었어요. 그건 질서, 그러니까 전쟁의 '파스'예요. 그렇지 않나요? 그리고 당신은 그것에 순종했어요. 당신은 당신이 해야 할 일을, 행해져야 할 일을 했어요. 항상 그러듯이!"

그는 한동안 아무 말 없다가 짧게 뭐라고 했다. 나는 그가 내 주장에 감명을 받은 줄 알았다. 그러나 그는 그 때문에 고뇌하고 있었다.

한참 후에야 그에게 약간의 자기 합리화를 허용하던 자책감을 내가 앗아가 버렸다는 것을 알았다. 만약 그가 전투의 분노를 그의 경건함의 적으로, 그의 보다 나은 자아를 압도하는 순간적인 분노로 볼 수 없다면, 만약 그가 투르누스를 죽인 것을 치명적인 한순간의 마음의 혼란으로 볼 수 없다면, 그 분노를 자신의 참된 본성의 일부, 사물의 바른 질서의 일부로 보아야 했다. 그가 지지하고 봉사하고 지키기 위해 인생을 바쳐 온 질서 말이다. 그가 투르누스를 죽인 것을 그 질서가 옳은 행동이라고 받쳐 준다면, 질서 자체는 옳은 것일까?

투르누스의 죽음은 아이네아스의 대의의 승리를 확실하게 해 주었지만, 인간 아이네아스에게는 치명적인 패배였다.

투르누스를 칼로 찌르며 아이네아스는 그 살해를 희생이라고 불렀다. 그러나 무엇의, 무엇을 위한 희생인가?

나는 나의 인내심 많은 영웅에게 어떤 용기를 요구하고 있었던 것인지 몰랐다. 우리는 다시 그 문제에 대해 이야기하지 않았다. 나는 내가 그의 마음에서 불필요한 죄책감을 없애 주었고, 그를 위로해 주었으며, 용기가 부족하다는 걱정을 덜어 주었다고 쭉 생각했다. 젊은 아내들이란 엄청난 바보가 될 수도 있는 법이다.

우리의 작은 레지아를 중심으로 우리의 도시는 급속히 성장하여, 때때로 그것은 그 도시에 대한 내 꿈처럼 비현실적으로, 하나의 환영처럼 보였다. 하지만 우리 궁 문에서 내다보이는 사방의 짚 지붕과 타일 지붕들, 그 지붕들마다 요리하느라 올라오는 연기 냄새, 사람들의 목소리, 그러니까 젊은 라틴 인 아내가 트로이아 인 남편을 부르고, 장인이 조수에게 소리치고, 아이가 뜀뛰기 시합 노래를 부르는 소리…… 그것들은 모두, 매일 아침과 매일 저녁, 생생하고 명랑한 현실이었다. 라비니움은 그 성이 작고 어두운 빛깔의 프라티 강 위로 석회암질의 암반에 대다수의 성들보다 좀 더 높이 서 있긴 해도 이탈리아 연안의 여느 도시들과 많이 비슷해 보였다. 트로이아 인들에게 맡겨졌다면 건물들을 다르게 세웠을지 모르지만, 목수들이 이탈리아 인들이었던지라 그들은 늘 하던 대로 일을 했다. 그리고 나는 성벽 안쪽에 그대로 둘 수 있는 나무들은 모두 그대로 남겨 두어야 한다고 주장했다. 트로이아 인들은 처음에는 그것을 이상하게 생각했지만, 그들도 한여름에 그늘의 장점을 인정했고, 자기 집을 보호해 주는 떡갈나무나 월계수나 버드나무 숲을 자랑으로 여기게 되었다. 우리 레지아엔 대부분의 집들보다 그늘이 적었다. 하지만, 내가 아버지의 궁에 있던 월계수의 어린 가지를 우리 궁의 정원으로 가져왔고, 1년이 안 되어 그것은 이미 우리 머리보다 높이 자라 있었다. 그리고 우리는 야생 포도를 심어 격자 위로 타고 올라가 정원의 남쪽 끝에 그늘이 지게 했다.

첫해에 매우 많은 혼례가 있었다. 시칠리아에서 트로이아로부터 시작된 이 오랜 피난의 마지막 구간에 이른 트로이아 여자들은 많지 않았다. 남자들은 찾을 수만 있다면 어디서든 열심히 아내를 취했다. 겨울 즈음 라티움에 미혼 여자는 거의 없었고, 미혼의 라틴 사내들은 무수히 불평을 해 댔다. 나의 실비우스는 라비니움에서 태어난 첫 번째 아기였다. 그러나 그해 5월이 다 가기 전에 주변 시내의 요람에서는 다섯 명 이상의 어린 트로이아계 라틴 인 아기들이 울어 댔고, 출산을 보살피는 신들은 그해 그리고 그 다음 해 내내 바빴다.

트로이아 인 사위를 얻은 지방의 가정들은 유대감에 의해 도시로 끌렸고, 장인들은 도시가 그들의 재주를 필요로 함에 따라 도시로 왔다. 그들 대부분이 새로운 시내와 왕을 마음에 들어 하며 자리를 잡고 눌러앉았다. 오래지 않아 라비니움에는 트로이아 인들보다 라틴 인들이 더 많아졌다. 아이네아스와 함께 그토록 먼 길을 왔던 강인한 전사들은 이탈리아 인 가장들 사이에서 이탈리아의 가장들로 살아가며, 본토 농부들 옆에서 농사를 짓게 되었다. 그들의 위대한 도시는 전설이 되었고, 그들의 고귀한 혈통은 의미가 없어졌으며, 그들의 모든 전쟁, 모험, 폭풍, 여행은 이국땅 작은 도시의 작은 집 안에 있는 난롯가에서 일상의 가정생활 속으로 가라앉아 버렸다.

그것은 몇몇 이들에게, 특히 좀 더 젊은 이들에게는 힘든 일이었다. 서른이 넘은 이들은 대개 고난을 끝내고 바닷물과 작별했다는 것, 자신의 가정과 아내가 있는 침대를 갖게 되었다는 것을 반겼다. 그러나 아이네아스는 십 대와 이십 대의 젊은이들을 주시하며 그들에게 힘든 일을 부과했다. 어떤 식으로든 위험한 일은 젊은이들의 몫이었다. 그리고 그는 엄격한 군사 훈련과 운동 경기를 계속하도록 했다. 잇따른 기술 경합이나 운동 경기에서 그들은 우승을 겨루었고, 그러는 동안 좀 더 나이 많은 이들과 아이들은 구경하면서 응원을 보냈다. 젊은 라틴 인들은 이 시합들에 환영받았고, 많은 이들이 강력한 경쟁심을 품고 참가했다. 시합들이 특징인 다양한 트로이아의 휴일들이 있었고, 아이네아스는 달력에 더할 수 있는 모든 라틴의 축제를 더했다. 그래서 젊은이들은 이런저런 행사들을 위해 늘 훈련을 했다.

나의 양아들인 아스카니우스는 아프리카에서 말 타는 법을 배운 훌륭한 기수라서, 어느 전시 훈련이나 승마 때에도 보통 선두에 섰다. 다른 운동들, 그러니까 궁술이나 경주, 뜀뛰기, 레슬링, 또는 검이

나 창으로 하는 군사 훈련에서는 쉽사리 최고에 끼이지 못했지만, 그는 자신이 최고여야 한다고 생각했고 남들보다 뛰어나기 위해 지독하게 자신을 몰아붙였다. 예순 번째 또는 쉰 번째, 아니면 두 번째 등수에만 들어도, 그는 성을 내며 창피해 했고 판정에 반박하거나 인상을 쓰고는 가서 자책하곤 했다. 멧돼지나 사슴을 잡은 사냥꾼이 자기가 아니라면 우울하고 언짢은 기분으로 사냥에서 돌아왔다. 그는 자기 아버지의 진지함과 의무감을 지녔지만, 아버지의 균형감이나 참을성 있는 힘을 지니지는 못했다. 유랑하는 동안 유배된 트로이아 인들은 자연히 젊은 왕자를 가장 아꼈고, 그리고 그들이 카르타고에 있을 때 그 여왕이 그를 망친 듯했다. 그는 디도가 하게 해 준 일과 그것이 아프리카에서 얼마나 멋졌는지에 대해서 항상 얘기했기 때문이다. 그가 그러한 얘기를 할 때 아버지의 얼굴이 얼마나 어두워지는지 알아챘는지는 몰라도, 왜 그러시냐고 결코 이유를 묻지 않았다. 자신보다 겨우 몇 살 더 많은 나와 있을 때면 조심하고 삼갔다. 나는 그가 잃어버린, 그를 소중히 아껴 주는 어머니가 될 수 없었다. 나는 그에게, 심지어 나 자신에게도, 좀 더 손위 누이 같고 아버지의 사랑에 대한 강력한 경쟁자 같았다. 그는 갓난아기인 배 다른 형제를 시샘했다. 아이네아스가 아스카니우스를 사랑한 것만큼 아들을 사랑하는 아버지도 없었을 것이다. 그러나 아스카니우스는 아직 관대함을 키우지 못해서 그 사랑을 단순히 받아들이려 하지 않았다. 자신이 우월함을 증명함으로써 아버지의 사랑을 얻었다고 생각했다. 그는 침착하지 못하고 불행했으며, 그의 불행은 아버지를 심란하게 했다. 다행히 그는 사냥을 좋아해서, 원하는 만큼 자주 사냥꾼 무리와 더불어 산으로 향했다. 우리의 가축은 아직 많지 않았고 시합은 우리에게 큰 즐거움이었다. 아스카니우스는 잔치를 열 만한 고기와 곰 털가죽이나 큰 사슴의 뿔, 또는 산돼지의 엄니를 전리품으로서 가지고 성큼성큼 걸어 들어올 때면, 자신이 필요한 존재라고, 아버지와 맞먹는 영웅이라고 느낄 수 있었다.

나의 아들 실비우스는 5월 초하루 다음 날 태어났다. 우리 계산으로는 조금 일찍이었고, 우량아는 아니었지만 건강한 아기였다. 아기의 붉고 작은 얼굴이 새끼 고양이의 얼굴만큼이나 평평하고 눈초리는 올라가 있었을 때조차도 나는 그 속에 숨어 있는 아비의 용모를, 짙은 눈썹과 높은 코를 알아볼 수 있었다. 아기는 한 달이 되기 전에 분명하게 웃음을 지었고 그 후 곧 진짜 울 줄도 알게 되었다. 그것도 또 제 아비를 닮아, 상냥하면서도 쉽게 감동해서 눈물을 흘렸다. 실비우스는 만족할 줄 모르고 젖을 빨았고, 이유 없이 울거나 보채지 않았으며, 푹 잤고, 깨어 있을 깨면 완전히 말똥말똥해서 명랑한 기분으로 가득했다. 아기의 아버지나 다른 엄마나 유모와 얘기할 때가 아니면 갓난아기에 대해 할 말은 별로 없는 법이다. 영아들은 일상적인 언어 세계의 일부가 아니고, 그들이 대화에 부적당한 것만큼이나 대화란 그들에게 부적당하다. 실비우스는 훌륭한 아기였고 그의 어미와 아비에게 무한한 기쁨을 주었으니, 그것으로 족했다.

라티움 사람들 사이에서 아이네아스의 사람들에 대한 적의는 심하지 않았다. 라틴 인들도 이제 알듯, 그들은 루툴리아 인들에게 이

용당하여 그들의 이익보다는 투르누스의 이익을 위한 전쟁에서 싸웠던 것이다. 그들은 굴욕감을 느꼈고 기꺼이 그 모든 일을 잊어버리고 싶어 했다. 아버지인 라티누스 왕은 이제 그 어느 때보다 더 큰 존경을 받으며 받들어졌다. 평화를 지키고자 하는 그의 노력이 그 정당함을 증명받았고 그의 예언들이 이루어졌음을 시민들이 알기 때문이었다. 그는 그들의 선의를 기꺼이 받아들였다. 그러나 그는 인생에서 낙을 잃어버린 사내였다. 건강도 곧잘 나빠졌다. 전쟁은 짧았지만 그를 늙게 만들었다. 아버지는 점점 더 자주 아이네아스를 라우렌툼으로 오라고 불렀다. 아니면 당신이 라비니움에 와서 통치와 땅의 사용에 관한 문제들, 파종과 수확, 거래에 관한 결정들을 가지고 그에게 조언하거나 상의했다. 그는 아이네아스가 그의 아들이자, 라티움의 다음 왕이라는 것, 그러니 그의 고문관들이 아이네아스의 신임을 계속해서 얻지 못하면 잃고 말리라는 것을 분명히 했다. 아버지는 우리에게 한없이 관대했다. 그에게 속한 왕실의 토지를 우리 농부들이 사용할 수 있게 했고, 우리의 목초지를 그의 가장 좋은 가축들로 채워 놓아서, 라비니움은 시작부터 성장하고 번영할 수 있었다.

　몇 년이 안 되어 이 새로운 시내는 옛 시내로부터 사람들을 끌어들였다. 사람들은 서로 이렇게 말했다. "저 아래 프라티 강은 활기가 넘치는군. 우리가 거기에 점포를 열면 어떨까?" 그리하여 라우렌툼은 천천히 현재의 도회지, 그러니까 아주 작고 활기 없고 조용한 곳이 되었다. 그곳의 성문은 아무도 지키지 않았고, 버림받은 집들은 커다란 나무들에 가려졌고, 레지아에는 몇몇 늙은 경비병들과 그들의 아내들, 그리고 집안의 신들을 돌보고 큰 월계수 아래 분수대 옆에서 실을 자으며 앉아 있는 노예들밖에 없었다.

　대부분의 라틴 인들과 달리 늙은 티루스는 아이네아스네 사람들에게 원한을 품었고, 전쟁에서 살아남은 하나뿐인 아들과 딸인 실비아 역시 그랬다. 그들은 트로이아 인들을 용서하지 않았고 앞으로도 절대 용서하지 않을 터였다. 그 늙은이는 라티누스 왕을 공공연히 무시하며, 그를 자신의 왕국과 딸을 이방의 모험가들에게 팔아 버린 겁쟁이라고 불렀다. 그는 왜 라틴 인들이 들고일어나 저 강탈자들을 내쫓지 않느냐고 소리쳤다. 저 왕이 하는 꼴을 봐라! 우리 가축들을 강도들에게 넘겨주고 있잖아! 라티누스 왕은 그가 소리치도록 내버려 두었고, 왕실의 목자 지위도 유지하게끔 했고, 전혀 그를 벌하거나 꾸짖지 않았다. 그것에 드랑케스 같은 이들은 놀랐다. 드랑케스는 왕이 반역적인 언사를 허용함으로써 그의 위엄과 권력을 위험에 빠트리고 있노라 말했다. 그러나 라티누스 왕은 티루스와 마찬가지로 드랑케스도 무시했다. 티루스의 폭언이 아무런 대응도 못 불러일으켰기에, 사람들은 그를 그저 달랠 수 없는 슬픔에 헛소리를 하며 적의에 찬 늙은이로 치부하게 되었다. 드랑케스에 관해서라면, 아이네아스는 나만큼이나 그를 신뢰하지 않았다. 그와 라티누스 왕은 드랑케스가 떠들도록 내버려 두었고, 그의 이야기는 아무것도 아닌 소리로 사그라졌다.

　아스카니우스가 활로 쏘았던 수사슴 케르불루스는 그때 입었던 상처로 죽지 않고 몇 년을 더 살았는데, 절뚝이며 겁이 많아졌고 항상 농장집 근처에 머물렀다고 라우렌툼의 사람들이 이야기해 주었다. 나는 실비아에게 한 번 사람을 보내어 내가 방문해도 괜찮을지 물었다. 그녀는 아무런 대답도 보내오지 않았다. 소심함 탓에 나는 그곳에 가지 못했다. 그 늙은이가 나를 보고 분노하며 남편을 모욕할까 봐 두려웠다. 실비아가 내게서 등을 돌릴까 봐 두려웠다. 그녀는 나중에, 가축 때문에 그녀의 아버지와 오라비를 도우러 왔던 친척과 결혼했다. 그리하여 그녀는 한 번도 자신의 페나테스들을 떠나지 않았고, 고향의 농장에서 평생을 살았다. 나는 다시는 그녀를 보지 못했다.

라티움 바깥, 우리와 동맹한 이웃 왕국들 사이에, 그 전쟁은 악감정과 쓰라린 슬픔을 남겼다. 투르누스를 돕기 위해 전사들을 보냈던 이들은 모두 그들이 패배하여 절뚝거리며 고향으로 돌아오는 것을 보았고, 그들의 왕과 대장들이 죽는 것을 보았다. 전쟁 자체가 너무나 변덕스럽게 수행되었다. 맹약이 맺어지자마자 깨어지더니, 다시 회복되었고, 그러고는 맺는 중에 또다시 깨어졌다. 그리고 전쟁의 목표도 너무나 불분명했기에 그들은 누구를 탓해야 할지 몰랐다. 전쟁을 투르누스의 야심 탓으로 돌리기는 쉬웠다. 그러나 한편으로, 라티누스 왕은 시민들이 투르누스 편에서 싸우도록 허락했다. 마치 그것이 진실로 이방인들을 내쫓기 위한 이탈리아 인들의 연합이었던 것처럼 말이다. 그리고 볼스키 족과 사비니 족의 왕들과 지휘관들은 이탈리아 인들이 아니라 트로이아 인, 에트루리아 인, 그리스 인들에게 학살당했다. 에트루리아 인들이 남쪽 지방에 대한 통치권을 추구하고 있다는 것은 모두가 알고 있었다. 그리스 인들은 결코 신뢰할 수 없었다. 그리고 온 이탈리아를 그들이 물려받을 재산이라고 주장하며 배를 타고 온 이 트로이아 인들은 대체 누구란 말인가?

예언에 대한 얘기가 알려졌다. 아이네아스는 여럿이 있는 데서 그것에 대한 이야기를 한 적이 결코 없었지만, 그의 사람들 중 일부가 이야기했다. 그들은 아이네아스가 나라 전체를 다스리기 위해, 영광스럽고 영속적인 제국을 세우기 위해, 징조를 해석하고 신탁의 안내를 받아 어떻게 그들을 이곳으로 데리고 왔는가 이야기했다. 아스카니우스는 이제 그의 친구이자 지지자들이 된 라틴의 젊은이들에게 이야기했다. 그는 그들을 우리의 중앙 홀로 데려와서 장엄한 건물들과 끝없는 전쟁들에 대한 신비로운 예시들이 있는 아이네아스의 방패를 자랑했다. "저 전사들, 저 왕들이 나의 후손들이다."라고 그는 지지자들에게 말했다. 그가 말하고 있을 때, 나는 어린 실비우스를 어깨에 앉혀 지나가고 있었다, 아이네아스가 그 방패를 어깨에 지고 갔던 것처럼.

두 번째 봄, 3월 말에 일단의 루툴리아 인들과 볼스키 인들이 아르데아 바깥에서 비밀스럽게 회동했고 야밤에 나라를 가로질러서 이른 아침에 라비니움을 습격했다. 우리의 성벽은 그때쯤엔 견고하게 세워져 있었지만, 우리는 공격에 대비하여 성벽을 지키고 있지는 않았다. 도시의 문은 해 질 녘이면 닫혔다가 여명 전에 열려 양치기와 목동들이 짐승들을 데리고 드나들 수 있게 했다. 첫 번째 경고는 가축을 몰고 경사로를 오르던 두 명의 농장 소년들이 외친 소리였다.

"군대다! 군대가 오고 있어요!"

문지기가 경종을 울렸다. 비상사태에 아이네아스는 고양이처럼 움직였다. 그는 일어나 나가서 아스카니우스와 아카테스, 세레스투스와 음네스테우스를 불렀고, 내가 무슨 일인지 알기도 전에 전투 준비를 마친 남자들을 규합했다.

나는 지붕으로 올라가 성벽 너머를 건너다보았다. 창끝을 번쩍이며 거의 소리 없이 신속하게 검은 구름처럼 들판을 가로질러 나아오는 인간들을 보았을 때, 나는 공포에 사로잡혔다. 또다시 전쟁이었다. 마르스가 문을 부수러 다시 다가오고 있었다. 피와 죽음과 파괴, 모든 것의 종말이었다. 나는 실비우스를 가슴에 바짝 끌어안으며 지붕의 흉벽에 가려지도록 몸을 웅크렸고 다친 개처럼 신음했다. 나는 미혼 여자의 용기를 이미 잃어버렸다. 다른 사람들처럼 아이와 사내 때문에 두려움에 가득 찬, 기죽고 무릎에 힘이 빠진 여자였다. 다행히 마루나는 아니었다. 라우렌툼이 포위 공격에 견뎌야 할 거라고 생각했을 때처럼, 그녀는 양식과 물, 요리를 위한 장작에 관해서 이야기하기 시작했고, 그래서 나는 갑작스레 사로잡혔던 두려움에서 벗어날 수 있었다. 나는 그녀와 같이 내려가 아침 기도를 드렸고, 그러고 나서 할 일들을 살폈다.

공격자들은 결코 도시에 들어오지 못했다. 우리 남자들이 성문에서 쏟아져 나와 그들과 맞섰다. 아이네아스와 그의 노련한 지휘관들이 선두에 섰고, 트로이아 인들과 젊고 건장한 이들은 검과 방패, 짧고 긴 창들로 무장했고, 집안의 가장들은 괭이와 곡괭이, 크고 작은 낫을 휘둘렀다. 두 무리는 원을 이루는 토루의 바깥쪽 벽에서 맞붙었고, 잔인하지만 짧게 싸웠다. 몇몇 젊은 궁수들이 성문의 탑 위에서 공격자들을 쏘자 그들은 뿔뿔이 흩어졌고, 돌아서서 달아났다. 우리 남자들 중 대부분이 그들을 추격했고, 일부는 가까운 곳의 방목장에 가두어져 있는 가축들로부터 말을 잡느라 멈춰 섰다. 그러나 아이네아스는 되돌릴 수 있는 트로이아 인들과 젊은이들은 모두 도시로 돌아오게 했다. 내가 왕궁 앞에서 기다리고 있을 때 그가 군대와 함께 거리에 나타났고 돌아서서 그들에게 말했다.

"하루의 활기찬 시작으로 어땠는가?"

그의 목소리는 조용히 말하고 있을 때조차도 다른 모든 목소리들 사이로 들린다. 사람들은 모두 웃음을 터뜨리고 환호했다. 그는 계속했다.

"저들은 교훈을 얻었을 것 같군. 우리는 자제력을 실천하기에 좋은 상황에 있고. 잃은 게 적을수록 복수할 것도 적은 법이다. 모든 걸 쉽게 잊어버릴 수 있으니까. 저들을 이끄는 게 누구였나? 누구 본 사람?"

"카메르스였습니다. 아르데아의 젊은 카메르스요."

몇몇 라틴 인들이 대답했다.

"흠, 사람들이 금방 다시 그를 따르기는 쉽지 않을걸. 저들이 모두 루툴리아 인들이었나?"

그는 아직 우리 토박이처럼 여러 민족과 종족들을 구분하지 못했다. 하지만 공격자들이 누구인지 알았더라도 아마 정보를 요구했을 것이다. 그는 사람들이 질문받는 것을 좋아하며, 아는 사람 축에 드는 걸 좋아한다는 것을 알고 있었다.

"볼스키 족이었어요, 볼스키 족이 잔뜩 있었어요."

라틴 인들이 볼스키 족의 특성과 생긴 모습에 대해 다양하게 묘사하며 외쳤다.

"모자에다 말 궁둥이를 붙여 놓는 자들이죠."

한 사내가 외쳤다.

시민들은 갑작스럽게 쉬운 승리를 거두자 흥분하고 의기양양해 있었다. 가장들과 젊은이들은 그들이 쫓아가 죽이거나 항복을 받아 낸 적들의 전리품, 즉 가슴받이, 검, 투구들을 가지고 돌아왔다. 라비니움은 그날 낮과 밤 내내 떠들썩했고, 사람들은 새 술을 엄청나게 들이켰다. 아이네아스는 허풍 떠는 이들을 너그러이 봐주며 아주 늦게까지 그들을 위해 궁을 열어 놓았다.

"싸움이 사람들을 하나로 모아 주었소."

내가 자러 가기 전, 우리가 군중에게서 떨어져 여자들 처소 근처에 서 있을 때 그가 말했다.

"나의 사람들과 당신네 사람들을. 그들은 이제 모두 라비니움 사람들이오. 일어나야 할 일이었는데, 다행스럽게 일어났지."

"하지만 전쟁이 계속될까요?"

나는 어리석게 물었다.

"계속 되풀이해서 일어날까요?"

그날 아침 느꼈던 무시무시한 두려움은 결코 나를 떠나지 않았다. 마치 뼈 속에 얇고 가느다란 냉기가 흐르는 것 같았다.

그는 자신의 도시가 타오르는 것을 보았던 눈으로, 사자의 세계를 보았던 눈으로 나를 바라보았다. 그는 부드럽게 나를 안았다.

"그래요, 하지만 내가 할 수 있는 한 일어나지 않도록 할 거요, 라비니아."

한동안은 그가 대부분의 전쟁을 피할 수 있었다. 자칭 포위군의 대패는 라비니움이 스스로 방어할 수 있다는 분명한 메시지를 전했고, 그는 계속해서 그 정력적인 노력으로 사비니 족, 에트루리아의 카에레 및 다른 도시들, 팔란티온의 에반데르 왕과의 동맹을 더욱 강화했다. 여전히 아들인 팔라스에 대한 슬픔에 잠겨 있는 에반데르는 전투에서 그 소년을 보호하지 않은 것에 대해 아이네아스에게 책임이 있다는 생각을 품고 있었다. 그는 우리의 방문을 마지못해 환영했다. 나는 팔라스와 내가 어린아이였을 때 아버지와 함께 방문한 이후로 그곳에 처음이었다. 그 작은 이주지가 더욱 가난해진 것을 보니 아주 우울했다. 집은 강둑의 진흙 속에 자리 잡고 있었고, 여자와 아이들은 여위고 지쳐 보였다. 나는 놀라워하며 주위를 둘러보았다. 나의 시인이 우리 후손의 위대한 도시가 되리라고 말했던 곳이 바로 이곳이었기 때문이다. 방패 위에 그려져 있는 빛나는 궁전들과 제단들이 저 거친 언덕들 위 덤불 사이에 설 터였다. 엄청난 군중, 위대한 통치자들이 대리석 보도 위를 걸을 터였다. 여기, 초가집들과 암늑대의 황폐한 동굴 사이, 몇 마리 야윈 가축들만이 꼴을 찾아 돌아다니는 곳에서.

그날 밤 에반데르의 낮고 침침한 궁에서 우리에게 제공된 방에 우리만 있게 되었을 때 아이네아스의 분위기는 침울했다. 에반데르의 슬픔에 찬 적의를 참기가 힘들었기 때문이다. 나는 그의 기분을 북돋워 줄 방법을 찾으면서, 그리고 머릿속이 아까의 상들로 가득했기 때문에 이렇게 말했다.

"당신은 내가 어디에 도시를 세울지 아는 재능을 지녔다고 했지요."

그는 라비니움의 위치에 대한 나의 선택을 곧잘 찬양했던 것이다.

"그래요, 맞소."

"음, 여기가 모든 곳 중에서 최상의 터예요."

그는 지그시 나를 바라보며 기다렸다.

"그것을 그 속에서 봤어요…… 꿈속에서라고 해 두죠."

이렇게 시인에 관해 얘기할 뻔한 적은 한 번도 없었고, 내가 위험한 가장자리를 밟고 있다는 것을 느꼈지만, 조심스럽게 얘기를 계속했다.

"당신의 방패 위에 새겨진 도시, 그 거대한 도시 말예요……."

그가 고개를 끄덕였다.

"그 도시는 여기에 세워질 거예요. 바로 여기…… 그리고 저 언덕들, 일곱 언덕들 위에요. 그 도시는 아버지 강의 신성한 이름들 중 하나로 불리게 될 것 같아요. 에트루리아 인들은 루마라고 말하고, 우리는 로마라고 부르는 이름으로요. 그건 세상에서 가장 위대한 도시가 될 거예요."

나는 아기를 건너다보았다. 아기는 여행 바구니 속에서 폭 잠들어 있었다.

"어린 실비우스들로 가득할 거예요. 수없이 많이!"

잠시 후에 그가 미소 지으며 말했다.

"행운의 도시, 당신이 그 도시를 보았다고?"

"당신의 방패에서요, 대부분은."

"당신은 그것을 어떻게 해독할지 아는구려. 나는 결코 이해하지 못했는데."

그는 생각에 잠겨 말했다.

"추측이죠, 꿈이고."

그는 곰곰이 생각하며 아기 바구니 옆에서 아기를 지켜보다가, 이윽고 손을 뻗어 집게손가락의 바깥쪽으로 아기의 연약하고 성긴 머리카락을 쓸어 주었다.

"네가 그 방패를 지게 될 거다."

그가 아기에게 자그맣게 말했다.

"전쟁에서는 아니도록 하자고요."

"그가 지고 가야 하는 곳이 어디든······. 그럼 이리 와요, 여보. 우리는 오늘 밤 위대한 도시에서 잠들겠구려."

에반데르와의 동맹 관계에는 원한이 서려 있었고 그는 우리에게 많은 도움이 되지 않았지만, 우리가 팔란티온의 그리스 인들과 친교를 맺었다는 얘기는 아르기리파의 그리스 인들에게까지 뻗쳤다. 아르기리파는 남동쪽의 훨씬 더 크고 부유한 곳으로서 아이네아스가 오래전 먼 곳에서 알았던 이가 다스렸다. 디오메데스, 그는 트로이아 포위 공격 때 그리스 인 대장이었다. 그들 사이에는 서로를 좋아할 이유가 거의 없었다. 아카테스가 나에게 그 이유를 말해 주었다. 아이네아스 본인은 그리스 인들과 치른 그 전쟁에 대해 절대 이야기하지 않았기 때문이다. 포위 공격의 마지막 해, 전투에서 디오메데스는 아이네아스의 2륜 전차를 모는 전사를 죽였고, 아이네아스가 그리스 인 약탈자들로부터 시신을 지키기 위해 그 옆에 서 있는 동안, 커다란 돌멩이를 던져 그를 쓰러뜨렸다. 돌멩이는 아이네아스의 엉덩이를 맞혀 그를 무릎 꿇게 만들었다. 디오메데스가 죽음의 일격을 위해 검을 들었을 때 아이네아스는 눈에서 흙먼지를 털어 내고 빠져나왔다. 그것은 기묘하리만큼 정말로 예상치 못한 탈출이었고, 쓰러트리기 거의 불가능한 투사라는 아이네아스의 명성을 크게 높여 주었다. 디오메데스는 분노하여 길길이 날뛰며 전장 사이로 그를 찾아다녔다. 마침내 다리를 저는 아이네아스를 찾아내자, 돌진하여 그를 죽이려고 했지만, 위대한 투사인 헥토르가 아이네아스를 지키러 왔고, 전체 트로이아 군의 전열을 아이네아스 주위의 전장으로 물렸다.

아카테스가 이 이야기를 해 주었을 때 우리는 그리스 인들과 그들의 이주지에 대해서 이야기를 나누고 있었다. 다음 차례로 내가, 어떻게 디오메데스가 투르누스의 동맹군에 합류하기를 거절하면서, 투르누스에게 아이네아스는 위대한 신들의 보호 아래 있으니 조심하라고 경고했는지 이야기해 주었다. 아카테스는 고개를 끄덕이며 말했다.

"디오메데스는 현명한 사람이군요. 어쨌든, 예전보다는 더 현명해졌네요. 그는 엄청난 말싸움꾼이었죠. 신이든 사람이든 상관 안 했지요…… 이 모든 세월이 흘렀으니, 다시 그를 본대도 신경 쓰이지 않습니다."

그리고 우리가 팔란티온에서 돌아온 지 오래지 않아 아르기리파에서 칙사가 도착했다. 그는 선물로서 훌륭한 암말 열 필과 디오메데스의 제안을 가져왔다. 디오메데스의 백성들과 "라티누스 왕 그리고 아이네아스 왕의 통치 아래 있는" 라틴 인들 사이에 동맹을 맺자는 것이었다.

라티누스 왕은 전적으로 호의적이었다. 그는 이렇게 말했다.

"진행하게나. 거기랑 일을 진행시켜 협정을 맺게. 그러면 루툴리아 인들과 볼스키 인들은 우리와 그 사이에 끼이게 되지. 호두까기 기계 속에 드는 걸세."

"이런 속담이 있지요. '그리스 인들이 선물을 줄 때는 경계하라.' 특히, 선물이 말일 경우에는요."

아이네아스는 아주 빈정대며 말했다.

"그러면 내가 그 말들을 데리고 있겠네. 자네는 가서 연설을 하게나."

나의 아버지가 말했다. 그해 여름 아버지의 분위기는 즐거웠다. 건강이 호전되었고, 아버지 말대로 하자면, 손자의 제단에 경배를 드리기 위해 라비니움에 수차례 왔다.

아이네아스는 아르기리파에 나를 데리고 가지 않았다. 안전하지 않은 고장을 통해 한참을 가야 했고, 그는 디오메데스를 믿어도 될지 어떨지 확신이 없었다. 그가 가 있는 동안 나는 걱정하긴 했지만 심하게 걱정하지는 않았다. 겨우 두 번째 여름일 뿐이었다. 아직은 걱정할 때가 아니었다.

그와 그가 데려갔던 잘 무장한 무리는 스무 날 후에 안전하게 건강한 모습으로 돌아왔다. 그는 디오메데스와 얘기를 잘 나누었고 트로이아 전쟁을 완전히 끝냈노라고 말했다. 디오메데스는 부유했기 때문에, 그들은 수퇘지 열 마리, 황소 열 마리, 양 열 마리의 산 제물을 바쳐 제단에서 평화와 원조의 협정을 맺었다.

집으로 돌아오는 길에, 밖에서 보내는 마지막 밤, 그 밤을 아이네아스는 알바노 산에서 보냈다.

"그 산은 내가 한 번 본 적 있는 신성한 곳이었소. 그것은 이다 산*을 떠올리게 했소. 하지만 거기에는 아무도 살지 않더군."

그가 말했다.

"그곳은 신성하죠. 아버지는 분화구 가장자리의 갈라진 틈이 태양 쪽을 향하는 동지 때면 그곳에 가셨어요. 그리고 가뭄이 들거나, 때아닌 비가 오거나, 번개가 누군가를 쳐서 죽이면, 사람들은 알바노 산으로 가서 기도를 드리고 경배를 드리지요. 그곳에 왜 사람이 살지 않는지 모르겠어요. 아마 땅이 좋지 않은가 봐요."

---

* 고대 그리스 로마 시대의 성소. 제우스가 탄생한 곳이며 북서쪽에 고대 트로이아 터가 있다. 최고봉에서 신들이 트로이아 전쟁을 지켜보았다고 전해진다.

"호수 옆에 마을 하나가 있다더군. 하지만 거기엔 진짜 도시가 있어야 해요. 비록 흙이 허옇기는 해도."

"그건 하얀 재예요. 재는 포도나무에 좋아요."

아스카니우스가 말했다.

아이네아스는 이른 가을에 배를 타고 북쪽의 카에레로 갔다. 가면서 전쟁에서 도와준 대가로 우리가 타르콘과 그의 백성들에게 줄 수 있는 대로 괜찮은 선물을 가지고 갔다. 흰 소 세 마리, 흰 양 세 마리, 어린 종마 한 쌍이었다. 종마의 잿빛 털가죽은 커 가면서 하얘질 터였다. 그 말들엔 금을 입힌 가죽과 금동으로 만든 화려한 마구가 씌워져 있었는데 나의 아버지가 주신 것이었다. 두 명의 왕이 선사하기에 대단한 선물은 아니었지만, 우리의 현재 위상에는 알맞았다. 우리가 부유함이나 권세나 생활의 기술에서 에트루리아 인과 대등한 척할 필요는 없었다. 그들도 그것을 알고 우리도 그것을 알고 있었다. 카에레에서 그들은 아이네아스를 반가이 맞아 주었고, 그는 한 달 이상을 에트루리아에 머무르며 팔레리이와 베이이를 방문했고, 모든 곳에서 환영을 받았다.

나는 그의 즐거움을 망치고 싶지 않았지만, 다른 이들에게서 멀어져 우리 방에 둘만 있게 되어 속내를 말할 수 있게 되었을 때 와락 소리쳤다.

"아, 다시는 그렇게 오랫동안 떠나 있지 마요, 아이네아스! 이렇게 빌어요! 절대 다시는 멀리 가지 마요!"

그리고 놀랍게도 나는 울음을 터뜨렸다.

물론 그는 나를 달래고 진정시키면서 무엇 때문에 걱정하는 거냐고 물었고, 당연히 나는 우리에게 남아 있는 것이 이번 겨울과 다음 여름 그리고 그 다음 겨울뿐이라고 말할 수는 없었다. 나는 이렇게 말했다.

"당신이 이 여행들을 해야 한다는 걸 알아요. 하지만 그걸 나중으로…… 그러니까 실비우스가 한두 살 더 먹을 때까지 미룰 수도 있지 않나요? 올해는 말아요. 올해 더 이상 여행은 안 돼요. 아니 내년까지도. 그리고 그렇게 오랫동안은 안 돼요, 한 달 내내는 안 된다고요……"

그에게는 말도 안 되는 소리였다. 어떻게 그게 가능하겠는가? 그는 애써 보다가 마침내 말했는데 그가 할 수 있는 말은 이뿐이었다.

"꼭 여행을 해야 할 때가 아니라면 떠나지 않으리다, 라비니아."

나는 흐느낌을 억누르려고 애쓰며 고개를 끄덕였다. 나의 나약함에 대한 수치심 때문에 그리고 우리의 운명을 사실대로 믿지 않으려 애쓴 탓에 얼굴이 뜨겁고 벌겠다.

"당신이 우는 걸 참을 수 없구려."

그의 두 눈도 눈물로 가득했다.

다른 이에게 말한 적은 없지만, 그가 오랫동안 집을 비우는 것을 내가 고민하는 또 다른 이유가 있었다. 그가 가고 없는 동안 아스카니우스의 행동 때문이었다. 아이네아스는 그에게 집안일과 라비니움의 모든 문제들을 맡겨 두고 떠났고, 그건 옳았다. 장손이자 후계자는 책임을 지는 데 경험을 쌓아야 하기 때문이다. 이해할 만하게도, 아버지의 권한을 떠맡는다는 것이 겁나는 일임을 안 아스카니우스는 불안해하고 무리를 했다. 그는 고압적으로 사람들을 다스렸다. 사람들은 모든 게 그가 젊은 탓이라고 구실을 만들어 주려 했지만, 그는 그 나이 대의 젊은이치고도 보기 드물게 요령이 없었다. 그는 성급하고 고집 세고 거만했다. 어떤 방해에도 부루퉁해지고, 어떤 조언도, 심지어 아카테스의 조언도 무시했다…… 아카테스의 조언은 특히 더 무시했는데, 아마도, 아카테스가 아이네아스의 너무나 충실한 부관이자 벗이었기 때문일 것이다. 자신이 겁 없음을 증명하기 위해 전투를 바라는 건지, 아니면 싸움을 겁내는 까닭에 그 속에 걸려드는 건지, 어느 쪽인지 모르겠지만, 아스카니우스는 기회만 있으면 모두 다 투려고 했다. 아이네아스가 가고 없던 그 달에, 그는 상대해야 하는 거의 모든 사람과 무리에게 분노와 악감정을 불러일으켰고, 회복되는 데 몇 달은 걸릴 손해를 끼쳤다.

    노력해 보았지만, 나는 아스카니우스를 용서할 수 없었다. 그의 아버지의 평화로운 다스림과 그의 아버지의 마음의 평화 모두를 망치고 있었기 때문이다. 나는 아이네아스의 짧은 통치 기간이 그의 모든 고통에 대한 진정한 보상이 되기를, 행복의 피난처가 되기를 몹시 원했다. 나의 샛별의 아들이 마침내 평안함 속에서 빛나는 것을 보기를 갈망했다. 아이네아스가 에트루리아에 있는 동안 내가 아는 바를 아스카니우스에게 말해야 한다고 생각했었다. 그의 아버지의 삶은 그리 길지 않다고 말이다. 아스카니우스가 확실히 그것을 안다면, 자연스러운 효심에 아버지가 말썽과 슬픔 없이 지내기를 바라게 될 터이고, 1년쯤은 그의 경쟁심을 자제할 수 있을 터였다. 그러나 아스카니우스는 나를 너무나 의심하고 시샘해서 그를 믿고 내가 아는 바를 말할 수가 없었다. 심지어 그는 비웃을지도 몰랐다. 그는 우리의 신탁과 성소들을 포함하여 라틴의 모든 것을 멸시하는 경향이 있었다. 그리고 나는 그리스 인들의 가장 좋은 점은 여자들이 자기 자리를 지키고 있도록 하는 법을 안다는 것이라고 그가 하는 소리를 들은 적이 있었다. 그건 그저 사내아이가 떠드는 소리라고 나 자신에게 말하고, 아스카니우스가 온갖 허세와 부루퉁함 아래 실은 훌륭한 성정을 지녔을 것이라고 믿었어도, 여전히, 내가 아는 바를 이야기하기에는 신뢰가 가지 않았다. 그가 화가 나서 아이네아스에게 맞서기 위해 또는 힘을 과시하기 위해 그 사실을 이용할 수도 있을 거라는 생각이 들었다.

아스카니우스와 나는 최대한 서로를 피했다. 이제, 자신의 아내와 아들이 잘 지내지 못한다는 것을 알고서, 아이네아스는 우리 두 사람이 서로를 곤란한 입장에 빠트리지 않도록 조심했다. 비록 사람들은 요령을 나약함이나 불성실함과 종종 혼동하지만, 그것은 한 나라든 한 집안이든 그것을 다스리는 자에게 대단한 자질이다. 그리고 타인에 대한 인식은 타인을 존경하게 만들며, 사람들은 그것에 반응하여 마찬가지로 인정과 존경심을 보여 준다. 아이네아스는 요령 있게 다스렸고, 그 때문에 사랑받았다.

그는 겨울과 봄에 아스카니우스가 상처 준 땅주인들과 부족민들과 이웃 사람들과 관계를 개선하며 요령을 발휘해야 했다. 그 사람들에는 나의 아버지도 포함되었다. 아스카니우스가 반항적이기는 해도, 조상과 아버지에 대한 자부심은 어린아이의 것처럼 순진해서, 세상의 먼 서쪽 끝 어느 지방의 비실대는 늙은 두목을 자신의 왕은 말할 것도 없고, 자신과도 대등하게 받아들일 수 없었던 것이다. 아이네아스가 없는 동안 그는 라티누스 왕이 보낸 사자를 대답도 없이 물리고는 라티누스 왕의 명령과 상반되는 명령을 내렸다. 아버지는 당시에는 아무 말 하지 않았지만, 아이네아스가 돌아온 후 그 젊은이에게 다스릴 땅을 주라고 권했다. 라우렌툼이나 라비니움 양쪽 모두에서 떨어져 있는 곳으로 말이다. 라티누스 왕 자신이 굉장히 요령 있는 사람이었던 것이다. (아버지는 아스카니우스를 '그 젊은이'라고 불렀고 아이네아스의 아들로서 그를 반겼다. 반면에 손자인 실비우스는 이름을 부르면서 어린 왕처럼 반겼다. 그러나 아버지의 요령도 아버지가 아주 고집스러워지는 것을 막지는 못했다.)

아이네아스는 그 제안을 신속하게 따랐다. 그는 아스카니우스에게 알바노 언덕 지역, 알바누스 호수, 알바 롱가 마을, 그리고 벨리트라이의 옛 도시에 대한 총독직을 권유했다. 거기서 그의 일은 변화가 쉴 새 없는 이웃들과 평화를 유지하는 것이라고 말했다. 그리하여 남부 이탈리아 모든 곳의 사람들이 오는 알바노 산의 종교 축제들이 안전하게 열릴 수 있게 하고, 라틴 왕들에게 봉사하는 농부이자 병사들로 이루어진 왕실 군대의 훈련과 농업의 증진을 살피는 것이라고 했다. 그는 아들에게 딱딱하게 대했으며, 만일 말썽을 막는 대신 그 것을 초래한다면, 라비니움으로 소환되어 통치권을 박탈당할 것이라고 경고했노라고 나에게 말했다.

아스카니우스는 심복인 아티스와 함께 소규모 군대를 데리고 떠났다. 모두가 좋은 말에 타고 훌륭히 무장한 채 투구의 깃 장식을 까딱거렸고, 당당하게 으스댔다. 그는 알바 롱가에 머물렀고 아버지에게 만족스러운 보고를 보냈다. 그 실험은 성공적인 것처럼 보였다.

그를 보내 버리자 나는 크게 안심이 되었다. 남은 여름, 가을, 겨울 모두 나는 아이네아스를 독차지할 터이고 그의 아들 때문에 걱정하는 일이 없을 것이다. 봄에 대해서는 생각지 않았다. 봄은 올 것이다. 야누스가 문들을 열 것이고 그러면 마르스가 늘 그랬듯 전쟁을 불러올 것이다. 그것에 대해서는 생각할 필요가 없었다.

가축 도둑과 산적 떼, 루툴리아와 라티움 동쪽 언덕 지방의 빈민들은 외딴 농장들에 항구적인 위협이었다. 티베르 강 위쪽에 사는 아에퀴 족과 사비니 족, 그리고 거기에 공물을 바치는 알리아 족은 에반데르의 이주지를 끊임없이 괴롭혔고 가끔은 염밭을 습격하려고 전투용 카누를 타고 아버지 강을 내려왔다. 그래서 아이네아스는 뱃사람들을 실은 배들을 옛 주둔지인 벤티쿨라에 정착시켜 놓고 그들을 쫓아 버렸다. 그러나 이것들은 내 아버지가 항상 겪었던 말썽 정도였고, 라티움은 내가 어렸을 때만큼이나 다시 평화로워졌다. 아이네아스는 건축과 농작과 가축들, 그리고 아들만큼이나 자신도 좋아하는 사냥과, 나만큼이나 아끼는 늘 반복되는 의식들에 마음을 기울일 수 있었다.

왕족이라 불리는 우리들은 백성을 대신하여 천지의 신들에게 말하는 자들이고, 그 신들은 우리를 통하여 백성에게 그들의 의지를 전한다. 우리는 중개자들이다. 왕의 주요한 의무는 거행되어야 할 찬양과 회유의 의식을 수행하고, 관리와 격식을 준수하여 우리보다 위대한 신들의 의지를 이해하고 알리는 것이다. 농부에게 언제 밭을 갈고 씨를 뿌리고 거두어들일지 말해 주고, 가축이 언제 언덕으로 올라갔다가 계곡으로 돌아와야 할지 말해 주는 이가 왕이다. 그는 이러한 것들을 그의 경험과 천지의 제단에 봉사하는 것으로부터 배운다. 그것은 한 가정의 어머니가 가장에게 언제 일어나 무슨 일을 하고, 무슨 음식을 준비하고 요리할지 말해 주고, 언제 앉아서 그것을 먹을지 말해 주는 것과 같은 식이다. 그녀는 이러한 것들을 그녀의 경험과 가정의 수호신들의 제단에 봉사하는 것으로부터 배운다. 그렇게 하여 왕국과 집안에서 평화가 유지되고 만사가 형통하게 된다. 아이네아스나 나나 이러한 책임 속에서 자랐고, 그 책임은 우리 두 사람 모두에게 소중했다.

그와 라티누스 왕은 그들이 진 왕가의 의무를 조화롭게 나누었다. 좀 더 젊은 쪽은 늙은이의 결정에 늘 따랐지만 늙은이가 힘들어 하면 언제라도 그에게서 짐을 덜어 줄 준비가 되어 있었다. 우리 라틴의 모든 관습이 트로이아 인인 아이네아스에게 친숙하진 않았지만, 그는 마치 우리의 의식들을 위해 태어난 것처럼 라틴 관습을 받아들였고 기꺼이 수행했다. 나는 그해 봄, 그 화창한 봄, 암바르발리아를 이끌던 때의 그를 기억한다.

모든 농부들이 자신의 땅에서 똑같은 의식을 행하며, 그 행사를 통해 자신의 가정을 이끌었다. 라티누스 왕이 라우렌툼의 성벽 아래 자신의 땅으로 가는 동안 아이네아스는 라비니움에서 왕실의 경작지까지 행렬을 이끌었다. 그전 며칠 동안, 우리는 궁에서 많은 준비를 했고 모두가 입을 하얀 옷들을 세탁했다. 그 옷들은 반드시 흐르는 물에서 빨아야 하는데, 그것은 강으로 내려가는 무수한 여행을 뜻했다. 그리고 좋은 약초들, 행운의 약초들을 모아 엮어서 사람과 짐승들 모두를 위해 화환을 만들었다. 여기에 참여하는 모두가 전날 밤 성교를 자제하고 정숙하게 행사에 오도록 되어 있었다.

침묵은 암바르발리아에서 내가 가장 좋아하는 부분이었다. 아무도 말을 하지 않았다. 사람들도 짐승처럼 아무 말 없이 걷기만 했다. 침묵이 실제로 요구되는 사항은 아니었지만, 어떤 말도 내뱉는 순간 섬뜩한 무게를 지니곤 했고, 부적당하게 말해진 단어는 작물과 짐승들에게 재앙을 가져올 수 있으므로 아무 말 않는 게 더 쉽고 나았다. 행사에서 왕과 그의 조수들만이 '행운의 말'을 했다. 그들은 늙은 페록스가 나직하고 무표정하게 그들을 위해 한 번에 몇 단어씩 읊어주는 연도*를 거의 들리지 않게 되풀이했다. 페록스는 우리가 근처에 라비니움을 세우기 한참 전에 이 땅을 일구었다. 그는 그 기도를 알

---

* 連禱, 선창자가 읊으면 회중이 따라 읊는 기도.

고 있었고, 60년 동안 이 경작지들을 따라 순행하는 일을 인도했다. 그가 이 의식의 진짜 주인이었다.

아이네아스는 그를 뒤따르며 과일 나무와 야생 올리브의 잎사귀로 장식된 흰 양을 이끌었다. 우리 모두가 그 뒤를 따르며, 경계석에서부터 경계석까지, 야누스가 우리를 마주보면서 동시에 등 돌리고 있듯 우리도 시작과 끝을 동시에 마주한 채, 경작지를 세 번 완전히 돌았다. 우리는 침묵 속에 걸었기에, 우리가 입은 의복에서 나는 소리와 경작지를 맨발로 걷는 소리, 우리의 숨소리, 새들이 떡갈나무 숲 속, 그 위에서 봄을 노래하는 소리가 들렸다.

그러고 나서 아이네아스가 새로 난 잔디에 덮인 오래된 돌 제단으로 양을 끌고 가서 제물을 희생시켰다. 공양을 어떻게 수행하는가로부터 한 사람에 대해 굉장히 많은 것을 알 수 있다. 다리가 긴 거세하지 않은 숫양 위에 올린 아이네아스의 두 손은 차분하고 상냥했으며, 그의 칼은 빠르고 확실했다. 양은 조용히 무릎을 꿇었고 그러고는 마치 자려고 눕는 것처럼 옆으로 누웠다. 겁에 질릴 새도 없이 죽은 것이다.

희생 의식 동안 늙은 페록스가 소리 내어 기도하며, 그곳의 영령들에게 우리가 지금 생명의 선물을 가지고 그들의 영력, 그들의 힘을 늘리나니, 그들도 우리의 수를 늘리시고 작물이 심겨진 경작지들이 해를 입지 않게 해 주십사 빌었다. 그러고 나서 다른 늙은이들과 함께 거칠거칠한 목소리로 「아르발의 노래」를 불렀다.

우리와 함께하소서, 라레스여, 우리를 도우소서!

아무런 해도 입지 않게,

아무런 해도 입지 않게 하소서, 마르스여!

황야의 마르스여, 마음껏 드소서,

마음껏 드소서, 마르스여, 경계석 위로 뛰어오르소서,

마음껏 드소서, 마르스여, 경계석 위에 서소서,

우리를 위해 탄원할 중재자들을 부르소서!

우리와 함께하소서, 마르스여!

이제 춤을 춰라, 춤을 춰라, 춤을 춰라, 춤을 춰라, 춤을 춰!

그렇게 우리는 경작지 주위에 말없는 보호의 원을 그렸고, 그 장소와 계절의 준엄한 신에게 기도드렸다. 그리고 이제 축제를 열고, 춤을 추고, 기쁨의 노래와 사랑의 노래들을 부를 시간이 왔다.

페록스와 늙은이들이 부른 노래에 대해서, 아이네아스는 한 번도 그런 노래를 들어 본 적이 없으며, 우리가 아는 마르스 신은 처음 알았다고 나에게 말했다. 그의 민족의 마르스는 전쟁과 무질서만 가져오는 이로서, 가축의 수호자도 아니고, 길든 것들과 야생의 것들 사이에 얇은 경계를 유지하는 신이 아니었다. 그는 노인들에게 그 노래와 마르스에 대하여 물었고, 그들이 해 준 얘기에 대해 곰곰이 생각했을 것이다.

그는 멀고먼 트로이아에서 그 노래를 몰랐지만, 나의 시인은 멀고먼 만투아에서 그것을 알고 있었다. 산들을 가로질러, 다가올 시간의 암흑 속에서, 내가 처음으로 그 노래가 불리는 것을 들은 후 수백 년이 지난 때에. 알부네아에서의 그 밤, 우리의 집안일과 풍습에 대해서 이야기하던 때, 나는 시인의 민족이 암바르발리아를 지키는지 어떤지 물었다. 그는 빙그레 웃더니 내가 그것을 알았을 때도 이미 아주 해묵었던 곡조에 맞추어 노래했다.

"에노스 라세스 이우바테!"

……우리와 함께하소서, 라레스여, 우리를 도우소서.

마르스의 때는 농부와 전사들의 계절이다. 즉 봄과 여름이다. 10월이면 사제들의 창과 방패들이 치워진다. 전쟁이 끝나면서 추수기가 고향을 찾아든다. 그해 라티누스 왕은 '10월의 말' 행사를 열었는데, 왕의 장례식 때를 빼면 유일하게 말을 희생 제물로 쓰는 행사였다. 그 때문에 왕국의 평화와 풍성한 수확에 감사하며 라티움의 곳곳에서 사람들이 왔다. 그것은 라우렌툼에서 마지막으로 열린 성대한 행사였다.

우리는 거기에 가서 며칠간 머물렀고, 의식을 올릴 때 아이네아스가 아버지를 거들었다. 나는 더 이상 그렇게 할 수 없었다. 결혼을 해서, 더 이상 아버지 집안의 딸이 아니라 내 자신의 집안의 어미였기 때문이다. 그러나 라티누스 왕의 후계자인 어린 실비우스는 저녁 만찬 후 식탁에서 신성한 음식이 담긴 접시를 화로로 가져가 베스타의 불에 던져 넣는 것을 허락받았다. 마루나의 어머니가 같이 가서 불 속에 음식과 같이 접시를 떨어트리지 못하게 했다.

"실비우스 님, 콩만요."

그녀가 나지막이 말했고, 실비우스는 아주 진지하게 말했다.

"콩만."

그는 "신들이 허락하시나이다."라고 말해야 했지만 우리가 대신 말해 주었다.

풍요롭고 날씨도 온화한 좋은 가을이었다. 그리고 겨울비는 한참 동안 내렸고 드세지 않았다. 일상의 일들과 의무의 압력, 실비우스를 돌보며 계속해서 느끼게 되는 기쁨과 근심들, 아이네아스의 우정과 사랑에 대한 확실한 기쁨과 즐거움 속에서, 나는 날들이 어떻게 흘러가는지 잊어버렸다. 그 날들은 모두 하루 같고 길며, 축복받은 밤이었다. 그러나 이따금 나는 아무 이유도 없이 깊은 겨울의 어둠 속에서 잠이 깨곤 했고, 몸과 영혼이 강가의 얼음처럼 차가운 채 생각했다. 이번이 세 번째 겨울이야.

그러고 나면 말짱한 정신으로 누워 내가 풀 수 없는 문제를 고민하고 또 고민했다. 시인은 아이네아스가 세 번의 여름과 세 번의 겨울 동안 통치할 것이라고 말했다. 우리가 결혼한 여름이 그 세 번의 여름에서 첫 번째 여름이었나? 나는 아이네아스가 라비니움을 통치하기 전에 이미 여름이 반이나 지나갔기 때문에, 세 번의 여름과 세 번의 겨울이라는 셈은 그해 겨울부터 시작해야 한다고, 그러니 이제 우리 앞에 놓여 있는 여름이 그의 세 번째 여름, 즉 세 번째이자 마지막 여름이 될 거라고 생각했다. 하지만 최소한 여름 때까지는…… 여름 동안은 살아 있을 것이다. 그가 이번 봄에 죽지는 않을 것이다!

하지만 왜 그가 죽어야 할까? 아마도 시인의 말은 전혀 그런 의미가 아니었을지도 모른다. 시인은 그가 죽을 거라고 말하지 않았다, 그의 통치 기간은 3년이 될 거라고 말했을 뿐이다. 아마도 그가 왕위를 포기하고, 그러니까 아스카니우스에게 왕위를 넘기고, 오랜 삶을, 행복한 삶을, 그가 누릴 만한 자격이 있는 삶을 사는 것이 아닐까? 왜 내가 그 생각을 못했지?

그 생각이 머릿속을 가득 채웠고 거기에 압도되어서 나는 더 이상 잠을 잘 수 없었다. 그리고 아침에 그가 깨자 나는 "당신의 왕국을 아들에게 넘겨요, 아이네아스!"라는 말이 터져 나오려는 것을 간신히 참았다.

그런 짓을 하지 않을 만큼의 분별력은 있었던 것이다. 하지만 하루 이틀쯤 후에, 가볍게 말하려고 애쓰며, 그에게 통치하는 것을 집어치우고 평범한 사람으로 살아가는 것에 대해 생각해 본 적이 있는지 물었다.

그는 나를 휙 바라보았는데, 그의 짙은 색 두 눈이 번쩍였다.

"나에게는 그럴 선택권이 없었소, 프리아무스 왕의 조카이자 앙키세스 왕의 아들에게는."

"하지만 이제 당신은 당신의 후손이 당신의 조상들보다 더 중요한 땅에 있는 것 같은데요."

"만일 내가 그 말에 동의한다면……"

그는 생각해 보고 나서 말했다.

"그래서 어찌되겠소? 나는 왕이 되기 위해 여기로 보내졌소. 헥토르가 그의 무덤에서 나와, 크레우사가 그녀의 죽음에서 일어나 내가 해야 할 일을 이야기해 주었소. 나는 백성들을 데리고 서쪽 땅으로 가서 다스리게 되어 있었소. 그리고 거기서 결혼하여 아들을 갖고…… 나더러 나의 본분을 다하지 말라고 말할 수는 없어요, 라비니아."

그는 처음에는 침울하게 말했지만, 반쯤 억눌린 미소를 지으며 말을 맺었다.

"누구도 당신에게 그런 얘기를 할 리 없죠! 하지만 당신은 본분을 '이미' 다했어요. 예언을 실행했다고요. 당신의 운명대로 따랐다고요. 힘들게, 바다와 폭풍과 조난을 이겨 내며 여행하고, 벗들을 잃고, 마침내 여기 이르렀을 때는 전쟁에서 싸워야 했죠…… 그리고 당신은 나라를 통치하고 당신의 왕가를 세웠어요. 이렇게 말할 생각은 없나요? '나의 본분을 다했으니, 이제 비켜서 있게 해 달라. 잠시 쉬게 해 달라, 이제 나는 항구에 들어서지 않았는가?'"

그는 한동안 나를 빤히 바라보았다. 솔직하면서도 온화하고 생각에 잠긴 응시였다. 그는 내가 왜 그런 말을 하는지 생각하고 있었지만 아무런 대답도 찾지 못했다. 마침내 그는 이렇게 말했다.

"내가 비켜서기에 실비우스는 아직 좀 어리다오."

그 말에 나는 웃음을 터뜨렸다. 나는 아주 긴장해 있었던 것이다.

"그래요, 어리죠. 하지만 아스카니우스는……."

"당신은 아스카니우스가 라비니움을 다스리길 바라오?"

그는 놀라서 잠시 매서운 표정을 지었지만, 곧 표정은 좀 더 부드럽게 바뀌었다. 내가 그더러 왕위에서 내려오라고 하는 이유를 알겠다고 생각한 것이다.

"라비니아, 사랑하는 아내여, 나 때문에 그렇게 두려워할 필요 없어요. 왕인 것이 평범한 병사인 것보다는 덜 위험하다오. 어쨌든, 우리의 사망의 날은 우리 손에 있지 않아요. 안전한 곳이란 없소. 당신도 알잖소."

"그래요, 알아요."

그가 나를 안아 위로해 주었고, 나도 그를 꼭 안았다.

"진정, 나에게서 왕의 고뇌를 없애 주기 위해 당신은 여왕이기를 포기할 거요?"

사실 내 계획의 그런 점에 대해서는 정말로 생각해 보지 않았다. 그가 말을 이었다.

"누가 당신의 자리를 대신하겠소? 아스카니우스를 장가보내야 할 것 같군."

그는 이제 나를 놀리고 있었다. 그는 나의 시민들과 나의 수호신들을 낯선 여인에게 넘겨준다는 생각이 나에게 두려우리라는 것을 알고 있었다. 자신이 거짓 꾀에, 어리석은 책략에 걸려들었다고 느끼며, 나는 고뇌하고 수치스러워 했다. 나는 말을 하지 못하고 보통 그러듯 얼굴을 붉혔는데, 온 얼굴이 빨개졌다. 그는 그것을 보고 느끼고는 나에게 키스했다. 처음에는 부드러웠지만 자극적인 열정을 띠고 있었다. 우리는 궁의 작은 정원에 있었고 주위에는 아무도 없었다.

"자, 갑시다!"

그가 말했고, 여전히 불처럼 새빨간 채 나는 그를 뒤따라 침실로 갔다. 거기서 대화는 다른 모습으로 이루어졌다.

그러나 그날 이후 나는 시인의 말을 결코 완전히 마음에서 지워 버리지 못했다. 그의 말은 항상 내 생각들 속에, 내 생각들 아래, 마치 땅 밑을 흐르는 어두운 물결처럼 존재했다. 어쨌든 그 말은 아이네아스가 라티움의 왕으로 세 번의 여름과 겨울이 지난 후에 죽으리라는 것을 뜻하는 게 아니라, 그의 통치가 끝날 것만을 뜻하는 게 틀림없었다. 아마도 그가 이웃 나라를 정복하여 볼스키 족이나 헤르니키 족의 왕으로서 다스리게 될지도 몰랐다. 나와 실비우스를 데리고 자신의 나라로 돌아가, 성벽과 탑과 높은 요새와 더불어 아카테스와 세레스투스가 얘기해 주었던 일리아스*의 아름다운 도시를 재건하여, 거기서 트로이아의 왕으로서 다스릴지도 몰랐다. 어쩌면 그는 죽지 않고 심한 병이 드는 것뿐일지도 몰랐다. 병 때문에 약해져서, 아스카니우스가 와서 그를 대신하여 왕정의 실제 역할을 맡고 왕이라 불리게 되는 것이다. 하지만 아이네아스는 라비니움에서 나와 같이 살며, 그의 아들과 그의 인생에서 기쁨을 얻을 것이다. 그는 살 것이다, 죽지 않을 것이다. 그렇게 내 마음은 사냥개들을 피하는 산토끼처럼 이런 가능성에서 저런 가능성으로 질주했다. 그러는 사이에 운명의

---

* 트로이아의 다른 이름으로서 호메로스는 곧잘 이렇게 불렀다.

여신들인 세 명의 노파들은 이루어져야 할 일의 정해진 실을 자아 나갔다.

그 겨울은 온화했지만 길었다. 1월은 온통 비와 진흙탕뿐이었다. 어떤 조짐이 라우렌툼에서 발생했다. 전쟁의 문이 저절로 열린 것이다. 그것은 3년 전 어머니가 열었다가 나와 마루나와 그 도시의 남자들이 닫은 문이었다. 사람들은 2월 초하루 아침에 야누스의 제단에 왔다가 문이 조금 열린 채로 있는 것을 발견했다. 커다란 잠금 목재를 자리에 고정시켜 두는 쇠 걸쇠들의 나사못이 모두 녹슨 바람에, 걸쇠들이 부서져 잠금 목재가 떨어진 것이다. 경첩들 역시 녹슬어 비틀려 문이 닫히지 않았다. 라티누스 왕은 이 전조 때문에 크게 심란해 했다. 그는 이 사건의 의미가 분명해질 때까지는 여기에 간섭하거나, 경첩이나 걸쇠들을 수리하는 게 옳지 않다고 생각했다. 아무도 왜 그것들이 쇠로 만들어졌는지 몰랐다. 쇠는 불길한 금속으로서, 성스러운 곳에는 결코 쓰이지 않았다. 라티누스 왕에게는 청동으로 새 걸쇠와 나사못과 경첩들을 만들 대장장이들이 있었지만, 그는 전쟁의 문을 수리하거나 닫지 않았다.

심란한 소식들이 알바노 언덕들의 동쪽과 남쪽에서 들려오고 있었다. 국경을 따라 농부들과 마을 사람들이 보고를 해 왔는데, 라틴인들과 루툴리아 인들 양쪽 모두가 매복 공격과 헛간 방화, 가축 절도, 괴롭힘을 자행했다. 그리고 2년 전 우리 도시에 대한 무기력한 공격을 이끌었던 아르데아의 젊은 카메르스가 우리에게 항의를 해 왔다. 그의 도시가 위협받고 있으며, 알바 롱가에서 온 사람들이 그 도시의 농장들과 목초지들을 끊임없이 약탈하고 있다는 것이었다.

나는 아이네아스가 씁쓸하고 실망에 찬 분노를 억제하는 것을 지켜보았다. 그는 고삐와 싸우며 뒷다리를 들고 뛰어오르고 발길질을 해 대고 몸뚱어리를 뒤채다가, 마침내 땀에 젖어 부르르 떨며 순종할 준비가 된 채, 반듯하게 서는 힘이 넘치는 말에 올라탄 사내 같았다.

나는 갑작스러운 공포 속에 심장이 쥐어 짜이는 듯했다. 하지만 때가 닥친 지금, 벗어날 방법에 대한 무의미한 상상들은 모두 사그라졌고 나는 벗어날 길이 없다는 사실에 직면했다. 그가 "나는 아르데아로 가 봐야 하오."라고 말했을 때, 나는 아무런 이의도 제기할 수 없었고 과도한 두려움을 내보이지 않으려고 애썼다. 그는 완전 군장을 하고서 강력한 호위를 받으며 갔다. 그는 필요한 위험만 무릅쓸 뿐, 불필요한 어떤 위험도 무릅쓰는 사람이 아니었다. 나는 그에게 입 맞추며 잘 가라고 했고, 실비우스를 들어 아이에게 뽀뽀해 달라면서, 빨리 돌아오라고 웃으며 말했다.

"빨리 돌아올 거요. 아스카니우스와 함께."

아이네아스의 벗들 중 나의 가장 친한 친구들인 아카테스와 세레스투스도 그와 함께 말을 타고 가 버렸다. 나는 여자들과 남겨졌다. 그들은 나에게 큰 위안이 되었다. 그들은 나를 도와 집안과 도시의 모든 일이 제대로 돌아가도록 했다. 세레스투스의 아내인 일리비아는 이제 막 아기를 낳아서, 우리는 그 사내 아기와 노느라 시름을 잊을 수 있었다. 나의 아버지는 매일 사람을 보내어 새로운 소식이 있는지 그리고 우리가 조언이나 도움이 필요한지 물었다. 당신이 직접 오지는 않았는데, 겨울 내내 기침 때문에 말썽이었고 날씨가 고약했기 때문이다. 비가 세차게 오는 데다 길들은 진창에 깊이 박혀 있었다. 내 도시에서 나를 필요로 했기에 나 역시 아버지에게 가지는 않았다.

아홉 번의 길고 침침한 낮과 밤들이 계속되었다.

2월의 이두스* 다음 날 저녁에, 젖은 말에 탄 젖은 사람들이 비 내리는 어스름 속에서 성문 쪽으로 터벅터벅 걸어왔다. 파수병들이 소리쳤다.

"왕이시다! 아이네아스 왕이 오신다!"

그는 말을 타고 있었다. 엉덩이에는 검을 찼고 어깨엔 그 커다란 방패가 있었다. 그의 뒤에서 아스카니우스가 무장하지 않은 채 말을 타고 있었다. 다음은 아이네아스의 부하들로서, 모두 무장하고 있었다.

그를 보고, 그를 포옹하면서, 나의 안도감과 기쁨은 다른 모든 것을 제쳐놓을 만큼 컸다. 그러한 충족감을 알았다는 것은, 내 존재의 어떤 부분이 절대적인 절망으로부터, 영혼의 파멸로부터 영원히 안전해지는 것임을 그날 밤 느꼈다. 기쁨은 나의 방패였다.

그것이 진실인지 어떤지는 모르겠다. 하지만 그 후에도, 지금까지

---

* 고대 로마력에서 3월, 5월, 7월, 10월의 15일, 그 밖의 달의 13일을 가리킨다.

도 나는 그것을 부인하지 않는다.

지친 사내들이 목욕을 하고 음식을 들게 하느라 처음에는 모든 것이 부산스러웠다. 아이네아스는 나에게 말할 짬이 났을 때 카메르스와 임시방편으로 한 달짜리 휴전을 맺었으며 "무엇이 잘못됐는지에 대해 이야기하기 위해" 아스카니우스를 데려왔노라고 했다. 세레스투스와 음네스테우스가 남아서 알바 롱가와 소요가 끊이지 않는 변경지를 맡았다.

그 말썽의 대부분이 실로 아스카니우스 때문이었다. 그는 루툴리아 인들이 사용하는 특정한 겨울 목초지들을 라틴 인의 땅이라고 주장했고, 루툴리아 인들이 그들의 여름 목초지로 여기는 물이 흐르는 계곡에 이주민을 심어 놓고는 병사들을 보내어 국경을 넘는 어떤 루툴리아 인들도 괴롭혔다. 국경이란 많은 지역에서 모호했고 전통적으로 겹쳐 있기 때문에, 그것은 확실히 악감정을 불러일으키는 수단이었다. 카메르스는 무장한 자들을 보내어 루툴리아 농부들을 보호하고자 했다. 그 시도는 약간의 피를 보는 작은 전투들과 아스카니우스로부터 아르데아의 성벽들을 무너뜨리겠다는 협박의 말로 끝났다. 그것에 카메르스는 벨리트라이를 합병하고 알바 롱가를 없애 버리겠다는 협박으로 응대했다.

아카테스는 카메르스와의 회담에 대해서 나에게 이야기해 주었다. 그는 아이네아스의 중재 기술을 찬양했는데, 그가 설명했듯 그 기술이란 거의 아무 말도 하지 않는 것이었다. 카메르스는 원래 태도를 바꾸고 싶었지만 그것을 인정할 수가 없었다. 공격에 실패하자 그는 슬픔에 잠겨 누그러졌고, 현상에 만족할 준비가 되어 있었다. 그러나 아스카니우스는 허풍을 떨며 그가 참지 못할 위협들을 해 왔다. 아이네아스는 기나긴 목록의 무례한 행위들을, 그에 대해 변명하지도 정당화하지도 않고 끈기 있게 들어 주었고, 그 후에 휴전을 제안하기까지 했다. 아카테스가 말하기를, 아이네아스는 너무나 인내심 있고 너무나 확고해서 아스카니우스보다 약간 나이 많은 카메르스는 그에게, 그러니까 라우렌툼 앞의 전쟁에서 아버지를 죽인 자에게 하는 얘기를 마치 아버지에게 하는 얘기처럼 끝냈다.

그리하여 확실한 믿음 속에 휴전이 성립되었다. 그러나 아카테스나 아이네아스 두 사람 다 카메르스가 그의 국경 지대의 거친 농부들을 통제하는 데 문제가 있을 거라고 생각했다. 아이네아스의 문제라면, 분명히, 그의 아들을 어떻게 통제하느냐였다.

아스카니우스가 명백히 불명예스럽게 돌아오긴 했지만, 그날 밤 그에 대해서는 아무 얘기도 없었다. 우리는 귀향한 이를 위한 즉석 연회를 준비하여 그를 환영했다. 그는 수치심도 반항심도 내보이지 않았고 여느 때처럼 행동했다. 그는 훌륭한 예절 교육을 받았고, 그것은 이런 때에 많은 도움이 되었다. 그는 아이네아스가 결국 하게 될 말이나 취할 행동에 관해 계속 궁금했을 것이 분명했다. 나 역시 그랬다. 그러나 그날 저녁은 꽤 기분 좋게 끝났고, 아버지와 아들은 밤에 자러 갈 때 하듯 포옹했다.

그래서 그 문제는 해결되지 않은 채 계속되었다. 아이네아스는 그가 하리라고 말한 바를 이미 행했다. 즉 아스카니우스에게서 통치권을 박탈하고 그를 라비니움으로 데려왔다. 그리고 그게 다였다. 그는 아무 말도 하지 않았다. 그는 말을 헛되이 낭비하는 이가 아니었다. 그는 행동하고, 그대로 두었다. 말해야 할 때만 말했다.

아스카니우스는 꽤 오랫동안 애가 타서 고민하며 부루퉁해 있었고, 한두 번은 이 상황을 빨리 매듭짓고자 했다. 아이네아스는 그의 시도들을 피했다. 그가 아스카니우스의 위치에 대한 이야기에 가장 가까이 다가간 것은 그들이 미덕에 대한 일종의 대화를 진행하면서였다. 즉 '미덕'이라는 단어의 원래 뜻에서 남자다운 힘, 다시 말해 남자다움 그 자체, 용기에 대한 얘기였다. 아스카니우스는 어느 날, 젊은이다운 오만함을 띠고 전투에서만이 남자다움을 참으로 증명할 수 있다고 말했다. 그리하여 참된 미덕이란 싸움에서의 기술, 싸울 용기, 이기고자 하는 의지, 그리고 승리라고 했다. 아이네아스가 말했다.

"승리?"

"만약 죽는다면 기술이나 용기가 무슨 소용이 있겠습니까?"

"헥토르*에게는 미덕이 없었느냐?"

"물론 있었지요. 그는 모든 전투에서 이겼습니다, 마지막 한 명에 이를 때까지는요."

"우리 모두 그렇다."

아이네아스가 한마디했다.

---

* 트로이아 제일의 영웅. 아킬레우스와 트로이아 성 밖에서 결투 중에 패하여 죽었다.

그것은 아마도 아스카니우스의 생각을 조금 벗어난 듯했고 그 주제는 중단되었다. 그러나 이내 어느 날 저녁 식사에서 아이네아스는 그 얘기를 다시 꺼냈다. 그가 생각에 잠겨 말했다.

"그러니까 남자란 전쟁에서만 그의 남자다움을 증명할 수 있다는 거군."

"특정한 종류의 남자다움이지요. 지혜도 전쟁에서의 무용만큼이나 큰 미덕이 확실하지 않습니까?"

아카테스가 말했다.

"하지만 지혜란 남자들에게 한정된 것은 아닐걸요."

내가 말했다.

여기서 나는 트로이아 인들은 대화에 여자들이 끼어드는 것에 익숙하지 않았다는 점을 이야기해야겠다. 내가 만나 보았던 그리스 인들도 모두 마찬가지였다. 남자와 여자가 식탁에 함께 앉아 평등하게 이야기하는 것은 우리 라틴 인의 관습이었고, 내 생각엔 우리가 에트루리아 인들에게서 그 관습을 배워 온 것 같다. 여왕으로서, 나는 그런 문제들에 대해 내 재량대로 할 수 있었다. 좀 더 거친 일부 트로이아 인들은 경의를 표하는 문제나 식탁 예절에서 배워야 할 게 있었고, 그들은 아이네아스와 나 양쪽으로부터 교훈을 얻었다. 그러나 아카테스나 세레스투스 같은 이들은 이것을 그들과 다르지만 아무 문제 없는 우리의 관습으로 받아들였다. 내가 그들을 레지아에 초대하면 그들의 부인들도 같이 와서 소금 그릇을 두고 우리와 동석했고, 그들의 남편들이 멀리 가고 없을 때면 나는 여자들을 종종 초대해서 오라고 했다.

"실로. 여자들도 지혜를 얻을 수 있지요. 하지만 진짜 미덕은 아니에요."

아스카니우스가 그 특유의 짜증스럽고 애처로운 거드름을 피우며 말했다.

"그러면 경건함이란 무엇이지?"

아이네아스가 질문했다.

그 말이 생각에 잠긴 침묵을 불러왔다.

"천지의 신들의 의지에 순종하는 것 아닐까요?"

마침내 내가 말했다. 여자들이 종종 그러하듯 나는 질문 형식으로 내 의견을 말했다.

"운명을 완수하기 위해 노력하는 거죠."

아카테스가 말했다.

"의를 행하는 것이오."

세레스투스의 아내인 일리비아가 말했다. 그녀는 투스쿨룸 출신의 차분하고 설득력 있는 여인으로서 이제 내가 가장 아끼는 벗들 중 한 명이었다.

"전투에서, 전쟁에서 의란 무엇인가?"

아이네아스가 물었다.

"기술, 용기, 힘입니다. 전쟁에서 미덕은 경건함인 거죠. 싸워서 이기는 거요!"

아스카니우스가 즉석에서 대답했다.

"그래서 승리가 의를 만들어 낸다?"

"그렇습니다."

아스카니우스가 말했고, 몇몇 사내들이 열심히 고개를 끄덕였다. 그러나 좀 더 나이 든 일부 트로이아 인들은 그러지 않았다. 여자들도 그러지 않았다.

"나는 이해할 수 없구나."

아이네아스가 특유의 조용한 음성으로 말했다.

"자신이 해야 한다고 알고 있는 일이 바로 해야 하는 일이라고 나는 생각했다. 하지만 만일 그것들이 같지 않다면 어떡하겠느냐? 그러면, 승리를 거두는 것은 패배당하는 것이다. 질서를 받드는 것은 무질서, 파괴, 죽음을 초래하는 것이다. 미덕과 경건함이 서로를 파괴하는 거다. 나는 그걸 이해할 수 없구나."

아스카니우스조차도 그 말에는 아무 대답이 없었다.

거기에 있던 사람들 중에 누구라도 아이네아스가 운명에 순종하는 것이 양심을 거역하는 것일지도 모른다고 말했을 때, 그가 무슨 생각을 하는지 아는 이가 있었을지 의심스럽다. 나는 투르누스의 죽음이 그의 영혼을 얼마나 짓누르고 있는가를 알 수 있었을 뿐이다. 내가 알기로, 아카테스는 아이네아스가 트로이아에 대한 그리스의 승리에 대해 이야기하고 있다고 생각했다. 비록 그들은 정당하게 전쟁을 수행했다고 할 수 있지만, 그것은 트로이아만큼이나 그리스에도 큰 파괴를 가져왔던 것이다. 아마도 아이네아스는 그 얘기를 하고 있었는지도 모르겠다.

어쨌든, 그는 아스카니우스가 남자다움을 전투에서의 용기로 정의하도록 내버려 두지 않았다. 그는 다음 날 그 논의로 되돌아갔다. 손님들은 없었고, 우리 세 사람은 일과가 끝난 후 화로 주위에 모여 있었다. 나는 실감개를 가지고 일하고 있었고, 아이네아스는 작은 숫돌로 무뎌진 나의 작은 의식용 칼을 가는 중이었다. 그는 돌에다 가볍게 그리고 끈기 있게 칼을 갈았다. 그가 아스카니우스에게 말했다.

"만일 어떤 사내가 자신의 미덕이 오로지 전쟁에서만 증명될 수 있다고 생각한다면…… 그러면 다른 일에 시간을 쓰는 것을 낭비로 볼 것이다. 그가 만일 농부라면 농사도, 통치자라면 통치도, 경배나 종교 행위도…… 모두 전쟁에서의 무용보다 열등하겠지."

"맞습니다, 딱 그거예요!"

아스카니우스는 자신이 아버지를 설득시킨 줄 알고 만족스러워 하며 말했다.

"나는 농사를 짓거나 통치하거나, 우리를 다스리는 신들에게 봉사하는 자를 신뢰하지 못할 것이다. 그가 무엇을 하든, 전쟁을 일으킬 궁리를 할 터이니까."

아이네아스가 말했다.

아스카니우스는 이제야 그의 말을 이해하고 불편하게 한 발 뺐다.

"반드시 그렇지는……."

"반드시 그렇다."

아이네아스는 엄격하게 단호한 태도로 말했다.

"나는 그런 사내들 사이에서 인생을 보냈다, 아스카니우스. 나는 그들 가운데서 나의 미덕을 증명했다."

"맞습니다, 그러셨어요, 아버지! 아버지는 최고이셨죠, 모두들 가운데 최고이셨어요!"

아스카니우스의 두 눈에는 눈물이 괴었고 그의 목소리는 떨렸다.

"헥토르를 제외하면 그랬지. 그리고 적의 편의 위대한 영웅 아킬레우스와 디오메데스도. 두 사람 다 나를 패배시켰지. 나는 아마 오디세우스, 대 아이아스*에게도 졌을 것이다, 아마 아가멤논에게도. 나는 메넬라우스**를 패배시킬 수도 있었을 거라 생각한다. 그리고 만일 내가 그랬다면? 그 때문에 내가 더 나은 사내가 되었을까? 나의 미덕이 지금보다 더 대단해졌을까? 내가 지금의 나인 것은 내가 죽인 사내들 때문인가? 내가 투르누스를 죽였기 때문에 아이네아스인 것인가?"

그는 앞으로 몸을 기울였다. 불빛이 그의 두 눈에서 번득였다. 그는 목소리를 높이지 않았지만 엄청나게 집중하여 말하고 있었다. 아스카니우스는 그 때문에 위축되어 숨을 죽였다.

"네가 나의 뒤를 이어 라티움을 다스리게 된다면, 그리고 그것을 너의 동생인 실비우스에게 물려주게 된다면, 네가 그저 전쟁을 일으키는 것 말고 통치하는 법을 배울지 알고 싶구나. 네가 천지의 신들

----

* 살라미스의 왕 텔라몬의 아들. 오일레우스의 아들 소 아이아스와 구분하기 위해 이렇게 부른다.
** 스파르타의 왕으로서 그의 아내 헬레네를 트로이아의 왕자 파리스가 납치해 감으로써 트로이아 전쟁이 촉발되었다.

에게 너 자신과 너의 백성들을 인도해 달라고 청하는 법을 배울지, 전쟁보다 더 큰 장에서 너의 남자다움을 추구하는 법을 배울지 궁금하구나. 그러한 것들을 배우게 될 거라고 얘기해 다오, 아스카니우스."

"그러겠습니다, 아버지."

젊은이는 눈물을 흘리며 말했다.

"많은 것이 나에게 의지했다."

아이네아스는 좀 더 상냥하게 말했다.

"그리고 많은 것이 너에게 의지할 것이다. 종국에, 나는 잘 하지 못했다. 너는 나쁘게 시작했지만 마지막에는 잘할 거라고 믿는다. 그러니 네 손을 다오, 아들아."

아스카니우스가 손을 내밀었고 아이네아스는 그를 끌어당겨 포옹했다. 그들은 서로를 꼭 껴안았다.

나는 실감개를 가지고 앉아 불 쪽으로 얼굴을 외면하고 있었다. 나는 울 수 없었다.

며칠 후, 3월 초하루 바로 전날, 아이네아스는 아스카니우스를 알바누스 언덕들로 돌려보냈다. 카메르스와의 휴전을 이행하는 일에 대해서는 아무 말 하지 않았다. 더 이상 말할 필요가 없었다. 그저 바랄 뿐이었다. 3월의 처음 며칠간, 사제들이 거리에서 성스러운 창을 흔들며 "마르스여, 마르스여, 창성하여라!"를 노래할 때 그는 조금 굳은 표정이었다. 그러나 세레스투스와 음네스테우스가 알바 롱가에서 돌아와 모든 것이 평화로우며 아스카니우스는 평화를 유지하기로 결심한 듯하다고 보고했다.

축축한 겨울을 지나 따뜻한 봄이 왔다. 모든 것이 일찍 개화하고 씨를 품었다. 숲의 호두나무들은 빨리 꽃을 피워 아름다웠다. 보리와 기장은 높이 자라 이삭이 묵직했고, 풀들은 내가 늘 보는 초원과 언덕 사면에 무성하고 부드러웠다. 우리의 가축들은 만족스럽게 수가 늘었고, 아이네아스는 우리 마구간에 새로운 망아지들이 생긴 것을 특히 기뻐했다. 그는 아주 훌륭한 암말에 라티누스 왕이 선물한 종마의 씨를 받았고, 그 암말이 낳은 밝은 밤색의 망아지는 그의 자랑거리였다. "저 녀석은 실비우스의 말이 될 거요."라고 그는 말했다. 그리고 꽤 진지하게 사내아이와 망아지를 서로 인사시켰다. 그는 실비우스가 암말을 끌게 하고 망아지가 어떻게 암말을 따르는지 보았고, 그리고 마침내 실비우스를 암말 위에 앉혔다. 실비우스는 무서워하기도 하고 재미있어 하기도 하면서 그 자리에서 꼼짝하지 못했고, 한 손으로는 암말의 갈기를 움켜잡고 다른 손으로는 아버지의 손을 잡고서, 비둘기들이 마구간 앞 마당을 줄지어 돌아다닐 때처럼 "구! 구!" 하는 자그마한 소리를 냈다. 그 후로 아침마다 그는 아버지에게 소심하게 "말 타도 돼요?" 하고 묻곤 했다. 그러면 아이네아스는 그의 말 타기를 위해 마구간에 같이 가 주곤 했다.

우리 시민들, 라비니움의 라틴 인들은 아이네아스를 아버지라고 불렀다. "저 울타리면 될까요, 아이네아스 아버지?" "아버지, 보리가 한창이에요!" 그들은 라티누스 왕에게도 똑같은 식으로 말했고, 내가 어렸을 때는 라비니아 어머니라고 불렀다. 우리 라틴 인들은 그 단어들을 부모를 가리킬 때뿐 아니라 우리에 대한 책임을 지고 있는 사람을 가리킬 때도 사용했기 때문이다. 종종 병사가 그의 대장을 아버지라고 일컬었는데, 대장이 마땅히 그래야 하는 대로 부하들을 돌본다면 그 역시 그렇게 불리는 게 당연했다. 그러나 아이네아스의 사람들은 특별히 애정 어린 방식으로, 아끼듯이 그렇게 부르며 그의 주의를 구하곤 했다. 백성들을 이끌기 위해 그가 져야 했던 의무는 그를 그들의 지도자로서 따로 떼어 놓았다. 아버지의 죽음 이후 그는 홀로 결정해야 했고, 홀로 책임져야 했다. 그리하여 이러한 애정의 구속은 그에게 아주 깊은 뜻이 있었다. 그는 그러한 애정을 받을 가치가 있도록 노력했다. 그는 그와 똑같이 진지하게 그리고 깊은 즐거움을 느끼며 실제 아버지 노릇도 했다. 그가 실비우스와 같이 걷는 모습은 아름다웠다. 아이의 보폭에 맞추어 자신의 보폭을 줄이고, 아이의 존엄함에 항상 신경 썼다.

나는 그가 자신의 아버지를 아주아주 존경했다는 것을 알았다. 어머니에 대해서는 결코 이야기하지 않았고 그가 자신의 어머니를 안 적이나 있었는지 모르겠다. 나는 약간 조심스럽게 그의 어린 시절에 대해 물었다.

"많은 것은 기억나지 않소. 산의 숲 속에, 여자들과 같이 있었지. 숲에서 사는 한 무리의 여자들하고."

"그들이 당신에게 상냥했나요?"

"상냥했지, 부주의하기도 했고. 그들은 내가 마음대로 뛰어놀게 내버려 두었소…… 나는 곤경에 빠지곤 했는데, 그러면 그중 한 명이 와서 웃으며 꺼내 주곤 했소. 나는 곰 새끼처럼 사나웠지."

"그리고 나서 당신의 아버지가 찾아왔고요?"

그가 고개를 끄덕였다.

"절름발이 사내였소. 갑옷을 입었고. 나는 겁을 먹었지. 내가 덤불 속에 숨으려고 했던 게 기억나는군. 하지만 그 여자들은 내가 숨는 곳들을 알고 있었거든. 그들은 나를 꺼내서 아버지에게 넘겨주었소."

"그래서 그 후로 아버지와 같이 살았나요?"

"그리고 농사니 예절이니 등등을 배웠지."

"언제 트로이아로 갔나요?"

"프리아무스 왕 때문에 가끔 갔소. 그는 결코 우리를 좋아하지 않았지."

"그는 당신에게 딸을 내주었잖아요."

나는 놀라서 말했다.

"정확히 말해 내준 것은 아니었지."

아이네아스가 대답했다. 그러나 더 이상은 크레우사에 대해 이야기하고 싶어 하지 않았고, 나는 조르지 않았다. 잠시 후에 그가 말했다.

"아이한테는 좋은 곳이오, 그 숲 말이오. 사람들에 대해서는 많은 것을 배우지 못하지만 침묵을 배우지. 인내심도. 그리고 야생 속에는 두려워할 게 많지 않아요…… 농장과 도시에서 두려워해야 할 것들

351

보다 적지."

나는 알부네아를 생각했다. 그 두려운 곳을 나는 한 번도 겁낸 적이 없었다. 같이 그곳에 가자고 그에게 청할 뻔하다가 말았다. 그곳은 아주 가까이 있었지만, 결혼 후 나는 그곳에 간 적이 없었다. 가고 싶었지만 때가 아닌 것 같았다. 나는 거기에 그와 같이 있는 것을 상상할 수가 없었다. 그래서 그것에 대하여 아무 말도 하지 않았다.

3월 말의 날씨가 무척이나 온화하여 우리는 걸어서 몇 킬로미터 거리에 있는 해안에 갔다. 나는 실비우스에게 처음으로 대양을 보여 주고 싶었다. 아이네아스는 가는 동안 대부분 아이를 어깨에 앉혀서 갔다. 우리는 모래 언덕들 사이로 구불구불 이어지는 큰 일행이었다. 소풍 음식을 운반하는 노예들, 몇몇 가족들, 경비병 역할을 맡은 몇몇 특별한 젊은이들이었다. 노예고 자유인이고, 아이들이고 성인이고, 거기에 이르자마자 모두가 연노란빛의 해변에 흩어져 물 속을 걷고 조개껍데기들을 모으고 햇볕을 즐겼다. 아이네아스와 나는 다른 이들로부터 떨어져 이리저리 거닐었다. 실비우스는 아이에게 홀딱 반한 여자들에게 맡겨 두었고 그들이 아이를 망치지 못하게 마루나가 지켰다. 우리는 해안까지 한참을 걸었다. 요즘엔 예전처럼 나와서 산보하는 일이 드물었다. 그리고 남편의 꾸준하고 끈기 있는 보폭에 보조를 맞추며, 바다로 흘러 내려가는 작은 물줄기들 사이로 물을 튀기고, 맨발로 모래를 밟는 것은 굉장히 즐거웠다. 바다가 우리 오른쪽에서 무감정한 애가를 빚어냈다. 나지막한 파도들 너머 수평선의 연무 속으로 녹아드는 반짝이는 물결 쪽을 바라보며 내가 말했다.

"당신이 얼마나 멀리 왔는지! 바다, 그러니까 다른 바다들을 건너…… 오랜 세월, 오랜 거리를."

"집에 오기 위해 내가 얼마나 멀리 왔는지."

그가 말했다.

잠시 후 내가 말했는데, 말하는 순간까지도 나는 완전히 확신하지 못하고 있었다.

"아이네아스, 나는 임신 중이에요."

그는 잠시 걸었고, 미소가 천천히 얼굴에 퍼져 나갔다. 그러고 나서 그가 멈추어 섰고 내 손을 잡아 멈춰 세우고는 꼭 껴안았다.

"여자 아이요?"

그는 마치 내가 알기라도 할 것처럼 물었고 나는 성급히 대답했다.

"여자애예요."

"당신은 내가 원하는 모든 것을 주는구려."

그가 숨이 막힐 정도로 나를 끌어안고 내 얼굴과 목에 입을 맞추었다.

"속을 알 수 없는 사람, 사랑하는 사람, 아내, 소녀, 여왕, 나의 이탈리아 사람, 내 사랑."

거기에는 내륙으로부터 굴러 내려온 바위들이 좀 있었는데, 해안으로 내려오는 사람에게서 우리를 숨겨 줄 만했다. 우리는 바위들 쪽으로 서로 끌어당겼다. 그 은신처 속에서 우리는 다소 급하게 사랑을 나누었다. 처음에는 원치 않는 곳에 있는 모래 때문에 몹시 웃었지만, 거친 열정이 치솟아 올랐고, 그리하여 절정에서 그는 나를 바다와 그 조수와 그 깊이와 하나가 되게 만들었다. 현실로 돌아왔을 때 그는 내 옆의 모래밭에 누워 있었고, 그가 너무나 잘생겨서 나는 그에게서 눈을 뗄 수가 없었다. 나는 그의 가슴과 두 팔과 얼굴을 손가락으로 부드럽게 만졌고, 그는 미소를 지은 채 햇볕 속에 반쯤 잠들어 있었다.

우리는 일어나서 손에 손을 잡고 바닷물 속으로 허리 깊이까지 걸어갔다. 그러다 마침내 냉기가 속을 꿰뚫고 파도들이 우리의 몸을 끌어당기기 시작했다.

"가요, 계속 가요."

나는 그렇게 말했지만 무섭기도 했다. 아이네아스가 갑자기 나를 획 둘러, 지고 가다시피 해안으로 다시 데려갔다. 그러고 나서 우리는 다른 사람들에게로 돌아갔다. 실비우스는 여자들이 두르개로 만든 작은 차양 아래 잠들어 있었다. 아이의 작고 둥그런 눈썹 속에 모래가 있었고, 하얀 천 아래 엷은 빛 속의 얼굴은 아주 심각했다. 나는 아이 옆에 누워 아이의 이름을 속삭여 주었다. 그 이름을 비밀스럽게 불렀다.

"아이네아스 실비우스, 아이네아스 실비우스야."

우리의 행복에 대해서는 더 이상 말로 표현할 수 없다.

4월 초에 아이네아스는 알바 롱가에 가서 일박을 했고, 그곳의 모든 것이 괜찮다는 보고를 받았다. 4월 말에 아버지가 며칠 동안 우리를 방문했다. 5월이 왔다. 3년 전 새벽 녘 내가 티베르 강의 하구에서 거무스레한 배들이 방향을 바꾸어 한 척 한 척 강을 올라오는 것을 본 날이 왔다.

그날 아이네아스는 아카테스와 우리의 우두머리 목동들과 네다섯 명의 젊은이들과 더불어 도시 동쪽의 목초지에서 달아난 작은 가축 떼를 찾아 나섰다. 그들은 가축 떼가 누미쿠스 강의 여울을 건너 트로이아 쪽을 향하여 방황하고 있으리라 여겼다. 우리가 소유한 가장 좋은 수소와 암소들이었기에 그것들이 흩어지거나 길을 잃는 것을 원치 않았다. 한 무리의 루툴리아 인들이 그 가축들을 훔쳤든가, 아니면 훔치려고 뒤쫓고 있었다. 이자들이 공격했을 때 아이네아스와 다른 이들은 누미쿠스 강의 여울에 있었다. 그들은 창과 몽둥이로 무장하고 있었다. 아이네아스의 부하들 중 몇 명만 무기를 가지고 있었고 수적으로 열세였지만 맹렬하게 싸워 무법자들 중 두 명을 바로 죽였다. 아이네아스가 꼼짝 못하게 칼로 목을 겨누고 있는 딱 한 명의 젊은이만 빼고 루툴리아 인들은 모두 후퇴하여 달아났다.

"죽이지 마세요, 죽이지 마세요!"

젊은이가 빌었다. 아이네아스는 망설이다가 칼을 치우고 말했다.

"가라."

젊은이는 낑낑대며 일어나 도망쳤다. 그러나 그가 멈춰 서더니 다른 자가 떨어트린 창을 집어 들었다. 그리고 돌아서서 그것을 던졌다. 창은 아이네아스의 등을 쳤고 가슴팍을 꿰뚫었다. 아이네아스는 무릎을 꿇었다가 여울의 얕은 물에 얼굴을 떨어트렸다. 그는 바로 사망하지 않고, 사람들이 그를 라비니움으로, 레지아로, 정원으로 옮겨왔을 때 사망했다. 거기서 나는 새로운 천을 살피고 있었다. 담벼락 바같의 풀밭에서 햇볕에 표백해 온 겨울에 쓸 피륙이었다. 나는 그를 위한 토가로 좋은 천을 골랐더랬다. 토가를 입는 데 익숙지 않은 그는 종종 그것을 거추장스러워 했다. 사람들이 그의 이름과 나의 이름을 외쳐 부르는 소리를 들었을 때 나는 그 가볍고 부드러운 순백의 천을 접고 있던 중이었다.

계속 가, 가라. 우리말에서 그것은 단일음, '이'이다.
그것이 아이네아스가 한 마지막 말이다. 그렇게 내 마음 속에는 느껴졌다. 내가 가야 하는, 계속 가야 하는 바로 그 사람이다. 어디로 가야 하나?
나는 모른다. 나는 그가 그 말을 하는 것을 듣고, 간다. 계속, 멀리. 나는 길 위에 있다. 가야 할 길. 내가 멈추면 그가 그 말을 하는 것이, 그의 음성이 들린다, 계속 가라.

그날 밤 라비니움에서 사람들은 그의 이름을 큰 소리로 부르짖고, 그를 아버지라 부르며, 거리에서 한탄했다.
아카테스, 세레스투스, 음네스테우스가 첫 새벽에 트로이아의 남자들을 모아 아르데아로 말을 몰아 갔고, 가는 길에 있는 지방을 살

살이 되겼다. 그들은 가축 도둑을 찾지 못했지만, 아르데아의 카메르스는 그들이 누구인지 어디서 찾을지 알고 있었다. 그는 트로이아 인들과 같이 말을 타고 갔다. 그리고 그자들을 따라잡아 모조리 죽였다. 그들은 북부 루툴리아에서 온 농부의 아들들로서 두 명의 에트루리아 인들이 이끌고 있었다. 그 에트루리아 인들은 메젠티우스와 함께 아르데아로 왔다가 이제 지도자도 없이 타향에서 방랑 중인 증오에 가득 찬 이들이었다.

나는 우리의 최고로 좋은 말인 아이네아스의 말에 사람을 태워 알바 롱가의 아스카니우스에게 보냈다. 아스카니우스는 둘째 날 라비니움에 도착했고, 그날 늦게 트로이아 인들이 돌아왔다. 슬피 우는 여인들로 가득했던 우리의 궁은 이제 험악하고 무장한 사내들로 가득했다.

나는 그들이 아이네아스에게 갑옷을 입히지 못하게 했다. 그 모든 금동 장구와 무시무시한 미래를 품고 있는 거대한 방패는 아스카니우스에게로 가야 하고 그 다음에는 실비우스에게로 가야 했다. 나는 아이네아스의 시신을 씻겼다. 상처를 꿰맨 채 죽어 있는 그의 몸은 고귀하고도 끔찍했다. 나는 그에게 우리 민족의 토가를 입혔다. 내가 그를 위해 선택했던 훌륭한 흰 천이었다.

전염병이나 전쟁처럼 많은 이들이 사망할 때면 죽은 이들을 불에 태웠지만, 우리의 좀 더 오래된 방식은 땅에 묻는 것이었다. 나는 아이네아스의 무덤을 누미쿠스 강의 여울 위쪽 길 옆에 만들라고 지시했다. 거기로 그는 옮겨졌고, 5월 아침의 비가 섞인 바람 속에 횃불들이 타오르며 연기를 냈다. 라티누스 왕이 의식의 말들을 했다. 사람들은 묘혈 위의 커다란 무덤에 강돌들을 쌓아 올렸다. 모든 일이 끝나자 나는 서서 그의 이름을 소리 내어 세 번 불렀다.

"아이네아스! 아이네아스! 아이네아스!"

그리고 다른 이들이 나와 함께 그의 이름을 불렀다. 그러고 나서 침묵 속에 꺼진 횃불들을 거꾸로 든 채, 우리는 그의 도시까지 걸어서 되돌아왔다.

그가 죽은 후 아흐레째 되는 날, 라티누스 왕은 왕들의 희생제를 거행했다. 그는 아이네아스에게 주었던 아름다운 종마를 그의 돌무덤 옆에서 죽였다. 말은 무덤 옆에 묻혔다.

그날 또한 그는 아스카니우스를 라티움의 왕으로 지명하면서, 아이네아스가 그랬듯 함께 통치하기로 했다. 라티누스 왕은 이 왕위 계승에 그가 지닌 권위의 모든 무게를 실어 주어야 했고, 나 역시 나의 시민들에게 아스카니우스를 왕으로 인정해 달라고 요구해야 했다. 그들은 그를 원치 않았기 때문이다. 그는 처음부터 그들의 반감을 샀다. 실비아의 수사슴을 쏜 것이 그였다. 사람들은 결코 그 일을 잊지 않았다. 그는 거만했고, 걸핏하면 싸우려 들고, 사람들과 거리를 두었으며, 그의 아버지보다 훨씬 더 이방인처럼 보였다. 라비니움의 내 백성들은 라티누스 왕이 다스려 주길 원했고, 내가 그곳의 레지아에 있으면서 그들의 작은 이, 그들의 왕자, 그들의 왕이 될 실비우스를 기르길 바랐다. 라티누스 왕이 아스카니우스를 왕으로 선포하는 동안 그들은 눈물로 얼룩진 얼굴을 하고서 부루퉁하니 서 있었다.

애도의 나날들 중에 아스카니우스가 처음으로 나에게 도움을 호소했다. 그는 내가 도울 수 있음을 알고서 울면서 내게 왔다. 의식들을 치르는 동안 그는 진짜 그의 모습처럼 보였고 그렇게 행동했다. 슬픔에 압도당하고, 놀라고, 산란하고, 자신이 져야 할 책임에 겁먹은 젊은이의 모습 말이다. 왕위를 받아들이고 백성과 그 땅에 맹세를 할 때조차, 그는 간신히 들릴 만한 목소리로 떨면서 말했다. 중간에 나는 그에게 작게 이야기해 주어야 했다.

"라틴 인들의 왕이여, 머리를 들어요!"

그는 그 말에 따랐다.

내가 무슨 힘으로 그 시기를 지나왔는지 모르겠다. 나는 떡갈나무로 만들어졌다는 우리 민족의 한 사람 같다. 떡갈나무는 부러질지언정 휘지 않는다. 그리고 나는 이 일이 닥칠 것을 알고 있었다. 오랜 세월, 다시 말해 뱃머리 위에 높이, 새벽 어스름 속에서 어둑하게, 기도와 열렬한 희망 속에 뚫어지게 강을 응시하던 아이네아스의 얼굴을 처음 본 그때부터, 나는 그의 죽음과 함께 살아 왔다. 3년이라고 시인은 말했다. 그날로부터 3년이었다. 실을 잣고 끊는 세 명의 노파는 아주 작은 단위까지 봐주지 않고 정확하게 재었다. 여름날의 선물은 없었다.

아이네아스가 죽은 그 첫해에 그의 지휘관들과 오랜 동반자들, 특히 아카테스는 나의 중요한 버팀줄이었다. 비록 내가 아끼는 마루나, 집 안의 여자들, 일리비아 같은 벗들이 나에게 애정 어린 아낌없는 동정심을 보내고 지지해 주었지만, 나는 누구보다도 아이네아스의 벗들과 있고 싶었다. 그러면 조금은 그와 같이 있는 것 같았기 때문이다. 남자들의 어조, 그들이 움직이는 방식, 그들이 얘기하는 것, 심지어 트로이아 인의 억양까지도 나를 위로해 주었다. 그들 사이에 있으면 그가 나에게서 그렇게 멀리 있는 것 같지 않았다.

아카테스는 그를 사랑했다.(비록 내 마음은 여기에 저항하지만, 이렇게 말할 수밖에 없다.) 내가 그를 사랑한 것만큼이나, 더 오랜 세월 동안. 나는 아카테스가 그해 여름 거의 자살할 뻔했다고 확신한다. 그는 여울에서 일어난 사건에 대해 자신을 탓했다. 갑옷을 입을 것을 주장했어야 했고, 싸우는 동안 아이네아스에게 좀 더 가까이 있었어야 했고, 아이네아스가 그 젊은이를 놓아주지 못하게 했어야 했고, 그 젊은이를 뒤쫓아 가 경계해야 했고, 땅바닥에 놓여 있던 무기를 봤어야 했다는 것이다. 자신을 탓할 수 있는 일이라면 모든 일에 대해서 그랬다.

사람들이 아이네아스를 집으로 데려왔을 때, 그 여울에서 무슨 일이 벌어졌는지 나에게 처음 이야기해 준 사람이 아카테스였다. 이제 나는 그가 그 얘기를 몇 번이나 되풀이하게 놔둠으로써, 그가 수치심과 분노를 솔직하게 얼마간 털어놓을 수 있었다는 것을 알았다. 그리고 이상하게 보이겠지만, 나는 그 이야기를 다시 듣고 싶었다. 몇 번이고 거듭해서 듣고 싶었다. 그러다 마침내 내가 거기 있었던 것처럼,

내가 아카테스였던 것처럼, 내가 아이네아스 옆에 꿇어앉아 등에서 끔찍한 창날을 잡아 빼고, 그를 품에 안은 채 그의 피가 바위들 사이로 흐르는 얕은 물을 물들이는 것을 지켜본 것처럼 그 일을 이해할 수 있게 되었다. 아카테스는 이렇게 말했다.

"그는 죽지 않았습니다. 나에게 매달려 있었지만, 나를 보던 것 같진 않네요. 그는 하늘을 쳐다보고 있었습니다. 우리가 그를 들어 들것에 놓자 그는 눈을 감았어요. 전혀 말이 없었습니다."

그는 전혀 말이 없었지만 그때 죽지 않았다. 아카테스가 나에게 그 이야기를 해 주는 동안은 살아 있는 것이다.

자신의 새로운 책임들 때문에 미칠 지경인 아스카니우스는 처음에 내가 트로이아 인 대장들과 같이 있는 것을 질시했다. 그들은 나의 사람들이 아니라 그의 사람들이기 때문이었다. 그는 조언을 구하기 위해 그리고 그의 명령들을 시행하기 위해 그들이 필요했고, 그들이 여자들과 함께 레지아에서 빈둥거릴 필요가 없었다. 그는 아카테스에게 알바 롱가로 가서 그곳을 다스리라고 지시했다. 아카테스는 군말 없이 그의 지시를 받아들였으나, 나는 아카테스가 걱정스러웠다. 나는 조용히 양아들에게 가서 음네스테우스나 세레스투스를 보내기를 부탁했다. 그들은 그 정착지를 더 잘 알았고 라비니움을 떠나는 데 아무 이의가 없을 터이기 때문이었다.

"최소한 내년까지는 아카테스를 여기 머무르게 하려무나. 그는 날마다 아이네아스의 무덤에 간단다. 그가 슬픔을 치유하도록 내버려두자꾸나. 그는 알바 롱가에 갈 마음이 전혀 없어."

"그가 여기에 어머니와 같이 있었으면 하십니까?"

아스카니우스가 냉담하게 물었다.

성적 관심이 여자가 아니라 남자에게 있는 일부의 남자들은 모든 여자들이 만족할 줄 모르고 남자들을 탐한다고 생각한다는 것을 나는 눈치 채고 있었다. 그것이 그들 자신의 욕망의 반영인지, 아니면 두려움이나 그저 질투심의 반영인지 어떤지는 몰라도 심한 경멸감과 오해를 불러일으킨다. 아스카니우스는 여자들을 그런 식으로 보는 경향이 있었고, 아이네아스의 기억을 오점 없이 간직하고자 하는 그의 열렬한 바람은 모든 남자와 관련하여 나를 의심하게 만들었다. 나는 그것을 이미 알고 있었다. 그것은 나의 명예를 모욕하는 것이었고 그 대가로 나는 아스카니우스에게 약간의 경멸감을 느꼈지만, 분노도 경멸도 나에게 좋을 게 없었다. 내가 말했다.

"아이네아스의 모든 친구들이, 그리고 그의 장손이 나와 함께 있도록 할 수 있다면 좋을 거다. 하지만 나는 아카테스가 비탄에 빠져 스스로 목숨을 끊을까 봐 내내 두려웠다. 최소한 겨울 동안은 그가 여기 너와 같이 머무르도록 해 주길 빈다. 그리고 다른 사람을 알바 롱가에 보내길 바란다."

"내가 직접 갈 수 있다면 좋을 거예요."

그는 우리가 있는 방을 큰 걸음으로 왔다 갔다 했다. 그는 아비를 많이 닮지 않았지만, 가끔은 그처럼 움직였다. 그가 말했다.

"나는 아카테스를 존중하는 마음으로 그렇게 한 거였습니다. 라티움의 주요 도시는 라비니움이 아니라 알바 롱가가 될 겁니다. 위치가 훨씬 나아요. 더 높고, 더 나은 땅이죠. 그리고 내가 마침내 루툴리아를 진짜로 통제하게 되었을 때 그곳은 우리 세력의 중심에 있지요. 나는 아카테스가 그것을 명예로 받아들일 줄 알았습니다. 하지만 어머니가 생각하는 것처럼 그가 망가져 있다면, 음네스테우스와 아티스를 보내지요. 그러니, 어머니가 무릎 꿇으실 필요는 없어요."

나는 금방이라도 간청할 때 하는 전형적인 자세로 몸을 낮추어 그의 무릎을 붙들 태세였기 때문이다. 나는 그가 거기에 버티지 못할 줄 알고 있었다. 그는 가혹한 젊은이가 아니었고, 천성적으로는 상냥했고, 쉽게 마음이 움직였기 때문이다. 그러나 위계와 절차들, 그의 불확실한 자신감을 증명해 주는 것에 대해서라면 완고했다.

그리고 그가 여기 라비니움에서 자존심을 유지하기란 쉬운 일이 아니었다. 여기 사람들은 끝도 없이 아이네아스를 애도했고, 늙은 라티누스 왕을 존경했으며, 나를 그들의 왕들의 딸이자 미망인으로서 아꼈고, 아스카니우스를 원망했다. 그는 아이네아스의 권위를 흉내 내려고 하면서, 태도가 엄했고 종종 독단적인 판단을 내렸다. 수확이 우수했고, 온 라티움이 평화로웠고, 무법자들의 손에 왕이 죽은 후 뒤따를까 봐 모두가 걱정했던 기습과 국경 침범이 거의 없었을지라도 그에게는 힘든 해였다.

그해 겨울은 음산했다. 오랫동안 찬비가 내렸고, 언덕들과 산기슭의 농지들에도 눈이 쌓였다. 그 겨울에 나는 마침내 천을 잘 짜는 법을 익혔다. 두 손을 계속해서 놀리며 전념할 일이 없으면 내 방에 숨어 우는 것밖에 할 수 없었기 때문이다. 나는 난생처음으로 어머니의 나약함, 그녀의 광기가 나에게도 있을까 봐 무서웠다. 밤이면 나는 내 마음속의 어둑한 곳들로 갔다. 지하의 망령들 사이로 내려갔다가 올라가서 나가는 길을 찾지 못했다. 내 방의 어둠 속에서 아기들이 발밑에서 우는 소리를 들었다. 그러고는 아기를 밟을까 봐 감히 한 발짝도 떼지 못했다.

나는 이 모든 얘기를 일어난 순서대로 말하지 않았다. 이것에 관해 이야기하는 것은 여전히 힘들다. 아이네아스가 죽고 한 달 후 나는 딸이었을지도 모를 태아를 잃었다. 나의 시녀들만이 내가 임신했었고 유산했다는 것을 알았다. 오로지 나의 시녀들과 아이네아스만이 알았다. 나는 여명 전 어둠 속에 마루나와 같이 가서 살아남지 못한 생명의 그 작은 파편을 아이네아스의 무덤의 커다란 돌덩이들 아래 묻었다.

아스카니우스는 종종 알바 롱가에 갔다. 그리고 아이네아스가 죽은 후 두 번째 여름, 치러야 할 모든 의식들로 아버지를 위한 파렌탈리아를 기념한 후 오래지 않아 그곳으로 옮겨갔다. 우리 국경들에서 분쟁이 뜨거워지고 있었다. 그는 좀 더 방어적인 위치에 있는 알바에서 통치하고 싶어 했다. 그는 트로이아의 페나테스들, 그리고 실비우스와 나를 데리고 갔다. 라비니움은 음네스테우스와 세레스투스에게 맡겼다. 대부분의 나이 든 트로이아 인들처럼 아카테스도 그곳에 머무를 것을 택했다. 아스카니우스를 따라온 사내들은 그의 어린 시절 단짝이었던 아티스같이 젊은 트로이아 인들 중 특별한 친구들과 친밀한 사람들, 그를 호위하고 그의 진출을 통솔하는 일단의 라틴 젊은이들이었다. 이들 중 많은 이들이 아직 미혼이었다. 아내가 있는 이들은 아내와 집안 사람들을 데려와 알바에 정착했다. 나는 수행원으로서 스무 명의 여자들을 데려가도 좋다고 허락받았다. 아스카니우스에게 아내가 없었기 때문에 레지아의 여자들 처소가 몽땅 우리에게 주어졌는데, 아이네아스가 라비니움에 세웠던 작은 건물보다 훨씬 크고 훌륭한 건물이었다. 아스카니우스의 궁은 인상적이었고, 그곳의 경치는 인상적인 정도를 넘어섰다. 그것은 마치 하늘에서 살아가는 것 같았다. 성의 담들과 지붕들로부터 커다란 호수가 바로 내려다보였고 그 너머 동쪽으로 화산 분화구의 가장자리가 보였다. 산 아래쪽에는 아스카니우스가 예상했듯 어린 포도밭이 번성했고, 성 아래 뻗어 있는 시내 역시 번화했으며, 무장한 채 오고 가는 사람들과 활기와 건물들로 가득했다.

나는 그곳에서 항상 노출되어 있다는 느낌이 들었다. 거기엔 거대한 회백색 경사지들이 너무 많고, 하늘이 너무 넓고, 그늘이 전혀 없었다. 호수의 물은 내가 아는 물들처럼 움직이거나 이야기하지 않고 조용히, 파랗게, 냉엄하게 놓여 있었다. 나는 거기서 고립된 느낌이 들었다. 쓸모없다고 느꼈다.

물론, 나는 양아들을 위해 집안 살림을 꾸렸다. 노예 여자들을 얻어 훈련시켜 집안일을 하고 요리를 하고 옷을 만들게 했고, 여느 때처럼 의식과 잔치 들을 살폈다. 아버지의 궁과 남편의 궁에서 그랬던 것처럼 남자들과 함께 회의나 저녁 만찬에 참석하곤 했지만, 거기서는 누구도 나를 원하지 않았다. 나 또한 거기에 속하고 싶지 않았다. 알바는 마르스가 지배했다. 이야기는 온통 전쟁에 관한 것뿐이었고, 심지어 아무런 전투가 없는 겨울철에도 그랬다.

아스카니우스가 계속해서 무장하고 있을 방법만 찾는 것은 아니었지만, 그는 싸움을 피할 수가 없는 듯했고, 싸움은 우리의 남쪽과 동쪽 국경들을 따라 끊임없이 벌어졌다. 그는 모든 위협이나 도전에 즉각 맞공격으로 대처했다. 극단적으로 승리를 좇았고, 최대한 빨리 새로운 공격으로 적을 물리쳤다. 휴전은 드물었고 평화는 사라졌다. 그는 늙은 에반데르조차 자극하여 동맹을 깨트렸다. 만일 나의 아버지가 막지 않았더라면, 그는 에트루리아 인들과도 싸울 만큼 어리석었을지도 모른다는 생각이 든다. 라티누스 왕은 카에레 및 베이이와 강력한 우호 관계를 유지하고 있었다. 그는 만일 아스카니우스가 그 결속을 위험하게 한다면, 그에게 라티움 서쪽을 공동으로 통치할 권리가 있는지 증명해야 할지도 모른다고 알려 주었다. 아버지는 아스카니우스에게 몹시 화가 나 있었는데, 특히 나와 실비우스를 알바로 데려간 것 때문에 그랬다.

아버지는 그곳의 우리를 한 번 보러 왔다. 그는 노인인 데다 예전의 상처들 때문에 다리를 못 쓰게 되어, 그것은 힘든 여행이었다. 아버지는 아이네아스와 나에게 그가 지닌 귀한 것들의 대부분을 주었다. 그는 있는 형편대로, 남아 있는 동반자인 경호원들 몇몇을 데리고

12월 말에 왔다. 그는 아스카니우스의 환영의 예를 딱딱하게 받아들였다. 젊은이들과 앉아 연회에서 식사할 때도 거의 말이 없었노라고 시종들이 말해 주었다. 아버지는 가능할 때마다 와서 정원이나 천 짜는 홀의 화로 앞에서 우리와 함께 있으면서, 나와 이야기를 나누고 손자를 자세히 뜯어보았다.

그 무렵에 실비우스가 제일 좋아하는 장난감들은 두 개의 왕도토리와 그것들의 깍정이, 그리고 그가 발견한 묘하게 생긴 작은 나무옹이로서 조금은 말처럼 보이는 것이었다. 이것들을 가지고 화로 아래서 놀이에 푹 빠져 작은 소리로 이야기하고 있었다. 이따금 그 얘기를 조금씩 들을 수 있었다.

"가서, 마셔. 안 돼. 뚱뚱한 녀석이 하지 말랬어…… 봐 봐, 저게 집이야?"

"훌륭한 아이구나, 라비니아."

아버지가 말했다.

"저도 알아요."

뻔하지만 마음에 드는 말에 웃음을 터뜨리며 내가 말했다. 그것은 웃기에 충분했다. 그 궁에서는 웃을 일이 거의 없었기 때문이다.

"네가 저 아이를 잘 키우고 있구나."

그것은 그러라는 얘기가 아니라 그냥 그렇다는 말이었지만, 그 속에 명령이나 경고의 울림이 담겨 있었다.

"나는 저 애를 아이네아스가 키웠을 것처럼 키우고 싶어요."

라티누스가 힘차게 고개를 끄덕였다.

"옳다. 그와 함께하려무나."

"그러고 있어요, 아버지."

"너의 남편은 위대한 전사였다, 하지만 그는 평화를 추구했지."

나는 그 일을 극복했다고 생각했었지만 눈물이 부풀어 올랐다. 나는 흐느낌과 싸우느라 말을 하지 못했다.

"그의 아들이 평화로움 속에서 충분히 잘 다스릴지도 모르겠구나. 하지만 그는 전쟁과 싸울 인내심이 없다. 그가 네 아들을 훈련시키게 하지 마라."

아스카니우스가 실비우스의 양육을 맡겠다면 내가 어떻게 그것을 막을 수 있겠는가? 나에게는 아무런 힘도 없었다.

"제가 라비니움에 머물 수 있었다면 여기에 오지 않았을 거예요."

마침내 나는 그렇게 말하면서, 목소리를 불쌍하게 떨지 않으려고 애썼다.

"안다, 얘야. 내가 간섭하지 않는 게 최선이었다."

나는 동의하며 고개를 끄덕였다.

"하지만 네가 그래야 하는 때, 네가 알기로 가는 게 옳은 때가 오면…… 그러면 네 신들과 아이를 데리고 가거라! 그러겠느냐?"

"그럴게요."

나는 아버지가 그에게 오라고 얘기하는 줄 알았다. 하지만 그는 이렇게 말했다.

"카에레의 타르콘이 너를 받아들일 거고, 정중히 대해 줄 거다."

"맙소사…… 일이 그렇게 될 리는 분명 없을 거예요!"

나는 충격 받고 놀라 빤히 아버지를 쳐다보며 말했다.

"일이 어떻게 될지 나는 모른다. 만일 '그'가 전쟁에서 약간의 교훈을 얻고 자제한다면 모든 것이 더할 나위 없을 테지."

'그'는 아스카니우스를 말했다.

"나는 지난밤에 그에게 에반데르와 팔란티온을 내버려 두라고 얘기하고자 다시 한 번 애썼다. 그 노인네는 죽어 가고 있어. 에트루리아 인들은 그가 죽으면 이동하여 일곱 언덕을 차지할 거다. 평화롭게. 그들이 그러면 안 될 까닭이 없지. '그'의 조바심만 제외하면. 아아, 나도 젊을 때 어리석었지, 하지만 결코 에트루리아를 상대할 만큼 어리석지는 않았다! 우리에게 가능한 최고의 동맹이야. 어떻게 하면 그가 그것을 이해하도록 만들 수 있을까?"

"그러실 수 없을 거예요, 아버지."

"오오 보라, 보라, 그들이 그에게 황금 사발을 주고 있노라!"

실비우스의 작은 속삭임이 들렸다.

아버지는 미소를 띤 채 아이를 지켜보았지만, 그의 눈빛은 우울했다.

"인내! 아스카니우스만큼이나 나에게도 그게 필요하구나."

내가 아버지를 본 것은 그때가 마지막이었다. 그는 감기에 걸린 채 비 속에 농지들로 산책을 나갔다가, 감기가 폐까지 침투했다. 아버지는 며칠 후, 1월의 이두스 다음 날 돌아가셨다. 나는 나와 마루나와 시카나를 라우렌툼까지 호위해 줄 소수의 사내들과 말을 주문했다.

369

티부르 근처의 마르시 족과 국경 분쟁 때문에 분주한 아스카니우스는 무슨 일이 벌어졌는지 아무것도 몰랐다. 나는 실비우스도 데려가지 않았다. 며칠 동안 기침을 하고 열이 올라 있었던 데다, 얼음같이 차가운 비가 내리며 날씨가 모질었기 때문이다. 큰 월계수는 겨울의 어둑함 속에 내 옛 집 정원의 분수대 위로 드리워져 서 있었다. 전쟁의 문은 여전히 열린 채, 그 불길한 경첩들 위에서 못쓰게 되어 있었다. 라우렌툼의 모든 이들이 늙어 보였다. 젊은 얼굴이나 목소리는 없었다. 나는 아버지의 도시로 들어가는 길 옆에 아버지를 묻을 때까지만 머물렀다. 애도 기간인 아흐레를 머물 수 없었다. 내가 유배된 도시에 있는 아들에게로 돌아가야 했다.

아스카니우스가 이제 라티움의 유일한 왕이었다. 모든 라틴 농민들이 그것을 반갑게 여기진 않았지만 항의를 하거나 저항하지는 않았다. 우리 국경들에 대한 압력이 끊질겼기에, 전쟁 기간 동안은 단일한 지도자를 원했기 때문이다. 그리고 전쟁은 다가올 몇 년 동안 우리가 겪어야 할 운명이었다. 라티누스 왕의 죽음이 왕국을 약화시켰기를 바라는 볼스키 족과 헤르니키 족은 국경의 농장들과 읍들을 끊임없이 괴롭혔다. 아이네아스를 동맹이자 거의 아버지처럼 보았던 아르데아의 카메르스는 오래지 않아 아스카니우스의 오만함에 기분이 상했다. 그는 그의 루툴리아 인들이 라티움을 습격하거나 약탈하는 것을 내버려 두기 시작했고, 볼스키 족과 다시 동맹을 맺었다. 그리고, 이것이 아직 전투의 증가를 초래하지는 않았지만, 큰 내륙 도시인 베이이의 에트루리아 인들이 농가 집단들을 보내어 티베르 강 위의 일곱 언덕을 개척하고 있었다. 그들은 그리스 인들의 작은 이주지는 차지하지 않고 그저 그 주위 일대로 옮겨와, 강의 양안(자니콜로 언덕이 있었던 곳과 그들이 팔라티누스라고 부르는 언덕 위)에 건물들을 세우고, 강둑을 따라 숲을 개간하고, 온 계곡에 훌륭한 가축을 풀어 놓았다. 팔란티온의 많은 젊은 그리스 인들은 아르기리파에 있는 디오메데스의 도시로 옮겨갔고, 다른 이들은 알바 롱가로 가서 정착했다. 라티움은 오랫동안 일곱 언덕 지역, 그리고 노멘툼까지 이르는 아버지 강의 남쪽 지역 모두에 대한 권리를 주장해 왔었다. 그래서 아스카니우스는 에트루리아의 이렇게 조용한 점유에 몹시 분개했지만, 라티누스 왕의 경고를 귀담아 들었기에 에트루리아와 맞서려고 하지는 않았다. 베이이에서 온 정착민들은 강 하구에 있는 우리의 염밭에서 나는 소금에 대해 훌륭한 조건을 제시했고, 우리 땅 안쪽으로 더 확장하고자 하는 징후를 보이지 않았다. 그들은 새로운 정착지를 그들이 그 강을 부를 때 쓰는 이름인 '루마'라고 불렀다.

아이네아스의 방패는 알바 롱가의 궁전 입구 통로에 걸려 있었다. 아스카니우스는 전쟁에 나갈 때 그것을 쓰지 않았고, 정강이받이와 금도금한 흉갑이나 잘려 나간 붉은색 깃 장식이 있는 투구, 기다란 청동 검도 사용하지 않았다. 한번은 내가 듣는 데서 농부들의 습격이나 보잘것없는 야만인 왕국들과의 싸움에 저런 대단한 무기들을 쓸

371

가치가 없으며, 괭이나 곡괭이들로 해결해야 한다고 말했다. 내 생각에는 그 갑옷이 그에게 너무 무거웠던 것 같다.

나는 실비우스가 그 방패 앞에 서서 꾸준히 올려다보고 있는 것을 보았다. 그가 예닐곱 살 때였다. 내가 물었다.

"뭘 보는 거니, 실비우스?"

그는 한동안 대답이 없다가 멀리서 들리는 듯한 작은 목소리로 말했다.

"저 커다랗고 둥근 데에 있는 모든 사람들을 보고 있어요."

나는 그와 같이 서서 유심히 보았다. 어미 늑대와 타오르는 배들, 머리 위에 혜성이 있는 남자, 병사들을 죽이는 병사들, 인간들을 고문하는 인간들을 보았다. 굉장한 모습도 보았다. 산에서부터 계곡을 가로질러 언덕과 사원들이 있는 도시까지 성큼성큼 건너뛰는, 하얀 돌로 이루어진 거대한 아치들. 그 도시, 로마였다.

나는 그 방패가 두려웠지만 아이는 그렇지 않았다. 그것을 만들고 그 속에 거하는 힘이 그의 피 속에 있었다. 아이는 한 손을 황금 흉갑에 올려놓고, 손바닥과 손가락들로 그 곡선들과 장식들을 따라가며 미소 지었다.

"언젠가 그걸 입게 될 거다."

그가 고개를 끄덕였다.

"어떻게 입을지 알게 되면요."

실비우스는 아이 치고 굉장히 힘이 셌다. 떠들썩하지 않았기에, 좀 더 거친 소년들은 그의 차분함을 유순함이나 수줍음으로 종종 오해

했다. 아이의 차분함을 이용했던 아이들은 자신들의 잘못만 깨닫고 말았다. 그는 말로 하는 공격들은 무시했지만, 신체적으로 괴롭히는 일이라든지 위협에는 즉각적인 반항과 보복으로 맞섰다. 맞으면 더 세게 쳐 주었다. 그는 경쟁적이었다. 모든 운동과 시합을 좋아했고, 가능할 때마다 말을 타고 사냥을 했으며, 검술, 창던지기, 궁술, 그리고 다른 전투 기술들에 있어 아스카니우스의 옛 스승의 근면한 제자였다. 사내아이들 그리고 남자 어른들과 있을 때면 진지하고 과묵하고 내성적이었다. 나하고 내 시녀들 그리고 여자들 처소의 어린아이들과 있을 때에만 경계하는 태도에서 벗어났다. 정원에 있을 때 실비우스는 즐겁고, 다정하고, 장난기 있고, 단것을 아주 좋아하고, 아기들에게 인내심 있고, 제식 의무들을 못 참아 하고, 농담과 바보 같은 수수께끼들과 우스꽝스러운 운문들을 좋아했다. 모든 사람들이 그를 좋아했다. 아스카니우스조차 내키지 않아 하면서도 그를 좋아했다.

아스카니우스가 통치하던 시절 초기에, 소년기에서 간신히 벗어난 그는 아버지의 화려한 명성 속에 살면서, 늘 자신만의 영광을 찾고자 애썼고, 늘 남들보다 빛나고자 했다. 그는 아이네아스에 대한 기억을 너무나 떠받들었으므로 아이네아스를 원망할 수는 없었지만, 다른 사람, 특히 나의 힘이나 인기는 질시했고 기분 나빠 했다. 그는 아버지를 능가해야 한다고 느끼고 좀 더 빛나는 태양이 되고자 애썼는데, 여기에 달인 내가 있었다. 내가 그들의 일원이라는 이유로, 그들이 아이네아스를 사랑했다는 이유로, 나는 노력 없이 태양 빛을 반사하여 빛나고, 노력 없이 백성의 사랑을 받은 것이다. 아무리 내가 아스카니우스의 궁에 포로처럼 숨어 얌전하게 살았더라도, 그는 나를 그의 위엄에 대한 불변의 위협으로 감지했으며, 내가 그의 결정들을 손상시킨다고 생각했다. 우리 시민은 젊은이들을 위험 속에 빠트려 놓고 늙은이들이 농장을 쟁기질하도록 내버려 두는 이 끝없는 전쟁 상태 때문에 점점 더 불행해 하고 있었다. 그런 상태를 어떻게 행복해 할 수 있겠는가? 그러나 아스카니우스는 그들이 투덜거리고 못마땅해 하는 것이 내 탓이라고 했다. 내가 그의 의회에 나쁜 생각을 불어넣었고, 내가 여자들에게 험담을 늘어놓았고, 나 때문에 라틴 사람들이 그에게 반감을 가지게 되었다는 것이다. 내가 여왕이 아니라 베스탈처럼 행동하며, 가사와 제단을 돌보는 일밖에 아무것도 하지 않은 것은 헛된 일이었다. 여전히 나에겐 죄가 있었다.

그것은 지루한 삶이었다. 힘들지는 않지만 생기 없고 무미건조했다. 나의 아름답고 총명하고 생각 깊은 아들만 빼곤 그 속에 아무런 삶의 활기도 없었다. 아이는 자라났다. 무럭무럭 컸으며 나에게 최소한의 다정함과 희망적인 기분을 선사했다.

3월이 오자 우리 라틴 인들은 결국 볼스키 족과 루툴리아 인들을 공격해서, 그들 군대를 바로 해안까지 쫓아 버리고 아르데아와 안티움을 점령했다. 그리고 그들이 타협하자고 빌면서 우리의 지배를 수용할 정도로 약화시켰다. 우리 남자들은 4월의 쟁기질할 시기에 맞추어 전투에서 돌아왔고 여름 내내 고향에 있었다. 수확은 좋았다. 아스카니우스는 승리했음을 알고서 긴장을 풀고 원래 성격인 자비심을 보이기 시작했다. 그는 대형 홀에서 열리는 연회에 몇 번 나를 초대했고, 격식을 차려 예의 바르게 대우했다. 몇 번은 형식적이지 않게, 아주 조심스럽지만 신뢰의 기미를 보이며 나와 이야기를 나누기까지 했다. 그가 나에게 묘한 이야기, 전에 듣지 못했던 예언을 얘기해 준 것이 그때였다. 그가 얘기해 준 대로 이야기하겠다.

그것은 투르누스가 트로이아 인들을 쫓아내려고 병사들을 모으고 있던 때의 일이었다. 아이네아스는 에반데르 왕에게 도움을 청하기 위해 티베르 강을 항해할 준비 중이었다. 아스카니우스가 말하길, 그날 아침에 그와 그의 아버지는 강둑에 거대한 하얀 야생 암퇘지가 서른 마리의 하얀 새끼 돼지들에게 젖을 물린 채 누워 있는 것을 보았다. 즉각 아이네아스는 희생제를 올리게 했고, 제단에서 그는 그 전조의 의미를 알렸다. 그의 새로운 왕국은 '하얗다', 즉 '알바'라고 불리는 곳에 세워질 것이며 그의 후계자가 거기서 30년을 다스릴 것이라고 했다.

아이네아스나 시인은 이런 예언에 대해 이야기해 준 적이 없었다. 나는 아이네아스가 이탈리아에 새로운 도시를 세우고 아내의 이름을 따서 지으라는 명을 받았다는 것만 알고 있었다. 나는 아무 말 하지 않았다. 아스카니우스는 암퇘지의 전조를 몹시 떠받들었는데, 그가 알바 롱가로 옮겨간 것을 정당화해 주기 때문이었다. 그것은 내 마음을 묘하게 내리눌렀다. 그 후로 나는 하얀 새끼 돼지들에 관한 꿈을 한 번 이상 꾸었다. 그것들이 잇따라 끝없이 바삐 걸어가는데, 그것들의 목구멍은 칼에 베여 쩍 벌어져 검은 핏방울을 흘리고 있었다. 그리고 잔디밭에서 헐떡거리며 뒹굴고 있는 거대한 하얀 생물체에 관한 꿈도 꾸었는데, 그것이 흘린 피가 말라붙어 있었으나 그것은 죽지 않았고 죽을 수도 없었다.

다음 해는 평화로운 해였지만, 사비니 족이 아에퀴 족과 연합하여 우리의 북동쪽 도시들 및 농장들에 맞섰고, 티부르와 피데나에 같은 우리 영토까지 한참을 침범해 들어와 불을 지르고 약탈하고 노예들을 잡아 갔다. 그들과 싸우며 2년이 흘렀다. 아스카니우스는 그해 말에 아니오 위의 언덕에서 오랜 전투 끝에 그들을 무찔렀다. 늙은 트로이아 인들 모두가 거기서 그와 함께 싸웠다. 아카테스, 음네스테우스, 세레스투스, 젊었을 때 트로이아의 성벽 앞에서 싸운 사내들이었다. 그것이 그들의 마지막 전투였다. 병사들은 겨울 비 속에 집으로 돌아왔다. 늙은 늑대들처럼 마르고 호리호리했으나 승리를 거두어 의기양양해 있었다.

승리한 아스카니우스는 다시 상냥하고 자비로워졌다. 그는 라비니움의 트로이아 인들을 소환하여 알바 롱가에서 특별 대접을 받도록 했고, 그의 젊은 대장들로 하여금 확실히 정중하게 그들을 대우하도록 했다. 이러한 수비적인 전쟁에서 얻은 것은 별로 없지만, 빼앗아 온 전리품이 무엇이든 그는 라티움을 위해 싸운 모든 사내들과 나누었다. 그리고 도와준 데 감사하며 가비이와 프라에네스테*에 후한 선물들을 보냈다.

그는 어두운 동지 때에 아르데아로 짧은 여행을 갔다가 돌아왔다.

---

* 라티움의 옛 도시들.

그는 사람을 보내어 나를 불러서 말했다.

"어머니, 나는 어머니의 마음이 여기 알바 롱가에 있던 적이 결코 없었다는 것을 압니다."

"내 마음은 내 아들이 있는 곳에 있다."

내가 말했다.

"그리고 남편의 무덤 옆에 있는 것 같습니다."

그가 상냥하게 말했고 나는 고개를 끄덕였다.

"어머니는 품위 있고 지혜롭게 내 집안을 다스려 주셨고, 어머니가 가신다면 그 때문에 이곳의 많은 이들이 슬퍼할 겁니다. 하지만 이제 말씀드리지만, 가시길 원한다면 그러셔도 좋아요. 나는 카메르스의 누이인 살리카에게 약혼을 청해 놓았고, 그녀는 4월에 내 신부로서 이곳에 올 겁니다. 만일 어머니가 여기 계시면서 그녀에게 우리 가문의 풍습을 보여 주고 어머니의 뛰어나신 살림살이 기술을 그녀에게 가르치신다면, 우리는 영원히 감사히 여길 겁니다. 하지만 어머니께서 한 지붕 아래 두 여왕이 있는 것은 현명치 않을 수도 있다고 여기시거나, 그저 라비니움으로 돌아가길 바라신다면, 어떤 선택이든 어머니가 원하는 대로 편하게 결정하시길 바랍니다. 그곳은 아버지가 어머니를 위해 세운, 틀림없는 어머니의 집이니까요."

그 점잔 빼는 어색함과 선의는 딱 아스카니우스다웠다. 나는 그의 말을 이해했고, 희망의 빛이 막 마음속에서 떠오르며 내 온 영혼을 따뜻하게 데우기 시작했을 때 그가 이어서 말했다.

"그리고 물론 내가 실비우스를 데리고 있을 겁니다, 그의 훈련을 위해서. 내가 그에게 좀 더 나은 형제가 되어 줬어야 할 때인데……
나는 그에게 아버지의 위치에 있으니까요."

"안 된다."

내 말에 그가 멍하니 쳐다보았다.

"네가 여기에 아내를 데려온다면 나는 가는 것이 옳다. 그녀가 여기를 다스려야지. 나는 기꺼이, 감사히 라비니움으로 돌아갈 거다. 하지만 실비우스 없이는 안 된다."

그는 당황하고 불쾌해 했다. 자신이 완전히 합리적이고 관대한 제안을 했다고 생각했던 것이다.

"그 애는 열한 살입니다, 그렇지요?"

"그래."

"사내들 사이에서 길러져야 할 때라고요."

"나는 내 아들을 떠나지 않아. 그는 아이네아스에게서 내가 책임진 아이야."

"당신이 그의 어머니이자 아버지가 될 수는 없습니다."

"될 수 있다. 지금도 그렇고. 아스카니우스, 나에게 이런 요구를 하지 마라. 너는 나를 실비우스에게서 떼어 놓을 수 없어. 그 애에 대한 형제로서의 관심은 고맙구나. 두려워할 것 없다. 라비니움에서, 아버지의 동료들과 그곳에 있는 너의 라틴 인 대장들은 사내들의 모든 수단과 기술로써 그 애를 양육할 거다. 내가 그 애를 나약하게 기르지 않았다는 것을 네가 알 거라 생각한다만. 또래에 비해 그 애가 미숙하더냐, 게으르거나 겁이 많더냐? 그 애가 어떤 점에서든 그 애의 아비에게 어울리지 않는 데가 있더냐?"

그는 다시 멍하니 쳐다보았다. 나는 이제 그 방패 위의 암늑대였다. 그는 나의 이빨을 본 것이다.

그가 마침내 말했다.

"이건 보기 좋지 않습니다."

"내 아들을 포기하지 않겠다는 게 말이냐?"

"그는 여기서 나와 같이 있을 겁니다. 라비니움에서 겨우 몇 킬로미터 떨어진 곳에요!"

"그 애가 있는 곳에 내가 있다."

그는 당황하여 돌아서며 되풀이했다.

"정말 보기 좋지 않군요."

그가 라티움의 왕이 된 후로 공공연히 그의 뜻에 반대한 사람들은 소수였을 것이다. 그는 아직 여왕이 있다는 것을 잊어버렸던 것이다.

나는 말없이 서 있었다. 마침내 그가 말했다.

"이 일에 대해 다시 얘기하지요."

그리고 방을 떠나면서, 서둘러 거의 으르렁대듯 말했다.

"어머니의 위치를 생각해 보십시오. 모든 것을 당신 뜻대로 할 수는 없습니다."

그는 반대를 참을 수 없었다. 그것을 허용할 만한 강인함을 지니지 못했다. 그는 자신의 의지가 우세할 때에만 자비로울 수 있었다. 그때조차도 나는 그가 요지부동이곤 하는 것을 보았다. 나는 그의 의심들을 정당화해 준 것이다. 그는 이제 내내, 내가 그의 명령을 행하고, 집안일을 돕고, 머리를 숙이고 말을 삼갔던 그 모든 세월 동안 나를 의심해 온 것이 옳았음을 알았다. 나는 여자였다, 그러므로 절대 믿어서도 안 되고 절대 그 말에 따라서도 안 되었다. 나는 무시되고 좌절당해야 했다.

그날 밤 여자들 숙소의 거처로 향하는 내 머리는 두개골이 품을 수 있는 것보다 더 많은 생각들로 가득 찬 것 같았지만, 오로지 단 한 가지에 대해서만 생각할 수 있었다. 아스카니우스는 거의 10년간 내 삶을 지배해 왔다. 나는 자신의 의지가 아닌 그의 의지를 거행했고, 그는 마치 내가 노예인 양 그것을 당연하게 받아들였다. 이제 그는 악의는 없지만 필요도 이유도 없이 내 삶이 쓰이는 길이자 그 목적을 앗아 갈 작정이었다. 그는 내 아들, 아이네아스의 아들을 키울 사람이 아니었다. 나의 아버지는 그렇게 말했었고, 나는 그렇다는 것을 알고 있었다.

"무슨 문제가 있나요?"

같이 바깥의 변소에 있을 때 마루나가 물었다.

"왕이 나를 라비니움으로 돌려보내려고 해."

마루나의 얼굴이 밝아졌다.

"그는 실비우스를 여기 데리고 있을 작정이야."

그녀는 말을 하지 않았다.

잠시 후, 손을 씻으러 대야 쪽으로 가며 내가 말했다.

"나는 그 애 없이는 가지 않을 거야. 그리고 여기 머물지도 않겠어.

이걸로 충분해!"

그녀가 와서 내 옆에 섰고, 나는 시녀를 불렀다.

"마이아, 얘야, 새 물 좀 가져오너라!"

열 살짜리 아이가 물병을 가져와 우리 손에 찬물을 끼얹었고, 그러는 동안에 그 애의 동생이 수건을 가지고 달려왔다. 그들은 시카나의 손녀딸들이었다. 예쁜 아이들은 아니지만 아주 영특했다.

"너희들은 우리와 같이 라비니움으로 돌아갈 거야, 너희들 둘 말이다."

내가 그들에게 말했다. 그들은 눈을 크게 뜨며 내 말이 무슨 뜻인가 궁금해 했다.

"나는 갈 거야."

나는 손을 말리며 마루나에게 되풀이했다. 소리 내어 그렇게 말하는 것이 마음을 가라앉히는 데 도움이 되었다.

"그리고 실비우스도 함께. 마루나, 내가 내 어머니 같니?"

여느 때처럼 그녀는 대답하기 전에 뜸을 들였다.

"많은 점에서요."

마침내 그녀가 그렇게 말했다.

"어머니가 미쳤었다는 걸 알거든. 어머니처럼 나도 미칠 수 있다는 걸 알아. 내가 미쳐 가는 게 보이거든 말해 주렴. 그러겠다고 약속해."

"그럴게요."

"내 속에는 아버지도 있어. 광기가 나를 사로잡으려는 것을 알면 내가 그것을 막을 수도 있을 거라고 생각해. 하지만 실비우스를 잃어버린다면 그러지 못할 거야."

그녀는 고개를 끄덕였다.

나는 광기 속에서 어머니의 정신이 어떻게 작동했는지에 대해 실로 이해하는 바가 있었다. 생각과 계획, 음모의 끊임없는 소용돌이, 강박관념 때문에 사고를 변질시키는 무언가와 그것을 이해 못하는 사람에 대한 무시무시한 짜증, 잠복해서 기다리고 있는 기묘한 느낌을 나는 이해했다. 빛을 내뿜는 두 개의 창백한 금빛 눈동자들이 떠올랐다. 나는 빳빳한 다리로 말없이, 어둠 속에, 준비된 채 서 있는, 동굴 속의 암늑대였다.

아스카니우스와 살리카의 혼례 준비는 알바 롱가의 왕궁을 떠나기 위한 나의 준비와 동시에 진행되었다. 나와 나의 시녀들은 새로운 여왕을 위해 모든 준비를 해 두었다. 모든 곡물통을 채워 놓았고, 침구와 의류함들은 깨끗하게 개켜 놓은 섬세하게 짠 모직물과 나긋나긋한 모피와 양털 직물로 가득했고, 신성한 음식도 준비해 놓았고, 제단의 먼지를 털고 바닥도 쓸어 놓았다. 창고들 사이에는 나방 한 마리, 쥐 한 마리 없었고 바닥에 놓인 새하얀 양털 깔개도 모두 새것이었다. 나에게는 자존심이 있었다. 또한 살리카가 환영받으며 편안하다고 느끼기를 바랐다. 그녀는 겨우 열여덟 살로 어렸고, 아스카니우스가 결코 그녀를 학대하지는 않겠지만, 그가 훌륭한 남편이 될 것 같지는 않았다. 그는 여자들에게 아무런 성적 관심이 없었고 그들을 동반자로서 좋아하지도 않았다. 그는 왕이 아내를 맞아들이지 않는다면 사람들이 이상하게 생각할 것이기 때문에 결혼하려는 것이었다. 그리고 그의 남자다움을 증명해 줄, 아마도 그와 실비우스의 받아들여지지 않은 경쟁을 보강해 줄 후계자를 원했기 때문일 것이다.

물론 나는 실비우스에게 우리의 출발에 관해 즉시 이야기해 주었고, 우리는 그 문제에 대해 이야기했다. 그는 사려 깊고 총명한 아이였고, 아이들이란 나름의 지혜가 있기 때문이었다. 나는 그가 아스카니우스와의 다툼을 두려워해서, 또 왕이자 손위 형제에 대한 순종을 자신의 본분으로 알아 자진하여 알바 롱가에 머무르겠다고 할지도 모른다고 생각했다. 그러나 그는 그러지 않았다.

"아스카니우스는 여기를 다스리고 우리는 라비니움을 자유롭게 다스리게 내버려 두라고 해요. 나는 아이네아스 왕의 후계자이자 라티누스 왕의 후계자예요. 서쪽에서 살면서 아버지의 벗들로부터 가르침을 얻고 싶어요. 아스카니우스는 내가 여기 있기를 정말로 원하지는 않을 거예요."

잠시 후에 그가 서운한 한숨을 쉬며 말했다.

"하지만 아티스가 여기 말들이 라비니움의 말들보다 훨씬 낫다더군요."

"네 아버지가 너를 위해 망아지 한 마리를 택해 놓으셨다. 아버지의 종마한테서 낳은 녀석이지. 그 말이 라비니움의 왕궁 마구간에 있을 거야."

그는 그 말에 밝아졌다.

"그래서 너는 라티움에 다시 두 명의 왕이 있을 거라 보는 거니?"

내가 물었다.

"필요하다면요."

그가 마치 사십 대의 남자처럼 의젓하게 말하고 나서 덧붙였다.

"어머니 없이 여기 있고 싶지 않아요!"

"나도 너를 여기 남겨 두고 싶지 않단다. 그러면 정해졌구나."

"그와 그의 암퇘지와 서른 마리의 돼지들이라."

실비우스가 말했다.

"라비니움에 가면, 알부네아의 숲에 데리고 가마."

나는 가슴속 깊숙이에서 부풀어 오르는 기대감 어린 기쁨을 느끼며 말했다.

"거기서 네 외증조부이신 파우누스가 외조부인 라티누스 왕에게 말했던 것처럼 밤에 떡갈나무 숲의 어둠 속으로부터 너에게 말씀하실지도 몰라."

"피쿠스 할아버지에 대해서 말씀해 주세요."

그래서 나는 딱따구리가 된 외고조부의 이야기를 해 주었다. 실비우스는 이곳 그의 땅과 사람들에 관한 이야기를 아주 좋아했고 늙은 트로이아 인들이 그리스 인들과 싸운 전쟁 이야기도 아주 좋아했다.

우리는 우리의 합의와 공상들에 아주 만족했다. 그래서 나는 아스카니우스도 나처럼 사리를 분간할 것이라고 확신했다. 그러나 아들과 함께 라비니움으로 출발하기 위해 공식 허가를 청하러 갔을 때, 그는 몹시 화가 나 있었고 그것을 숨기려고도 하지 않았다.

"어머니는 가셔도 좋아요. 하지만 실비우스는 여기 머무를 겁니다. 지난달에 알려 드렸듯이."

이제는 탄원하는 수밖에 별 도리가 없었다.

"내 남편의 아들, 라티움의 왕이여."

나는 무릎을 꿇고 그 자세로 그의 두 다리를 붙들었다.

"왕들의 딸이자 아내이자 어미인 내가 이 일에 관해 왕께서 나의 의지를 존중해 주기를 청합니다. 아이네아스는 나에게 실비우스를 키우도록 남겨 두었고, 나는 그의 신성한 뜻에 순종할 것입니다. 당신의 형제가 나와 같이 가도록 내버려 둔다 해서 왕이 잃을 것은 아무것도 없습니다. 당신은 우리의 사랑과 감사를 얻을 것입니다. 이곳을 그리고 우리를 다스리소서, 왕의 아내와 함께, 그리고 앞으로 생길 아이들과 함께…… 여자의 음부를 지키는 신들께서 도우시길! 실비우스는 그의 아비의 궁에서 아비의 옛 동료 전사들 사이에서 살도록, 그리고 거기서 성인으로 자라도록 해 주세요. 그러면 그는 당신에게 와서 섬길 가치가 있는 사람이 될 겁니다, 운명이 그러하고 그것을 허락한다면."

누군가가 무릎을 부여잡고 밑에서 웅변적으로 탄원하고 있을 때 서 있는 것은 아주 힘들다. 자세는 심하게 민망하여, 마치 누가 오럴섹스를 하도록 내버려 두고 있는 것 같을 정도이다. 아마도 어떤 사람들은 탄원을 받는 것을 좋아하겠지만, 나는 늘 아주 싫어했고, 아스카니우스가 나만큼이나 그것이 불쾌하다는 것을 깨닫길 바랐다. 나는 말을 마친 후 이마가 그의 발에 닿을 정도로 머리를 조아렸다. 그는 나를 걷어차야지만 움직일 수 있었다. 그는 발을 움직이려고 했지만 걷어차지는 않았다. 우리는 그의 회의실에 있었고, 열 명인가 열두 명쯤 되는 그의 친구와 고문관들이 지켜보며 이야기를 듣고 있었다.

다른 사람들 사이에서 그에게 맞서서는 안 되는 거였다. 만일 내가 홀로 그를 찾았다면 그는 내 설득을 받아들였을지도 몰랐다. 하지만 명령을 바꾸는 것, 일개 여자에게 굴복하는 것, 그런 나약함을 그는 남들에게 내보일 수 없었다.

"그 소년은 머무를 겁니다."

그가 꽤 자세를 돌렸기에 나는 그의 두 다리를 놓아주어야 했다. 나는 잠시 동안, 말없이 무릎을 꿇은 채로 있었다. 깊고 불편한 침묵이었다. 그의 젊은 조신들은 나의 벗이 아니었고 대부분은 실비우스에게 관심이 없었다. 그러나 대부분이 라틴 인들이었고, 우리 민족은 부모와 자식의 유대감에 대하여 경건한 마음을 지녔고, 그와 마찬가지로 집안의 어머니를 존경하는 관습이 있었다. 내가 무릎 꿇은 모습을 보고 그들은 충격을 받았고, 내 양아들이 단호하게, 거칠게 나의 탄원을 거절하는 소리를 듣고는 더욱 충격받았다.

나는 일어나 서서 흰색 팔라를 끌어당겨 몸을 감싸며 그를 마주 보았다. 그리고 의식 때 하는 행동처럼 팔라 귀퉁이를 머리에 뒤집어썼다.

"이 문제에서 우리의 뜻은 다르군요, 왕이여."

그리고 나는 돌아서서 회의실에서 걸어 나갔다. 회랑으로 나아가면서 뒤의 회의실에서 나오는 남자들의 목소리가 들렸고, 더 나아가면서 아스카니우스의 목소리도 들렸다. 높고 큰 음성으로 그는 그들을 지배하고자 애쓰고 있었다.

나는 그를 도덕적으로 패배시켰다. 그러나 정말로 아무것도 달라지지 않았다. 여전히 그가 상황을 통제하고 있었다. 나는 그의 통제에서 벗어나야 했다. 더 이상 깊이 생각하거나 준비할 시간이 없었다. 나는 티타를 보내어 훈련장에서 실비우스를 데려오라고 했다. 그리고 마루나와 시카나와 나는 우리 여자들을 모았다. 9년 전 우리와 같이 이곳으로 온 스무 명의 여자들 중 열여섯 명, 그들이 이곳에서 난 아이들 몇 명, 그리고 스스로 나를 따르는 몇 명의 여자들이었다. 그리고 그들에게 되도록 빨리 떠나되, 몇 명씩 소수로 짝을 지어 다른 길을 택하여 언덕들을 내려가 최대한 눈에 띄지 말고 라비니움으로 가라고 했다. 나는 두 대의 가벼운 짐수레와 그것들을 끌 노새들을 구해 오게 했다. 그것들에다 약간의 의복과 귀중품을 실었다. 수레 한 대에는 로살바와 그녀의 갓 태어난 아기, 그리고 늙은 베스티나가 타도록 했다. 베스티나는 이제 아주 허약했고 정신이 가물가물한 상태 속에서 살고 있었다. 실비우스와 마루나와 나는 다른 수레에 탔다. 실비우스는 수레꾼 옆에 서서 노새들을 빠른 걸음으로 몰도록 지시했다. 내가 아스카니우스와 만난 지 한 시간도 되기 전에 우리는 출발하여 가파른 하얀색의 길을 내려갔다.

2월의 짧은 하루가 끝나 갈 때쯤 우리는 라비니움에 다다랐다. 강 위로 성이 있고 성벽으로 둘러쳐진 그 작은 도시는 아주 평온해 보였고 서쪽에서 오는 약한 빛에 잿빛을 띠고 있었다. 좁다란 강이 유리 파편처럼 하늘을 반사했다.

젊은 시녀들 중 일부가 실비아와 내가 예전에 그랬던 것처럼 산야를 가로질러 달려가 우리보다 앞서 그곳에 이르렀다. 그들은 레지아를 돌보던 몇 안 되는 노예들을 깨웠고, 문을 열고 베스타의 화로와 부엌과 왕족의 거처에 불을 지피도록 했다. 그러나 여자만 남은 궁은 춥고 구중중하고 먼지투성이였다. 깨끗한 침구와 부드러운 모피와 양털들은 모두 저 뒤의 알바 롱가에 있었고 신선한 식품들 모두 마찬가지였다. 곡물 창고의 밀과 기장은 얼마 되지 않고 퀴퀴한 냄새가 났다. 계속해서 일행이 도착했지만 모두를 위한 방은 없었고 몇몇 여자들은 시내에 있는 가정들의 호의를 구해야 했다. 그러나 시내 사람들 사이로 얘기가 퍼져 나가자, 사람들이 진짜 환영을 해 주며 온갖 먹을거리와 마실 거리와 이불들을 가져다주었다. 사람들은 내가 어렸을 때 부르던 것처럼 "작은 여왕님"이라고 불렀다.

"작은 여왕님, 그러면 우리한테 돌아오신 건가요? 머무르실 거죠, 여왕님의 도시에서 지내실 거죠? 그리고 왕, 우리의 어린 왕, 아이네아스 실비우스 님, 정말 훌쩍 크셨네요!"

아카테스가 환영의 인사를 하려고 도착했을 즈음, 나는 최소한 그에게 충분히 불을 지펴 주고, 곡물과 꿀로 걸쭉하게 한 따뜻한 포도주 한 사발을 내줄 수 있었다.

아이네아스의 모든 옛 동료들 중에 나는 아카테스를 가장 그리워했다. 그는 그들 중에 가장 친절했고 가장 형제 같았다. 그는 종종 알바 롱가에 와서 나와 이야기를 나누었는데, 나는 그를 보면 항상 기뻤고 그가 현명한 조언자임을 알았다. 아스카니우스에 대한 충성심에도 불구하고, 그가 은밀하게 나의 편이라고 느꼈다. 그래서 그가 이렇게 말했을 때 크게 충격을 받았다.

"하지만 왕께서 금하신다면 실비우스 님은 여기에 머무를 수 없습니다."

"왕이, 왕께서……."

그러고는 나는 잠시 말을 멈추었다. 마침내 내가 물었다.

"내가 누군가요, 아카테스?"

그는 허를 찔린 듯 나를 쳐다보았다.

"나는 당신의 왕의 아내입니다."

내가 말했다.

한참 후에 그가 말했다.

"미망인이시지요."

그는 용감한 사내였다.

"그리고 당신의 왕의 어머니고요."

"왕이 되실 분의 어머니시지요."

"당신은 당신의 왕이 될 이를 보호할 의무가 있어요."

"아스카니우스 님은 그를 해칠 생각이 없으십니다, 라비니아 님."

"그는 해칠 의도가 없지만, 거기서는 실비우스에게 해가 닥칠 거예요. 그는 그곳에 속해 있지 않습니다. 그 왕국에는 그의 자리가 없어요…… 여기에 있지요. 아스카니우스는 새 신부 때문에 분주할 테고 그녀는 그 때문에 그럴 테죠. 그곳에 있는 누구도 실비우스의 이익을 살피지 않을 거예요. 그 일부는 음모꾼이며 실비우스의 벗은 전혀 없어요. 나는 나의 어린 숫양, 새끼 양을 낯선 자들 가운데 무방비하게 내버려 두지 않겠어요!"

그런 비유적인 표현에 아카테스는 잘생긴 희끗한 머리를 주억거렸다.

"당신의 이리 새끼를 농가 마당에서 키우고 싶지 않다고 말하는 게 낫겠군요."

그러고 나서 그는 아스카니우스에게 그렇게 실례되는 말을 한 것에 후회하는 빛이 역력했고 낯을 찌푸렸다.

"저 소년의 형님이 소년의 알맞은 보호자입니다."

그가 딱딱하게 말했다.

"라비니아 님께서 저 소년과 헤어져 있는 것이 힘들 줄은 압니다만……."

"바로 말해요, 아카테스! 헤어질 때가 오면, 나는 그를 놓아줄 거예요! 하지만 그 시기는 아직 오지 않았어요. 그는 어려요. 그는 진정한 벗과 스승 들, 그러니까 당신 같은 사람과 함께 있어야 해요. 그의 아버지와 조부는 그를 내게 맡겼고, 나는 다른 누구에게도 그 책임을 넘겨 주지 않을 겁니다."

나는 그의 마음을 움직일 수 있을 거라고 생각했지만 그러지 못했다.

또한 이어진 날들 속에서 내가 이야기했을 때 아이네아스의 다른 늙은 동료들 역시 마찬가지였다. 그들은 내가 아스카니우스의 궁에서 실비우스를 떨어트려 놓는 것을 인정하려 하지 않았다. 모두 내가 옳다고는 생각했지만 그것을 인정할 수 없었던 것 같다. 과부가 된 여왕의 의지가 현재 다스리는 왕의 의지를 이기도록 공공연히 내버려 둘 수는 없었기 때문이다. 아스카니우스는 그들을 잘 대우해 주지 않았고, 그들이 권력의 중심에서 멀리 떨어져 늙어 가도록 내버려두었고, 그들의 봉사에 대하여 형식적으로만 인정할 뿐 그들을 무시했다. 그러나 그들은 아이네아스의 신하들이었고 그는 아이네아스의 아들이었기에 그의 말은 곧 법이었다. 만일 실비우스가 좀 더 나이 들었다면, 그들은 그의 말에 귀를 기울였을 것이다. 그 역시 아이네아스의 아들이고 그들은 그를 아주 아꼈기 때문이다. 그러나 성인들로서 그들은 열한 살짜리 소년의 뜻에 좌우돼서는 안 된다고 생각했다.

그러는 동안, 우리는 알바 롱가에서 올 소식을 기다렸다. 매일 나는 성벽 밖을 바라보며 말 탄 군대가 언덕길을 타고 내려오는 광경을 보게 될까 봐 두려워했다. 병사들이 실비우스를 데리고 돌아오라는 명령을 받고 오거나, 아스카니우스가 직접 그 산에서 모습을 드러내어 분노의 번개와 천둥으로 아버지 신 노릇을 할까 봐 겁났던 것이다.

그러나 그 날들 내내, 아르데아와 알바에서는 결혼 피로연이 행해지고 있었고, 나는 아스카니우스가 신부를 환영하는 동안 의붓어머니와 말다툼하는 것이 품위 없는 행동임을 깨달은 것이라고 생각했다. 그는 그저 우리를 무시했다. 그리하여 우리는 라비니움에서 3월의 마지막 나날을 모두 평화롭게 보냈다. 그리고 나는 그곳에, 그러니까 나와 내 사랑이 살았던 내 집에 다시 있게 된 것이 기쁘고도 괴로워 얼마나 자주 울었는지 모르겠다.

나는 알바 롱가에서 아이네아스의 갑옷과 검과 방패를 수레에 실어 가져왔다. 시카나가 실비우스와 나를 도와 그것들을 들어서 내린 다음에 수레로 옮겼었다. 이제 그 무구들은 다시 그의 집에, 그것들이 걸려 있어야 할 곳에 걸려 있었다.

그리고 우리는 아스카니우스의 궁으로부터 소식을 기다렸다.

어느 날 아침나절에 내가 베틀 앞에 앉아 새로운 천을 짜기 시작했을 때, 계집아이인 우르시나가 달려 들어왔다.

"말을 타고 무장한 사내들이 알바에서 오는 길을 내려오고 있어요, 여왕님. 지금 한 1.5킬로미터쯤 떨어져 있고요. 한 사람은 주인 없는 말을 끌고 있어요."

실비우스를 위한 것이리라.

나는 아스카니우스가 실비우스를 데리러 사람을 보내면 어떻게 해야 할지 수많은 계획들을 세웠지만, 그것들은 기수들이 탄 말의 발굽들 아래 먼지가 되어 버렸다. 할 일은 한 가지밖에 없었고, 그것은 내가 이미 해 봤던 일이었다. 도망치는 것이다. 도망쳐서 숨자.

"실비우스를 내게 보내라."

나는 우르시나에게 말했다. 그 애는 열다섯 살쯤 된 소녀로서 암사자처럼 사납고 황갈색 피부를 지니고 있었으며, 마루나의 조카딸이었다. 그 애는 화살처럼 튀어 나갔다. 나는 내 방으로 가서 낡은 팔라 속에 몇 가지 물건들을 묶었고, 실비우스가 헐떡이며 들어오자 아스카니우스의 부하들로부터 벗어나기 위해 숲으로 갈 거라고 말해 주었다.

"말을 가져올게요."

그가 말했다.

"필요 없다, 우리는 멀리 가지 않을 거야. 그리고 말들은 숨기기가 힘들어. 외투를 걸치고 좋은 신발을 신어라. 그리고 부엌에서 만나자."

나는 냄비와 약간의 식량을 또 하나의 꾸러미로 만들었고, 실비우스가 오자 출발했다. 궁의 문간에서 마루나를 만났다.

"그가 너희들을 벌하지 않았으면 좋겠구나!"

'너희들'이란 나의 모든 시녀와 궁의 사람들을 뜻했다.

"왕의 부하들에게는 이렇게 전해라. 왕비님은 아드님과 함께 티부르 근처 샘의 대 신탁소에 신탁의 지도를 구하러 갔노라고. 그것이 그들을 잠깐은 분주하게 해 줄 거다."

"하지만 왕비님은……."

"마루나, 너는 나를 어디서 찾아야 할지 알 거다. 나무꾼네 말이야."

그녀는 고개를 끄덕였다. 그녀는 우리를 몹시 걱정했고 나는 그녀가 걱정되었지만 머뭇거릴 수 없었다. 실비우스와 나는 길을 따라 내려가, 시내의 샛문을 통해 빠져 나갔고, 경작지로 나와서 마지막 파구스를 지나 프라티 강을 따라가 숲 진 산기슭의 작은 언덕으로 들어섰다. 새 잎사귀들이 돋은 떡갈나무들이 우리를 가려 주었다. 곧 우리는 라우렌툼에서 알부네아에 이르는, 언덕 밑을 따라 구불구불 이어지는 오래된 오솔길에 이르렀다.

실비우스는 코를 찡그렸다. 그는 사냥개처럼 냄새를 잘 맡았다.

"썩은 달걀 냄새 같니?"

내가 물었다. 우리는 도주자의 침묵 속에서 서둘러 오느라 전혀 말을 하지 않고 있었다.

그가 고개를 끄덕였다.

"그게 바로 유황천이란다."

"우리가 거기에 가는 건가요?"

"그 근처에."

우리는 나와 시인이 신성한 숲에서 이야기를 나누는 동안 마루나가 밤을 보내곤 했던 산림 거주인의 오두막집에 이르렀다. 나무들이 자란 데다 오두막 주위로 높이 바짝 붙어 있어서 못 보고 지나칠 뻔했다. 개간지와 채마밭이었던 것은 가시나무들과 키 큰 잡초들로 무성했다. 나는 큰 소리로 사람을 불렀다. 아무도 대답하지 않았다. 문으로 가 보고 집이 버려져 있는 것을 알았다. 나무꾼과 그의 아내는 다른 곳으로 갔든가, 아니면 죽은 것이다.

실비우스가 어린이의 예민한 호기심을 가지고 오두막에 들어서서 사방을 돌아다녔다.

"좋은 곳이네요."

그는 현관 계단에 짐을 내려놓았다. 나는 아이가 가지고 걸어가기에 짐의 부피가 너무 크다는 걸 눈치 챘고, 내려놓을 때 그것은 쿵

하며 절거덕거리는 소리를 냈다.

"그 속에다 뭘 넣은 게냐?"

내가 물었다. 그는 슬쩍 곁눈질로 나를 보고는 짐 꾸러미를 펼쳤다. 그는 짧은 활과 화살들, 사냥용 칼, 전투 연습 때 사용하던 단검을 가져왔다.

"늑대들 때문에요."

"아하, 글쎄, 얘야, 내 생각에는 우리가 그 늑대들 같구나."

그는 그 말을 생각해 보았고 그 생각에 분명 만족스러운 것 같았다. 그는 고개를 끄덕였다.

"와서 좀 앉으려무나."

나는 현관 계단에 앉아 무기들을 옆으로 치워 자리를 만들었다. 태양빛이 사방의 소나무와 떡갈나무의 그늘 사이로 뚫고 들어와 그곳을 따뜻하게 해 주었다. 실비우스는 내 옆에 앉았다. 나는 가늘고 볕에 탄 사내아이의 다리와 그의 발에는 너무 무거운 신발을 바라보았다. 그는 내게 머리를 기대었다.

"그들이 우리를 죽이려는 것은 아니죠, 그렇죠, 어머니?"

그가 물었다. 겁에 질려서 그런 것은 아니었고 확신을 위해서였다.

"그래. 그들은 우리를 갈라놓고 싶어 하는 거야. 나는 너를 놓아 보내 주는 것이 잘못된 일이라고 확신하고 있어. 하지만 아스카니우스가 알바로 데려가지 못하게 너를 숨기는 것 말고는 막을 방법이 없구나."

그는 한참을 생각하다가 말했다.

"저는 시골 어디 농장에 살면서 농장 소년인 척할 수 있어요."

"그럴 수 있겠지. 하지만 그건 그 농부네 가정을 위험에 빠트릴 거다."

그는 그 점을 보지 못한 것을 부끄러워하며 바로 고개를 끄덕였다.

나 역시 어떤 거짓에라도 그를 관련시키고 있는 것이 부끄러웠다.

"들어 보렴. 나는 티부르의 대 신탁소에 가는 중이라고 거짓말을 했다. 하지만 신탁의 의견을 묻고 싶긴 하구나. 여기, 알부네아에 있는, 우리의, 우리 아버지의, 내 조상들의 신탁소에서 말이다. 아마도 그것은 우리에게 어찌해야 할지 얘기해 줄 거야. 여자에게 신탁이 내려질지는 모르겠다만, 아마 너에게는 가능할 거다. 사투르누스의, 피쿠스의, 파우누스의, 라티누스의 후손에게는……."

나는 그의 단단하고 가느다란 어깨를 쓰다듬어 주었다. 빨리 걸어오느라 어깨는 아직 땀투성이였다.

"아이네아스의 아들에게는 신탁이 내려질 거야."

나는 아이에게 입 맞추었다.

아이도 나에게 입 맞추었다.

"나는 어머니를 떠나지 않을 거예요. 절대로."

"아아, '절대로' 그리고 '영원히'는 인간들을 위한 말이 아니란다, 얘야. 하지만 우리가 헤어지는 게 맞는 때임을 내가 알 때까지는 헤어지지 않을 거다."

"그렇다면, 그때까진 절대로요."

새 한 마리가 어두운 숲으로부터 사랑스럽게 노래했다. 봄의 감미

롭고 순진무구한 행복이 넘쳐 나는 긴 지저귐이었다.

"우리가 머물 곳이 여기인가요?"

"적어도 오늘 밤은 그래."

"좋아요. 어머니가 불을 가져오셨죠, 그렇죠?"

나는 점토로 빚은 작은 불단지를 보여 주었다. 레지아의 화로에서 불을 옮겨 담아 고리버들 멜빵에 실어 가져온 것이었다.

"화로에 불 피울 준비를 하고 기도를 드리려무나."

내가 그에게 말했다. 그가 그러는 동안 나는 오두막집을 쓸었고, 우리는 함께 화롯불을 붙였다.

"네 아버지는 이다라는 큰 산의 숲 속에서 자라셨단다, 알고 있었니?"

물론 그는 알고 있었지만, 다시 그 얘기를 듣고 싶어 했다. 그리고 내가 아이네아스가 해 주었던 어린 시절 이야기를 되풀이해 주는 동안 열심히 들었다. 그러고 나서는 활과 화살을 가지고 주변에 방심한 토끼나 메추라기가 있나 살펴보러 나갔다. 나는 오두막 청소를 계속했고, 묘목들에서 꺾어 온 어린 소나무 가지로 침상을 만들었다. 오두막에 쓰레기는 없었고, 거미와 나무쥐들이 자그맣게 남긴 것들과 약간의 떨어진 이엉들뿐이었다. 가난한 사람들은 남긴 것이 거의 없었다. 선반에 반쯤 깨어진 질그릇이 있었다. 그래도 여전히 그릇이었고 쓸 만했다. 나는 그 속에 집에서 가져온 소금 한 줌을 담아 우리의 식탁으로 쓸 선반에 놓아두었다.

실비우스는 아무것도 쏘아 맞히지 못했지만, 아침에 메추라기를 잡기 위해 어디에 덫을 놓을지 계획해 두었고, 개울에서 손으로 왕새우 네 마리를 잡아 가지고 왔다. 우리는 기장 죽에 왕새우를 곁들였다. 집에서 물을 가져오지 못한 것만이 아쉬웠다. 유황천 주변에 있는 개울의 물맛은 고약했기 때문이다.

우리는 입고 있는 외투로 몸을 감싸고 잤다. 나는 푹 오랫동안 잤다. 알부네아에서는, 여기처럼 숲 바깥에 있을 때조차도 항상 두려움이 사라졌다. 아니 두려움을 느끼지만 그것은 실비우스를 잃어버릴지도 모른다는 날카로운 공포, 끝없는 불안감과 삶의 염려들과 전혀 다른 두려움이었다. 그것은 우리가 종교라고 부르는 두려움, 기꺼이 받아들이는 외경심이었다. 맑은 날 밤 하늘을 올려다볼 때 그리고 영원한 우주의 그 모든 별들이 하얗게 타오르는 것을 볼 때 느끼는 무서움이었다. 그 두려움은 깊이 뿌리 내리고 있다. 그러나 경배와 잠과 침묵은 그것의 일부이다.

실비우스는 다음 날 내내 나가서 샘 위의 숲 언덕을 탐사하고 다녔다. 나는 아이를 걱정하지 않았다. 그는 현명한 소년이었다. 이렇게 농지가 가까운 곳에는 멧돼지나 곰이 없었고, 라티움 안쪽 이곳에는 주변에 적들이 없었다. 오후가 되어 가면서, 개간지 끝에 우르시나가 퓨마처럼 빠르게 소리 없이 모습을 드러냈다.

"마루나 아주머니가 보내셨어요."

그 애가 자그맣게 말했다. 그 애는 수질 좋은 물이 담긴 병과 말린 잠두*가 든 주머니를 가져왔다. 그리고 말린 무화과 열매와 건포도가

---

* 콩과의 여러해살이풀.

든 봉지도 가지고 왔는데, 단것을 좋아하는 실비우스를 몹시 측은하게 여긴 티타가 넣어 준 것이었다.

"알바 롱가에서 온 사내들은 어떻게 했니?"

"그들은 왕비님에 대해서 물었어요. 아주머니가 왕비님은 티부르의 알부네아에 가셨다고 했어요. 다른 사람들은 왕비님이 거기에 가신 줄로 알고 있어요. 그들은 어제 알바로 돌아갔어요. 아주머니가 왕비님께 이렇게 전하래요. 왕비님이 라비니움으로 돌아오시면 실비우스를 알바로 데려오라고 그들이 아카테스 경과 음네스테우스 경에게 지시했다고요."

나는 그 애에게 입 맞추고 내일 희생제를 위해 포도주를 조금 가져다 달라고 부탁했다. 그 애는 왔을 때처럼 조용히 사라져 버렸다.

나는 봄볕 속에 반쯤 썩은 현관의 나무 계단에 앉아 곰곰이 생각했다.

만일 내가 라비니움으로 돌아간다면, 충성스러운 아카테스는 아스카니우스의 명령을 따를 터였다.

내가 직접 실비우스를 알바 롱가로 데려가 거기서 함께 머무를 수도 있었다. 아스카니우스의 궁에서 환영받지 못하고 불필요한, 내키지 않는 손님이 되어, 무시와 질투, 해악으로부터 아들을 지키느라 몸부림치며 같이 지내는 것이다.

아버지가 여러 해 전에 권하셨던 대로 할 수도 있었다. 에트루리아의 카에레로 가서 타르콘 왕에게 도와 달라고 청하는 것이다. 우리를 그의 보호 아래 받아들여 내가 실비우스를 왕의 아들로 키울 수 있게끔 말이다.

그것은 정말로 겁나는 생각이었지만 고려해 보아야 했다.

내가 여전히 생각 중일 때 참새의 작은 지저귐 소리를 들었다. 그것은 우리의 신호였고, 실비우스가 나타났다. 그는 지저분하고 가시에 긁히고 지쳐 있었지만, 덫으로 커다란 산토끼를 잡았고 우쭐해 있었다. 그는 몸을 씻었고, 나는 산토끼의 가죽을 벗기고 다듬었다. 그리고 푸른 버드나무 가지로 꼬챙이를 만들어 오두막집의 작은 불 위에다 고기를 구웠다. 훌륭한 만찬이었다.

"내일 저녁에 우리는 금식할 거다. 성스러운 숲에서 밤을 보낼 거거든."

내가 실비우스에게 말했다.

"제가 그 동굴이랑 냄새나는 웅덩이랑 볼 수 있어요?"

"그래."

"사람들이 제물로 뭘 가져가나요?"

"새끼 양이란다."

"제가 라비니움 옆에 왕실의 양 떼로부터 한 마리를 가져올 수 있어요…… 확실히 아무도 보지 못하게……."

"안 된다. 시내 근처에 가면 안 돼, 우리 둘 다. 내일, 우리는 우리가 바칠 수 있는 걸 바칠 거야. 조상님들은 이해하실 거다. 나는 빈손으로도 거기에 간 적이 있단다."

다음 날 태양이 서쪽의 바다 안개 위로 불그스름하게 걸려 있을 때 우리는 좁은 오솔길을 따라 알부네아의 숲으로 들어갔고 담으로 둘러싸인 그 성스러운 곳에 이르렀다. 그곳은 나무꾼네 오두막집처럼 버려지고 적적해 보였다. 그곳의 신탁은 주로 내 아버지 쪽 혈통의 사람들에게 내려졌고, 이제 아버지 쪽 사람들은 소수만 남아 있었다. 아직 라우렌툼에서 살고 있는 몇몇의 늙은 사촌들, 나, 그리고 실비우스뿐이었다. 1년 내지 그 이상 그곳에 희생제를 올린 사람이 없었다. 땅바닥 위에 남은 양털 조각들은 그저 까만 조각들일 뿐이었다. 우리는 제단을 위해 잔디 한 조각을 베어 냈고, 실비우스가 제물로 병에 담긴 포도주를 붓는 동안 나는 조상들과 그곳의 신들에게 기도했다. 이미 너무 어두워서 그 웅덩이에는 갈 수 없었다. 우리는 외투를 가지고 왔다. 내 아들은 아버지와 내가 여기 있었을 때 아버지가 주무셨던 딱 그곳에 망토를 깔았다. 나는 앉아서 시인과 이야기를 나누었던 제단 근처의 옛 자리를 택했다. 우리는 어둠 속에 오랫동안 말없이 앉아 있었다. 검은 나뭇잎들 사이로 별들이 하얗게 타올랐다. 건너다보니, 실비우스가 외투로 몸을 감싸고 드러누워 있었다. 그는 별빛 속에 잠든 새끼 양처럼 보였다. 나는 깬 채로 앉아 있었다. 밤의 생물들이 따로따로 소리를 만들어 냈다. 부스럭거리는 소리, 긁히는 소리들이 멀고 가까운 숲 바닥에서 났다. 한번은 오른쪽에서, 언덕 비탈 저 멀리, 부엉이 한 마리가 울었다. '부엉 부엉 부엉' 하고 길게 떨리는 소리였다. 나는 그곳의 신령들이 절박하게 임한 아무런 기운도 느끼지 않았다. 온통 조용하고, 온통 성스러웠다.

    한참 후, 별자리가 바뀌었을 때 나는 소리 내지 않고 마음속으로 시인에게 말했다.

'시인이여, 당신이 얘기해 준 모든 것이 일어났어요. 아이네아스의 죽음까지 당신은 참되게 나를 인도해 줬어요. 그 후로 다른 이들이 나를 이끌었지요. 하지만 나는 길을 잃었습니다. 나는 아스카니우스를 믿을 수 없어요. 그는 자신이 실비우스를 미워한다는 것을 몰라요. 지금 여기에 당신이 있어서 나를 인도해 주었으면 좋겠어요. 당신이 나에게 노래를 불러 줄 수 있으면 좋겠어요.'

아무런 목소리도 말하지 않았다. 침묵은 아주 깊어졌다. 나는 마침내 한숨을 쉬었고 잠에 못 이겨 누웠다. 잠이 오니 땅바닥은 부드럽고 외투는 따뜻하게 느껴졌다. 단어들과 상들이 마음속을 떠다녔다. 단어들은 '나에게 말해라!'였다. 그러고 나서 그것들은 바뀌었는데 스스로 뒤집혀 이렇게 흘러가는 듯했다. '내가 너에게 말하노라.' 나는 한순간 아이네아스의 방패를 아주 분명하게 보았는데, 암늑대의 머리가 자신의 밝은 색 옆구리 쪽으로 돌아가 있었다. 나는 내가 흙과 돌로 이루어진 거북의 껍데기 같은 둥근 천장에 누워 있는 것을 느꼈다. 천장은 거대하고 어두운 공동 위로 아치를 그리고 있었다. 내 밑에는 광대한 그림자들의 풍경이 놓여 있었는데, 그늘진 나무숲이었다. 그 나무들 너머로 강둑의 침침한 햇빛 속에 내 아들이 서 있는 것을 보았다. 강은 티베르 강보다 넓었는데, 너무 넓고 안개가 끼어 있어서 건너편 해안이 분명하게 보이지 않았다. 실비우스는 열아홉이나 스무 살쯤 된 성인이었다. 그는 아이네아스의 큰 창에 몸을 기대고 있었고 꼭 아이네아스가 젊었을 때의 얼굴이었을 것 같은 얼굴이었다. 그 끝없이 풀숲 우거진 강둑의 위아래에 모두 수많은 사람들이 있었다. 그 풀은 초록색이 아니라 흐릿한 잿빛이었다. 내 근처, 내 귀 옆에서 한 목소리가, 늙은이의 목소리가 나지막이 이야기하고 있었다.

"⋯⋯너의 마지막 아이, 왕이자 왕들의 아버지를 네 아내 라비니아가 숲에서 키울 거다."

그러고 나서 남편이 여기 있는 느낌, 그의 육체와 그 존재가 나와 같이, 내 속에 있는 느낌이 아주 강하게 들었다. 마치 내가 그인 것 같았다. 그래서 나는 잠이 깼고 자신이 어둠 속에, 뭔가를 잃고 당황한 채 앉아 있는 것을 깨달았다. 아무도 거기에 없었다. 실비우스만이 개간지 저편에 잠들어 있었다. 하늘이 어슴푸레해지면서 별들이 빛을 잃어 갔다.

실비우스는 꿈을 꾸지 않았다. 꿈을 꾸고 목소리를 들은 것은 나였는데, 이야기한 이는 나의 조부가 아니었다.

새벽녘에 우리는 일어나서 그 샘으로 갔다. 실비우스가 동굴 주위를 뒤지고 다니는 동안, 나는 노두에 앉아 그 샘 위에 늘 걸려 있는 나지막한 연무 사이로 햇빛이 창백한 물을 비추고 있는 것을 보았다. 유황 냄새가 아침에는 덜 강했다. 우리는 동굴 입구의 버려진 진흙투성이 땅에서 조금 내려온 곳에 있는 얕은 웅덩이에서 몸을 씻었다. 물은 따뜻하고 피부에 부드럽게 느껴졌다. 그곳은 관절염이나 오래되어 쑤시는 상처에 좋은 곳이 될 터였다.

우리는 담에 둘러싸인 곳으로 돌아갔다. 감사드리며 바칠 만한 다른 게 없었기에 우리는 향긋한 약초들과 월계수 가지들, 그리고 숲 속의 개간지에서 찾아낸 약간의 꽃들을 제단에 쌓아 올렸다. 그 일을 마치고 감사를 올리고 나서 성소를 뜨기 전에, 나는 실비우스에게 나의 꿈을 얘기했다.

"너를 보았다, 다 큰 어른이었지. 하지만 마치 너는 아직 태어나지 않은 것 같았어…… 살 때를 기다리며 서 있는 것 같았다. 그리고 내 옆에서 한 노인이 이야기하고 있었다. 그는 나에게 이야기하는 게 아니었어. 너의 아버지 아이네아스에게 너에 대해 얘기했다. '저것이 너의 마지막 아들, 왕이자 왕들의 아버지이다. 그를 너의 아내 라비니아가 숲에서 키울 것이다.' 그러고 나서 꿈은 끝났다."

우리는 나무꾼네 오두막집으로 돌아가면서 그것에 대해 곰곰이 생각했다.

"그 꿈은 우리가 여기에, 숲 속에서 머무를 것을 뜻하는 거예요. 그렇지 않나요, 어머니?"

실비우스가 마침내 말했다.

나도 계속 그 생각을 하고 있었지만, 그렇지 않다고, 그게 아니라고, 그렇게 분명하고 단순할 리 없다는 느낌이 바로 들었다. 나는 개간지에 이를 때까지 아무 말 하지 않았고, 그러고 나서 이렇게 말했다.

"그런 뜻 같긴 해. 하지만 어떻게……? 우리가 마루나가 보내 주는 것에 얹혀살며, 부랑자나 거지들처럼 여기에 숨어 지낼 수는 없다."

"저는 사냥을 하고 덫을 놓을 수 있어요, 어머니."

"너는 확실히 그럴 수 있고, 오늘 밤에 고기를 원한다면야 그러는 게 좋겠지. 하지만 장기적으로는……. 결국엔 사람들이 우리를 목격할 거다. 이곳의 모두가 우리를 알잖니! 우리가 그냥 숲 속으로 사라질 수는 없다."

"우리가 더 멀리 가면, 그럴 수도 있어요. 언덕 위쪽으로요."

"얼마나 멀리 말이니, 얘야? 여름은 괜찮지. 가을도 가능할 거야. 겨울은 안 돼. 다른 사람들하고 떨어져서 사는 사람들에게 삶은 고되단다, 설사 그들한테 튼튼한 지붕과 가득 찬 곡물 창고가 있더라도 말이야. 너하고 나는 그런 삶에는 아주 약해……. 하지만 아스카니우스한테서 명령을 받지는 않겠어! 내가 이 문제에서 그에게 순종한다면, 설사 내가 너와 같이 갈지라도 그에게 너를 넘겨준다면, 너의 왕권도 넘겨주게 될 거야. 그는 라비니움에 대한 우리의 통치권을 인정해야 해. 우리가 어디로 갈 수 있을까……?"

"음, 사람들이 우리를 알아보면 어떡해요? 그리고 우리가 있는 곳을 찾아내면? 누군가가 우리를 알바로 가게 하려고 하면요? 우리는 숲 속에서 살도록 정해졌노라고 말하면 어떨까요…… 신탁이 그렇게 말했노라고 사람들한테 얘기하면 어떨까요?"

"모르겠구나."

"흠, 알아보자고요."

실비우스가 말했다.

자기가 원하는 바를 아이가 말해 주는 것은 즐거운 일이다.

"그의 새끼 돼지들은 그에게 알바로 가라고 말했지. 우리더러 여기에 머무르라고 말씀하시는 조상이랑 어떻게 그가 논쟁할 수 있겠어?"

알부네아에서 파우누스가 아버지에게 내가 이방인과 결혼해야 한다고 말했을 때, 라티누스 왕이 어떻게 그 신탁을 바로 모두에게 알렸는지 기억나기 시작했다. 더 많은 사람들이 들을수록 그것은 더욱 강력해졌다. 그때는 왕뿐 아니라, 모두가 그 신탁을 들었다. 나는 실비우스에게 말했다.

"오늘 나는 라비니움에 가 봐야 할 것 같구나. 너는 여기 머물러라. 토끼나 메추라기를 잡을 수 있다면 잡아 보렴. 나 말고 누구라도 이곳에 나타나면 숨어라. 밤이 되기 전에 돌아오마."

그리하여 나는 산기슭의 언덕을 따라 경작지들을 가로질러, 가는 내내 골똘히 생각하며 나의 도시로 돌아갔고, 아침 중반에 성문에 들어섰다. 아스카니우스가 아직 실비우스 때문에 사람을 보내지 않은 것을 알고 마음이 놓였다. 그리고 사람들의 환영에 놀라고 감동받았다. 그들은 내 주위로 몰려들어 인사하고 어루만지고 근심 어린 질문들을 던졌다. 내가 레지아로 향하는 길에 올랐을 즈음에 나는 군중 한가운데 있었다.

이것이 기회라고 생각했다. 그래서 나는 궁전 문 앞에서 돌아섰고, 그러는 사이에 궁 사람들이 내 뒤로 몰려나와서 환영했다. 그리고 내가 외쳤다.

"나의 도시의 사람들이여!"

사람들은 내 말에 조용해졌고, 나는 다음에 무슨 말을 할지도 거의 모르는 채 즉석에서 이야기했다.

"지난밤 알부네아의 숲에서, 내 조상들의 신탁소에서 나는 제단 옆에 누워 잤습니다. 그리고 우리의 아이네아스 왕의 아버지인 앙키세스 왕의 목소리가 꿈속에서 나에게, 그의 손자인 실비우스가 나와 함께 라티움의 숲에서 살게 될 거라고 예언했습니다. 이 예언에 순종하여, 나는 아들을 알바 롱가에 보내지 않을 것이며 여기 라비니움에 데리고 있지도 않을 겁니다. 대신 그와 나는 징조와 전조들이 우리에게 달리 행동할 것을 명할 때까지 숲 속에서 살 겁니다. 꿈속의 목소리는 실비우스를 왕이자 왕들의 아버지라고 불렀습니다. 나와 마찬가지로 그 소식에 여러분도 크게 기뻐하길!"

그 말에 사람들은 큰 환성을 올렸다. 그것에 나는 용기가 솟았고 이렇게 끝맺었다.

"그러나 실비우스가 다스릴 나이가 될 때까지는 아스카니우스 홀로 다스릴 것이며, 나의 도시는 아스카니우스와 그의 아버지의 벗들에게 계속해서 통치를 받을 겁니다."

"하지만 그 황무지에서 어디로 가시렵니까, 작은 여왕님?"

군중 속에서 몇몇 나이 든 이들이 외쳤고 내가 대답했다.

"멀리 가지는 않아요, 벗들이여! 나의 가슴은 당신들과 함께 라비니움에 있습니다!"

그 말에 사람들은 다시 응원의 소리를 보냈고, 나는 상당한 소란 속에 궁으로 들어갔다. 나의 심장은 세차게 뛰고 있었다. 아카테스가 나를 맞이했다. 시민들의 선의에 떠받쳐져서 나는 앞질러서 그에게 말했다.

"벗이여, 아스카니우스가 당신에게 실비우스를 알바 롱가로 데려오라고 명령했음을 알아요. 당신의 여왕으로서, 당신이 내 말에 따르기를, 실비우스를 내게 맡겨 두기를, 예언이 이루어지도록 내버려 두기를 청합니다."

그는 천천히 머리를 숙여 절하며 그것을 받아들였고, 이렇게만 말했다.

"앙키세스 님을 보셨습니까?"

그는 의심하면서도 부러워했고, 간절했으며, 나를 믿고 싶어 했다.

"아니요, 하지만 목소리를 들었습니다. 그 목소리는 아이네아스에게 말하듯 이야기했어요. 나는 그것을 그의 아버지의 음성으로 받아들였습니다. 알부네아에서는 아버지들이 말씀하시지요."

아카테스는 망설이다가 물었다.

"그분을 보셨나요?"

'그분'은 당연히 아이네아스였다. 아카테스가 그토록 아끼고 동경하는 마음으로 말했기에 내 눈에 눈물이 괴었다. 나는 고개를 가로 젓는 것밖에 할 수 없었다. 그리고 잠시 후에 말했다.

"하지만 그는 거기에 나와 같이 있었어요, 아카테스 님. 아주 잠시."

그러나 말하면서 나는 그것이 사실이 아님을 알았다. 아이네아스는 거기에 육체를 지닌 사람으로서 나와 같이 있지 않았고, 이야기한 것 또한 앙키세스가 아니었다. 이야기한 사람은 시인이었다. 그것은 모두 시인의 말, 그 창조자, 예언자, 진실을 말하는 이의 말이었다. 그 이상도 그 이하도 아니었다. 하지만 나 자신이 그 이상도, 그 이하도 아니지 않은가?

조짐과 신탁들에 대한 아스카니우스의 경의를 기대한 것은 옳았다. 그것들을 그는 그의 아버지로부터 배웠으나 미신에 가까울 만큼 과대시했다. 그는 모든 의식들에 엄격했다. 아이네아스가 그랬던 것처럼 경건하다고 불리기를 간절히 원했다. 그에게 경건함이란 좀 더 높은 신들의 의지에 대한 인간의 순종, 안전한 올바름을 뜻했다. 그는 아이네아스가 투르누스에 대한 승리를 자신의 패배로 보았다는 것을 결코 믿으려 하지 않았다. 그는 아버지의 경건함 속에 아버지의 비극이 놓여 있다는 것을 이해하지 못했다.

내가 그를 잘못 판단했을 수도 있다. 그러니까 그는 나이 들어 가면서, 아이네아스가 지녔던 양심의 번민을 어느 정도 공유하게 되었을지도 모른다. 하지만 나는 결코 아스카니우스를 잘 알지 못했다.

어쨌든 아카테스와 세레스투스가 내 결정에 관한 말을 전했을 때, 그는 그들이 그가 아닌 나의 말을 따랐다고 꾸짖지 않고 환대해 주었고, 나에게 전하는 아무런 분명한 전갈 없이 그들은 돌려보냈다. 그는 내가 그에게 맞서 힘들의 결합을 초래하여 선수를 썼다고 느낀 것 같았다. 즉 이탈리아 인들의 성스러운 신탁이 트로이아 인인 할아버지의 신성한 목소리로 내려진 것이다. 침묵으로 그는 동의했다.

그렇게 우리의 '유배' 기간이 시작되었다. 늙은 트로이아 인들이 몰락한 그들의 도시를 영원히 그리워하는 것에 비하면 전혀 유배라고 할 수 없었다. 우리의 '숲 속에서의 삶'은 아주 편안한 삶이 되었다. 나는 목수들 몇 명을 보내어 나무꾼네 오두막집에 버팀대를 세웠고 지붕 이는 사람들도 보내서 쥐 때문에 오염되고 비에 썩은 지붕을 바꾸도록 했다. 그들은 모든 것을 새로 만들다시피 했고, 두 번째 방을 덧붙였으며, 알맞은 화덕을 지어 주었다. 그러는 사이에 자원자들이 개간지에 몰려들어 가시나무들을 잘라 내고 삽질을 하고 채마밭에다 라티움에서 자라는 온갖 약초와 채소들을 심어 놓았다. 심지어 어린 호두나무와 다 자란 시칠리아산 케이퍼베리 관목까지 심어 놓았다. 그들은 그 주변에 모두 담장을 두르고 싶어 했지만, 내가 못하게 했다.

"늑대들 때문에요, 왕비님. 곰들도요!"

늙은 기르누스가 말했고 나는 이렇게 답했다.

"알부네아에는 곰이 없네. 그리고 늑대가 여기에 나타난다면 나는 그를 형제라 부르겠어."

사람들은 그 발언을 가지고 라비니움으로 돌아갔고, 그 후로 일부 사람들은 나를 '늑대 어머니'라고 불렀다.

시내에서 나무꾼네 오두막집으로 오는 길은 곧 사람들에게 밟혀 다져진 길이 되었고, 나는 자진해서 오는 직공들과 방문객들의 수를 소수로 제한하고 특정한 날들만 오도록 해야 했다. 그러지 않으면 거기에 전혀 평화가 없을 터이기 때문이었다. 여름 끝 무렵, 모든 직공들이 일을 마치자 그곳은 다시 조용해졌는데, 정말로 조용했다. 실비우스는 하루 종일 나가서 숲에 있거나 수업을 받았다. 늙은 트로이아인들이 그의 교육을 맡아 열심히 가르쳤고, 날마다 군사 훈련, 무기 연습, 음악, 암송, 승마 등, 무자비한 교육 일정을 거치도록 했다. 집을 청소하고 채마밭을 돌보고 나면 할 일이 별로 없는 데다, 워낙 큰살림을 꾸렸던 터라 처음에 나는 지루하고 외로웠다. 자신이 쓸모없는 불량품처럼 느껴졌다. 라우렌툼에서, 라비니움에서, 알바 롱가에서 내가 그토록 힘들게 일하고 끝없는 관심으로 돌보았던 레지아들은 다 나 없이도 완벽히 훌륭하게 돌아가고 있었다. 마루나는 부관인 시카나와 함께 라비니움의 궁을 지켰고, 오래전에 내가 훈련시켰던 것처럼 경배 드리는 일을 했다. 그러니 그녀더러 이 숲 속에서 나와 같이 있어 달라고 부탁할 수도 없었다.

그러나 시간이 지나자 나는 고독이 좋아지기 시작했다. 숲의 정적을 깨는 어떤 방문객이나 목소리도 바라지 않게 되었고, 늘 곤충들과 새들의 노랫소리 그리고 나뭇잎들 속의 바람 소리를 누비며 나아갔다. 나는 정원을 가꾸고, 실을 잣고, 두 번째 방에 설치해 둔 커다란 베틀에 앉아 천을 짜며, 조용함에 만족해 했다. 그러다가 저녁에 아들이 돌아오면 같이 앉아 식사를 하고 조용히 조금 이야기를 나누고 나서 잠자리에 들었다.

그렇게 세월이 흘러갔다.

국경 지대의 사건들이 좀 있긴 했으나, 아스카니우스는 전쟁을 야기하는 불행한 버릇을 잃어버린 듯싶었다. 그의 혼례는 성대한 의식과 함께 거행되었고, 루툴리아 인 아내는 그의 궁을 왕가의 양식으로 관리했으며 행복한 부부라는 얘기를 들었다. 그러나 그들에게는 아이가 없었다. 몇 년이 지나자, 아스카니우스는 산파들과 점쟁이들을 불렀다. 산파들은 살리카가 나무랄 데 없이 건강하며 임신하지 못할 이유가 없노라고 말했다. 그러나 점쟁이들은 모두 그녀가 아이를 낳지 못한 채 죽을 거라고 예언했다. 그들은 아무런 이유도 대지 않고 치료도 하지 않았으며, 그들의 예언은 상징들과 애매한 말들로 뒤덮여 있었다. 혹시 아스카니우스에게 흠이 있다면 그렇게 말하고 싶지 않았기 때문이다.

나는 나를 만나러 오는 일리비아와 다른 여인들에게서 잡담거리로 이 얘기와 다른 소식들을 들었다. 그리고 라비니움 및 아스카니우스와 나의 이름으로 라티움의 북서쪽을 다스리는 라틴 인과 트로이아 인 고문관들로부터도 들었다. 아카테스, 그리고 실비우스 또한 그들이 중요한 문제에 관해서는 꼭 나와 상의하도록 했다. 그래서 나는 이 나라와 그 주변에서 일어나고 있는 일에 대해 충분히 잘 알고 있었지만, 조언을 최소한으로 아꼈고 어떤 손님도 반기지 않았다. 왕이나 상인 같은 중요한 여행자가 라티움에 오면, 알바 롱가에서 환영해 주었다. 그리고 그들은 라비니아 왕비는 신탁의 뜻에 따라 숲에서 아들과 함께 살고 있으므로 만날 수 없노라는 얘기를 들었다. 나는 라비니움에 온, 그리고 내가 몹시 보고 싶어 했던 카에레의 타르콘 왕조차 만나기를 거절해야 했다. 실비우스는 바로 보냈지만 나 자신은 거절할 수밖에 없었는데, 그러지 않으면 나의 유배 생활은 단순한 조롱거리가 될 터이기 때문이었다. 하지만 아카테스와 음네스테우스가 위대한 에트루리아의 왕이자 나의 남편과 아들의 진실한 벗인 타르콘 왕을 알맞게 환대해 주리라 믿을 수 있었다. 타르콘은 알바 롱가에 가지 않았다. 그것은 아스카니우스가 그의 우정을 원한다면, 애써서 얻어야 할 것임을 아주 분명하게 표명하는 것이었다.

불행히도, 아스카니우스는 루마에 거주하는 베이이에서 온 에트루리아 인들을 자극함으로써 그 우정을 혹독하게 시험하는 쪽을 택했다. 그곳의 그들의 거주지는 점점 더 커졌다. 피데나에와 티부르 및 레길루스 호수 주변의 라틴 인들은 이제 농토의 외곽 경계선들을 순찰하고 있었다. 소 도둑질과 양 절도, 경계석에서의 싸움들이 고정적인 사건이 되었기 때문이다. 늘 그랬듯, 마르스는 국경선에서 춤을 출 준비가 되어 있었다. 에반데르 왕의 그리스 인들이 처음 그곳에 정착했을 때 라티누스 왕이 그랬던 것처럼, 아스카니우스는 백성들의 재산을 지킬 권리가 있었다. 그러나 라티누스 왕은 도시 지역으로서는 일곱 언덕들을 좋게 평가하지 않았다. 강변의 낮은 땅은 건강에 해롭고 언덕들은 쟁기질이나 방목에 부적당하다고 생각했던 것이다. 그래서 그는 에반데르에게 그 영토를 내놓는 것을 아까워하지 않았다. 그러나 아스카니우스는 아까워했다.

여태까지 그는 에트루리아 인들을 무시함으로써 그들과 잘 지낼 수 있었다. 그는 그들을 거만하고 불성실하고 변덕스럽다고 생각했다.

그는 에트루리아 인들과 맺은 맹약은 쓸모없는 정도가 아니라 더 심하다고 말했다. 그들이 그것을 지킬 리 없기 때문이라는 것이었다. 그러나 그가 그들과 맺었던 맹약은 아니오에서 전쟁을 치를 때 그들이 도와주기로 한 것이 유일했고, 그들은 그 약속을 지켰다. 트로이아 인으로서, 이탈리아를 다스리도록 운명의 여신이 보낸 신성한 아이네아스의 아들로서 자신을 우월하게 생각하는 아스카니우스는 실제로는 부나 인력이나 무기류, 생활 기술들 면에서 에트루리아 인들에게 뒤처진다는 것을 깨닫고 분개했다. 그의 편견은 그들 모두를 하나로 보게끔 만들었다. 그러나 사실 카에레와 베이이는 오래된 앙숙이었다. 타르콘은 상대편의 도시 국가가 티베르 강의 남쪽으로 확장해 가는 것을 지켜보고 싶지 않았다. 그래서 그는 루마의 정착지에 대해 우리의 의견을 알아보러 왔었고, 우리와 손잡고 베이이에 압력을 넣어 그 정착지의 규모를 작게 유지하고자 했던 것이다. 아카테스와 세레스투스는 이 점을 이해하고 있었기에 아스카니우스에게 타르콘의 비위를 맞춰 주라고 조언했다. 그러나 그는 그들의 조언을 무시해 버렸다.

  3월에, 사제들이 춤을 추고 얼마 후에 그는 베이이 인들에게 따끔한 맛을 보여 주어야겠다고 결심했다. 그는 루마와 레길루스 호수 사이의 분쟁 중인 경계선에 소수의 군대를 보내었고 대개 양치기들이었던 에트루리아 인들을 거의 일곱 언덕들까지 몰아내었다. 그들이 정착지에 가까워지자 증원 부대가 그들을 맞이하였고, 에트루리아 인들은 돌아서서 싸우기 시작했다. 양쪽 모두 사상자가 났다. 아스카니우스의 병사들은 그들의 수중에 넘어온 가축들을 지킨 것으로 그들이 잃은 것을 정당화할 수 있었다. 그러나 둘째 날이 끝날 때쯤에, 그들은 레길루스 호수까지 죽 후퇴했고 빼앗았던 양들을 놓아주어야 했다. 루마 사람들은 가축들을 모았고 불확실한 경계선 주변에는 모두 무장한 파수꾼들이 머물렀다.

적을 비웃는 양, 아스카니우스는 군대와 같이 가지 않았다. 그는 소년 시절의 친구이던 아티스에게 그 책임을 맡겼다. 나는 아티스를 잘생기고 인정 있고 다소 유치한 사내로 알고 있었다. 그는 우리가 알바에 살 때 실비우스에게 상냥했고 승마 교육을 시켜 주었다. 자신의 군대와 물러나면서, 아티스는 화창한 봄철 햇볕 때문에 뜨거워진 투구를 벗었다. 그런데 에트루리아의 양치기가 던진 돌멩이가 그의 머리를 쳐서 말에서 그를 떨어뜨렸고, 그는 다시는 의식을 회복하지 못했다. 사람들은 그의 시신과 다섯 명의 다른 병사들의 시신을 알바 롱가의 집으로 실어 왔다.

아스카니우스는 무너지고 말았다. 그는 흐느끼며 아티스의 시신에 몸을 던졌고 눈물을 그칠 줄 몰랐다. 아내가 그를 위로하며 데려가려고 하자, 그녀에게 잔인하고 무분별한 욕들을 퍼부으면서, 그녀가 그의 군대의 절반과 몸을 섞었고 음탕한 여자라서 아이를 못 갖는 것이라고 소리를 질러 댔다. 그를 아티스의 시신에서 떼어 놓을 방법이 없었다. 그러다 그는 흐느낌에 지쳐 버렸고 오열은 경련이 되었다. 그러고 나서는 졸도하여 깨어나질 못했다. 이 모든 일이 레지아의 큰 정원에서 벌어졌고 많은 이들이 그것을 목격했다. 그에 대한 소식이 몇 시간 내로 라비니움에 이르렀다. 실비우스가 훈련을 마치고 저녁에 집에 왔을 때 나에게 그 이야기를 해 주었다.

모두가 충격을 받고 당황했으며, 아스카니우스가 이토록 과도하게 슬픔을 내보이는 것을 경계했다. 아티스는 아스카니우스의 소년 시절 애인이었지만, 그것은 오래전이었다. 아티스가 그렇게 소중했다면 왜 그에게 이 임무를 맡겨 보냈겠는가? 어쨌든 아스카니우스에게는 가비이의 루틸루스처럼 그곳에서 자란, 그 땅을 더 잘 아는 노련한 지휘관들이 있었다. 소문과 추측들에 둘러싸인 가운데 시카나와 다른 이들이 다음 날 나에게 끊이지 않는 소문 하나를 가지고 왔다. 얼마 전 아스카니우스가 아티스와 다투며 그 때문에 수치스럽노라고 외치는 소리를 사람들이 들었다는 것이다. 아티스의 친구들은 그 벌로써 그가 불충분한 군대를 이끌고 위험 속으로 보내진 것이 아닌가 의심했다. 또는 아스카니우스가 그를 제거하기 위해 보냈다는 것이다. 그리고 이제 많은 이들이 아티스와 아스카니우스는 연인이 아니었던 적이 없다고, 그들은 아스카니우스의 결혼식 전날 밤에도, 그 후로도 늘 만났노라고 떠들고 있었다. 그런 유감스럽고 수치스러운 뒷얘기가 한창인 가운데 아스카니우스는 아무도 보지 않고 자신의 방에서 여전히 비탄에 잠긴 채 누워 있었다.

그는 아내인 살리카조차 방문 앞에서 돌려보냈다. 참을 수 없을 만큼 굴욕감을 느낀 그녀는 하녀들을 데리고 아르데아에 있는 가족들의 집으로 돌아가 버렸다.

나는 슬픔으로 더없이 고통 받는 사람들, 그것으로 인해 미쳐 버리고 마는 사람들 사이에서 살아가도록 운명 지워진 것 같았다. 비록 나도 슬픔을 겪었지만, 나는 온전한 정신으로 살 수밖에 없는 운명이었다. 이것은 시인이 한 일이 아니었다. 나는 그가 나에게 적당히 얼굴 붉히는 행동 말고는 아무것도, 전혀 아무 개성도 부여하지 않았다는 것을 안다. 그는 어머니의 죽음에 내가 헛소리를 하고 나의 금발 머리채를 쥐어뜯었노라고 말했다. 그는 정말로 나에게 주의를 기울이지 않았다. 나는 어머니가 돌아가신 날 조용했고, 눈물을 흘리지 않았으며, 오로지 그녀의 더럽혀진 가여운 시신을 단정하게 만드는 데에만 집중했다. 그리고 나의 머리카락은 늘 짙은 색이었다. 참으로 그는 나에게 이름 외에는 아무것도 부여하지 않았으며, 나 자신이 그 이름을 채워 나갔다. 그러나 그가 없었다면 나에게 이름이라도 있었을까? 나는 결코 그를 탓하지 않는다. 시인일지라도 모든 것을 정확히 알 수는 없는 법이다.

그러나 그가 나에게 아무런 목소리를 부여하지 않았다는 것은 이상하다. 그날 밤 떡갈나무 아래 제단 옆에서 우리가 만날 때까지 나는 그에게 말을 한 적이 없다. 내 목소리는 어디서 왔을까 궁금하다. 알부네아 꼭대기에서 바람결에 우는 목소리, 혀도 없이 자신의 것이 아닌 언어로 이야기하는 목소리가 어디서 온 걸까?

글쎄, 이것들은 내가 대답할 수 없는 문제들이다. 여러분에게 내가 대답할 수 없는 또 다른 문제에 대해 이제 이야기할 텐데, 아마 많은 사람들이 믿지 않을 일이다. 여러분 또한 믿지 않으리라는 것을 알지만 그것은 진실이다.

트로이아의 페나테스들이 알바 롱가에 있는 왕궁의 제단을 떠나 라비니움으로 온 일과 나는 아무 상관이 없었다.

나는 밤중에 그것들을 슬쩍해 오라고 시녀들에게 명령을 내리지 않았다. 남자들에게도, 아이들에게도 시키지 않았다. 왜냐하면 그것은 정치적인 효과를 위한 것으로 여겨질지도 모를 행동이었고, 내가, 또는 아스카니우스의 권위가 약화되기를 바라는 누군가가 계획하고 실행시켰다는 의심이, 심지어 공공연한 억측이 늘 존재할 것이기 때문이었다. 내 생각은 다르다. 나는 그 신들이 집에 와야 할 때를 알았노라고 생각한다.

아침 일찍, 마루나가 숨을 헐떡이며 알부네아의 나에게 와서 바로 같이 라비니움에, 레지아에 가자고 했다. 나는 5년 동안 내 도시나 궁의 문을 들어선 적이 없었지만, 마루나가 이유 없이 나를 불러낼 사람이 아님을 알고 있었다. 그녀는 나를 재촉하여 4월의 들판들을 가로지르고, 성문을 지나, 궁의 문들을 지나, 중앙 홀 뒤편에 있는 베스타의 화덕으로 갔다. 아버지가 돌아가신 이후로 거기엔 항상 라티움의 페나테스들이 서 있었다. 그리고 나는 그것들 옆에 점토와 상아로 이루어진 형상들, 앙키세스 집안의 신들이 서 있는 것을 보았다. 그것들은 아이네아스가 트로이아로부터 땅과 바다들을 가로질러 가져온 것이었다.

나는 숨이 막힌 채 경외감에 빠져 서 있었고 두 다리가 떨렸다. 나는 충격을 받았고 믿을 수가 없었으며 겁이 났다.

그러나 그 두려움은 아주 심하지 않았다. 우리의 신들이 여기에,

우리 궁에 있는 것을 합당하게 볼 수밖에 없기에, 아주 겁에 질릴 수는 없었던 것이다.

그래서 아마도 나는 다른 이들의 예상보다 덜 놀란 것처럼 보였을 테고, 나의 놀람이나 질문들은 가장으로 여겨졌을 것이다. 그리고 실로 나는 많이 질문하지도 않았다. 명백히 더 위대한 힘들이 행한 일에 대하여 인간이 질문하는 것은 불손한 짓이라고 생각했기 때문이다.

물론 내 몇몇 시녀들은 그 페나테스들을 알바에서 슬쩍하여 라비니움으로 가져올 능력이 있었다. 그러나 그 점에 대해 생각했을 때 누가 실제로 그런 일을 벌일지 상상할 수가 없었다. 그들 모두가 아주 놀라고 당황했으며, 심지어 제단 위에 있는 그 형상들을 보고는 겁에 질린 듯했다. 그리고 그들은 정직한 시녀들이었다. 나는 그들을 심문하지 못하게 했다. 그리고 실로 그 일을 저지른 사람을 찾아낸다면, 그녀에게 어찌하겠는가? 벌을 주나? 상을 주나? 설명할 수 없는 일은 설명하지 않은 채로 남겨 두는 것이 최선이다. 남자들에 대해서라면, 아카테스와 세레스투스, 음네스테우스에게 맡겨 두었다. 그들 자신이 아무리 그 일의 함축적인 의미를 반긴다 하더라도 그런 불경한 일을 꾸밀 수 없는 사람들임을 알고 있었기 때문이다. 그들은 아무런 용의자도 찾아내지 못했고 어떻게 또는 심지어 언제 그 이상한 사건이 발생했는지에 대해서도 아무런 단서를 찾아내지 못했다. 그 신들을 처음으로 본 사람은 아침 경배를 드리기 위해 온 마루나였다.

나는 그날, 그 도시에서, 나의 시민들 사이에서 지냈다. 사람을 보내어 실비우스를 오게 했고, 새끼 양과 송아지, 어린 돼지, 이렇게 세 가지의 희생 제물을 지시했다. 실비우스가 그를 도와주는 늙은 트로이아 인 지휘관들과 함께 희생제를 주재했다. 생혈과 좋은 짐승들의 구운 고기를 가지고 우리는 감사를 드렸고 트로이아와 라티움의 라레스와 페나테스들을 찬미했으며 그들의 은총을 구했다. 마루나는 에트루리아 인들이 하듯 창자를 가지고 점을 쳤고, 그것들로부터 아이네아스 집안의 위대하고 영속적인 영화를 예언했다.

그러고 나서 나는 숲 속의 작은 집으로 돌아갔다. 그러나 나의 아들은 그날 밤 레지아에 머물러, 조상 신들을 지키며 그들의 축복을 구했다.

알바 롱가에서는 전 시대의 페나테스들이 사라진 것을 발견하고 물론 엄청난 동요와 공포가 일었다. 시중꾼이자 아홉 살짜리 소년인 어린 카밀루스가 처음으로 비상 상황임을 알렸는데, 겁에 질린 여자들은 그가 장난친 것이라고 탓하며 거의 죽도록 그를 패 주었다. 살리카 여왕이라면 그들을 진정시켜 주었을지도 모르지만, 그녀는 더 이상 그곳에 살지 않았다.

그들은 두려워하고 떨며 그 소식을 아스카니우스 왕에게 가져갔다. 그때, 아티스의 죽음 이후 처음으로 그는 자신의 방에서 나왔다. 그는 큰 정원을 가로질러 베스타의 화덕으로 걸어가 서서 빤히 그것을 바라보았다. 거기에는 알바 롱가의 옛 마을의 페나테스들만이 서 있었다. 가난한 이의 집안의 신들처럼 몇 안 되고 수수한 것들이었다. 베스타, 즉 신성한 불의 본체는 늘 그랬듯 밝고 환하게 타오르고 있었다.

아스카니우스는 그 불에 소금 친 밀가루를 조금 던져 넣었다. 그는 기도를 드리기 위해 두 손을 올렸지만 말을 할 수 없었다. 눈물이 그의 얼굴에서 흘러내리기 시작했다. 그는 돌아섰고 침묵 속에 구슬피 울며 처소로 되돌아갔다.

아스카니우스는 페나테스들이 라비니움으로 돌아간 것이 인간이 끼어든 일인지 알아보고자 아무 노력도 하지 않았다. 나에게 그랬듯, 그에게 그것은 우리보다 위대한 힘들이 순수하게 그 의지를 나타낸 일이었던 것이다. 우리는 그렇게 받아들였다. 그러나 그 일이 나에게는 기적적인 즐거움이었고, 아이네아스의 보다 어린 아들이 신의 총애를 받는다는 조짐이었지만, 보다 나이 든 아들에게는 거의 치명타였다.

나는 그의 결혼이 지금 모두가 말하듯 그렇게 불행한 웃음거리였는지 어떤지 모른다. 살리카가 시작부터 얼마나 불행했는지, 남편이 그녀를 싫어한 탓에 얼마나 고생했는지, 어떻게 가장 친한 친구들에게도(물론 이야기하는 당사자는 빼고) 그러한 굴욕을 숨겼는지 하는 이야기로 모든 여자들의 처소가 떠들썩했다. 만약 그 모든 게 사실이라면, 아스카니우스 역시 이 모든 세월 동안, 결코 공적인 가면을 벗지 않았다는 것일 터이다. 내 생각엔 그 결혼 생활에서 뭔가가 조금씩 잘못되어 갔다는 게 좀 더 맞을 것 같다. 성적으로 여자들과 불편함을 느낀 아스카니우스는 아마도 점차 다시 첫사랑의 다정한 순진함을 추구하게 되었을 것이다. 그리고 아티스, 그 불쌍하고 충성스러운 사람이 바로 거기에 있어 그것을 제공했으리라. 그들 모두가 불쌍한 영혼들이었다.

하지만 운명은 아스카니우스에게 너무나 가혹했다. 그는 연인을 잃고 단번에 전투에서 졌다. 다음으로는 아내를 잃었다. 그 다음엔 아버지의 신들을 잃었다. 그는 수도를 잘못 택한 것처럼 보였다. 아이네아스에게 걸맞은 후계자로서 자신의 이미지를 받쳐 주기 위해 그가 세웠던 모든 것이 강둑에서 물 속으로 부드럽게 부스러져 가는 진흙처럼 슬그머니 사라져 버렸다.

그는 오랫동안 정신을 가다듬지 못했다. 너무 오래 걸려, 그의 군사 지휘자들은 그에게서 어떤 명령을 받는 것도 포기했고, 라비니움으로 와서 늙은 트로이아 인들과 젊은 왕의 조언을 청했다.

실비우스는 이제 공공연히 그렇게 불렸다. 그는 5월에 열일곱 살이 될 터였다. 그는 신탁의 뜻에 따라 숲에서 살았었다. 그리고 그의 유배 기간을 모두 마쳤다. 그의 궁에 조상의 신들이 돌아온 것은 분명한 어떤 징조였다. 젊은 왕과 신들은 같은 날 집에 왔다.

라비니움과 모든 라티움 서부의 사람들이 진심에서 우러나온, 기쁨에 넘치는 환영을 해 주면서 요구하지도 않은 공물들을 넘치도록 가져왔다. 곧 가비이, 프라에네스테, 티부르, 노멘툼으로부터 사람들이 실비우스의 얼굴을 보고 환영하기 위해 도착했고 그에게 흰 새끼 양들과 훌륭한 망아지들을 바치고 군인이 되었다. 온 나라에 걸쳐 어둠이 걷히는 느낌이 들었고, 더 나은 희망이 존재했다. 인간의 희망은 결코 완전히 충족될 수 없음을 나도 알지만, 이렇게 넘치는 호감과 확신은 그 자체만으로 많은 충족감을 얻게 해 준다. 라틴 인들은 자신들을 다시 하나의 민족으로 보았으며 긍지 있게 행동했다. 그렇게 전도유망한 시작을 망칠 수 있는 것은 얼간이뿐이리라. 얼간이가 아닌 실비우스는 조심스러웠고 자신의 행운을 곧잘 의심하다시피 했고 그가 신뢰를 배운 사람들의 조언에 많은 것을 의지했다. 그러나 열일곱 살이었기에, 그는 모든 이점을 움켜쥐었고, 모든 선물을 받아들였으며, 그의 인기에 몹시 기뻐했고, 사랑에는 사랑을 선사했으며, 순풍이 부는 한 행복한 어린 매처럼 그 바람을 탔다.

지휘관들이 알바 롱가에서 왔을 때 그는 의회를 소집했고, 거기에 나도 불렀다.

나는 개인적으로 그에게 난색을 표했다. 5년 동안 숲 속에서 살고 나니 사람들 사이에 있는 것이 너무나 익숙하지 않았기에 나는 질겁했다.

"거기는 내가 있을 곳이 아니야."

"어머니는 외할아버지의 의회, 그리고 아버지의 의회에도 참석하셨잖아요."

"아니야. 나는 뒤에 앉아 듣기만 했다, 가끔씩."

"하지만 어머니는 여왕이세요."

"어머니 여왕이지."

"여왕은 여왕입니다."

아들이 왕답게 말했다.

그는 아주 많은 점에서 아이네아스처럼 보였지만, 서 있는 태도라든가 뒤돌아보는 태도에는 라티누스 왕과 나의 어떤 부분, 이탈리아인의 어떤 부분도 있었다. 그는 어떻게 공간을 차지할지 알고 있었다. 스물다섯 살에 그는 잘생긴 사내가 되어 있을 것이다. 하지만 쉰 살에 이르면 완전히 빼어난 사내가 될 터였다. 그러한 어머니로서의 생각들이 내 주의를 흐트러뜨렸다. 나는 자신의 송아지를 바라보는 소처럼 생각 없이 무한한 만족감을 느끼며 그를 쳐다보았다.

"어머니, 어머니는 여기서 여왕이에요. 그리고 제가 결혼하지 않는 한 어머니가 그 점을 어떻게 하실 방법은 없어요. 제가 결혼하고 나면 물러나실 수도 있지요, 그러길 고집하신다면요. 하지만 저는 당분간 결혼할 계획이 없습니다. 어머니가 왕비가 아니시라면 제 신하이시니, 회의에 참석하라고 명령하겠어요."

"유치하게 굴지 마라, 실비우스."

내가 말했다. 하지만 물론 그가 게임에서 이겼다. 나는 그의 회의에 참석했다. 나는 뒤에 앉아서 한마디도 하지 않았다. 아스카니우스의 지휘관들을 놀라게 할 필요가 없었다. 그들은 현 상태로 충분히 속 태우고 있었기 때문이다.

그들은 우리가 불운하게 국경 지역을 급습한 이후로 베이이 인들이 계속해서 무장한 사내들을 루마에 보내고 있다는 정보를 가지고 있었다. 에트루리아 인들은 우리 영토를 침략할 계획 또는 가비이나 콜라티아를 전면적으로 공격할 계획을 세우고 있는 것처럼 보였다. 알바 롱가의 지휘관들은 그곳을 지키기 위해 그 지역에서 동원할 수 있는 사내들을 모두 보냈지만, 국경선은 길었고 우리의 병사들은 띄엄띄엄 흩어져 있었다. 그들은 공격하지 말고 오로지 지키기만 하라는 엄격한 명령을 받았다.

"하지만 우리는 우리 병사들이 어떤 일에 직면하게 될지 모릅니다."

젊은 장군인 마르시우스가 말했다. 그들은 모두 젊었다. 아스카니우스는 주위에 나이 든 이들을 두기 싫어했다.

"우리는 쉽게 그 군대를 두 배로 불릴 수 있소. 여기 사람들은 기운이 넘치거든."

음네스테우스가 말했다.

"우리는 카에레의 타르콘과 접촉할 수 있습니다."

실비우스가 말했다.

알바에서 온 이들은 낯을 찌푸리며 멍한 표정을 지었다.

"에트루리아 인하고요?"

마르시우스가 말했다.

"타르콘 왕은 얼마 전에 이곳에 왔었소, 그리고 그는 루마를 견제하기 위해 연합할 생각을 품고 있는 것 같았소."

"하지만 우리가 그때는 그와 자유롭게 그것을 의논하지 못했지요."

세레스투스가 말했다.

침묵이 일었다.

"나는 카에레의 타르콘 왕이 여러분, 또는 여러분의 아버지들을 도왔고, 나의 아버지를 라티움의 왕좌에 올렸다는 것을 여러분이 기억할 줄로 압니다."

실비우스가 말했다. 그는 질타하거나 꾸짖지 않고 온화하게 그 말을 했다. 나는 아카테스가 반쯤 미소를 띤 채 그를 쳐다보는 것을 보았다. 그는 그의 왕이 말하는 것을 듣고 있었다. 우리 모두 그랬다.

우리는 카에레에 전령들을 보냈고, 알바의 군사력을 강화하기 위해 신병과 자원자들을 보내어 일곱 언덕들을 에워쌌다. 4월에 타르콘의 군대가 카에레에서 동쪽으로 이동하여, 베이이에서 티베르 강으로 가는 경로를 차단했다. 에트루리아에서 약간의 소규모 접전이 있었지만 라티움에서는 전혀 없었다. 루마의 이주지는 모든 군사력을 국경선으로부터 철수시켰다. 그곳의 사람들은 우리 농장과 도시들을 위협하기를 그쳤고, 밭을 갈고 추수하는 일로 돌아갔다. 실비우스는 싸움 없이 첫 번째 전쟁에서 이겼다.

그해 여름 끝 무렵에 그는 그의 잘생긴 밤색 종마를 타고 나무꾼네 집에 와서 나에게 말했다.

"어머니, 어머니의 도시로 돌아오셔야 할 것 같습니다."

나도 계속 같은 생각을 하고 있었기에 단순히 고개를 끄덕여 동의했다.

라비니움의 왕궁에서 다시 생활하는 것은 큰 즐거움이었다. 베스타의 화덕을 청소하고 나의 신들과 아이네아스의 신들을 위해 소금친 밀가루를 준비하는 것, 큰 창고와 분주한 집안일을 돌보는 것, 발밑에 아이들과 이런저런 일들을 두고 이야기할 여자들을 데리고 있는 것이 즐거웠다. 그리고 마구간 앞마당에서 깊이 울려 나는 남자들의 목소리도 유쾌했다.

숲으로 가기 전까지 나의 모든 삶이었던 그런 삶 속에서 어느덧 세월이 지나갔다. 실비우스는 종종 알바 롱가에 가서 그의 형제와 우호적으로 만나 통치의 의무를 공유했지만, 이제 아스카니우스는 이인자의 자리에 있었고, 보다 어린 왕의 의견에 따랐다. 그는 축제나 회의 때문에 라비니움에 몇 차례 왔는데, 하찮은 일들에 법석을 떠는, 우울한 눈빛에 땅딸막하고 구부정한 노인이 되어 있었다. 그의 아내는 아르데아에서 오라비인 카메르스의 식구로 살았다. 자주 티베르 강을 건너지르며 에트루리아와 우호 관계를 강화하던 실비우스는 카에레의 숙녀인 람사 마투나에와 결혼했다. 그녀는 아름답고 고결한 여자였다. 우리는 라비니움에서 성대한 결혼식을 열었다.

아이들이 태어나기 시작했다. 계집아이, 사내아이, 사내아이, 계집아이. 그래서 나는 시끌시끌한 정원의 할머니 여왕이었다. 내가 아이네아스와 그곳에 왔을 때 심었던 월계수 나무는 담장보다 높이 자라 있었다.

아스카니우스는 알바 롱가에서 30년을 다스리고 난 후 왕위를 포기했다. 백성들이 아이네아스 실비우스라고 부르는 실비우스가 홀로 라티움을 다스렸다.

실비우스는 그때 알바로 거처를 옮겼다. 실로 통치의 중심으로는 그곳이 라비니움보다 나았기 때문이다. 그는 그와 람사와 아이들과

427

함께 가자고 나에게 간청했지만, 나는 나의 도시를 다시 떠나지 않을 터였다. 또는 그 방향으로는 가지 않을 터였다. 그는 그의 라레스와 페나테스들을 옮기려고 하지 않았다. 그것들도 나처럼 아이네아스가 놓아둔 곳에 머무르겠다는 의지를 이미 보였기 때문이다.

그리하여 나는 옛 레지아에, 남편이 혼례 날 나를 들어 넘었던 문지방 안에서 늙은 여왕으로 살았다. 시카나가 마침내 죽었고 티타도 죽었지만, 마루나는 늘 내 옆에 있었다. 가끔 우리는 소녀 시절의 조용한 라우렌툼으로 산책하거나 당나귀 수레를 타고 가서 늙은 월계수 나무 아래 분수대 옆에서 오후를 보냈다. 한번은 아버지 강의 하구까지 가서 수레에 잿빛 흙이 섞인 신성한 소금을 채워 왔다. 종종 라비니움에서 누미쿠스 강으로 걸어가 물이 흐르는 것을 보고 돌아오는 길에 아이네아스가 안치되어 있는 커다란 돌무덤 옆에서 잠시 머물렀다. 그 옆에는 유령들 속의 유령이 된 아마도 딸이었을 아이가 누워 있었다. 가끔은 알부네아까지 산책했고, 마루나가 나무꾼네 오두막집에 머무는 동안 나는 홀로 숲으로 갔다. 제단을 위한 불, 과일이나 곡물로 이루어진 헌물, 포도주, 짙은 색 암양의 털을 가지고 갔고, 성소에서 그 양털 위에 누워 잤다. 나무들 사이에 어둠 속에서는 아무런 목소리도 들리지 않았다. 아무런 환영도 보지 않았다. 그냥 잤다.

마루나가 병이 들었다. 심장이 망가져서 그녀는 점점 더 쇠약해졌고 일어나 화덕을 청소할 수 없게 되었다. 어느 날 아침 나는 여자들이 통곡하는 소리를 들었다.

마루나의 9일장을 위해 실비우스가 왔다. 왕이 한낱 노예의 장례식에 왔다는 것을 아무도 의아해하지 않았다. 그는 다시 한 번 나에게 알바로 가서 같이 있어 달라고 부탁했지만 나는 머리를 가로저었다.

"나는 여기서 아이네아스와 같이 살 거다."

그의 눈에 눈물이 괴었지만, 그는 강권하지 않았다. 내가 예상했던 대로 그는 쉰 살에 훌륭한 사내가 되어 있었다. 자세는 똑바르고 신체 강건하며, 짙은 색 눈을 지녔고, 머리는 희끗희끗해져 가고 있었다.

'이제 예전의 그 사람보다 더 늙었구나.'

그렇게 생각했지만, 그에게 그 말을 하지는 않았다.

그는 떠나야 했다. 볼스키 족, 아니면 사비니 족, 또는 아에퀴 족들에게서 말썽이 있었다. 국경 지방에는 항상, 중심 지역에도 가끔은 전쟁이 있을 것이다. 왕국이 존재하는 한 거기에는 죽음을 부르는 또 다른 투르누스가 있을 것이다.

마루나가 죽은 후에 한동안 나는 알부네아에 가지 않았다. 그녀 말고 도저히 누구와도 같이 갈 수 없었고, 점점 다리를 절게 되어 들판을 가로질러 홀로 숲 속으로 걸어가는 것에 자신이 없어졌다. 마침내, 자신의 소심함에 질려 나는 마루나의 조카딸인 우르시나를 불러왔다. 그녀에게 나는 프라티 강의 농장을 주었다. 그녀는 나와 같이 나무꾼네 집으로 걸어갔다가 자기 농장으로 돌아가 짐승들을 살폈고, 아침이면 나를 위해 돌아왔다. 그녀는 여전히 암사자 같아서 칠

팔 킬로미터쯤 걷는 것은 아무것도 아니었다. 그래서 나는 가고 싶어질 때면 나의 숲에 갈 수 있었다.

한번은 겨울에 그곳에 가서, 추위 속에 양털 위에서 잤다. 비는 거의 내리지 않았지만, 새벽녘에 일어나니 몸이 아주 뻣뻣했고 열이 있음을 알았다. 나는 그날 나무꾼네 집에서 머물렀지만, 라비니움의 의사들이 나를 좀 더 편하게 괴롭힐 수 있는 시내로 데려가야 한다고 고집했다. 아마도 한 번 이상 그랬을 것이다. 이야기하면서 지금 나는 내 목소리가 쇠약해지는 것을 느낀다. 마루나의 심장이 고장 나 쇠약해지다가 그녀의 목구멍 바로 아래에서조차 맥을 찾을 수 없게 되었듯이. 내 목구멍 속에서조차 음성의 진동을 거의 느낄 수 없다.

그러나 나는 죽지 않을 것이다. 죽을 수 없다. 나는 청동 빛으로 번쩍이며 전사들 사이에 우뚝 솟은 아이네아스를 보기 위하여 알부네아 밑의 유령들 속으로 내려가지 않을 것이다. 한때는 그럴지도 모른다고 생각했지만, 트로이아의 크레우사에게 말을 걸지 않을 것이며, 여전히 가슴에 커다란 검상을 품은 채 자부심 강하고 말 없는 카르타고의 디도 여왕에게도 말하지 않을 것이다. 그들은 여인들이 그러하듯 그리고 시인이 노래한 대로 살고 죽었다. 그러나 시인은 나에 대하여 죽기에 충분한 삶을 노래하지 않았다. 그는 나에게 불멸을 부여했을 뿐이다.

나는 더 이상 우르시나를 불러 같이 가자고 할 필요가 없다. 오랫동안은 그럴 필요가 없다. 불멸이 되려면, 바뀌어야 한다. 나는 라비니움에서 알부네아까지 자신의 날개로 갈 수 있다. 점점 더 나는 그곳에 살면서 땅거미 속에, 별빛 속에, 나무들 사이에서 사냥을 한다. 내 눈은 먹이를 보기 위해 거의 빛이 필요하지 않다. 나에게 그곳의 밤은 빛난다, 부드러운 광채다. 태양이 떠올라 온 하늘을 눈부시게 밝히기 시작하면 나는 속이 빈 떡갈나무 속 어두운 곳을 찾는다. 그것이 이제 나의 왕궁이다. 라비니움의 레지아가 이제 땅에 묻힌 흙벽 돌일 뿐이라는 것은 중요하지 않다. 한때는 성스러웠고 독한 냄새를 뿜는, 안개 어린 물웅덩이들 근처, 나의 어두운 침실에서 잠을 자며 시간을 보낸다. 태양이 지면 나는 깨어나서 듣는다. 나의 청력은 좋다. 떨어진 떡갈나무 이파리들 사이에서 쥐 한 마리가 숨쉬는 소리도 들을 수 있다. 그 굴 속에서 물의 소음 사이로 일곱 언덕들과 아버지 강의 강둑들과 몇킬로미터씩 이어지는 옛 파구스들을 온통 뒤덮은 드넓은 도시의 시끄러운 소리와 풍문을 들을 수 있다. 나는 세상의 모든 길들 위에서 끝없는 전쟁 기계들의 소리를 들을 수 있다. 그러나 나는 여기에 머무른다. 나는 아무 소리도 내지 않는 조용한 두 날개로 나무들 사이를 난다. 때때로 나는 울지만 인간의 음성이 아니다. 내 울음은 조용하고 떨림이 있다.

'부엉 부엉' 하고 나는 운다. 가라, 가.

오로지 가끔씩 내 영혼은 다시 한 여자로 깨어난다. 그러고 나서 귀를 기울이면 침묵의 소리를, 그리고 그 침묵 속에서 그의 음성을 들을 수 있다.

후기

 이 소설의 배경, 이야기, 등장인물들은 베르길리우스의 서사시인 「아이네이스」의 마지막 여섯 권에 기초하고 있다.
 과거 오랫동안 유럽과 아메리카에서 많은 교육을 받은 사람이라면 누구라도 아이네아스의 이야기를 알고 있었다. 트로이아에서 시작된 그의 여행, 아프리카의 여왕인 디도와의 연애사, 저승으로의 여행이 남들과 이야기되었고 시인과 화가와 오페라 작곡가를 위한 익숙한 참조물이자 이야기의 출처였다. 중세 시대부터, 이른바 죽은 언어인 라틴어는 그 문학을 통해 강렬하게 살아 있고 적극적으로 쓰이며 영향력을 끼쳤다. 하지만 이제는 더이상 그렇지 않다. 지난 세기 동안, 라틴어를 가르치고 쓰는 것은 시들해지기 시작해 학문적인 전공이 되고 말았다. 그리하여, 그의 언어의 진짜 죽음과 함께, 베르길리우스의 음성은 결국 침묵당하고 말 것이다. 이것은 놀랍도록 애석한 일이다. 그는 세계의 가장 위대한 시인들 중 한 명이기 때문이다.

그의 시가는 아주 심오하게 음악적이며, 그것의 아름다움은 시어들의 소리와 순서에 내재된 것이라서 기본적으로 번역이 불가능하다. 드라이든조차, 피츠제럴드조차 그 마법을 포착할 수 없었다. 그러나 그 텍스트의 정체를 밝히고자 하는 번역가의 열망은 억누를 수 없는 것이다. 바로 그것이 나로 하여금 그 서사시에서 몇몇 장면들과 약간의 암시들, 몇몇 예시들을 택하여 소설, 즉 다른 '형식'으로의 번역을 창조해 내도록 재촉했다. 일부분이고 주변적이지만, 최소한 의도에는 충실했다. 무엇보다도, 내 이야기는 그 시인에게 바치는 감사의 행동이며 애정의 헌물이다.

「아이네이스」를 '끝내고자' 하는 시도는 한두 차례 있었다. 그 시도들은 베르길리우스 자신이 그 서사시를 불완전하다고 생각했다(죽어가고 있음을 알았을 때 그는 그것을 불태워 달라고 부탁했다.)는 주장들로 정당화되었고, 또한 그 서사시가 아이네아스의 유명한 경건함(piety), 심지어 영웅적인 승리까지도 의문을 제기하는 듯한 장면에서 충격적으로 갑작스럽게 끝난다는 주장들로도 정당화되었다. 나는 베르길리우스가 끝내고 싶어 한 곳에서 그 시가 끝났다고 생각한다. 이 이야기는 전혀 아이네아스의 이야기를 바꾸거나 끝맺고자 하는 시도가 아니다. 이것은 그의 이야기 속에서 부수적인 등장인물이 제안하는 사색적인 해석, 즉 어떤 암시의 전개이다.

✳

　트로이아 전쟁은 기원전 13세기에 일어난 것 같다. 로마는 8세기경에 설립된 듯하지만, 그 후로 몇 백 년 동안 고유한 역사는 존재하지 않는다. 프리아무스 왕의 조카인 트로이아의 아이네아스가 로마 설립과 관계가 있다는 것은 순전히 전설로서, 그 전설의 상당 부분이 베르길리우스에 의해서 창조되었다.
　그러나 단테가 알았듯이, 베르길리우스는 쫓아가기에 신뢰할 만한 사람이다. 나는 그를 따라 그의 전설적인 청동기 시대로 들어갔다. 그는 나를 엇나가게 만들지 않았다.
　그러나 가끔 나는 당황스러웠다. 그는 라티움(로마의 남서부 지역)을 잘 알았고 나는 그렇지 못했다. 그러나 그가 그린 지리의 일부는 왜곡되었거나 일부러 막연하게 묘사한 것 같았다. 라비니움은 현재 프라티카 디 마레이다. 그것은 아무 문제 없다. 그러나 처음에 라우렌툼과 알부네아의 숲의 위치를 정확하게 하려는 시도는 시간 낭비처럼 보였다. 그 알부네아가 현재의 티볼리이자 호라티우스와 다른 작가들이 알부네아라고 불렀던 티부르 근처의 유황천일 리는 없었다. 그리고 누미쿠스 또는 누미시우스 강은 이름처럼 위치를 정의하기 어려웠다. 그러나 소설가로서 나는 내 등장인물들이 라우렌툼에서 티베르 강의 하구까지 얼마나 멀리 걸어가야 할지, 라비니움에서 알바 롱가까지 노새가 끄는 수레를 몰고 가면 얼마나 오래 걸릴지 모른다는 것에 마음이 편치 못했다. 나의 친구이자 흙점술사인 조지 허시는 인

터넷에서 고대의 자료들 속으로 파고든 후에, 지역과 거리들을 위해서 내게 필요한 현대적인 지도를 찾아냈다. 「이탈리아 대 도로 지도(Grande Carte Stradale d'Italia)」의 일부인 「라치오(Lazio)」였다. 거기에 큰 스케일로, 크로스 디 솔페라토 근처에 베르길리우스의 알부네아가 있었고, 라우렌툼까지 적당히 가까운 거리였다. 그리고 거기에 그것이 있었다, 리오 토르토. 그 강은 누미쿠스 강이 틀림없었다…… 투어링 클럽 이탈리아노 출판사의 고속도로 지도에서 이러한 전설의 장소들을 발견하다니 몹시 감동적이었다. 그 지도와 신화 속에서 그들은 진짜였다.

후일, 그에 맞먹는 기쁨을 버사 틸리가 쓴 『베르길리우스의 라티움 Vergil's Latium』에서 발견했다. 그녀는 1930년대에 예리한 정신과 날카로운 관찰력을 지닌 채, 브라우니 카메라 한 대를 가지고 그 지역 일대를 모두 답사했다. 버사 틸리는 내가 대략적으로 그린 지도의 일부를 조정하고 대부분을 확인해 줌으로써 무한한 즐거움을 선사해 주었다. 그녀는 2700년 동안 그대로 세워져 있는 양치기들의 오두막 집 사진을 찍었다. 그리고 티베르 강 하구의 해안선이 어떻게 바뀌었는지, 트로이아 인들이 새벽녘에 날갯짓과 새들의 노래로 가득한 어두운 숲으로 티베르 강을 거슬러 올라가 착륙한 곳이 어디였을지 보여주었다.

나의 바람은 베르길리우스를 뒤따르는 것이었지, 그를 향상시키거나 질책하고자 함이 아니었다. 그러나 라비니아 자신은 때때로 그 시인이 실수를 저질렀노라 주장했다. 예를 들어, 그녀의 머리카락 색깔 같은 것 말이다. 그리고 소설가이자 수다쟁이로서, 나는 좀 더 확대해서 이야기하고 해석했으며 군더더기 없고 훌륭한 그의 이야기의 많은 구석을 채웠다. 그러나 또한 많은 부분을 남겨 두기도 했다. 궁전들과 티아라*, 헤카톰베**, 베르길리우스가 그의 배경에 넣은 아우구스투스 황제 시대의 화려함을 나는 좀 더 그럴듯한 검소한 것들로 축소시켜 버렸다. 또한 인간의 선택과 감정들을 자극하고 계몽하며 인간사에 간섭하는 호전적인 신들을 호메르스 풍으로 이용하는 것은 소설에는 잘 먹히지 않아서, 그 시의 본질적인 요소들인 그리스·로마의 신들은 내 이야기의 일부가 아니다.

영웅들에 관해 빌려온 문학적 장치 없이, 그리고 존경할 만한 종교학자들의 인정을 받는 것에 구애되지 않고, 나는 나의 등장인물들이 심히 종교적인 사람들인 로마 인들의 신성한 가정의 풍습을 따르도록 했다. 그러한 경배 방식은 베르길리우스의 시대에도 수백 년은 묵은 것이었고, 외국에서 들여온 신들의 증가와 기독교인들의 이교도

---

* 보석을 박은 여성용 머리 장식.
** 고대 그리스·로마에서 황소 100마리를 신에게 바치는 의식.

에 대한 편협함이 그것을 억압할 때까지, 공화국과 제국을 통틀어 시골구석들에 계속해서 존재했다. 여러 신들을 경배하는 자라는 뜻을 지닌 "파간(Pagan)"은 기독교적인 사용법이다. 원래, 파간이란 단순히 로마의 농장, 즉 파구스에서 살아가는 사람들이었다. 즉 시골뜨기들이었던 것이다. 그러한 시골 사람들은 오래되고 지역적이며 속세의 일에 깊이 뿌리박은 종교를 최대한 오랫동안 고수했다. 내 이야기에서 암바르발리아 때 불렸던 노래는 아마도 알려져 있는 가장 오래된 라틴어 시일 것이다. 그러나 그것은 기원후 218년에야 글로 씌어졌는데, 그때쯤에 그 시는 기억할 수도 없을 만큼 오래되었고 아마 우리에게 그런 것처럼 그 시를 노래하는 사람들에게도 낯설었을 것이다.

우리와 함께하소서, 라레스여, 우리를 도우소서!
아무런 해도 입지 않게,
아무런 해도 입지 않게 하소서, 마르스여!
황야의 마르스여, 마음껏 드소서,
마음껏 드소서, 마르스여, 경계석 위로 뛰어오르소서,
마음껏 드소서, 마르스여, 경계석 위에 서서,
우리를 위해 탄원할 중재자들을 부르소서!
우리와 함께하소서, 마르스여!
이제 춤을 춰라, 춤을 춰라, 춤을 춰라, 춤을 춰라, 춤을 춰!

기원전 8세기에 라티움의 구릉지와 저지대에 살았던 사람들은 누구일까? 라틴 민족, 로마인의 조상들일까? 그들에 대해 우리가 알았던 것보다 앞으로 더 많은 정보가 밝혀지겠지만, 아직은 내 이야기가 베르길리우스의 반쯤은 신화적이고 비역사적인 풍경 속에, 고고학자의 끈질긴 의심이 아니라 시인이 정의한 풍경 속에 자리하고 있다는 것이 반갑다. 역사가들에 대해서라면, 이 초기 시대는 그들에게 거의 완전히 좌절감만 불러일으킨다. 놀랍도록 늦게까지, 그러니까 기원전 2세기에 들어설 때까지 라틴 민족이나 로마에 관해서는 신뢰할 만한 역사가 전혀 없다. 로마의 역사가 리비(베르길리우스와 비슷한 시기에 살았다.)는 놀랄 만한 독서량을 지녔지만, 그가 가지고 작업해야 했던 것들은 거의 대부분 전설과 신화, 추측에서 비롯한 가설, 전통, 모순된 사실, 축제 목록, 집정관들의 이름, 수수께끼 같은 것들의 파편들이었다. 그리고 비록 우리의 고고학은 좀 더 신뢰할 만하겠지만, 우리에게는 리비보다 더 자료가 없다.

　로마 자체는 아마도 라틴 인의 정착지였을 것이다. 한동안 에트루리아 인들이 차지하고 있었고 그들에게서 많은 영향을 받은 것이 거의 확실하다. 아무도 에트루리아 인들이 누구인지 정확히 확신하지 못하지만, 그들은 정착하는 곳마다 예술과 건축의 보물들을 남겼고 우리는 그들의 언어의 전부는 아니라도 꽤 많은 부분을 해독할 수 있다. 그들은 열두 개의 도시 국가로 이루어진 연맹을 이루어 대개 티베르 강의 북쪽에 살았으며, 문화적으로나 경제적으로 라틴 민족보다 훨씬 앞서 있었을 것으로 짐작된다.

라틴 민족들과 사비니 족, 아에퀴 족, 헤르니키 족, 볼스키 족 같은 이웃 민족들은 모두 가까운 인도 유럽 어족을 쓰는 사람들로서, 기원전 1000년 전부터 북부에서 이주해 들어왔다.

거기에 그들을 위한 곳이 있었다. 당시, 이탈리아의 상당 부분은 숲이었다. "인간이 가는 곳에 나무들이 죽는다." 타키투스의 말을 바꾸어 말하자면, 우리는 사막을 만들어 그것을 진보라고 부른다. 기원전 800년경 라틴어를 사용하는 사람들이 라티움으로 이주해 들어와 나무를 베고 농지와 목초지를 개간했다. 그리고 그들은 내 이야기에서처럼, 정착 농민이나 정착 주민(파간) 들이 되어서 족장이나 왕의 지배 아래 부족 또는 민족으로 집단화되었을 것이다. 그들은 결코 내가 묘사한 것처럼 안락하거나 문명화되지 않았을 것이다. 확실한 것은 그들이 많은 시간을 싸우는 데 보낸 농부이자 전사들이었다는 것이다. 수백 년 동안, 라틴 민족은 점차 더 성공적으로 그렇게 계속해 나갔고, 마침내 서유럽 모두 그리고 아프리카와 아시아의 꽤 많은 부분까지 통치하게 되었다.

베르길리우스처럼, 나는 청동기 시대의 마을들을 도시라고 칭했고, 그들도 아마 그 마을들을 도시로 보았겠지만, 우리에게 그 도시들은 요새 주위로 오두막집들이 다닥다닥 몰려 있는 채 담이나 방책을 두른 것처럼 보였을 것이다. 그곳의 사람들은 들판에 나가 양과 염소, 소를 치고, 보리와 에머밀과 야채, 과일과 견과가 열리는 나무들을 심고 길렀다. 그들에게는 아직 면이나 리넨이 없었을 것이다. 여자들은 양털 등을 빗질하여 실로 잣고, 천을 짜서 그들이 입는 토가나 팔라(사리와 그다지 다를 바 없다.)를 만들었다. 그들은 야생 포도나무나 식용 가능한 야생 올리브만 알았고, 아마도 당시에 포도주나 올리브유를 소유하고 있었을 에트루리아 인들에게서 그것들을 살 여력은 없었을 듯하다. 그러나 나는 포도주나 올리브유가 없는 이탈리아 인들이란 상상할 수가 없었다. 변명을 하자면, 베르길리우스 역시 그랬다.

나는 당시에 그랬을 듯한 교외의 모습을 슬쩍 보여 주고자 했다. 떡갈나무와 소나무로 이루어진 드넓은 숲은 가파른 협곡에 의해 잘려 나가고 협곡은 습지가 있는 목초지와 해안가의 모래 늪으로 흘러 내려간다. 정착지들은 대개 알바누스 산의 거대한 화산 단지 밖으로 튀어나온 바위투성이 광맥 위에 있었다. 마을과 목초지와 농지들은 그 황무지의 작은 일부였다. 그것들은 각각 멀리 떨어져 있었다. 그것들이 가까워져 로마가 될 때까지는 오랜 시간이 걸릴 터였다. 당시의 사람들은 거친 세계, 외로운 세계에서 살았다.

베르길리우스는 그 세계의 지적인 소양을 과장했고, 나는 그 세계의 원시성을 경시했다. 내 생각에는 우리 두 사람 다 이 사람들이 로마인들이었기를, 최소한 발전 중인 로마인들이었기를 바라기 때문이었던 것 같다.

로마에 관해 처음 읽은 후로 늘 나는 그것에 끌렸다. 텔레비전 모험담들의 병들고 화려한 제국이 아닌 초기 로마에 말이다. 그 어둡고 소박한 공화국, 대리석이 아니라 나무와 벽돌들로 이루어진 공공 광장, 강한 의무감과 질서 의식, 정의감을 지닌 엄격한 사람들에게 끌렸다. 또한 한 해의 반은 군대에서 보내는 농부들과, 그러는 사이에 농장을 운영하는 여자들, 확대 가족에 끌렸다. 그들은 화덕의 불과 곡식 창고의 식료품, 그 지역의 봄, 장소와 대지의 신령들에게 경배를 드렸다. 여자들은 재산으로 분류되지 않았고, 그 때문에 나의 상상력이 고대 그리스의 집안에서와 달리 고대 로마의 집안에서는 편안할 수 있는 것이라면 좋겠다. 당시에 모든 이들이 그러했듯, 그들에게는 노예가 있었지만, 온 가족, 즉 '파밀리아'의 노예들은 자유민들과 함께 식탁에 앉았다. 그들은 거칠고 잔인했으며 우리와 엄청나게 달랐다. 그러나 그들이 본질적으로 낯설다고 느끼기는 힘들다. 우리의 그토록 많은 문화적 유산과 우리 언어의 절반과 우리 법 개념의 대부분이, 그리고 베르길리우스의 영웅 개념에 함축된 충성심과 겸손함, 책임감 같은 어느 정도 가정적이지만 섬세한 가치들이 그들로부터 직접적으로 비롯하고 있음을 생각해 보면 말이다.

감사의 말

『로마 인들의 종교적 체험The Religious Experience of the Roman People』의 저자, W. 워드 파울러, 『고대 로마의 종교Ancient Roman Religion』의 저자 H. J. 로즈에게 감사를 드린다. 이들의 저작은 정보와 지식으로 가득 차 있으며 학문의 고결함의 좋은 예이다. 『베르길리우스의 라티움』에서 버사 틸리와 『베르길리우스의 이탈리아Vergil's Italy』에서 알렉산더 G. 매케이는 귀중한 안내인들이었다. 포틀랜드 대학교 역사학부의 캐런 카 교수는 내 후기의 몇 가지 실수들을 바로잡아 주었고 아직 남아 있는 어떤 실수라도 있다면 그것은 그의 책임이 아니다. 나의 오빠인 칼 크뢰버는 내가 「아이네이스」를 비극으로 읽도록 부추겼는데, 아마도 자기는 관계없다고 딱 부인할 것이다. 나의 편집자인 안드레아 슐츠에게 감사하며, 늘 그렇듯, 마땅한 책으로 만들기 위해 무수한 방식으로 나와 함께 작업하는 하콧 출판사의 많은 이들에게 감사드린다.

2007년, 어슐러 K. 르 귄

옮긴이 | 최준영

연세대학교 사회복지학과를 졸업하고 서울대학교 서양화과를 다녔다. 오랫동안 문학 편집자로 일했으며, 옮긴 책으로 재키 울슐라거의 『샤갈』, 어슐러 르 귄의 『어스시 전집』(공역), 『하늘의 물레』 등이 있다.

라비니아

1판 1쇄 펴냄 2011년 9월 19일
1판 2쇄 펴냄 2021년 4월 1일

지은이 | 어슐러 K. 르 귄
옮긴이 | 최준영
발행인 | 박근섭
편집인 | 김준혁
책임편집 | 최고운
펴낸곳 | 황금가지

출판등록 | 2009. 10. 8 (제2009-000273호)
주소 | 06027 서울 강남구 도산대로 1길 62 강남출판문화센터 5층
전화 | 영업부 515-2000 편집부 3446-8774 팩시밀리 515-2007
홈페이지 | www.goldenbough.co.kr

도서 파본 등의 이유로 반송이 필요할 경우에는 구매처에서 교환하시고
출판사 교환이 필요할 경우에는 아래 주소로 반송 사유를 적어 도서와 함께 보내주세요.
06027 서울 강남구 도산대로 1길 62 강남출판문화센터 6층 민음인 마케팅부

ⓒ 황금가지, 2011. Printed in Seoul, Korea
ISBN 978-89-6017-085-8 03840

㈜민음인은 민음사 출판 그룹의 자회사입니다.
황금가지는 ㈜민음인의 픽션 전문 출간 브랜드입니다.